T0268187

Libre es
mi corazón

Libre es
mi corazón

Lara Beli

Papel certificado por el Forest Stewardship Council®

Primera edición: marzo de 2024

Printed in Spain – Impreso en España

ISBN: 978-84-666-7753-0
Depósito legal: B-633-2024

Compuesto en Llibresimes

Impreso en Rotoprint by Domingo, S. L.
Castellar del Vallès (Barcelona)

BS 7 7 5 3 0

A mi familia

Siempre se dirá de la mujer que, como la violeta, tanto más escondida vive, tanto es mejor el perfume que exhala. La mujer debe ser sin hechos y sin biografía, pues siempre hay en ella algo que no debe tocarse.

Manuel Murguía, *Los Precursores*

Prólogo

Padrón, finales de mayo de 1885

Es un día de primavera con aliento a verano, uno de esos raros días dorados en los que el cielo vibra con el ritmo lento de las cigarras. El sol se filtra a través de la ventana, huele al polvo caliente de las eras y hasta aquí arriba me llega el chirrido de un carro, tenaz como el lamento de una recién parida.

Y yo estoy preparándome para despedirme del mundo.

Noto la cercanía de la muerte en todo mi cuerpo: en las piernas, que me pesan como piedras; en la lengua reseca, que se me atraviesa entre los dientes; en el vientre dolorido, que palpita como un animal atrapado en un cepo.

Hace años, durante una de esas largas temporadas en las que la enfermedad me confinaba entre cuatro paredes, le escribí a Manolo una carta en la que aseguraba que la mejor forma de morir es bajo el fuego inclemente de un buen rayo. Mi amigo Gustavo Adolfo Bécquer decía que todos nacemos y morimos con el resplandor de un único relámpago, pero yo creo que más nos valdría abandonar este mundo en un buen montón de cenizas; polvo contra polvo, sin dejar ni una miga para provecho de los gusanos. Creo que el pobre Bécquer, que ya hace tres lustros que les sirve de alimento, estaría de acuerdo conmigo.

No quiero engañarme: no me libraré de las miserias de la carne en las horas finales. Tanto he caminado entre las sombras que no tendré la suerte de dejar este mundo en un torbellino de luz. Me iré desgastando despacio, como un *cruceiro* al borde del camino bajo la mano callosa de las gentes del campo, los que viven con un ojo en los surcos del arado y otro en el Cristo tallado en lo alto.

Bien sé que los de mi casa intentan disimular para no preocuparme. El doctor Roque Membiela se deja caer por aquí cada tres o cuatro días y me receta remedios de moribunda: leche de burra que me sabe a rayos, agua de cebada que me revuelve las tripas, friegas calientes en los riñones que ningún alivio me traen ya; pues este cáncer que me roe las carnes lo tengo ya metido hasta el tuétano. Mis hijos suben a verme y se quedan parados frente a mi cama, en este cuarto que huele a botica, a entrañas y a flores; con el miedo colgándoles de las pestañas y una tristeza que es gemela de la mía. Y no solo me miran los vivos, no; desde los cabezales vigilan las sombras de los dos que se me fueron demasiado pronto: mi Adriano, con una estrella en la frente, y mi Valentina, que a pesar de su nombre se llevó consigo mis últimos redaños.

Pero son los que se quedan los que más me preocupan. ¿Cómo se las arreglarán sin su madre los cinco que dejo en este mundo? Mis hijas y mi hijo, todos con mis pelos negros y rufos y los ojos de ardilla de Manolo, tan iguales a nosotros y a la vez tan diferentes, cada uno de ellos un indescifrable acertijo. Alejandra, con el peso del mundo sobre los hombros; Aura, dura y luminosa; Gala, eterna guardiana de su hermano; Amara, tan liviana como una corriente de aire. ¿Y mi hijo? Mi Ovidio, tan apegado a mí, frágil como una rama tierna, cortando el aire con sus dedos largos, siempre rodeado de sus hermanas y a la vez tan solo entre ellas. Los cuatro más jóvenes todavía no han dejado atrás los años ingratos de la adolescencia, esa tierra de nadie en la que el mundo es un lugar espléndido y terrible a la vez; ahora tendrán que atravesar el umbral que separa la juventud de la edad adulta sin una madre que les tome de la mano para guiarlos.

Quizá más entrada la tarde, cuando el sol se canse de achicharrar las eras, alguno de ellos insista en bajarme un rato al jardín para que me dé el aire. El doctor Membiela lo ha recomendado y ellos se aseguran de que cumpla con ello a diario, a pesar de que el proceso para trasladarme es lento y laborioso, como si en vez de a una mujer que ya es solo piel y huesos estuviesen intentando mover el mundo. Ovidio me sujetará de un brazo, Alejandra del otro, Aura y Gala vigilarán mis pasos por si me da por caer y Amara nos seguirá a todos por el pasillo con su aire de mística. Así iremos en comitiva, como una Santa Compaña de sainete que ya la hubieran querido para sí los cómicos del Liceo de San Agustín en mis tiempos mozos. La criada nos advertirá que tengamos cuidado de no pisar lo fregado, se abrirán y cerrarán puertas con gran rebumbio y yo avanzaré *pasiño a pasiño*, como un bebé que empieza a descubrir el mundo, pero al revés, pues a mí ya me toca irme despidiendo de él. En el jardín me sentaré bajo la higuera que yo misma planté hace años, para que me dé sombra y se me llene bien la garganta del olor almibarado de los frutos a punto de reventar. Y, a pesar de que en este breve trayecto se me despierten dolores nuevos y me torturen los antiguos, lo haré de buena gana y sin quejarme, porque ahí abajo puedo empaparme de todo lo que me hizo feliz en otros tiempos: el perfume de los heliotropos, el zumbido de las abejas, el susurro mineral de la tierra e incluso los gritos lejanos de los remeros que surcan las aguas del Ulla, las mismas que mecieron el cuerpo del Apóstol hace tantos siglos y que las gentes de Padrón todavía llaman *noso mar*.

¡El mar! Sé que no volveré a ver el océano y eso me llena de congoja. Hace unas semanas, cuando las fuerzas aún no me habían abandonado del todo, los niños y yo pasamos unos días en Carril y pude remojar mis pies por última vez en la orilla, mientras las gaviotas se desgañitaban sobre mi cabeza y la neblina salada me besaba los párpados. Allí, por unos instantes, sentí que era capaz de hacer las paces con la muerte. ¿Qué tendrá el mar que tanto me atrae a pesar de su crueldad? Nuestro Atlántico es oscuro y orgulloso, inflado de vientos rabiosos que arrastran un desorden de algas y restos de naufragios. Y es traicionero, muy capaz de atraparte en un descuido con sus dientes de espuma y vomitarte en la arena días después, con los ojos blancos de sal y una medalla de corales sobre el pecho. Eso lo sé bien. Jamás he podido olvidarlo.

A Manolo no le gusta el mar. Creo que no lo comprende, al igual que no comprende la tierra y las cosas vivas que nacen de ella. Hace muchos años se valió de una flor para enamorarme pero ni siquiera esa tenía pétalos o savia, ya que estaba hecha de papel y de tinta. Manolo, el de las manos pequeñas, el genio vivo y las largas ausencias. ¿Volveré a ver a *meu home* antes de morirme? Si no se da prisa en regresar de este último viaje, dejaré el mundo sin despedirme de él, aunque estoy tan acostumbrada a sus faltas que quizá el vacío que tanto me hizo llorar en vida se note menos a la hora de morir. O puede que sea al revés y esta última ausencia sea la peor de todas: la prueba forzosa de que mi soledad es implacable y oscura como las fauces de un lobo.

¿Y cómo será el momento en que la Parca venga a buscarme? ¿Será una sombra vestida de negro con una guadaña al hombro o me llamará a su lado con voz dulce y engañosa de sirena? Estos días, los perros de la casa aúllan con fuerza, como si oliesen algo en el aire, y ayer un *moucho* se posó en el alféizar de mi ventana a plena luz del día y se quedó mirándome fijamente con sus ojos amarillos y redondos. Me trajo a la memoria aquellos versos míos de *Cantares gallegos*: «*Eu ben vin estar o moucho / enriba daquel penedo: / ¡non che teño medo moucho, / moucho non che teño medo!*».* Pero ahora reconozco que sí se lo tengo, sí le tengo miedo al *moucho* porque sé que es una señal de que los umbrales que separan este mundo y el otro son, con cada hora que pasa, más difusos.

¿Cuánto tiempo me quedará? ¿Semanas? ¿Días? Ni siquiera Membiela se atreve a decirlo. Levanto ambas manos ante mis ojos y las estudio con atención: ya no son fuertes y firmes, sino frágiles y amarillentas como dos hojas de carballo. Estas manos solían aferrarse a la pluma para escribir sobre astros, fuentes y flores, viudas de vivos y de muertos, romerías y camposantos, amores y desengaños, sombras asombradas y muerte. Páginas y páginas que recogieron aplausos y halagos, pero también burlas, enojo, incomprensión, y hasta alguna piedra lanzada con ira contra los cristales de aquella imprenta de Lugo. En el velador cercano a mi cama, herencia de mi madre, se apilan los cuadernos negros y

---

* «Yo bien vi estar el mochuelo / encima de aquella roca: / ¡No me das miedo, mochuelo; / mochuelo, no me das miedo!».

con hojas de canto dorado que recogen mis últimos escritos: versos a la tierra, canciones a la Galicia de mis amores, novelitas que ya nunca llegaré a terminar y cuyos personajes se han quedado huérfanos. Ninguno de ellos se someterá al escrutinio del mundo: le he encargado a mis hijas que lo quemen todo a mi muerte y sé que lo harán, pues obedecer las últimas voluntades de un difunto es algo que siempre hemos llevado a rajatabla en esta familia nuestra de locos y sombras.

«Nunca hay que decir toda la verdad —repite Manolo como una letanía—. Lo único que le debe importar al mundo sobre ti es tu arte, tus letras». *Mis letras.* Él quiso convertirlas en munición para su causa. «Tú eres la cantora de Galicia, el alma de la tierra, la voz de los hijos de Breogán». Para Manolo, Galicia siempre fue un campo de batalla erizado de brumas y tojos en el que batirse a muerte por sus ideas, un mausoleo de bardos y mártires. Dura, orgullosa, intachable. Como él mismo.

«La mujer debe ser sin hechos y sin biografía». De repente, esa frase que tantas veces le he oído me parece un sinsentido, una burla en mis días finales. Siento que algo muy leve aletea en mi pecho: el rescoldo de la antigua llamarada que se apoderaba de mí y me ordenaba: «Escribe». Y yo escribía, siempre escribía, aunque el puchero se quemase en la lumbre y los ojos se me pusiesen gordos bajo la luz macilenta de los candiles. «Escribe, escribe».

Alargo un brazo flaco hacia los cuadernos que caen en cascada sobre la cama: versos sueltos, deslavazados comienzos de novela; *Romana*, mi único experimento teatral, y los pliegos de la *Historia de mi abuelo*, que escribí para no olvidar de dónde vengo. Palabras que no verán luz alguna, salvo la del fuego que las queme. Paso páginas hasta encontrar una en blanco y revuelvo un cajón en busca de recado de escribir. Dudo por un instante, después la pluma comienza a deslizarse sobre el papel; al principio tímida, después con la complacencia del viajero que regresa a puerto conocido. «Sin hechos y sin biografía», insiste en mi mente la voz de mi marido, con ese tono rezongón que tan bien le conozco. Pero la mía, más alta y más firme, le responde con aquellas frases arrebatadas que escribí hace tantos años en mi «*Lieders*»: «Libre es mi corazón, libre mi alma, y libre mi pensamiento».

Escribo recostada sobre mis almohadas de enferma, envuelta en la calma tórrida de este mediodía. Con cada trazo de la pluma los recuerdos se vierten sobre el papel, se elevan ante mis ojos, flotan por un instante como diminutas motas de polvo y después se desvanecen.

Es como lanzar al aire astillas de mí misma.

«No les digas la verdad», de nuevo la voz de Manolo, como un moscón insistente.

A lo largo de mi vida se han dicho y se han escrito muchas cosas sobre mí: que soy poco delicada y bastante fea, que mis ojos ocultan sombras, que en realidad fue mi marido el que me escribió los versos para que yo me apoderase de la gloria. Algunos me han tachado de huraña y de histérica, de endeble y de llorona; pero otros han asegurado que soy el ruiseñor de Galicia y que a través de mi pluma baila mi tierra y gritan sus gentes. Me han llamado *santiña* y eterna enferma, bastarda y terca, triste y loca.

Quizá todos los que hablaron tengan razón, o quizá todos estén equivocados.

Soy Rosalía de Castro y esta es mi historia.

LOS PECADOS DE LA ESTIRPE

1820-1837

1

O simiterio da Adina
n'hai duda que é encantador,
cos seus olivos escuros
de vella recordazón;
co seu chan de herbas e frores...*

Rosalía de Castro, *Follas novas*

La mía es una de esas historias que germinan con un pecado, se abonan con secretos y mentiras y florecen aderezadas de susurros, cejas alzadas y miradas capaces de herir más que un insulto.

Mi estirpe proviene de una tierra callada y mansa, entre el monte y la *ribeira*, al amparo de las piedras vivas de Compostela y con las torres coronadas de bruma del castillo de San Antón a unas horas de distancia a paso de diligencia. Es una

* «El cementerio de Adina / no hay duda de que es encantador, / con sus olivos oscuros / de antiguo recuerdo, / con su suelo de hierbas y flores...».

tierra de fragas tupidas en las que las raíces se enroscan hasta asfixiarse y los árboles son de un verde tan oscuro que parece negro, con sotos llenos de secretos, meigas y lobos en los que no es seguro aventurarse cuando cae la noche. También es una tierra de aguas dulces: las del Sar y las del Ulla, con sus pozas llenas de lampreas y sus orillas forradas de juncos donde los rapaces se afanan en cazar ranas para sacarles las ancas. Y entre las fragas y el río, las aldeas; con sus casas con techo de paja y barro humilladas por la lluvia, sus *cruceiros* rezumando musgo, sus hórreos de patas de araña y sus iglesias altas y duras como carcasas, con la campana de latón siempre en el medio, como un gran ojo observándolo todo.

Bajo la sombra de una de esas iglesias comienza la historia de mi familia.

Mi padre se llamaba José Martínez Viojo y a finales del año 1820 llevaba apenas once meses como capellán de la colegiata de Santa María en la parroquia de Iria Flavia, un destino que ningún clérigo con sentido común le hubiera envidiado, ya que las rentas eran bajas, los feligreses pobres y los conflictos entre prebendados tan abundantes que día sí y día también llegaban al arzobispado de Santiago quejas formales sobre disputas, fornicios (con o sin fruto) y melopeas épicas con clarete de la tierra. A pesar de todo, José se había entregado a su nuevo cargo si no con excesiva fe, sí al menos con la energía y el vigor propios de sus veintidós años recién cumplidos.

«Malos tiempos son estos para vestir sotana», suspiraba a diario el padre Coutinho, el abad de la colegiata. Y José solo podía darle la razón, porque desde que había empezado a usar alzacuellos no había presenciado más que desórdenes. El año había comenzado con un invierno más duro de lo habitual en el que las cosechas se volvieron negras por las heladas, los lobos se aventuraron hasta las lindes del pueblo y varios campesinos aseguraron haber visto a la Santa Compaña paseándose frente al *cruceiro* del cementerio de Adina e incluso juraron que el Altísimo tallado en la piedra había inclinado la cabeza al verlos pasar. Por si fuera poco, se habían dado dos brotes de viruela entre los vecinos y otros tantos de bubas supurantes en el ganado, como si tanto hombres como bestias sufriesen en sus propias carnes la inestabilidad de los tiempos.

Para el padre Coutinho, tanto infortunio se debía sin duda a las artes del Maligno, que se había apoderado del mundo y sus gentes. Tras el alzamiento de Rafael Riego en tierras andaluzas, las revueltas habían extendido sus tentáculos por todo el país. En febrero, hordas de oficiales habían salido a las calles de A Coruña blandiendo sables como bucaneros y al grito de «¡Viva la Constitución!» habían desarmado al capitán general Venegas, que ya pasaba de los sesenta y les tenía más apego a las prebendas de su marquesado que a los lances de espada. Desde entonces, por todo el país corrían aires de revolución, alientos de cambio y ansias de sangre.

«No hay sangre derramada que traiga cosa buena, excepto la que cae en la sartén para hacer filloas tras una matanza», sentenciaba el padre Coutinho y José asentía con vigor. Él no entendía de política ni de leyes, pero sabía que había trozos de papel capaces de acabar con la vida de un hombre, como esa Constitución, esa tal «Pepa», que algunos tanto exaltaban en sus arengas. Cinco años atrás, cuando no tenía más de diecisiete, José había estado con su padre entre la multitud que se arremolinaba en el coruñés Campo da Leña para presenciar el ahorcamiento del general Juan Díaz Porlier, el Marquesito, que se había pronunciado a favor de la «Pepa» y en contra del rey. José tenía todo el episodio grabado a fuego en su memoria: el olor a sudor de los cuerpos apiñados en la plaza, la tensión en el aire, los gritos que se convirtieron en respetuoso silencio cuando condujeron al reo a lomos de un burro esmirriado, con las patillas al viento y la mirada fija en la horca que se recortaba contra un cielo oscuro como un cardenal. Jamás olvidaría la barbilla altiva del general, que tembló solo un poco al subir al patíbulo, ni el modo en que las venas de su cuello se hincharon y se retorcieron como culebras frenéticas durante casi cuatro minutos hasta que la soga ganó la batalla y su cuerpo quedó a merced del viento. Ese día, José aprendió dos cosas muy importantes: que, en contra de lo que siempre había supuesto, los ahorcados no morían con el cuello roto sino por asfixia, y que él jamás encaminaría sus pasos a la política, el comercio o la guerra; los tres caminos que, según decía su padre, pueden conducir a un hombre a una muerte violenta.

Nunca hasta entonces se le había ocurrido pensar en su futuro, pero ese día, ante el cuerpo oscilante de Porlier, mi padre decidió que se haría sacerdote. No por fe, sino por miedo a la vida y sus sobresaltos. Fue una decisión definitiva, como muchas de las que se toman en menos de un pestañeo. José Martínez Viojo provenía de una familia de *labregos* y de niño jamás le había faltado un plato de caldo ni unas calzas de estopa que le protegiesen las canillas en los días de lluvia. Fue un rapaz feliz, más amigo de los juegos al aire libre que de las reglas de la aritmética que el maestro se empeñaba en inculcarle a base de varazos. Era alto, de rostro franco, cejas pobladas, ademanes tiernos y revestidos de una lenta torpeza que le acompañaría hasta el día de su muerte. Su familia secundó con alegría la decisión de tomar los hábitos, que le alejaría del polvo de las eras, la mordida rigurosa del arado y las manos hinchadas con las uñas forradas de tierra. A cambio: una vida gris y simple, una sucesión de días iguales con los rezos, el tañido de las campanas y las dádivas de los feligreses como única compañía. No pedía más, tampoco esperaba menos. Vivir tranquilo era para él un modo de derrotar al tiempo y a la muerte.

Casi llegó a cumplir su destino. Solo casi, porque incluso en la más anodina de las existencias hay días que son como hachazos.

Para mi padre, el día de Difuntos de 1820 fue uno de ellos.

El mes de noviembre había llegado húmedo y gris a Iria Flavia, con una niebla de ceniza que se desparramaba sobre los tejados y le daba al mundo un aspecto de vidrios rotos. José se levantó con las primeras luces y se vistió con una sotana raída y bastante dada de sí en el vientre, pues su anterior propietario, el antiguo capellán, había sido barrigón, ancho de hombros y de moral más bien relajada a juzgar por los efluvios de vino y perfume barato que persistían en el cuello y en la pechera y que ni siquiera las vigorosas friegas de la criada habían conseguido eliminar. José llevaba casi un año usando las prendas del difunto y no había conseguido acostumbrarse a ellas: era como echarse por los hombros la piel vieja y gastada de una serpiente. Esa mañana del día de Muertos, se decidió por fin a plantear en voz alta la posibilidad de escarbar en el baúl de la sacristía en busca de prendas más dignas y algo menos pestilentes.

La criada, Dominga, que llevaba sobre sus espaldas muchos años de servicio al clero de Iria Flavia, negó con la cabeza mientras le servía una taza de café de pote, tan negro como sus ojos.

—Aquí no queda nada de provecho. Lo que el padre Graña no dejó para farrapos se lo han comido las ratas. Como no se avíe con una de sus camisas de dormir... Así y todo, con permiso, también usted tiene pinta de ir a llenar bien la sotana en tres o cuatro inviernos más.

José se quedó sin saber qué responder a la impertinencia. Con el tiempo se demostraría que la Dominga tenía razón y a mi padre se le endurecerían la piel y el corazón al tiempo que se le abultaba y ablandaba el vientre. Pero aún faltaban muchos años para ese momento y él todavía observaba con recelo a aquella mujer achaparrada como un pan que había entrado en el lote de la capellanía junto con las sotanas, las mitras y los misales y su alojamiento en una de las casas de canónigos situadas frente a la colegiata. La Dominga era una de esas mujeres sin edad nacidas para el trabajo y el luto, con las manos ásperas de fregar suelos, un olor a *lareira*, a la chimenea, de muchos inviernos pegado a las ropas y una capacidad innata para alimentar multitudes con un puñado de grelos, cuatro cachelos y un trozo de unto. Tenía el rostro redondo y blando, la piel gruesa, la lengua afilada y las piernas ligeras. No se le conocía marido, pero sí una hija adolescente que, al igual que ella, había empezado a cargar barreños de ropa ajena contra las caderas antes incluso de que estas acabasen de formarse del todo. Mientras la madre servía a los canónigos de la colegiata, la hija hacía lo propio en el pazo del lugar de Arretén, también conocido como Casa Grande. Una y otra compartían el mismo tono de voz manso e idénticas miradas esquivas que se fijaban en señoritos y curas con odio y temor a partes iguales. Odio por las afrentas pasadas, temor por las que estaban por llegar. A la madre apenas llegué a conocerla. La hija, la Paquita, se convertiría con el tiempo en una de las personas más importantes de mi vida.

Aquella mañana, bajo la mirada de brasas de la Dominga, José se bebió el café de un sorbo y echó un vistazo al reloj de pared.

—La misa será solemne y a las doce en punto —informó, más para sí mismo que para ella—. El padre Coutinho quiere una liturgia más larga, por ser hoy el día que es.

—Pocas almas va a salvar el señor cura con tanto hablar del infierno y los demonios —bufó ella—. Como mucho, mandará a más de uno directo de la iglesia a la taberna, para ahogar en orujo tantos tormentos.

José puso cara de escandalizado, pero en el fondo tuvo que reconocer que la Dominga tenía razón. A las gentes que recordaban a sus muertos en aquel día de flores y lágrimas les hubiera consolado más una liturgia sencilla, con más panes y peces que llamas sulfurosas. Pero el padre Coutinho era inflexible: se sabía de memoria el Apocalipsis de San Juan y cuanto pasaje bíblico hablase de azufre, penitencias y castigos eternos.

—Quizá el padre reverendo podría relajar un poco la oratoria si la gente de por aquí se dejase de tanta meiga y tanta superstición —amonestó José con poco convencimiento.

—¿De qué supersticiones habla? —La Dominga le rellenó la taza y se santiguó con expresión de inocencia—. Hoy es el día en que las almas de los difuntos retornan a sus eternas moradas. Por aquí todos le tenemos mucha fe a las *almiñas*. Más que a los santos.

Sonrió de medio lado al decirlo, entre las arrugas de su rostro terroso, y a José le pareció ver en su mirada un destello feral. Años después confesaría que, a la luz desangelada de la mañana, la criada se le asemejó a uno de aquellos guerreros celtas que adornaban los muros de los castros con las calaveras de los enemigos caídos en batalla. José suspiró: si ese era el tipo de gente a la que el padre Coutinho esperaba arrancarles las supersticiones a golpe de rezo, tenía una ardua tarea por delante.

Y no menos ardua de la que le esperaba a él mismo ese día.

La misa comenzó a la hora prevista. El interior de la colegiata olía a velas ofrecidas, a ropas húmedas de orballo y a la mezcla de sal y cenizas con la que las mujeres habían refregado los suelos la tarde anterior, porque para llorar a los muertos y pensar en las penas del infierno es conveniente un entorno lo más limpio posible. Hasta las tallas de los santos estrenaban ropas nuevas, cosidas por las manos diligentes de las hijas del pazo de Arretén.

Con una casulla púrpura sobre los hombros, José Martínez Viojo estaba de pie tras el padre Coutinho, medio adormecido por la cadencia asmática de la voz del anciano. Frente a ellos ondeaba un mar de feligreses: los hombres con la cabeza descubierta y las mujeres oculta bajo pañuelos negros atados con dos picos bajo la papada. Unos y otras mantenían las manos quietas en el regazo: ellas tanteando rosarios y ellos sosteniendo las *puchas*, esas gorras que olían a tojos, a humo y a vino. Todos habían sustituido las zocas por bastos zapatones de cuero, el calzado de los domingos, y la mayoría tenían los ojos húmedos: algunos de recordar a los propios muertos y otros de desahogar las penas del día a día en la marea del llanto común.

En el mejor de los bancos, con las manos limpias y las espaldas tiesas, se sentaban los miembros de la familia Castro y Abadía, los dueños del pazo de Arretén. Allí estaban los señores y sus cinco hijos: los varones vestidos para el día solemne con camisas de cuello tableado y redingotes oscuros, y las mujeres cubiertas con mantones ribeteados de terciopelo negro bajo los que se recortaban sus caras como blancos quesos de tetilla.

El patriarca, don José Pablo Cándido de Castro, pasaba ya de los sesenta, pero aún mantenía el porte firme y los bigotes exuberantes de sus años castrenses, pues había sido coronel de milicias en la campaña de los Pirineos. Era uno de esos hombres nacidos para la guerra: parco, enérgico, afilado como un huso con un código de honor digno de un rey medieval. Y al igual que un rey medieval solo llegó a heredar Arretén tras la muerte de sus dos hermanos mayores, convirtiéndose en mayorazgo de la noche a la mañana. A su pesar, tuvo que cambiar el campo de batalla por la vida solariega y las escaramuzas militares en el Rosellón por las cacerías de perdices y liebres en el monte Meda. Con su familia era un hombre autoritario y poco complaciente, pero socorría a mendigos y menesterosos y se ocupaba de que a sus criados no les faltase una coroza los días de lluvia, de que el sangrador los visitase cuando se les infectaba una muela y de que las mujeres pariesen a cubierto y no por esos caminos. Había leído a Rousseau, a Defoe y a Swift, pero siempre sintió preferencia por los libros de caballerías, el *Amadís de Gaula* y el *Tirant lo Blanc*, que ocupaban un lugar de honor en las estanterías de la biblioteca del pazo. Este hombre arrogante, con maneras de déspota y alma de santo, llegaría a ser mi abuelo, a quien solo conocí a través de las historias que contaban de él mi madre y mis tíos. Pero, de algún modo, su presencia firme como una roca me acompañó toda la vida y acabó convirtiéndose en el «*santo, venerable cabaleiro*» de mis *Cantares gallegos*.

A mi abuela, María Josefa Abadía y Taboada, tampoco la conocí. Casi veinte años más joven que su marido, era una de esas mujeres recatadas y piadosas que acaban reduciendo sus emociones al tamaño de cabezas de alfiler. Vivía entregada al coronel y a sus hijos: José María, el heredero; Ramonciño, siempre enfermizo; y las rapazas: Maripepa, María y Teresa. Las tres se parecían mucho entre sí y en la época de aquella misa de Difuntos, José Martínez Viojo apenas era capaz de distinguirlas. La mitad femenina de Arretén era aún un misterio para él, un reino aparte cuyos límites apenas se había permitido traspasar a base de tímidos saludos y miradas distantes.

La misa terminó con una bendición coreada de amenes y toses flemáticas. Afuera, en el atrio, la niebla se estrellaba contra los muros de la colegiata y el olor de las flores cortadas se mezclaba con el de los panes de ánimas, redondos y duros, cocidos con harina de castañas, que quienes habían sufrido trágicas pérdidas muy recientes llevaban para intercambiar por padrenuestros. Las mujeres se arremolinaban en pequeños corros, pegadas a los muros. Los hombres elevaban los ojos al cielo, no para pedir protección divina, sino por la costumbre tan arraigada de adivinar en el movimiento de las nubes el futuro de sus cosechas y sus fortunas. Los niños, lavados y repeinados, se movían con impaciencia y secreta alegría, pues sabían que, una vez finalizadas las visitas a los muertos tendrían libertad para recorrer el pueblo de casa en casa, llenándose los fardeles de pan, castañas, mazorcas de millo y hasta algún sorbo de vino dulce a cuenta de las ánimas.

Siempre vigilando de reojo a las nubes preñadas de lluvia que avanzaban sobre el valle, los feligreses siguieron el camino embarrado en dirección al cementerio de Adina, flanqueado de olivos y con sus filas de tumbas incrustadas en la tierra. El padre Coutinho comenzó a entonar oraciones mientras los fieles se inclinaban ante sus muertos y murmuraban recuerdos, peticiones y palabras de amor o de odio. José Martínez Viojo se alejó con disimulo de la multitud. No le gustaban los cementerios y, a pesar de haber tomado los hábitos, aborrecía los rituales que acompañaban a la muerte: los largos velatorios, los responsos eternos, los coros de plañideras que aullaban y se daban golpes en el pecho a cambio de unos reales. Por aquel entonces todavía era capaz de conmoverse cuando se veía en la obligación de administrar los santos óleos a un muerto que no debiera haberlo sido: parturientas, niños muy pequeños, rapaces aplastados por las ruedas de un carro, hombres y mujeres víctimas del sarampión o la viruela.

Comenzó a vagar sin rumbo fijo, embarrándose los pies y sorteando charcos hasta llegar a la parte más recóndita del camposanto, allí donde la maleza se desmelenaba y las tumbas eran tan antiguas que ya no quedaba nadie para llorar a esos difuntos. Alejado por fin del bullicio, sintió un poco de paz. «Dios está en todas partes», pensó con un suspiro. Un cuervo graznó desde uno de los muretes forrados de musgo y a José le pareció que el viento arrastraba su respuesta: «Y el diablo también».

En ese momento divisó con el rabillo del ojo una figura inclinada sobre las tumbas, blanca e inmóvil como una efigie. Era una rapaza muy joven. Por un instante tuvo la absurda idea de que una de las *almiñas*, como decía la Dominga, había logrado huir de su eterna morada; pero pronto se dio cuenta de que aquel pecho que subía y bajaba acompasadamente bajo el sobrio vestido negro no podía pertenecer a un cuerpo que llevase tiempo bajo tierra. Muy al contrario, aquella moza le pareció el ser más vivo del lugar; mucho más que el cuervo, que los olivos, que él mismo. La miró con más atención y se dio cuenta de que era una de las hijas del señor de Arretén.

Era Teresa de Castro, mi madre.

A veces basta con un instante para decidir el destino de un hombre. Bastan una mirada, un latido, un pestañeo. Si en aquel momento José Martínez Viojo hubiera girado sobre sus talones quizá las vidas de ambos habrían transcurrido sin rozarse, por derroteros más fáciles, menos oscuros y enrevesados. Pero no lo hizo y ese es el motivo de que yo esté aquí, tantos años después, escribiendo su historia y la mía desde mi cama de moribunda. Porque allí y entonces, en aquel tiempo detenido, mi padre carraspeó y mi madre se giró sobresaltada y lo miró. A sus dieciséis años recién cumplidos, Teresa ya había terminado de crecer y era una muchacha bastante alta, casi tanto como él, con unas curvas rotundas que ni siquiera el vestido de crespón inglés, largo hasta los pies, conseguía disimular. Se había quitado el mantón, y una trenza larga y oscura le caía sobre la espalda. Sujetaba en la mano un triste ramillete invernal, mezcla de crisantemos mustios, consueldas y otras plantas poco agraciadas que había ido recogiendo por el camino. Tenía la frente ancha, los labios carnosos, la nariz aguileña y unos ojos oscuros que se quedaron mirando con atención al capellán, con la misma franqueza con que lo haría un hombre.

—Usted es una de las señoritas del pazo... —Él no estaba

seguro de su nombre y, por un momento, ese despiste le pareció un pecado imperdonable.

—María Teresa de la Cruz de Castro y Abadía —aportó ella no sin una pizca de arrogancia por la larga hilera de apellidos—. Y usted es el capellán nuevo.

—José Martínez Viojo.

—Pues eso.

—¿Qué hace aquí sola?

—¿Sola, dice? —Teresa echó la cabeza hacia atrás y rio. A José, la curva de su cuello le recordó a la sagrada forma en el tabernáculo—. Si la Paquita le oyese hablar así, se echaría las manos a la cabeza. Ella dice que uno nunca está solo en un camposanto, porque nos rodean todos los que se tragó la tierra antes que a nosotros.

—¿Quién es la Paquita?

—Una criada de mi casa. Creo que su madre le sirve a usted.

La hija de la Dominga, claro. José puso los ojos en blanco y meneó la cabeza. Cambió su peso de un pie a otro, incómodo, y bajó la vista hacia los bordes de su sotana, empapados de barro. Se fijó en que las sayas de Teresa no estaban en mejor condición.

—Parece que se avecina tormenta. Debería usted volver con los demás. Su familia tendrá muertos que velar.

Ignorando por completo su comentario, Teresa volvió a inclinarse y la trenza se le deslizó sobre un hombro hasta rozar el suelo. Era una trenza magnífica, tan gruesa como una rama de olivo e igual de lustrosa. Tenía un brillo húmedo y oscuro, como de hojas de hiedra. José sintió que un impulso extraño se apoderaba de él: el deseo de acariciar aquella trenza que parecía respirar por sí misma.

—Esas tumbas son muy antiguas, algunas tienen siglos —comentó aturdido, para romper el silencio.

—Ya lo sé. —Ella apuntó con un dedo hacia la tierra—. ¿Y sabe quiénes están enterrados ahí, sin lápida ni nada? Un montón de bebés. Hace años hubo una gran tormenta y unos huesos antiguos quedaron desenterrados, a la vista de todos. Algunos dijeron que eran huesos de rata o de raposo, pero *meu pai*, que estuvo en la guerra y vio muchos muertos, dijo que no, que eran de cativos. El padre Coutinho mandó decir unas cuantas avemarías y los enterraron de nuevo. Ahora mismo, usted y yo estamos de pie sobre un montón de niños muertos.

«Niños muertos». José se estremeció. Su propia madre había parido nueve hijos, de los cuales solo cinco habían sobrevivido a la infancia. Se acordaba sobre todo de dos de los fallecidos: una niña de mejillas brillantes que había muerto antes de cumplir los tres años y un diminuto recién nacido de piel fina y rojiza. Recordaba el llanto de su madre, la cara seria del padre, los pequeños fardos envueltos en lino blanco.

—La muerte llega cuando Dios lo quiere —murmuró—. Es Su voluntad. ¿Son para ellos esas flores? ¿Para los niños?

—La Paquita cuenta que hace muchos años enterraban por aquí a los hijos de las madres solteras —replicó ella—. Por vergüenza, ¿sabe usted? Algunas madres morían también, de puerperales. Dice la Paquita que un hijo, cuando no llega en buen momento, le puede destrozar la vida a cualquier mujer.

«Mucho habla esa tal Paquita —pensó José—. Una deslenguada, igual que su madre». Tragó saliva, incómodo ante los derroteros que estaba tomando la conversación. ¿Qué sabía él de partos y vergüenzas? Esas eran cosas de mujeres y él era un hombre, un hombre de Iglesia además. Las parturientas y los bebés morían cuando estaba de Dios, no importaba cuánto se le rezase a santa Librada y a san Ramón Nonato: esa era la verdad. Era un riesgo para las casadas, pero peor lo tenían muchas solteras, que se ocultaban en fragas y pocilgas para aliviarse a escondidas y evitar el escarnio. Todos conocían historias de mujeres que se habían dejado seducir por peregrinos, por feriantes de paso, por señoritos que las tumbaban de madrugada en alguna era, incluso por canónigos como él mismo. Muchas intentaban deshacerse del fruto: recurrían a brebajes de hierbas o comían cornezuelo, otras lo llevaban hasta el final y sufrían el deshonor. Algunas, e incluso José tenía que reconocer que eran valientes, se espontaneaban* ante el notario y, a cambio de un reconocimiento para la criatura, prometían mantenerse recatadas el resto de sus vidas. Una idea súbita lo sobrecogió de repente. ¿Se habría metido aquella moza en un aprieto? Su talle parecía fino y firme bajo el vestido, pero aun así...

—¿Qué le preocupa, Teresa? —preguntó con delicadeza, pronunciando su nombre por primera vez. Recurrió por inercia al tono invitador y manso que se utilizaba durante las confesiones, y también por inercia, ella respondió con la verdad.

—Una amiga mía se metió en un apuro. Ya me entiende usted.

—Ya entiendo, ya. ¿Y no tiene a nadie que se ocupe de ella? ¿Su familia? ¿El padre de la criatura?

* «Espontanearse» o «hacerse espontáneas» era un procedimiento vigente en Galicia a finales del siglo XVIII y principios del siglo XIX, a través de la cual, las mujeres embarazadas fuera del matrimonio declaraban su estado ante notario. Así, a cambio de la promesa de mantenerse castas de ahí en adelante, obtenían protección legal para su hijo y evitaban burlas y escarnio por parte de su entorno.

Teresa vaciló. Por primera vez afloró a su rostro un atisbo de temor e inquietud.

—El padre es mi hermano Pepe.

El capellán alzó las cejas y meneó la cabeza con el desdén de quien no ha conocido las pasiones de la carne y, por tanto, no escatima dureza a la hora de juzgar los pecados ajenos.

—¿Lo sabe el señor? —preguntó con brusquedad.

—*Meu pai* no debe llegar a saberlo. Mi hermano quiere casar, pero no puede por ahora y ella tampoco. Si todo esto sale a la luz antes de tiempo, será una vergüenza para ellos. Usted no lo contará, ¿verdad que no?

José abrió la boca para responder que su deber como capellán era decírselo al padre Coutinho y al patriarca de los Castro, que esa mujer, quienquiera que fuese, debía arrepentirse y parir con dolor, tal como indicaba la Biblia; y que el señorito Pepe tendría que hacerse cargo de su pecado y enmendar su vida. Pero algo le impulsó a callarse sus razones. Sintió el súbito deseo de impresionar a Teresa, de hacerse cómplice de su secreto. Era un impulso que iba más allá de su raciocinio, mucho más allá de sus hábitos.

—¿Tiene esa rapaza algún lugar donde pasar el trance con discreción? —preguntó.

—Creo que tiene unos primos en Pontevedra que podrían acogerla. —Ella le miró intrigada—. ¿Por qué lo pregunta?

—Se me ocurre que, si tanto necesitan ahorrarse la vergüenza, los padres pueden dejar a la criatura en el Hospital Real y recogerla más adelante, cuando puedan hacerlo con honra —respondió con voz débil.

—¿El Hospital Real? —Teresa puso cara de susto—. ¿La Inclusa?

José asintió, comprendiendo su sobresalto. La Inclusa de

Santiago, con sus vetustos pórticos y sus altas arcadas, era el palacio de los horrores y la desolación. Allí ingresaban a los expósitos de Galicia y del norte de Portugal, casi todos entregados en secreto y al amparo de la noche, como fardos robados. Sobrevivir allí era tarea casi imposible: los cativos tenían que luchar contra los piojos, las ratas, la mala alimentación, el tifus, la difteria y las corrientes de aire. Arquiña do Rei, así la llamaban, porque habían sido los Reyes Católicos quienes mandaron construir tal mausoleo y porque Rey era el apellido que daban a muchos de los huérfanos que recogían de su torno giratorio. Jamás una casa de reyes había conocido tanta miseria.

Teresa callaba, pensativa, y José insistió en su idea.

—Tengo un conocido en la Arquiña. El boticario del Hospital Real es hombre de ley, hermano de un amigo mío del seminario. Si yo se lo pido, se asegurará de que nada malo le pase a la criatura; allí mismo la bautizarán en condiciones y con el mayor secreto. Después solo será cuestión de buscarle una buena ama de cría hasta que los padres puedan casar y si el señorito Pepe se aviene a hacerse cargo del gasto...

—Se avendrá. ¿De verdad nos haría ese favor? ¿Haría usted eso por mi hermano?

Él la miró a los ojos, dos lagos serenos en los que brillaba la esperanza. «Por él no, lo haré por ti», pensó.

José alargó la mano derecha y ambos se quedaron con la vista clavada en la palma ancha y carnosa, tan blanca como la de una doncella. Teresa correspondió al apretón entrelazando los dedos con los suyos. Sintió el pulso palpitante del capellán en la punta del meñique y retiró la mano. Él carraspeó de nuevo y el cuervo alzó el vuelo sobre sus cabezas con un aleteo que les pareció un vendaval.

—Hablaré con su hermano lo antes posible, no pase cuidado —prometió con voz ronca.

Teresa lo contempló durante un instante con ojos entornados, calibrando el valor de su promesa. Después, con un asentimiento, dejó caer las flores al suelo: un desparrame de colores sobre los huesos antiguos. Todas, menos una. Le tendió al capellán un tallo grueso, jaspeado de espinas afiladas y curvas, muy parecido a una silva. De la punta colgaban los frutos rojizos y duros, como corazones resecos.

—Este para usted.

José tanteó con un dedo las hojas serradas. Recordaba haber masticado de niño aquellas bolitas mientras apacentaba las vacas de su padre en las praderas de San Xoán de Ortoño, su aldea natal. Recordaba su sabor acerado, como el de un membrillo a medio madurar.

—Cinorrodón —dijo.

—Cino... ¿qué? Por aquí los llamamos *caramuxos*.

—Ci-no-rro-dón. Es una palabra de los griegos: *kino rhodon*. Significa «rosa canina». Lo leí en un libro de hierbas muy antiguo que me regaló un fraile del seminario, escrito por un tal Dioscórides.

—Rosa de can. Qué nombre tan raro. Usted, como es cura, sabrá mucho de libros, claro.

Ella enrojeció y José, que en realidad huía de la lectura como de la peste, se guardó mucho de decirle que había estado a punto de usar el Dioscórides para calzar una mesa coja y solo lo había conservado por los remedios medicinales que tan bien le iban para el flato y las malas digestiones.

—Algún día, si quiere, se lo prestaré. Quizá lo encuentre interesante.

—Quizá.

Sin darle tiempo a añadir nada más, ella saltó con agilidad sobre las tumbas y echó a correr hacia la entrada del camposanto, donde los fieles seguían llorando a sus muertos. José se quedó solo y desconcertado, a merced del viento helado que le arremolinaba la sotana en torno al cuerpo. Cuando le pareció que las manos estaban empezando a entumecérsele, se guardó la rosa canina y regresó sobre sus pasos. El padre Coutinho, que no notaba el frío gracias al ardor de sus letanías, se acercó para decirle algo, pero José no lo escuchó. No podía: tenía los ojos, el rostro y la voz de Teresa de Castro tallados en el pecho, con tanta fuerza como los nombres de los difuntos sobre las lápidas alineadas a sus pies.

Para el capellán, esa fue la noche más larga y oscura del año. Mientras él daba vueltas en la cama recordando el brillo azabache de la trenza de Teresa, el pueblo entero permanecía tenso y callado, con los vivos roncando bajo las mantas y las *almiñas* vigilando los umbrales. Al amanecer, incapaz de soportarlo más, se levantó de un salto, se saltó las abluciones diarias y se embutió la sotana, que le cayó como llovizna helada sobre la piel enfebrecida. Por primera vez desde que había tomado los hábitos, los efluvios pecaminosos del antiguo capellán no le molestaron ni ofendieron sus fosas nasales. Pasó por la cocina, pero no se detuvo a tomarse el café de pote que la Dominga había dejado sobre la *lareira*, ni le tentó el guiso que había sobrado del día anterior. Tenía el cuerpo destemplado y un agujero en el estómago tan grande como una piedra de molino.

Cuando abrió la puerta de la casa, el viento le abofeteó las mejillas. Los nubarrones que el día anterior habían empezado a formarse a lo lejos eran ahora una amenaza real y las calles parecían envueltas en una casulla oscura. Se dirigió al establo con el ánimo agitado y ni siquiera fue capaz de encontrar consuelo en el olor dulzón de las *pallas* secas ni en la respiración cálida del mulo que tanto le recordaban a su infancia. Montó con prisas, clavando los talones con fuerza en los flancos del animal, y su rebuzno de protesta resonó en el silencio helado como la tos de un tísico.

El camino, bordeando trochas empedradas, era tedioso y a José le dio tiempo a avergonzarse de sus nervios, a respirar profundamente y a intentar acompasar los latidos de su corazón al paso lento y constante de la bestia. Cuando llegó a su destino, ya se sentía mucho más sosegado, dispuesto a comportarse como el siervo de Dios que era.

Los muros de la Casa Grande se perfilaban entre la niebla, duros y ásperos como las mejillas de un anciano. Era —y todavía es, porque las piedras tienen memoria y la de Arretén siempre ha sido buena— un pazo fornido y orgulloso, de líneas depuradas, con una larguísima balaustrada de estilo portugués y una capilla coronada por el escudo de armas de la familia Castro. Ya por aquel entonces se le notaba el declive en las hiedras que trepaban sin freno por las paredes, en las hojas secas que taponaban la fuente, en las tejas ennegrecidas por el tiempo y la intemperie. Aun así, aquel día mi padre tuvo el pazo familiar ante sus ojos mucho más regio e imponente de lo que yo he llegado a tenerlo nunca.

José se encontró al heredero en las cuadras, cebando con vísceras de carnero a los podencos de su jauría, los que lo seguían como sombras durante sus cacerías por el monte Meda. José María de Castro acababa de cumplir veintitrés años y ostentaba ya la mirada franca y las maneras amigables que durante toda su vida le ayudarían a caer en gracia. Era grande y fornido, con el pelo negro y lustroso de los Castro y los ojos tan pequeños que incluso a los de su sangre les costaba discernir si caminaba por la vida dormido o despierto. De no haber nacido fidalgo quizá se hubiera convertido en uno de esos eternos estudiantes compostelanos que galantean vestidos de tunos en los recodos más umbríos de la Alameda; pero como heredero de los Castro le correspondía sentar la cabeza, administrar el pazo y las tierras y encontrar una esposa de buena estirpe y, a ser posible, bolsillos alegres dispuestos a volcarse en las arcas cada vez más menguadas de Arretén. Su novia, Segunda García de Santamarina y Varela, natural de Pontevedra, hija de un alto funcionario de la Real Hacienda, dulce, pálida y de natural bondadoso, era una candidata más que apropiada y ambas familias habían aceptado el cortejo de buen grado. El aprieto en el que estaban ahora metidos no se debía al vendaval de unos amores prohibidos, sino a la impaciencia de la juventud y al vicio de la carne, que, según aseguraba el padre Coutinho en uno de sus raros arrebatos populistas, siempre tienta y acecha a los que no tienen que partirse el lomo a diario para llenar la *pota*.

Cuando al fin logró desembarazarse de la algazara de los perros, José María escuchó la propuesta del capellán como quien recibe un inesperado regalo del cielo. Él quería a Segunda, explicó, no la había mejor para *muller* de uno. La quería y deseaba casarse con ella y hacerse cargo de lo que estaba por nacer, por supuesto; darle su favor y su apellido. Pero las cargas sobre Arretén eran cada vez más gravosas, las contribuciones no daban tregua y Segunda estaba a la espera de heredar unos cuartos de un tío lejano, muy pío, que podía echarse atrás si «aquello» se sabía antes de tiempo. Y además estaba *seu pai*, el patriarca de los Castro, que jamás consentiría ver entrar por la puerta de la colegiata a una novia con el vientre relleno. El capellán lo entendía, ¿verdad? La solución que él le traía era de buen cristiano y sin duda Dios se lo pagaría con sus dones, del mismo modo que se lo pagaría él, José María de Castro y Abadía, nada más se presentase la ocasión.

José Martínez Viojo salió de aquel encuentro convencido de que el heredero era un tonto orgulloso. Y quizá no le faltaba razón. El orgullo es el más asfixiante de los yelmos y los Castro siempre hemos llevado el nuestro bien ceñido, clavado en las carnes con encono. Muchos años después, cuando yo misma ya era madre, me atreví a preguntarle a mi tío Pepe cómo había sido capaz de volverle la espalda así a Segunda y a la criatura en aquel momento tan difícil. «No podía ser de otro modo», me dijo muy serio. Y sé que él creyó en la certeza de ese alegato durante toda la vida, como también sé que esa cruz le pesó sobre los hombros hasta el día de su muerte. A pesar de todas sus faltas, José María fue el hermano al que mi madre más quiso y con el tiempo llegó a convertirse en mi tío favorito. De un modo u otro siempre supo hacerse perdonar sus muchos pecados por las mujeres de su vida. Por todas excepto por una, la única que él amó: Segunda García de Santamarina.

Aquel día de noviembre, después de despejarle los nubarrones del futuro al heredero de Arretén, José montó de nuevo en el mulo y le palmeó la grupa con energía. Se sentía mucho más ligero, con la satisfacción del deber cumplido. A través de la caridad que le hacía al fidalgo, se dijo a sí mismo, no hablaban sus instintos de hombre empeñado en impresionar a Teresa de Castro. No, el que hablaba era Dios. ¿No iba acaso a salvar a un alma inocente de una muerte más que probable entre la cochambre de la Arquiña? Mal clérigo sería si no velase por los más necesitados. Sintiéndose en paz, elevó los ojos al cielo para dar gracias y en ese momento divisó una figura tras una de las ventanas de medio cuerpo que coronaban la escalinata del pazo, tan inmóvil como un boceto a carbón. Era Teresa, con la trenza deshecha y el pelo de ala de cuervo envolviéndola como un manto. José se paró en seco, con las riendas en la mano y el corazón en la boca. Apartó los ojos y al instante volvió a mirarla. Ella seguía en el mismo sitio.

Movido por un impulso extraño, José se sacó del peto el tallo de *caramuxo* y lo alzó en el aire, como una ofrenda. «No te fallaré».

Desde arriba, Teresa de Castro sonrió.

Y no le falló, no. Tal como había prometido, habló con Manuel Cascarón, el boticario del Hospital Real; desempolvó antiguos favores, tomó garantías. Y cuando llegó el momento, Segunda, oculta desde el cuarto mes de embarazo en casa de sus parientes, parió una niña grande y colorada que se enfrentó con un llanto furioso al mundo que tantas trabas había puesto a su llegada. Su madre decidió llamarla Laureana y su padre, que se encontraba en Arretén en el momento del parto y no conocería a su hija hasta casi un año más tarde, ordenó que le incrustaran un Josefa bien sonoro delante del nombre, que para algo era su primera hija. Para evitar encomendarla a las torpes manos de alguna *carrexona*,* que te-

* Mujeres a las que se les encomendaba el traslado de los niños a la Inclusa, casi siempre de noche y en secreto.

nían fama de enlodadas y poco escrupulosas, fue una criada de confianza la encargada de trasladar a la niña a la Inclusa de Santiago, arropada en una cesta de mimbre y vestida como una reina con faja de estambre blanca y chaquetilla de sarasa, bien ceñida con una cinta de seda verde como señal; pues Segunda tenía pavor a que le extraviasen a su hija por los oscuros corredores de la Arquiña y no fuese capaz de recuperarla nunca. Josefa Laureana recibió el primer sacramento entre las negras paredes de la Inclusa, apadrinada por el propio boticario y en la misma pía octogonal de piedra relamida que serviría para bautizarme a mí, su prima bastarda, dieciséis años después. Así de extraña es la vida y así de oscuros y enrevesados son los caminos por los que siempre ha transitado mi familia.

Ya purificada el alma de la criatura, Manuel Cascarón se encargó en persona de tramitar su entrega al ama de cría que José María había contratado de antemano: una mujer de Santiago muy limpia, sana y de probada honradez que se ocuparía de alimentar a Laureana hasta que sus padres pudieran reunirse con ella.

José María y Segunda no volvieron a ver a su hija hasta el año siguiente. Después de su boda, celebrada en Iria Flavia con toda la pompa debida al heredero de un pazo, viajaron con discreción a Compostela y, a su regreso, Segunda no traía el color sonrosado y la mirada soñadora de las recién desposadas, sino que cargaba en el *colo* a una *neniña* que no paraba de berrear de miedo y extrañeza. Para entonces, boda de por medio, ya era demasiado tarde para el escándalo, y si las lenguas murmuradoras de Padrón despellejaron la noticia, lo hicieron en voz baja y con discreción. El patriarca, que bien sabía que la deshonra que no da pie a maledicencia tiene poco recorrido y acaba disipándose en el viento, decidió por el bien de aquella nieta que tenía sus ojos tragarse la bilis y la horda de reproches que amenazaban con salírsele por la boca. Así fue como Josefa Laureana de Castro adquirió por fin los apellidos de sus padres y pasó a ser miembro de pleno derecho de nuestra estirpe de locos y sombras.

Su accidentada llegada al mundo pendió sobre la familia durante años y se convirtió en uno de esos secretos que siempre están presentes pero que jamás se nombran por pudor o por vergüenza. Ni siquiera Segunda hablaba jamás en voz alta de los tristes meses que pasó separada de su hija. Nunca fue capaz de ponerle palabras a la saudade de los brazos vacíos, al tormento de los pechos rebosantes de leche echada a perder. Con el tiempo, mi tía Segunda llegaría a ser la señora de Arretén, a mandar sobre criados y aparceros, y fue testigo de los últimos brillos de la vida solariega que llegaba a su fin. La recuerdo alta y rubia, poco sonriente, con vestidos de cuello levantado y el pelo pajizo recogido en un moño severo. Siempre se comportó con Pepe con devoción y respeto, pero en más de una ocasión la sorprendí mirándolo con un centelleo de odio en la mirada. Cuando yo misma fui madre la entendí bien: es muy difícil respetar a un hombre incapaz de proteger con uñas y dientes aquello que más amamos.

Muchos años después, por una de esas raras vueltas del destino, y a pesar de tener hermanos varones, Josefa Laureana se convirtió en la heredera de los vínculos de su padre y en la dueña del pazo de Arretén; como si la vida se empeñase en pagarle en bienes materiales lo que le había faltado en cariño durante sus primeros días. Fue durante toda su vida una mujer callada y huraña, dura como una roca y poco dada a las muestras de afecto; sus padres llegaron a preguntarse si acaso ese primer año de desarraigo no le habría marcado el carácter convirtiéndola en una espartana. A mi madre, sin embargo, la embargaba un temor más oscuro: ¿y si la niña que habían recuperado no era Laureana? ¿Y si por error la habían cambiado, a pesar de la señal de seda verde, y su sobrina verdadera se estaba criando llena de pulgas entre los expósitos de la Arquiña? Nunca se atrevió a hablarle de ello a su hermano, pero el pensamiento la acompañó durante muchos años. Poco imaginaba Teresa que la Inclusa de Santiago, el abandono, la deshonra y la vergüenza la acechaban también a ella, como lobos apostados en una vuelta del camino.

2

E tamén vexo enloitada
da Arretén a casa nobre,
donde a miña nai foi nada,
cal viudiña abandonada
que cai triste ó pé dun robre.*

ROSALÍA DE CASTRO, *Cantares gallegos*

Desde el nacimiento de Josefa Laureana hasta que los rumbos de mis padres volvieron a encontrarse pasaron más de diez años erizados de sobresaltos. Fueron tiempos convulsos. En América florecían los ingenios azucareros y las antiguas colonias saboreaban su libertad; desde Europa llegaban los ecos de las nuevas ideas ilustradas y los campos de toda España —las fragas, las eras, los viñedos, los olivares del sur, las secas llanuras castellanas— comenzaban a sangrar bajo el

---

* «Y también veo enlutada / de Arretén la casa noble, / donde mi madre nació / como viuda abandonada / que cae triste al pie de un roble».

tajo implacable de las guerras carlistas. Galicia era como un paño mal remendado: las siete provincias pasaron a ser cuatro y Compostela, con sus calles de piedra labrada, sus fachadas venerables, su lamento de campanas en cada esquina, fue despojada del gobierno provincial en favor de A Coruña, burgo de mercaderes y pescadores. El mundo de los grandes pazos daba por esos años sus últimos estertores. Fue un declive gradual y arduo, una caída lenta como la de un gigante agotado que se derrumba con un atronador rugido de queja.

El ocaso de mi abuelo, el antiguo coronel, fue mucho más rápido. La muerte, que tantas veces había burlado en el campo de batalla, lo sorprendió una mañana fría paseando bajo las parras de Arretén y se lo llevó en un arranque taimado o, en palabras del médico, de un mal fulminante del corazón; una dolencia que, para desgracia mía, nunca dejaría de acechar a nuestra familia. Lo enterraron con su uniforme militar lleno de condecoraciones, en un funeral magnífico en el que no faltaron las tres posas y los muchos responsos y al que acudieron familiares y amigos, criados y aparceros, varios cofrades, un coro de plañideras y, cerrando la comitiva, un buen puñado de los menesterosos a quienes él había ayudado en vida: niños huérfanos que ya eran hombres, mendigos y ciegos a los que había dado techo en las largas noches de invierno. Cuando ya lo metían en el foso, se adelantó un hombre desastrado y descalzo, más viejo que el mundo, y mientras caían las primeras paladas de tierra se cuadró firme e hizo un saludo castrense tan perfecto que sin duda hubiera obtenido el beneplácito del difunto.

La muerte del patriarca sumió a mi abuela en la melancolía, la volvió más lúgubre que nunca y acabó confinándola sin remedio a la recia cama de carballo que sin la presencia del esposo era como un enorme navío destinado al naufragio. A pesar de los cuidados de la familia, le siguió a la tumba un año después, tan silenciosa y resignada como había vivido. Con su muerte, se aceleró el declive de la Casa Grande de Arretén. Los libros de la biblioteca se llenaron de polvo y termitas, las cortinas drapeadas perdieron lustre, la cristalería que se rompía dejó de reemplazarse. En las arcas, ya muy mermadas, crecieron agujeros del tamaño de las monedas que iban faltando. La familia Castro avanzaba poco a poco hacia la pobreza que más aflige: la que no pica en el estómago, sino en el orgullo.

José María, convertido en señor de Arretén de la noche a la mañana, asumió lleno de incertidumbre el gobierno del pazo. No tardó en sentir sobre sus hombros el peso de lo que se le venía encima: el cuidado de tierras y rentas, el recuento de ferrados de millo y centeno, la gran torre de libros de cuentas donde se anotaban primicias y contribuciones y que él llegó a odiar como si se tratase de un compendio de torturas medievales. Pepe no tenía la disposición natural de su padre para el gobierno. Allí donde el patriarca había sido justo, disciplinado e implacable, su hijo era blando, distraído e inconstante, muy amigo de las largas cacerías y la alegre vida social de la villa de Padrón, donde compró una casa para pasar los inviernos con su familia. A la pequeña Laureana pronto se le sumaron más hijos: Joaquín, Ruperta, Ramona y una segunda Segundiña. Las deudas y los problemas económicos no dejaron de acecharle ni un solo día de su vida, como él mismo reconocía con tristeza. Para asumir tantas cargas se vio obligado incluso a vender parte del ajuar de boda de Segunda, incluidas varias piezas de plata labrada muy antigua que, según la leyenda familiar, habían formado parte del atuendo guerrero de uno de los primeros vikingos que llegaron a Galicia a través de Catoira, muchos siglos atrás.

Tantas vicisitudes no consiguieron vencer el carácter plácido y la naturaleza optimista de mi tío, aunque hubo momentos en los que le fallaron las fuerzas. «¡Es mejor dejarlo todo y que nos dé la nación una ración igual a la de un preso!», gritaba airadamente en sus momentos de mayor desesperación.

—A usted nunca le faltó inteligencia, ni agrado en el trato ni buenas relaciones en el cabildo de Santiago —le dije yo en cierta ocasión, cuando él ya era un hombre viejo con sienes de plata y Arretén, solo un viejo esqueleto de su antigua gloria—. Pudo haber sido un buen fidalgo, *meu* tío, si hubiera querido.

—Ahí está el caso, sobrina —me respondió con gran tristeza—. Que, en el fondo, nunca quise serlo.

Por si las penurias de cuartos no le bastasen, la salud de Segunda fue también una constante fuente de disgustos para él. Su esposa tendía a la melancolía y se sumía en largos periodos de pesadumbre durante los que el humor y las fuerzas se le iban en regatos de llanto. La moza alegre que había conquistado al heredero ya no era más que un recuerdo y, en más de una ocasión, llegó a confesarle a mi madre que tenía pesadillas casi cada noche con los muros cincelados del Hospital Real y con los horrores que ocultaba en su interior. Eran sueños terribles en los que se veía a sí misma corriendo desesperada por las enmarañadas galerías de la Inclusa, vestida con un hábito de mercedaria, con los pelos rapados y unas zocas de *labrega* que le abrían llagas en los pies. Tan viva era su congoja que llegaba a sentir la sangre por los tobillos, las corrientes de aire frío soplando en su cráneo ralo, el olor al moho y al verdín de las paredes. Buscaba a su pequeña Laureana y no la encontraba, la llamaba a gritos, escarbaba entre las docenas de *neniños* de ojos de calavera hacinados en cajas, tratando de identificar el llanto de su hija. «No consigo sacarme la Inclusa de encima —le decía a Teresa con los ojos muy abiertos de terror—. Me persigue allá a donde voy. Es casi... casi como si la Arquiña fuese yo misma».

Quizá las pesadillas de Segunda tuvieran carácter de sortilegio; uno de esos hechizos que la Dominga trataba de espantar con cruces de ceniza y ramas de olivo. O quizá se tratase solo de la fatalidad de su destino, pero lo cierto es que los orfelinatos y ese hueco en las entrañas que deja el abandono nunca dejaron de atosigar a sus más allegados. Mis propios llantos rebotaron años más tarde contra las altas techumbres del Hospital Real, pero fue todavía más dramático el caso de su sobrino, que tanta conmoción causó en Ourense, esa ciudad de aguas abrasadas y fortunas viejas.

José García Santamarina, hermano de Segunda, era uno de esos hombres con buena estrella que parecía destinado a caminar por el mundo con la barbilla alta y los pies bien pesados, ocupando su lugar y hasta el de los otros con el orgullo y la osadía de quienes se saben escogidos para la gloria. Así lo habían criado desde la cuna. Sus padres, quizá escarmentados por el desliz que casi arrasó con la honra de Segunda, no descansaron hasta verlo bien casado con uno de los mejores partidos de Ourense: Manuela Valcárcel, una dama rica y altiva con todo un rosario de condes y marqueses goteando de su árbol genealógico.

Formaban una pareja perfecta; ella por bella y piadosa, y él por sus modales impecables y su meteórica carrera militar, pues llegó a ser oficial de la Guardia de Corps del rey Fernando. Durante los permisos le dio tiempo a engendrar tres hijos que eran el orgullo de su madre. Pero, en Madrid, José García Santamarina pasó de ser un hombre recto y comedido a convertirse en un perdulario. Se aficionó al lujo, a los licores caros, al rapé que se hacía traer directamente de Francia, a los fracs y levitas a medida confeccionados por los mejores sastres. Los cuartos le quemaban en las manos como una antorcha de hinojo en plena fiesta de mayo. Pero, sobre todo, José se aficionó a las mujeres: a las caras meretrices de la Corte y a algunas damas de alta cuna que se prestaban a pasiones ilícitas. Eso, más que cualquier otra cosa, fue su perdición. Doña Manuela, educada para ser dócil y obediente, vio, oyó y calló hasta que no pudo soportarlo más y toda la rabia y el orgullo se le salieron a borbotones en un ataque de nervios que la postró en la cama durante varios días. Dispuesta a darle un escarmiento a su díscolo yerno, la matriarca de los Valcárcel desempolvó su grueso libro de contactos y le presentó sus quejas al mismísimo capitán general de la Guardia. José perdió su jerarquía y sus galones, los pocos amigos de toda la vida le dieron la espalda, y los muchos que se habían arrimado a él por interés se esfumaron de inmediato. Se encontró en una posición que pocos hombres pueden afrontar sin temblar: a solas consigo mismo y sus errores. Se percató horrorizado de que en esos años había dilapidado la mayor parte de la fortuna familiar, incluida la dote de su esposa.

Se rindió. Cargado de arrepentimientos, regresó a A Coruña con la cabeza gacha y el ánimo pesado. Un soleado día de primavera, se vistió de punta en blanco con chaqueta de dos faldones y corbatín de lazo, ensilló su caballo y la yegua de su hijo mayor y juntos tomaron el camino entre cantiles que bordeaba el mar. La Torre de Hércules se recortaba contra el cielo claro como un dedo acusador; un dedo que lo señalaba pero que no iba a disuadirle de lo que estaba a punto de hacer.

Cuando llegaron a los fosos de la puerta de arriba, José se acuclilló frente al pequeño Ramón, que acababa de cumplir ocho años y era un rapaz de rodillas tiernas y mejillas coloradas. Abarcó con la vista el cielo limpio, el mar encrespado y los arcos limpios de las gaviotas sobre la espuma, y pensó en todo lo que había perdido. Había intentado comerse el mundo y este, como suele suceder, había terminado devorándolo a él. Se preguntó cómo hacerle entender esa verdad al niño.

—Oíste, Moncho —le dijo al fin—. Júrame que te harás un hombre y serás mejor que yo. Júrame que restaurarás la fortuna de tu madre, que yo derroché.

Ramón, distraído en pensar si le alcanzaría con su tirachinas nuevo a alguna de aquellas gaviotas tan gordas, juró sin mucho convencimiento. Con un movimiento rápido, José se llevó la pistola a la sien derecha, cerró los ojos y disparó. Las gaviotas chillaron y el pequeño Ramón chilló con ellas. Dos horas después, un pescador lo encontró abrazado al cuerpo ensangrentado de su padre, con el corazón pesado por el juramento que acababa de hacer y que aún no era capaz de entender del todo.

La viuda, que se había pasado meses mascando venganzas y rumiando rencores, sintió que toda la ira y las fuerzas la abandonaban de golpe y cayó de nuevo postrada en el lecho. Esta vez ya no volvió a levantarse. Siguió a su esposo al sepulcro unos meses después, consumida de amor y de odio. A los hijos del matrimonio los arrancaron de su casa como uvas de racimo, repartidos entre familiares que los acogieron con la peor caridad del mundo, la que se practica a regañadientes. Ramón terminó en el hospicio de Santo Domingo de Compostela, hacinado con otros expósitos fruto de la pobreza, el pecado o la mala suerte. Era un rapaz callado y serio, encerrado en sí mismo, que soportaba el hambre y los golpes con dignidad y no se permitió olvidar los exquisitos modales que le habían enseñado en tiempos mejores. Su buen talante logró conmover a uno de los frailes, que lo tomó bajo su protección y cuando dejó atrás la infancia le consiguió un puesto de grumete en una corbeta, que partía desde Vigo rumbo a Buenos Aires. Corrían los años cuarenta y los grandes buques de la Compañía Trasatlántica Española todavía no habían convertido nuestras rías en el bosque de mástiles que fue después, cuando hordas de rapaces de ojos espantados se echaban al mar para huir del hambre y la miseria. El sobrino de Segunda fue uno de los primeros en partir hacia América cargado de esperanza, decidido a triunfar.

Y, contra todo pronóstico, lo logró. A solas con su ira en las inmensidades de la pampa argentina, entre llanuras pedregosas, hileras de algarrobos y nubes de mosquitos; no solo consiguió sobrevivir, sino que prosperó. Se hizo peón y boyero, trabajaba noche y día, con la humillación de la honra perdida sirviendo de combustible a su enorme ambición. Con sus primeras ganancias adquirió su propia carreta y su primera yunta de bueyes y comenzó a ganar cuartos acarreando mercancías de un fundo a otro. Las últimas noticias que Segunda recibió de él, a través de carta, informaban de que había hecho fortuna y acumulaba miles de hectáreas de terreno entre sus posesiones.

Yo escribí muchos versos sobre el dolor y la rabia de los emigrantes, los rapaces que salieron de Galicia con tierra entre las uñas, un pozo en el estómago y un fardel de sueños al hombro. Escribí sobre casas cerradas y vacías, sobre madres solas, sobre viudas de vivos y barcos que fueron tumbas. Sobre la saudade de los que marcharon y la miseria de los que quedaron. Me llené el corazón y el tintero con crónicas del dolor y la pobreza, las vivencias que viajaban de vuelta en los bolsillos de los retornados y se susurraban a media voz frente a las *lareiras* de toda Galicia. Pero entre tantas historias tristes siempre atesoré en la memoria la más feliz de todas; la de Ramón, el rapaz que sí lo logró, el que consiguió desquitarse en la largueza de las llanuras pampeanas de la tierra oscura y avara que se había bebido la sangre de su padre.*

---

* Ramón Santamarina llegó a acumular una gran fortuna en América y a convertirse en un gran terrateniente. Aún hoy existen en Argentina avenidas y hospitales con su nombre. En 1904, diecinueve años después de la muerte de Rosalía de Castro, Ramón se suicidó pegándose un tiro en la sien de un modo idéntico a su padre, cuya muerte él había presenciado de niño.

3

El amor, cuando es verdadero, es una locura,
una embriaguez que lo hace olvidar todo...
todo, hasta la misma vida; perdonemos, pues, a
esta pobre mujer [...] no amará menos por eso
a su hija, y al despertar de su loco sueño derra-
mará lágrimas por su olvido. ¡Pobre Teresa!

ROSALÍA DE CASTRO, *La hija del mar*

En 1835, el mismo año en que los sesos de José García Santamarina quedaron desparramados frente a la Torre de Hércules, los destinos de mis padres volvieron a cruzarse. Por
aquella época, Teresa era la única de los hermanos Castro
que aún vivía en la casa. Ramonciño había muerto joven,
María vivía en Compostela con su esposo Tomás García-
Lugín y Maripepa se había convertido en la nueva señora del
pazo de Torres de Lestrove, en tierras de Dodro, tras su boda
con el heredero Gregorio Hermida. Como era mujer y solte-

ra, Teresa había quedado bajo el amparo de José María, el cabeza de familia. Al igual que a sus dos hermanas, a ella la habían educado para el matrimonio, encaminándola a una vida de decoro y buenos modales. Apenas había recibido instrucción formal, con la excepción del francés, pues durante la infancia se había aprovechado de las lecciones del tutor que su padre había contratado para sus dos hermanos: un fraile de cejas desbocadas que respondía al apellido de Lamotte y formaba parte de un tropel de clérigos galos que habían cruzado la frontera en 1792, huyendo de la agitación revolucionaria del país vecino. El patriarca había aceptado con benevolencia el interés de su hija menor por aquel idioma, calibrando que unas cuantas frases en francés pronunciadas en el momento apropiado siempre serían bien recibidas en las recepciones y meriendas de una fidalga casada.

Pero no parecía que las recepciones y meriendas fuesen a formar parte del futuro cercano de Teresa. El amor tardaba en llegarle y los pocos pretendientes que se atrevieron a tantearla fueron despachados con amabilidad, pero con firmeza. Al cumplir los veinticinco, la soltería se perfilaba como una opción cada vez más real y, cuando pasó de los treinta, todos dieron por sentado que se quedaría con José María y Segunda toda la vida, acompañándolos en sus idas y venidas entre Padrón e Iria Flavia; una presencia pálida y callada que dedicaría su existencia a los rezos, los bordados y el apoyo en la crianza de los sobrinos.

También para José Martínez Viojo la vida discurrió aquellos años tranquila y apacible, tal como él había deseado aquel día lejano ante el cuerpo aún caliente de Porlier. Los meses se sucedían en un tedio de horas repetidas, una sarta de bautizos, bodas y entierros cuyos protagonistas se le emborronaban en la memoria, como títeres de retablo. Tomó los hábitos mayores y comenzó a reemplazar cada vez más al padre Coutinho, a quien la vejez había convertido en un retaco decrépito de huesos frágiles, aunque jamás llegó a perder los ardores místicos y vivía convencido de que el fin de los tiempos llegaría en cualquier momento para arrebatarlos a todos.

Durante años, José se cruzó muy poco con Teresa de Castro; a pesar de que sus ojos no dejaban nunca de buscarla. La vigilaba los domingos desde el púlpito, tratando en vano de arrancarle una sonrisa bajo el mantón, la espiaba en el atrio de la iglesia, entre los corros de mujeres que reían y murmuraban, y se le cortaba el aliento cuando la divisaba en los festejos de la Virgen de Belén, estrenando cofia de batista, dengue de pedrería y con el rostro de leche perfilado por un par de zarcillos en forma de medialuna. Muy pocas veces hablaron durante esos años y, cuando lo hicieron, se limitaron a intercambiar meras cortesías y formalidades. Teresa jamás acudió a buscar consuelo tras el estrecho enrejado de los confesionarios de la colegiata, como hacían sus hermanas y sus amigas. Aquel primer encuentro suyo en el cementerio de Adina parecía destinado a convertirse en un recuerdo de bordes difuminados.

Pero un día, a principios de septiembre de 1835, José se enteró de que Teresa había aceptado las visitas de un nuevo pretendiente, mucho más serio y constante que los que la habían moceado antes. El rumor llegó a sus oídos por pura casualidad, en una de las largas sobremesas con sabor a castañas y a ceniza en las que, movido por el tedio y la caridad cristiana, se dejaba caer de visita en la vivienda pequeña y mal ventilada del padre Coutinho, con sus muebles llenos de polvo y su olor a sotanas sin airear.

En la cocina del anciano seguía reinando la Dominga, más vieja y más pegada a la tierra que nunca, pero aún avispada, con la lengua suelta y muy capaz de atender las necesidades de los presbíteros: orear camas, fregar suelos, blanquear alzacuellos, mantener viva la *lareira* y cocinar sus grandes *potas* con efluvios de huerta. Los días que debía acometer faenas más pesadas nunca le faltaban los brazos voluntariosos de alguna vecina del pueblo, con la que secreteaba durante horas deshilando reputaciones y revelando escándalos en susurros feroces. Con una de ellas, la Tomasa, andaba murmurando el día que a José le llegó la noticia.

—Pues doña Teresa… esa andará rabiando por salir de ahí. La Casa Grande ya no es lo que era, poco le falta para que los gusanos se coman hasta los cimientos.

La Dominga estaba calentando la plancha de hierro en el fuego y el olor de la carbonilla espesaba el aire quieto de la cocina.

—Benditos gusanos esos, que comen mondongos, chorizos, lacones… ¡Y beben clarete! Porque cuartos no habrá, pero la bodega, bien surtida que la tienen siempre —rebatió la Tomasa.

—Nada que ver con lo que era. Ya en tiempos de la enfermedad de la señora, que en gloria esté, andaba el hijo por ahí gastando lo que no tenía. Aunque a ella la cuidaron bien, eso sí. Sobre todo doña Teresa, que no le escatimaba remedios ni visitas del médico. Eso me contó mi rapaza.

La estancia se llenó de humo. La Dominga y la Tomasa habían comenzado a planchar las sotanas y la cocina parecía llena de aleteos de cuervo.

—Mucha suerte tiene tu Paquita de haberse colocado tan bien. No es poca cosa *traballar* en la Casa Grande.

—Poco de gran casa les queda ya a los Castro.

—Aun así… Pero yo digo que la tal doña Teresa es muy rara. Siempre tan seria, con ese mirar revirado que tiene. Para mí que estaba deseando que le muriese la madre.

—No digas eso, *muller*, que es pecado.

—Pecados, cada uno sabemos los nuestros. ¿Y quién es el *coitado* que la pretende ahora?

—Un señorito del interior… Ese que anda por ahí echando cuartos por la boca. Un tal Teófilo Pailán.

—Dirás Padín…

—Ese mismo. Con pintas de *mouro* y ojos de gato montés. ¡Y cómo huele! Apesta a rebotica que tira para atrás. Pero si a ella le gusta…

—Ya no es moza, ya no está para escoger.

La Dominga se encogió de hombros. Sus palabras se hinchaban entre las nubes de vapor oscuro.

—Bueno… Gallina vieja hace buen caldo, dicen. Y a ver si le dura este Pailán, que eso está por verse. Dice mi Paquita que rechazó a cuatro o cinco en sus años mozos, hasta a un abogado de Vigo muy repeinado… ¡Pero a esta nadie le tocaba la honra!

—¡Quién sabe, a su edad, dónde irá ya la honra!

En la sala, José se atragantó con su propia saliva y le sobrevino un ataque de tos. Había oído hablar de Teófilo Padín; era imposible que un extraño pusiese un pie en una villa tan adormecida sin acabar en boca de todos. Padín era un lugués de la zona de Monforte que había aparecido un día en una carreta tirada por dos bueyes, se había instalado en una fonda de Padrón y pasaba los días recorriendo la provincia de cabo a rabo en busca de proyectos y oportunidades de negocio. Era un hombre vital y recio, de ademanes resolutivos y pelo grasiento recogido con un trozo de cordel en la nuca. Tenía una energía inagotable y cientos de ideas en mente. Tras haber leído la *Memoria sobre la pesca de sardina en las costas de Galicia* de Cornide Saavedra, se entusiasmó con la idea de hacerse millonario con la exportación de sardinas y jureles de la ría guardados en frascos herméticos que conservasen la temperatura y evitasen que se echase a perder el producto. «Madrileños, castellanos, todos de la meseta para abajo se van a chupar los dedos. Será como llevarles el mar en una *caixiña*», decía entusiasmado a todo aquel que quisiese escucharlo.

Además de hacerse rico, Teófilo, que era viudo, también se había propuesto encontrar una nueva esposa; no para procrear, sino para hacerle de madre a los cuatro o cinco hijos que le esperaban en Monforte. Y se había fijado en Teresa de Castro, que ya pasaba de los treinta y tenía aun buena cara, un apellido lustroso y era tan apta como cualquiera para criar hijos ajenos.

Turbado, José Martínez Viojo apretó los puños y se concentró en la respiración sibilante del padre Coutinho, que a esas alturas de la tarde ya había merendado una buena *cunca* de sopas de vino y estaba a punto de caer en uno de sus pacíficos letargos con efluvios de taberna. El capellán paseó la mirada por las paredes sombrías de la salita de recibir, desnudas a excepción de un par de láminas a carboncillo que el anciano había pintado en sus tiempos mozos y que eran reproducciones mal hechas de los *Tormentos del infierno* del Pater Athanasius y del *Juicio Final* de Fra Angelico. José pensó de repente, de forma muy poco cristiana, que no le hubiera importado ver al monfortino, con sus pelos de chivo y su mirada de hambre, como protagonista de tales suplicios. Cuando estuvo seguro de que sus movimientos no despertarían al sacerdote, se puso en pie con prisas y salió con expresión enfurruñada, dirigiendo torvas miradas a la Dominga y a la Tomasa.

Mientras salvaba la distancia entre su casa y la del anciano, con los *ourizos* del otoño desmembrándose bajo sus pies y la peste de las hojas podridas metiéndosele en las narices, José se sintió como si acabase de despertar de un largo sueño. El fuego que Teresa de Castro había encendido catorce años atrás y que había mantenido a raya a base de rezos, penitencias y un fiero ejercicio de voluntad volvió a arder con fuerza, le arrasó el entendimiento, lo dejó vacío e inflamado por dentro. Se imaginó aquella trenza negra descansando sobre la misma almohada que los pelos aceitosos de Padín, las manos de leñador del monfortino deshaciendo las hebras como una hilandera desmañada. «¿Os irá bien cuando Él os escudriñe, o le engañaréis como se engaña a un hombre?», pensó recordando un versículo de Job largo tiempo olvidado. Se sentía al borde de un precipicio, con un pie en la tierra y el otro suspendido en el aire. A sus espaldas, un cura anciano y adormecido, un olor a cerrado y a muerte. Su futuro, quizá. Frente a él, lo desconocido. Hacia eso se encaminaba.

Durante una semana, José se debatió entre el afán y las dudas, entre su sotana y sus deseos, entre la vida plácida que siempre había soñado y el picor que notaba en el alma y en la ingle. Al séptimo día se despertó agitado, bañado en sudor helado, con los ojos pespunteados de oscuro, y se sintió vencido. Del cajón de la austera gaveta de roble sacó el tallo de rosa canina que ella le había dado tantos años atrás, reseco y muerto, con las espinas más duras que nunca. Los frutos, que habían sido rojos y brillantes, estaban ahora despachurrados y mustios, de un encarnado deslucido. Fue entonces, tal como reconocería años más tarde, cuando tomó una decisión.

Tal y como había hecho aquel lejano mes de noviembre, cuando le encarriló el destino a Josefa Laureana, el capellán se dirigió a Arretén a primera hora de la mañana, a horcajadas sobre la burra de ancas blanquecinas que había sustituido a su antiguo mulo. Cuando descabalgó sobre el patio empedrado del pazo, le invadió una sensación de urgencia que nunca antes había sentido. Dio dos fuertes palmadas y salió a recibirlo la Paquita, que le echó una mirada breve y se apartó de su camino, como si algún instinto le advirtiese de que bajo la ligereza de la sotana y la suavidad del alzacuellos latía algo peligroso e implacable.

—Pregunto por doña Teresa.

La Paquita le indicó que subiera a la segunda planta, partida en dos por un pasillo ancho como un tronco que se rameaba en los dormitorios, el salón principal, la biblioteca, y los saloncitos de coser y recibir. Teresa estaba en este último, con la cara recién lavada y un chal de lana sobre los hombros para protegerse del frío matinal que trepaba por las enredaderas. Al verla tan de cerca, José se dio cuenta de lo mucho que el paso del tiempo la había cambiado. Teresa ya no era la muchacha altiva y algo montaraz que sorteaba a saltos las tumbas de Adina; los años le habían suavizado los rasgos, la vida la había aplacado. Una hilera de finas arrugas le bordeaba los párpados y el rostro había empezado a ablandársele, pero tenía los ojos vivaces de siempre y la trenza de los sueños del capellán seguía bien gorda, negra y lustrosa, sin hebras blancas que la desluciesen.

Por un tiempo que les pareció infinito se quedaron inmóviles; el silencio entre ellos era como el aleteo de un *xílgaro*. En un torpe intento por romper el embarazo del momento, José se sacó un paquete envuelto en lienzo que había traído en las alforjas. Era el libro de hierbas del griego Dioscórides, de hojas amarillentas y pastas de cuero maltratadas por el tiempo.

—Me ha de perdonar las horas tan intempestivas para visitas —dijo atropellándose con las palabras—. Pensé que igual le interesaría echarle un ojo al libro de plantas del que le hablé la otra vez. Yo le puedo indicar qué remedios son los que mejor funcionan...

Teresa pestañeó apenas, sin demostrar extrañeza, como si «la otra vez» no llevase consigo un retraso de casi tres lustros. Tomó el libro y tanteó con el índice las líneas y pliegues de la cubierta.

—Hoy no puedo. Marcho a Santiago con Segunda a mirar unos tapices. Pero si quiere volver mañana...

—Vendré por la tarde —prometió él con la firmeza de quien ya ha decidido su destino.

Acudió puntual al día siguiente y se sentó muy tieso en uno de los butacones de tapizado de parra que doña María Josefa había traído con su dote al casarse y que habían logrado resistir el paso del tiempo, junto con los aparadores de palo de rosa y el enorme reloj de pie que ya no daba la hora y que nadie se había molestado en reparar. Aquella primera visita, en la que hojearon el Dioscórides con las cabezas más juntas de lo que la decencia aconsejaba, aprendiéndose de memoria los usos medicinales del asfódelo y el eneldo mientras se vigilaban mutuamente con el rabillo del ojo, fue la primera de las muchas que el capellán le haría a Teresa durante aquel septiembre cobrizo; sin sospechar que justo un año después, por esas mismas fechas, ella se encontraría a sí misma huyendo de Iria Flavia y de él.

Durante aquellas primeras semanas, mientras la luz otoñal doraba los muros de Arretén, Teresa y José ensoparon *boliños* de pote en el chocolate que les servía la Paquita, se quemaron los dedos pelando castañas asadas y dieron sorbos al licor casero que José María mandaba elaborar cada año y que les dejaba las puntas de la nariz coloradas como guindas. Todo eso lo hacían bajo la mirada indiferente de Segunda, que bordaba muy quieta en un rincón y jamás llegó a sospechar que esas visitas eran algo más que cortesías inocentes; y si lo hizo, prefirió callar y mirar hacia otro lado, recordando quizá aquellos tiempos en los que el amor secreto se le salía también a ella por los poros de la piel.

Poco a poco, las visitas del capellán fueron haciéndose más frecuentes al tiempo que se espaciaban las de Teófilo Padín, que estaba cada día más ofendido por la falta de interés de Teresa. Un día subió a su carreta, espoleó a los bueyes y partió rumbo a Monforte para no volver más, cargado de frascos llenos de sardinas descabezadas que acabaron pudriéndose por el camino. Todavía faltaban algunos años para que la primera fábrica de conservas prosperase en Galicia, y no lo haría de la mano de Padín.

Qué extraño es el deseo a veces, y qué ingrato. Para las mujeres de mi familia, el amor siempre ha sido una montaña árida, más empinada que las cimas del Pico Sacro, y a menudo tuvimos que conquistarla con esfuerzo, soltando trozos de corazón por el camino, en una batalla contra nosotras mismas. Ahora que mi vida llega ya a su fin, echo la vista hacia atrás desde mi cama de enferma y quiero creer que mis padres lucharon contra el deseo con todas sus fuerzas, que se balancearon al borde del abismo y acabaron precipitándose en él; o quizá ya habían caído mucho antes, cuando sus ojos se encontraron por primera vez entre las lápidas de Adina, o cuando ella le preguntó «¿De verdad nos haría ese favor?» y él no titubeó antes de darle un sí rotundo, o cuando sus dedos se rozaron y sus cabezas se inclinaron juntas sobre las fórmulas de un griego sabio por el que ninguno de los dos sintió jamás interés verdadero.

Una tarde, varias semanas después de su primera visita, Teresa no le esperó sentada en los butacones del piso de arriba, con la mesa de mármol laminado dispuesta para la merienda, sino bajo la regia balaustrada del balcón de Arretén, asomándose a cada rato entre las arcadas como una novia impaciente. Ese día, Segunda y los niños habían ido de compras a Padrón y José María también se encontraba ausente. «Este será el día», debió pensar ella con la ligereza propia del juicio ofuscado. Y ese fue.

De entre todos los criados del pazo, solo la Paquita se fijó en su desasosiego de enamorada y comprendió que su señora ya estaba condenada.

Cuando José descabalgó de la burra, Teresa lo tomó de la mano y, sin darle tiempo a reponerse de la sorpresa, lo condujo a la despensa de la Casa Grande, que parecía haber sido excavada en el vientre mismo de la tierra. En el aire flotaba un olor mineral mezclado con el de las salazones de pescado, los mondongos, las ristras de chorizo y los lacones colgados del techo. El contenido de las baldas de madera y de los cestos de mimbre variaba según las estaciones y aquel día había manzanas, cebollas, membrillos y castañas cuidadosamente alineadas sobre el suelo, listas para ir soltando poco a poco la humedad de los sotos.

Allí mismo, con el otoño metiéndoseles por las narices y el corazón palpitando con el miedo de las primeras veces, con un *feixe* de hierba como único colchón, los dos se despojaron no solo de sus ropas —sayas y sotana, refajo y alzacuellos—, sino también de la vergüenza, el pudor y las ganas reprimidas. A cambio, se echaron sobre los hombros una pesada capa pespunteada de deseo, ilusión y esperanzas, los ingredientes de todos los amores que empiezan, incluso de aquellos que, como los suyos, están destinados a un final desgraciado. En el bandullo de Arretén cometieron la mayor transgresión de sus vidas, la que les alejaba de lo que se esperaba de ellos y les acercaba un poco más a sí mismos.

Fue el suyo un amor exaltado, una pasión descomunal entre dos seres comunes. Ya no eran jóvenes —Teresa pasaba de los treinta y José estaba a punto de cumplir los cuarenta— ni especialmente hermosos, y los dos habían perdido ya la lozanía de sus mejores años. Ella era seria y orgullosa, con una fachada digna que ocultaba su naturaleza apasionada, y él era grande y blando, poco intelectual, muy apegado a las comodidades de la vida. Ni siquiera hablaban mucho entre sí, pues nada tenían que decirse, pero no necesitaban palabras para amarse y quizá fue mejor así, pues los amores que nacen de la verborrea enredada suelen ser peligrosos, como yo misma sé muy bien. No tenían casi nada en común y, aun así, se arriesgaron a perderlo todo.

Tras esa primera vez se sucedieron muchas más. Fueron meses de encuentros secretos, casi siempre en la despensa, con los suspiros ahogándose en las gruesas paredes de piedra.

Muy pocas veces, cuando el pazo estaba vacío de amos y criados, se atrevieron a amarse en la habitación de Teresa, mientras los troncos de vid se consumían en la chimenea y los trinos de los mirlos golpeaban las ventanas.

Durante el día, ambos continuaban con sus vidas como si nada pasase, como si entre los dos no latiese un secreto. Se hicieron expertos en el arte de comunicarse con miradas, leves alzamientos de cejas o esbozos de sonrisa. Los imagino frente a frente en las misas de la colegiata: ella adelantándose para recibir la comunión, la mano de él temblando con el cuerpo de Cristo suspendido en el aire, un ligero roce en los labios con la punta del dedo, ella bajando los ojos y tragándose la hostia junto con el deseo. Quizá mi madre acudió alguna vez al confesionario a susurrarle palabras de amor a través de la reja o quizá en alguna ocasión llegaron a jurarse que estarían juntos para siempre, con esas palabras vanas e inflamadas que se pronuncian con el juicio embotado por el deseo. Durante muchos años evité pensar en los amores de mis padres, pero acabé llegando a la conclusión de que para ellos tuvieron el sabor de un fruto de vida breve: uno de esos higos tardíos que estallan en la boca en ríos de almíbar, pero dejan un regusto amargo en el paladar.

Y lo fue; fue amargo al final porque las pasiones de la carne, una vez saciadas, raramente son agradecidas. Su amor germinó en otoño y se sazonó en invierno durante las visitas a Arretén de la familia Castro, pero cuando llegó la primavera, en lugar de florecer, comenzó a marchitarse. Sus encuentros se hicieron más rutinarios, se revistieron de una capa de tedio, los suelos de la despensa les parecían mucho más duros e ingratos que antes. Cayeron en un hastío similar al de las relaciones de años, con la diferencia de que la suya había sido breve e ilícita. El temor a ser descubiertos, que habían olvidado en el delirio de su pasión, regresó con más fuerza que nunca. Toda Iria Flavia les parecía de repente un enorme ojo abierto que no dejaba de vigilarlos.

Aquella primavera, mientras los campos palpitaban, se hinchaban las medas, parían las vacas y las ovejas y los *labregos* se quitaban las zocas y ponían los sabañones al sol, el amor de mis padres murió tal como había nacido: poco a poco y en silencio.

Años más tarde, cuando mi Alejandra —la única nieta que conoció mi madre— crecía en mi vientre, ella me habló del miedo que había sentido al descubrir que estaba en estado, cuando ya no pudo pasar por alto el florecimiento de sus pechos y los cambios en su vientre. Para entonces, de la relación con José Martínez Viojo ya no quedaban más que los últimos rescoldos. De pie ante el espejo del dormitorio principal de Arretén, que había permanecido velado desde la muerte de doña María Josefa, Teresa sintió que el suelo se abría bajo sus pies. Ya no iba a ser solo mujer, ahora también sería madre, y lo sería sin un hombre al lado para mirar por ella y por su criatura. Se tambaleó y evitó caerse apoyándose en el marco labrado de vides, que se precipitó al suelo y se hizo añicos. También algo acababa de romperse dentro de ella.

Sus encuentros con José estaban ya tan espaciados que llevaban más de dos semanas sin verse. Le escribió una breve nota y se la entregó a la Paquita con disimulo.

—Llévale esto.

La Paquita no tuvo que preguntar a quién le debía llevar el recado. Le dirigió una estrecha mirada de reproche y se atrevió a menear la cabeza y chasquear la lengua.

—Tenga tino, señora, que hay caminos que cuando uno los anda ya no hay vuelta atrás.

—Este camino ya está muy trillado, Paquitiña. Ya no tiene remedio. Llévale esta esquela, anda.

La Paquita se guardó la carta en el corpiño, para protegerla de los muchos ojos que espiaban tras los visillos de las casas, y se fue a visitar al capellán. Muchos años después, cuando todos estos secretos emergieron del lodo que los ocultó durante años, yo recibí esa breve esquela con las pocas pertenencias de mi padre que llegaron a mis manos después de su muerte. La leí con la mezcla de pudor y extrañeza con que nos asomamos a una casa ajena a la que no nos han invitado. Aún la conservo, pero sé que Manolo la quemará tras mi muerte, al igual que hará con las muchas cartas que él y yo nos hemos intercambiado durante años, y que reflejan también las luces y las sombras de nuestro amor.

En la nota que la Paquita le llevó a José, Teresa lo emplazaba para un encuentro urgente con su letra torcida de niña grande y la mala ortografía que yo heredé. No lo citaba en el pazo, sino en la parte vieja del cementerio de Adina, en el lugar exacto donde habían hablado por primera vez.

Ella llegó primero y se sentó a esperarlo en los muretes de piedra. A su alrededor, el aire se espesaba en nubes de polen, olía a tierra nueva y al desmadre de las dedaleras que se abrazaban a las lápidas. Reinaba una quietud inalterable. Allí, como en un destello, Teresa comprendió que todo había terminado y se echó a llorar, no tanto por ella misma como por la criatura que se iba a educar sin padre. Con la vista fija en el *cruceiro*, sintió celos por primera vez de aquel rostro de piedra coronado de espinas. Sabía, sin asomo de duda, que José lo escogería a él.

Cuando él llegó, ya había tenido tiempo de secarse las lágrimas y le dio la noticia con pocas palabras y tono desapasionado. En el mismo lugar donde habían hablado de bebés muertos le anunció uno vivo: el que crecía en sus entrañas hacia un futuro incierto. Años más tarde, mi padre le confesaría a una de sus hermanas que en aquel momento se le nubló la vista y la mente se le llenó de imágenes temibles: las murmuraciones de la gente del pueblo, las cejas del padre Coutinho alzándose incrédulas, la ira acusadora del arzobispo de Santiago recayendo sobre él como un látigo. Se vio expulsado de la Iglesia, excomulgado, privado de su casa y sus rentas, sin un triste lugar donde caerse muerto. No tardó en decidir qué iba a hacer; en realidad ya lo había decidido mucho tiempo atrás, ante el cuerpo tambaleante de Porlier, cuando se convenció de que la vida plácida de *cuncas* llenas y *lareiras* calientes era la única que merecía ser vivida. De modo que tragó saliva y calló, fijando la mirada en las punteras que asomaban de la sotana y se empeñaban en remover en círculos la tierra del camposanto. Fue un silencio revestido de certezas, más rotundo que un grito.

Teresa no suplicó ni lloró, no le mostró su dolor ni su miedo. Alzó la barbilla y respondió a su silencio con otro más gélido. Eso es algo que siempre hemos sabido hacer bien las mujeres de mi familia: amar a hombres que no lo merecen y ocultar los agravios bajo gruesas capas de orgullo.

—Malo será que no me las *dé arreglado* yo sola —fue todo lo que dijo.

José asintió, quizá con alivio, y se puso en pie para marcharse. Ella lo contempló mientras se alejaba, sorteando las tumbas del suelo, con la sotana flotando tras él. Un hombre corriente, un poco cobarde, el único gran amor de su vida.

Un hombre de Dios, con el corazón en una mano y, en la otra, un viejo tallo tachonado de espinas.

Al día siguiente, mi madre hizo lo único que podía hacer en sus circunstancias: se desahogó con su hermano Pepe. Se lo contó todo. Le habló de sus amores otoñales, de sus citas en la despensa, de las páginas amarillas del Dioscórides, de los frutos marchitos de la rosa canina, de su deshonra. José María escuchó con los dientes apretados y los ojos bajos. Cuando Teresa se detuvo para tomar aliento, aprovechó para preguntarle si quería seguir adelante o recurrir a algún remedio de socorro: polvos de cornezuelo, infusiones de helecho macho o cataplasmas de perejil. Mi madre dio su respuesta, la única que para ella tenía sentido. Mi tío apretó más los dientes y suspiró resignado: Segunda le había dicho exactamente lo mismo quince años atrás. No le ofreció a su hermana palabras de consuelo, pero, a su modo rudo, se dispuso a ayudarla lo mejor que sabía, tal como ella había hecho con él en el pasado. A la criatura no le faltaría de nada, aseguró. Él, conforme a sus medios, se ocuparía de ello. Ahora bien, era necesario proteger el buen nombre de la familia. Teresa tendría que ocultar su estado y alejarse de Padrón para parir, tal como había hecho Segunda en su momento.

—*Meu fillo* no irá a la Inclusa —advirtió mi madre, a quien todo aquello le estaba recordando demasiado a la historia de su cuñada—. ¿Oíste, Pepe? No le entrará por esos pasillos ni un pelo de la cabeza.

José María suspiró.

—Tendrá que entrar allí al menos para bautizarse, ¿o quieres que se críe como un *mouro*? Es la única forma de esconder quiénes son los padres. Después ya se le buscará una buena ama de cría.

—Ya veremos.

—Ni ya veremos ni gaitas. ¡Aún encima! —Pepe tuvo uno de sus arrebatos de mal genio—. Y a ese cura, en cuanto lo pille lo aplasto. ¡Si tanto le picaban las manos, se las hubiera atado debajo de la sotana!

A la mañana siguiente, mi tío acudió muy temprano a casa de mi padre para pedirle explicaciones. Se presentó allí vestido con el traje de lana de tres piezas y los zapatones acordonados que usaba para *ollear* perdices en las faldas del monte Meda. Llevaba la escopeta de caza al hombro y apestaba a orujo, porque al igual que hacía cuando salía al monte se había desayunado con un único trago de aguardiente bajo la mirada escéptica de Segunda, que a esas alturas bien sabía que a su marido se le iba toda la fuerza por la boca.

Cuando José salió a recibirlo, en camisa de dormir y con las ojeras inflamadas, José María no le apuntó con la escopeta, sino que se le quedó mirando con un gesto entre la rabia y la impotencia mientras el viento le alborotaba los mechones bajo la gorra de cazador. Y cuando el capellán alargó en el aire una mano temblorosa, él se la estrechó.

Los dos Josés se miraron a los ojos; dos hombres con el mismo nombre, de la misma edad y casi de la misma altura, de nuevo frente a frente ante un aprieto fruto de la pasión indebida. A su modo, fueron capaces de reconocerse en la mirada del otro: ambos habían conocido la gloria de un único amor y ninguno había sabido estar a la altura.

—Que sepas que mi hermana no quiere remedios para atravesar el parto, quiere ir adelante con esto.

—Pues se hará lo que ella prefiera.

—Pues si le pasa algo a ella o la criatura viene mal, no habrá sotana que te proteja de la somanta que te voy a dar, avisado quedas.

—No soy un hombre valiente, pero tampoco tan miserable como usted me cree. Quizá no esté al lado de Teresa, pero haré lo que pueda por ayudarla, eso se lo juro por Dios —tartamudeó mi padre.

—Deja a Dios tranquilo a estas alturas. En Él tenías que haber pensado mucho antes, para no hacer lo que hiciste.

Después de que los hombres hubiesen decidido su futuro, Teresa comenzó una nueva vida mientras yo crecía en sus entrañas. Poco a poco fue desprendiéndose del contacto con las amigas de juventud que le quedaban, muy pocas ya, porque casi todas las mujeres de su edad estaban casadas y tenían varios hijos. Durante aquellos meses de incertidumbre, la Paquita se convirtió en su única fuente de consuelo y entre ellas comenzó a forjarse una relación de apoyo que se mantendría toda la vida. No había en todo el pazo dos mujeres más distintas que ellas: mientras que Teresa había vivido una existencia lenta y protegida entre Arretén y Padrón, la Paquita solo había conocido la miseria y los muchos trabajos. Era una mujer alta, mucho más de lo que lo había sido la Dominga antes de empezar a encogerse; de brazos nervudos, manos ásperas como piedras y una pequeña chepa redonda bajo el chal de lana raída. Llevaba los pelos largos y enmarañados recogidos en un moño trenzado y sus ojos, claros como un río entre brumas, miraban a todas partes con la desconfianza de los pobres, la que nace del agravio y el encono. Aunque era de la misma edad que Teresa, se las arreglaba para aparentar más de cien años, como una tortuga antigua detenida en el tiempo. Sus gestos eran rudos, pero guardaba ternura de sobra entre las costillas.

Durante los primeros meses del embarazo, mientras le sujetaba a Teresa el pelo cada vez que vomitaba, abolidas las últimas barreras entre criada y señora, fue relatándole la historia de su vida. Le contó que su madre, la Dominga, natural de la aldea de Raíndo, era casada pero su marido llevaba años ausente en Compostela cuando nació ella en su choza miserable, entre los *feixes* de *palla* sucia, los excrementos de cabra y el aliento caliente de las vacas. «En un pesebre, igual que Nuestro Señor», aclaraba ella mientras le llevaba a Teresa una infusión de hojas de menta para recomponerle el estómago. La Dominga jamás le contó a nadie quién era el que la había preñado y la Paquita se pasó la infancia inventando identidades distintas para aquel padre misterioso: un francés huido del campo de batalla, un señorito que iba camino de Caldas a tomar las aguas, un cazador que la forzó a punta de escopeta mientras la jauría de podencos aullaba a sus pies.

El desliz de la Dominga les hizo a las dos la vida difícil, las rodeó de escarnio, las condenó a que los grelos que se llevaban a la boca tuvieran siempre el sabor de la vergüenza. Los hombres murmuraban obscenidades a su paso, las mujeres les retiraron el saludo y el turno en el horno comunal y los niños les apedrearon el tejado hasta hacerle agujeros por donde se colaba la lluvia. La Paquita creció llena de desconfianza, se prometió a sí misma que no dejaría que ningún hombre la tocase jamás, y por si acaso se acostumbró a dormir con un cuchillo afilado entre la lana del colchón, manía que mantuvo hasta el fin de sus días.

—Usted no pasará tantas penurias, señora —le decía a mi

madre para consolarla—. El señorito Pepe se encargará de cuidarla. Pero las pobres como yo... ¡Las pobres nada valemos!

«Nada valemos». ¡Cuántas veces le oí repetir esa frase, a ella y a otras mujeres del campo! Y, sin embargo, la Paquita, que «nada valía», llegaría a ser para mí con el tiempo la definición de la palabra «hogar».

El vientre de Teresa era ya como una hogaza de broa levando en el horno cuando se trasladó a Compostela para pasar los últimos meses del embarazo. Fue un viaje penoso: las náuseas no la abandonaban, tenía las piernas hinchadas como lacones y los párpados se le habían arrugado como manzanas viejas porque el insomnio no la dejaba en paz por las noches. Medio derrengada sobre una yegua mansa, con la Paquita como fiel compañera, partió de Iria Flavia una madrugada de septiembre, con las últimas estrellas lagrimeando aún sobre las torres de la colegiata. Con ellas iban el mayordomo de Arretén y sus dos hijos mayores: dos rapaces fuertes y rudos, bien armados con escopetas de caza porque por aquellos días no eran pocos los peligros que acechaban en los caminos: desde gavillas de bandoleros hasta partidas a favor del pretendiente don Carlos dirigidas por fidalgos y clérigos airados y armadas hasta los dientes como bandas de corsarios.

A pesar de la charla constante de la Paquita, que tenía una anécdota para cada carballo que dejaban atrás, un chismorreo para cada parroquia y una oración para cada *cruceiro*, a Teresa las pocas leguas que las separaban de Santiago, a través de trochas en las que la piedra y el verde se mezclaban entre sí, se le hicieron eternas. Se sintió aliviada cuando por fin divisaron el convento da Escravitude, majestuoso y pétreo, que anunciaba la entrada a Compostela. La Paquita le relató la famosa historia del peregrino enfermo que había sanado de golpe tras beber agua de la fuente que custodian sus altos muros, pero mi madre, atacada por un súbito acceso de náuseas, solo tuvo tiempo de doblarse al borde del camino y para lo único que le sirvieron las aguas milagrosas fue para limpiar el desaguisado.

Teresa llegó en un estado más bien miserable a la casa que iba a ser suya hasta el momento del parto. José María había recurrido a viejas amistades y le había conseguido una pequeña vivienda en el lugar de Barreiras, en el Camiño Novo. Se trataba de una casita baja y chata, con una fachada árida en la que lucían tres grandes ventanas como tres lagrimones. Mi madre se detuvo en el umbral y paseó la vista por las sombrías estancias. Había pocos muebles y todos estaban cubiertos por una gruesa capa de polvo. Olía a tumba y, por un momento, le pareció oír el distante sonido de patitas sobre las tablas del piso de arriba.

—¡Ratas! —exclamó la Paquita dejando los fardos en el suelo—. Oí que las de ciudad son mucho más gordas que las de aldea. Aquí hace falta un gato, señora.

Teresa contuvo una nueva arcada y entró en la casa. Primero visitó la cocina, con su gran *lareira*, sus techos ahumados y sus *potas* de *ferro* colgadas en ganchos; después, la sala, reino de paredes desnudas y sillerías decrépitas, y por último el dormitorio principal, con una gran cama con colchón de lana que, a Dios gracias, parecía bastante nuevo. Se estremeció al darse cuenta de que en pocos meses su hijo nacería ahí mismo, en esa cama. Mientras la Paquita daba voces en el piso de abajo y reñía con los rapaces del mayordomo, mi madre sintió la enormidad de lo que se le venía encima. Hasta ese momento había vivido siempre al amparo de otros, tutelada por su padre y después por su hermano, guardándose para un amor que se le había agriado como mal vino en una bodega. Sola por primera vez, sintió el breve aleteo de algo nuevo: el orgullo que solo da la libertad. Y aunque los años y los meses que estaban por venir serían muy duros para ella, esa pequeña llamita que se le encendió el primer día en la casa de Barreiras no llegó a apagarse jamás, le dejó un rescoldo de coraje al que habría de recurrir más de una vez a lo largo de su vida.

Los meses que faltaban hasta el día del parto los dedicó a intentar acostumbrarse a su nueva situación. Las náuseas cesaron, comenzó a engordar, dejaron de servirle los vestidos de diario y tuvo que cambiarlos por enormes batones de paño que se anudaba como delantales sobre el vientre. Animada por la Paquita, que había visto morir de mal parto a varias vacas empecinadas en la modorra, daba largos paseos aventurándose a veces hasta la frondosa carballeda de Santa Susana, pero evitando las calles más concurridas porque temía encontrarse con algún conocido, y su hermano le había insistido mucho en que debía evitar que ojos curiosos recayesen sobre lo que no debían.

Fueron meses de mucha soledad, aliviados por las visitas ocasionales de José María y Segunda, que le llevaban huevos de los corrales de Arretén, higos dulces y verduras de la huerta; y las de sus dos hermanas casadas, que se tragaban la lástima para asediarla con ánimos y consejos.

Un día aparecieron en su puerta dos mujeres altas y corpulentas, de aspecto señorial a pesar de los raídos vestidos de diario, las dos con pelos entrecanos y ojos lánguidos que no se perdían detalle. Eran tan parecidas que costaba distinguir-las. Se presentaron como las señoras Martínez Viojo, herma-nas del capellán, ambas casadas —según puntualizaron con mucho ahínco— y ambas viviendo en la aldea de San Xoán de Ortoño, por la parte de Ames. Por una de esas casualida-des de la vida, las tías de Ortoño compartían nombre con mi madre y con mi abuela. Se llamaban Teresa y Josefa Martínez Viojo y, desde el momento en que cruzaron los primeros sa-ludos, mi madre y ellas se despreciaron con idéntico fervor.

Tras las presentaciones, las tías se acomodaron en las vie-jas sillas con respaldo de globo, echaron miradas amargas a su alrededor, aceptaron el chocolate aguado que la Paquita les sirvió en dos pocillos de lata y expresaron su deseo de ayudar en lo que fuese menester, porque al fin y al cabo aho-ra eran familia y la familia, tal como aseguraron, está para socorrerse y tender una mano o dos para ayudar a salir del *esterco*, por muy espeso que este sea. Y el estiércol que ahora se tragaba a mi madre, según expresaban a las claras sus caras de agravio, era espeso, apestoso y más negro que la peste.

—Dice nuestro hermano que nada le ha de faltar —ase-guró Josefa—. Dadas las circunstancias, no podrá reconocer a la criatura, pero así y todo hará lo necesario para aliviar el trance.

—Y ya tenemos buscada un ama de cría muy buena para cuando nazca el niño —aportó Teresa Martínez Viojo—. Una hermana de mi marido parió hace poco allá en Ortoño y es mujer limpia y sana, ni gorda ni flaca, muy alegre y con todos los dientes en su sitio. Algo cobrará, claro, y por nues-tro hermano no ha de quedar sin remedio, aunque bien sabe Dios que las rentas de la diócesis llegan cuando quieren, y eso si llegan… —Dio un largo sorbo al chocolate, hizo una mueca y alzó las cejas en dirección a su hermana, en busca de ayuda.

—Pero nos dijeron que la familia de usted tiene cuartos —aportó la otra—. Seguro que entre todos, aunque algunos podamos menos que otros, nos las apañamos para cubrir los gastos de la crianza. En Ortoño, el rapaz saldrá adelante muy bien. Es un lugar tranquilo y nosotras vivimos muy cerca. Tenemos nuestros propios hijos y nuestros maridos, claro, pero en lo que podamos ayudar...

Cambiando de postura cada dos por tres para aliviar el dolor de espalda, mi madre se esforzaba en atender a la conversación, pero los pensamientos se le iban por otros derroteros. Los ojos de las tías le recordaban a los de su antiguo amante, con esas pestañas largas y esa humedad de pantano. Las manos de las dos también eran como las de José, anchas y blancas, de nudillos gruesos, quizá incluso más masculinas las de ellas que las del capellán, que solo las usaba para decir misa y para repartir caricias prohibidas, y tenía manos de *leiteira*. Mientras asentía con desgana a la perorata de las otras, su sonrisa se iba convirtiendo en mueca y los ojos se le aguaban como si, en vez de chocolate algo rancio, estuviese dando sorbos a agua de hervir cebollas. Los bufidos y resoplidos de la Paquita a sus espaldas tampoco ayudaban. Aquella reunión, pensó Teresa, parecía un esperpento de las meriendas invernales que habían ofrecido en la Casa Grande en tiempos de su madre, con pestiños asturianos para mojar en el chocolate y un corro de regias damas solariegas lanzándose dardos envenenados con sutileza digna de una Corte renacentista.

Cuando ya no hubo más que decirse y las tías se levantaron para marcharse, Teresa Martínez Viojo titubeó y miró a mi madre con el rabillo de un ojo.

—A mi hermano le gustaría que si la criatura es niño llevase su nombre, José, y en caso de que sea niña que se le ponga un nombre familiar. María Teresa, por poner un ejemplo…

—O María Josefa —retrucó la que así se llamaba—. Pepe si es varón y Pepita si es hembra. Son nombres de familia…

—¡También Teresa lo es, y con más razón! ¡Si hasta la madre se llama así…!

—Tú siempre mandando… ¡Eres una *manexanta*!

Desde ese primer día y ya para siempre, la Paquita se refirió a las hermanas Martínez Viojo con el apelativo burlón de «las tías *manexantas*», un mote que mi madre acogía con una mezcla de regocijo y reproche. Las familias jamás llegaron a entenderse, pero aquellas dos mujeres secas y airadas, rígidas como canas de *xunco*, se mantuvieron siempre dispuestas a ayudar durante mi primera infancia, movidas por su sentido del deber y el cariño hacia su hermano. Y, muchos años más tarde, pude reconstruir gracias a ellas esta parte de mi historia, pues sus confidencias me sirvieron para comprender lo que mi padre sintió y pensó durante aquellos largos años de sigilo y amores ilícitos.

4

Por eso me chaman Rosa,
mais a do triste sorrir*

Rosalía de Castro, *Cantares gallegos*

Los primeros dolores de parto se le presentaron a mi madre una noche desapacible, con las calles sumergidas en un vapor de lluvia que hacía que Compostela pareciese una ciudad de fantasmas. Por aquel entonces, casi a finales de febrero, ya lucía una barriga descomunal y se sentía muy pesada, con los pies hinchados y el paladar continuamente adormecido porque la Paquita, que sabía por experiencia ajena que el picante ayuda al trabajo de parto, no hacía más que cargar la mano con el pimentón en cada guiso que echaba a la *pota*.

Cuando se preparaba para meterse en la cama, Teresa sintió los muslos empapados por un chorro repentino y la Paquita, que reconoció el olor a entrañas de haberlo olido en

---

* «Por eso me llaman Rosa / la de la triste sonrisa».

muchas casas de pobres cuando acompañaba a la Dominga a aliviar a alguna vecina, puso enseguida a hervir un espinazo de gallina para caldo, remedio necesario para cualquier recién parida, y después se calzó las zocas e hizo lo que el señorito Pepe le había encargado con mucha seriedad: echarse a las calles de Santiago en busca del doctor.

José María había sido tajante al respecto: Teresa debía parir asistida por un médico. Las otras dos hermanas Castro, María y Maripepa, habían tenido a los hijos casi a solas, aferradas a los barrotes de la cama y con la única ayuda de una *parteira* que no aportaba mucho más que masajes en los riñones, oraciones y ánimos. Lo mismo había hecho Segunda, que siempre tuvo facilidad para esos trances y cuyos partos fueron todos muy rápidos. Pero para Teresa, quizá para redimirse de la soledad a la que la había condenado, José María quería una atención mejor y el escogido fue el hijo de un viejo amigo de su padre que para mayor conveniencia de todos ejercía desde el año 1827 como médico titular del Hospital Real de Santiago, la Arquiña maldita de las pesadillas de Segunda, el mismo lugar donde se bautizaría a la criatura para evitar preguntas indiscretas sobre la identidad de los padres.

El doctor en cuestión se llamaba José Varela de Montes y, aún hoy, en mi cama de enferma y tras toda una vida en la que he aprendido que los médicos nunca traen buenas noticias en sus maletines de cuero, no puedo evitar esbozar una sonrisa de afecto cada vez que pienso en él. En el año de mi nacimiento, Varela todavía no había alcanzado la fama y el prestigio que le llegarían más tarde, pero ya contaba con esa fina intuición científica mezclada con calidad humana que acabarían convirtiéndole en el gran médico que fue. Alto, enjuto, de mentón afilado y largas patillas erizadas, era un hombre de ideas modernas que renegaba de las prácticas bárbaras a las que muchos médicos aún recurrían, como introducir los dedos sin lavar en las partes de las recién paridas para extraer los trozos de placenta que se habían quedado por el camino. Ese hombre de talante tranquilo y manos ágiles, las mismas que me trajeron al mundo, fue para mí un amigo y consuelo durante mi vida de achaques y dolencias. Confié en él hasta el día de su muerte y sus consejos jamás me fallaron.

Y él tampoco le falló a mi madre aquella noche. Cuando la Paquita llegó con el doctor, las contracciones ya habían comenzado y Teresa se paseaba con las manos en los riñones y el rostro contraído en una mueca de dolor. Con solo un vistazo a su palidez de cera, a la barriga alta y al charquito de aguas meconiales que nadie había tenido tiempo de fregar, supo que aquel iba a ser un parto largo, duro y difícil. No se equivocó, y a la Paquita le dio tiempo a rezarle varias vueltas a san Ramón Nonato y a reafirmarse en su decisión de que jamás dejaría que la tocase varón alguno, pues de esos roces venían luego los suplicios del parir. Tras horas de esfuerzo y de carbonizarse en la *pota* el caldo de gallina, mi madre apretó las mandíbulas, empujó una última vez y a las cuatro de la madrugada asomó una cabeza redonda con cuatro pelos negros que Varela recibió con suavidad en sus brazos. Según le explicó después a Teresa, traía el cordón en torno al cuello, pero el nudo era flojo y se me deslizó sobre los ojos en el momento de salir. «Llegaste *cegadiña* de todo, como una vaca con anteojeras», contaba la Paquita, a quien la visión debió horrorizar de por vida.

Así fue como vine al mundo: ojos que no ven y corazón listo para sentir, la madrugada del 23 de febrero de 1837, con las brumas de Santiago lamiendo la ventana y el tañido lúgubre de la Berenguela como sinfonía de bienvenida. Nací el mismo año que Mariano José de Larra se descerrajaba un tiro en la sien, herido de amor y desencanto; José Zorrilla declamaba versos afligidos ante su tumba y, mucho más lejos, en las estepas rusas, el poeta Alexander Pushkin se desangraba tras un duelo por honor. Nací con los ojos velados por una mordaza de sangre y carne y durante toda mi vida he contemplado el mundo de ese modo, filtrando el placer y la alegría a través de una fina pátina de espanto.

Después de escuchar el vigor de mi llanto y analizar mi aspecto de rana pelona, Varela decidió que no corría peligro inmediato de pasar al limbo de los justos y podían esperar al día siguiente para administrarme el primer sacramento. Tras unas horas en las que mi madre y yo dormitamos y descansamos del trance, el doctor regresó dispuesto a acompañar a la Paquita a la capilla del Hospital Real. Se pusieron en marcha conmigo bien envuelta en una manta y fajada con unos retales de lino crudo que se habían calentado bien en la *lareira* para que no me resfriase entre las nieblas compostelanas. Antes de salir, se inclinó hacia mi dolorida madre y le preguntó qué nombre iba a ponerle a la recién nacida. Ella, todavía aturdida, titubeó.

—Quizá quiera ponerle su propio nombre, María Teresa —ofreció él.

Mi madre negó con la cabeza. Tiempo después le confesaría a la Paquita que le dolían tanto sus partes que parecía que le habían colocado allí mismo una corona de espinas. Las espinas le hicieron pensar en el tallo de *caramuxo* marchito que había servido de percha para sus amores, esa maldita rosa canina.

—Se llamará Rosa... No, Rosalía.

—María Rosalía, entonces —matizó el doctor, que sabía bien que don Vicente, el capellán del Hospital Real, se negaba a bautizar hembra alguna sin ponerle delante el nombre de la Santísima Virgen—. ¿Algo más?

Mi madre pensó en la visita de las tías *manexantas* y en lo mucho que habían insistido en que si el bebé era niña se llamase como alguna de ellas. De pronto se acordó de que José Martínez Viojo le había hablado de una hermana más, Rita Benita, la única a la que las otras dos no habían nombrado.

—Y Rita también —añadió en un impulso que más que a finura hacia sus cuñadas le sabía a venganza.

Así, en las primeras horas del día 24 de febrero, con las calles de Santiago todavía tomadas por gatos y tunos, recibí el primer sacramento en la capilla de la Inclusa, apadrinada por el propio director del Hospital Real como favor personal a José Varela. Junto con el agua fría recibí los nombres de María Rosalía Rita, una retahíla muy larga para alguien que había llegado al mundo entre tantos pecados y secretos. En la partida de bautismo se explica que soy hija de «padres incógnitos» y que la madrina María Francisca Martínez —es decir, la Paquita— me llevó de vuelta con ella y, por lo tanto, «no entré en la Inclusa». Una suerte para mí, porque en ese año de 1837 ingresaron en la Arquiña de Santiago más de cuatrocientos expósitos, de los cuales a finales de año quedaban vivos menos de cien.

Regresaba mi recién estrenada *madriña* conmigo bien apretada contra el pecho y atajando bajo los soportales de la rúa do Vilar para protegerme del frío, cuando le salió al paso una figura embozada en una capa negra. Muchos años más tarde, ella me confesó que se llevó un susto de muerte, convencida de que se trataba de un ladrón, un borracho o un carlista exaltado. El extraño le hizo un gesto para que no gritase, llevándose a los labios la mano derecha, y la Paquita se tranquilizó de inmediato porque reconoció en ese movimiento el mismo que había visto decenas de veces en la colegiata de Santa María cuando tocaba santiguarse. El embozado era José Martínez Viojo, que ante la cercanía del parto llevaba varios días alojado con un antiguo compañero del seminario, sin atreverse a visitar a Teresa pero decidido a enterarse de primera mano de los resultados del trance.

—*Cona que te botou!* —bramó la Paquita sin respeto alguno por su alzacuellos—. Tenga su reverencia más tino, que casi dejo caer a la criatura por culpa suya.

José miraba a su alrededor, con el aire de un salteador de caminos que teme la llegada de los alguaciles.

—¿Fue hembra? ¿Y cómo la llamaron?

La Paquita se lo dijo y él repitió el nombre murmurando para sí mismo. Si le sorprendió la elección de mi madre, no hizo ningún comentario.

—De modo que todo salió como era de esperar… Se criará bien, con la ayuda de Dios.

Mi *madriña* quiso decirle que mucha más falta me haría su ayuda que la de Dios, pero no se atrevió. Tampoco puso ninguna objeción cuando José levantó una punta de la manta y se inclinó para verme mejor. Contaba la Paquita que yo dormía como una bendita, con los puños apretados y las mejillas rojas. Según ella, mi padre no me tocó, pero acercó mucho la cara como si quisiera aprenderse mis rasgos de memoria o empaparse de mi olor, que a esas alturas debía ser una mezcla de leche y carne nueva. En ese momento me rebullí, abrí los ojos y mis pupilas todavía ciegas se encontraron con las suyas. Él musitó unas cuantas cortesías y devolvió la manta a su sitio. «Y entonces marchó a todo correr, como si lo persiguiese un can», zanjaba el cuento la Paquita.

Así fue el primer encuentro con mi padre, la primera vez que oí su voz. No volví a verlo durante muchos años, pero la segunda vez que nuestros caminos se cruzaron él estaba en esa misma postura, inclinado sobre un pequeño cuerpo envuelto en una manta.

Pero esa vez se trataba de un niño muerto.

Cuando la Paquita regresó junto a mi madre, reinaba en la casa un ánimo de pesadumbre. El doctor Varela ya se había marchado y Teresa lloraba en la cama, con los pechos rebosantes y la certeza de que pronto tendría que separarse de mí. Las tías Martínez Viojo, recién enteradas de la noticia, habían acudido a buscarme y se mantenían muy ocupadas para evitar fijarse en sus lágrimas: en esas horas escasas habían barrido la casa, quemado las sábanas sucias de sangre, aliñado un bebedizo de huevo y vino dulce para recomponer a la recién parida, y hervido grandes cantidades de salvia para cortarle el flujo de leche.

—Más vale salir pronto, que la noche y los caminos no son buenos compañeros —dijeron nada más asomarse mi *madriña* en el quicio de la puerta.

La Paquita se hizo la sorda y me dejó en brazos de mi madre para que pudiéramos despedirnos. Mientras los lagrimones le caían sobre mi cabeza y yo me alimentaba de sus pechos por última vez, Teresa tomó una decisión: yo le pertenecía y no iba a renunciar a mí. Volví a quedarme dormida, arrullada por la cadencia íntima de su corazón, sin saber todavía que íbamos a separarnos ni que mi madre era como Galicia: llena de dones, pero incapaz, por culpa de otros, de compartirlos con sus hijos.

LA NIÑA Y LAS SOMBRAS

1837-1850

1

Ora, meu meniño, ora,
*¿quen vos ha de dar a teta?**

RosaLía de Castro, *Cantares gallegos*

Santiago de Compostela estaba teñida de blanco el día que mi madre y yo nos separamos por primera vez. La niebla, una de esas boiras blancas y espesas que parecen espuma de mar, flotaba por todas partes. Se comía las piedras, se arremolinaba en torno a la catedral, ascendía por las fachadas, se le metía en los cántaros a las *leiteiras* y en los ojos a los serenos. Envuelta en hilachas blancas, pero con el corazón negro y pesado, mi madre emprendió el camino hacia la casa de Padrón, donde José María, Segunda y su prole pasaban el invierno, mientras yo marchaba a San Xoán de Ortoño en brazos de las tías. Quizá mis carnes diminutas sentían la separación, o quizá fue por causa de la niebla, pero el caso es

---

* «Ahora, mi niñito, ahora, / ¿quién te dará la teta?».

que berreé todo el camino y solo me tranquilicé cuando María Mariño, la cuñada de Teresa Martínez Viojo, me puso al pecho junto a su propia hija, una niña grande y sonrosada que fue a partir de entonces mi hermana de *leite*.

San Xoán de Ortoño es una aldea pequeña y adormecida, una hilera desigual de casas bajas con suelos de tierra batida, veredas embarradas y huertos frondosos y fértiles gracias a las aguas del Sar. La casa de Manuel Lesteiro, el marido de María Mariño, era un poco más grande y más aviada que las otras porque él se ganaba bien la vida con su oficio de sastre. María era una mujer sana y robusta, de amplia pechera y cintura abundante, que a diferencia de la de mi madre jamás había conocido corsé. No recuerdo su voz ni su rostro —quizá sí su olor—, pero en su regazo fui creciendo alegre y relativamente sana, por lo que creo que es seguro afirmar que fue una buena ama de *leite* para mí.

Mientras yo me criaba en Ortoño, Teresa se consumía de pena en la casa de Padrón. Para ella, por mucho que lo negasen años después algunas lenguas maledicentes, el deshonor jamás estuvo en parirme, sino en haber tenido que separarse de mí. La convivencia con los otros niños, sus sobrinos, lo empeoraba todo y avivaba su melancolía. Empezó a adelgazar, a deambular encorvada por los pasillos, a vivir con un desánimo de enferma. Aquel primer invierno en la casa de su hermano, mientras se le secaban los pechos y la cintura le volvía a su lugar, fue uno de los peores de su vida. Cuando estuvo en condiciones de salir a la calle y participar en meriendas y visitas sociales, comenzó a escandalizar a las amigas de su cuñada Segunda con su comportamiento errático: se echaba a llorar cada vez que veía un *neniño de colo* y abandonaba la estancia cuando se hablaba de bebés, embarazos o crianza; lo cual era casi siempre, porque de poco más tenían que hablar aquellas mujeres que habían hecho de ser madres y esposas el objetivo de sus vidas.

José María se desesperaba. Había intentado evitar que el deshonor entrase en su casa, pero ahora su hermana se estaba volviendo loca y parecía que el apellido Castro empezaría muy pronto a sumergirse en el barro que más mancha: el que va pringado de murmullos y agravios.

—Esto no puede seguir así. —Pepe se presentó en su habitación, donde ella se recluía la mayor parte del día, y le impresionó verla amarillenta y flaca como un palo de escoba—. ¡Vamos a acabar en boca de todos!

En lugar de responder, Teresa salió del cuarto dando un portazo, dejando tras de sí un amargo aroma a lágrimas.

—La culpa la tienes tú —le espetó Segunda a su marido cuando él le llevó las quejas.

—¿Qué dices, *muller*?

—Tu hermana no hubiera entrado en relaciones con ese cura si en su día no hubiera tenido que buscarle arreglo a lo que tú no tuviste la valentía de componer.

—*Arre demo!* Eso fue hace mucho tiempo. Y a Teresa con nosotros nunca le faltó de nada.

—Pues ahora le falta su hija.

Esta vez fue él el que salió dando un portazo, pero a partir de entonces Segunda empezó una discreta campaña de apoyo a su cuñada, suspirando con pesar delante de las visitas cada vez que Teresa estallaba en llanto e intercambiando miradas lánguidas con ella cuando se encontraban en presencia de algún cativo de meses. José María, desconcertado y sin saber qué hacer, acudió al doctor Varela en busca de consejo.

—Nunca pensé verme así, *meu* amigo.

—Paciencia, Pepe. Piensa que tu hermana está recién parida y tiene aún muy a flor de piel los instintos mamíferos.

—¿Mamíferos? ¿Como las vacas? Estamos hablando de personas, Varela, por Dios. Mi hermana es una histérica. —Pepe se mesó las patillas con desesperación.

—¿Sabías que la palabra «histeria» viene del griego *hístero*, que significa «útero»? —Varela sonrió—. Pues lo que yo digo, cuando cambian los humores de su centro vital, pueden aparecer males como el insomnio, la tristeza, las manías, el llanto a deshora…

—*Parvadas!* ¡Sandeces! Mi mujer también estuvo tiempo separada de la niña y ahí la tienes.

—Llevaría la procesión por dentro. Lo que ella pasó, solo vosotros lo sabréis.

Pepe pensó en las noches de llanto inconsolable de Segunda, se acordó de las pesadillas y pestañeó para espantar tantos malos recuerdos.

—Y entonces ¿qué hago, Varela?

—Tú verás lo que haces.

La unión de las voluntades de Teresa y Segunda y, quizá, también los remordimientos acabaron por doblegar a mi tío. Unas semanas después se acercó a mi madre con intención de arreglar las cosas.

—Teresiña, ¿tú qué es lo que quieres?

—Quiero traerme a la niña —respondió mi madre con firmeza.

—¿Aquí?

—Si no puede ser aquí, en otro sitio estaremos.

Siguió un silencio largo e incómodo. José María sopesó lo que supondría para él acoger a la sobrina bastarda, las murmuraciones, el qué dirán. Pensó en Laureana, que ya tenía dieciséis años y, aunque era una hija cariñosa y atenta, a veces lo miraba no como se mira a un padre, sino como a un enemigo. Pensó en Segunda, el gran amor de su vida, y en el hondo abismo sembrado de reproches que se abría entre ellos.

—Siempre fuiste una cabezuda. Haz lo que quieras, Teresa —claudicó al fin.

Ella se metió ambos brazos bajo las axilas para no saltar a abrazarlo.

—Y también estuve pensando en otra cosa, Pepe. Sabes que todavía guardo mi parte de los cuartos de la herencia de nuestra madre y que en las particiones nos tocó a mí y a mis hermanas una casa en Padrón. Me gustaría irme allí con la niña, empezar una nueva vida las dos, con ayuda de la Paquita. —Le mantuvo la mirada y Pepe bajó la suya—. Los meses que pasamos en Santiago nos las arreglamos muy bien.

—¿La casa de la rúa Sol? Pero esa casa no está vacía, nuestra tía Margarita lleva años viviendo en ella.

—Lo sé, pero ella siempre habla de mudarse con la familia cuando ya no pueda valerse. En unos años, la casa quedará vacía.

Él reflexionó, acariciándose la barbilla con una mano.

—¿Ya lo pensaste bien? Tendrías que manteneros a ti y a la niña, y los rapaces son como los *piollos*, te chupan hasta las entrañas. Yo podría ayudarte algo, pero bien sabes cómo nos van las cosas. Las rentas de trigo y centeno se nos quedan en nada, las cargas son cada vez mayores. Para que te hagas una idea: de los ferrados de millo que cobré el otro día, después de pagar contribuciones y pensión de misas, no me quedaron más que unos pocos reales.

—Lo sé, Pepe, y no quiero ser una carga. Pero con lo que le pagas ahora al ama de cría bien podremos salir adelante nosotras.

José María suspiró.

—Está bien. Iremos a buscar a la niña al terminar la cría. Si cuando quede vacía la casa de Padrón, la quieres usar, eso es cosa tuya y de la tía Margarita.

Ella sonrió como no lo había hecho en muchas semanas.

—Gracias, Pepe.

Desde ese momento, mi madre empezó a contar los días que faltaban para reunirse conmigo. Recuperó el color y la alegría, volvió a reír y a jugar con sus sobrinos, cada hora que pasaba dejó de ser una condena para convertirse en una menos para el reencuentro. Cuando venció el contrato con la esposa de Lesteiro, yo todavía no había cumplido el año y me eché a llorar en cuanto mi madre me cogió con brazos temblorosos y me apretó contra sí. Ya no reconocía su olor ni su pecho, el instinto de mamífera se me había perdido. Tal como había hecho cuando me llevaron a Ortoño, lloré todo el camino hasta Padrón, llegué allí colorada y desgañitándome y seguí aturdiendo a todos con mis gritos durante muchas horas, pues me faltaban los brazos de María Mariño, el *tras tras tras* de las tijeras del sastre, los sonidos y los olores que habían sido mi patria hasta entonces. Años después, cuando crecí y supe por boca de mi madre de todas sus desventuras, me prometí a mí misma que si algún día tenía hijos no permitiría que unos brazos que no fuesen los míos los acunasen, que otros pechos distintos les diesen de mamar. Serían solo mis oídos los que atenderían sus llantos y mis ojos los que gozarían con sus primeros pasos. Fue una promesa, como tantas otras, que pude cumplir solo a medias.

2

I a Padrón, ponliña verde,
fada branca ó pé dun río,
froita en frol da que eu quixerde,
lonxe miro que se perde
baixo un manto de resío. *

Rosalía de Castro, *Cantares gallegos*

«*I a Padrón, ponliña verde, / fada branca ó pé dun río...*».
Hace ya bastantes años que vieron la luz estos versos míos de
Cantares gallegos, amasados por las prensas amables de la
imprenta de Juan Compañel. En aquellos tiempos yo era muy
joven y escribía consumida de saudade por mi tierra: por los
verdes y los ocres de las fragas, las brumas de manteca, el silencio de los sotos y las aristas diminutas del orballo. A todos nos marcan los lugares que habitamos. La tierra que pisa-

---

* «Y a Padrón, ramita verde, / ninfa blanca al pie de un río, / fruta en flor
que yo quisiera, / miro qué lejos se pierde / bajo un manto de rocío».

mos se nos queda en los surcos de los pies, nos colma los ojos. Yo he vivido en muchas villas y ciudades y de todas guardo recuerdos: Madrid, con sus jardines y avenidas; los días lentos y tristes de Simancas; el alma de piedra de Compostela o el olor a sargazos de Muxía, que empezó para mí como una fiesta y terminó siendo un sepulcro. Pero, entre todas ellas, Padrón, el lugar donde me crie y donde ahora me muero, siempre tendrá la esencia de las primeras veces.

Cuando la tía Margarita Abadía dejó vacía la casa de la rúa Sol, mi madre pudo por fin cumplir su sueño de independizarse de su familia para formar una propia. Por entonces, Padrón era una villa plácida de casas sólidas y regadíos fértiles. Mi tío Pepe solía repetirme que era tierra de trovadores, pues Macías *O Namorado* cantó y murió por amor entre sus vegas, y también que era casi Tierra Santa, ya que toma su nombre del recio *pedrón* al que amarraron la barca del Apóstol a su llegada a Galicia.

De mi infancia recuerdo las calles estrechas como lombrices, las fachadas altas, los muros huecos del convento del Carmen, vacío y ruinoso tras la exclaustración. También el bullicio de los días de mercado: los tratantes espoleando vacas y cochos, los comerciantes del lino y los curtidos, los recios barcos del Ulla. Y, por supuesto, los días de lluvias interminables, que más tarde recogí en mi cuento «Padrón y las inundaciones»; días en los que el cielo aullaba como un lobo y el río devoraba sus propias *ribeiras*, para dejar luego tras de sí un olor penetrante a lodo y a juncos.

La casa que mi madre había heredado era una vivienda ancha de una sola planta y fachada corrida que ella misma se ocupó de aliñar lo mejor que pudo con los muebles sobrantes que había traído de Arretén: butacas con el tapizado deslucído, sillas desparejadas con culera de rejilla, un antiguo chinero portugués que pesaba un quintal y la vieja cama de carballo en la que había dormido toda la vida. A pesar de todo lo que había luchado por recuperarme, a Teresa le costó adaptarse a su nueva vida. Por primera vez se veía obligada a llevar las cuentas de su casa, a administrar bien los cuartos y a hacer previsiones de futuro. Su situación económica era muy apretada y los libros de cuentas, una laboriosa tarea que atender a diario. Echaba de menos el bullicio de la casa llena de sobrinos y las pequeñas tareas cotidianas, de las que nunca había tenido que ocuparse, se le hacían un mundo. Pero estaba decidida a salir adelante y se acostumbró a vivir mirando cada real: descartó casi por completo la ternera, el cordero, las lampreas, el espeso chocolate que había sido su manjar preferido. Su paladar olvidó los suntuosos platos de su infancia, y se acostumbró a los cachelos, las fabas, los grelos y las postas de bacalao que la Paquita conseguía a buen precio en una tienda de la rúa Murgadán. También rescató sus habilidades con la aguja, que antes se habían limitado a bordados y punto de cruz y ahora se empleaban en tareas más útiles: remozar vestidos antiguos, añadir mangas, ampliar dobladillos y utilizar las telas sobrantes para confeccionar mi vestuario, de modo que la mayoría del tiempo las dos andábamos a juego.

A base de autodisciplina, consiguió mantener el ánimo y los arrestos, pero bajo su aparente fortaleza la melancolía estaba siempre al acecho. El amor se cobra sus deudas y la que mi madre tuvo que pagar no fue pequeña. Amar fue para ella un tortuoso camino de ida y vuelta. Durante el día se mantenía atareada con los mil quehaceres cotidianos, pero al llegar la noche la tristeza le velaba los ojos. ¿Vería a José Martínez

Viojo cada vez que se fijaba en mi boca ancha, en mis pómulos combados, que eran una copia de los del capellán? ¿Lo reconocería en mis gestos, en el timbre de mi voz? Dicen que los pecados de los padres acechan a los hijos durante toda la vida, como manchas de tiña imposibles de sanar, y quizá sea cierto. Yo recuerdo la casa de mi infancia como un pequeño reino de mujeres solas, en el que el amor, la vergüenza y el orgullo se entretejían como juncos en una coroza. La Paquita, frugal como un gato y sabia como la tierra, con su rostro de carballo y sus ojos invernales, fue el contrapunto perfecto para la melancolía de mi madre. Desde que la acompañó a Compostela para parir entre sombras, ya nunca volvieron a separarse, compartieron casa y alimentos, se les ahumaron los rostros ante la misma *lareira*, lloraron con los mismos pesares y se regocijaron juntas de las mismas alegrías. Se cuidaban y se aconsejaban, discutían y se reconciliaban; se resignaban juntas del reuma, la artritis, los males del estómago y las mil y una miserias de la carne. Con los años, su mutua compañía llegó a serles tan necesaria como el respirar, se conocían la una a la otra más que a sí mismas. Y así, a pesar de que sus padres habían soñado para ella un matrimonio de postín, la vida quiso que no fuera ese marido invisible el que velaría los últimos años de mi madre, sino la Paquita.

Con la perspicacia propia de la infancia, yo comprendí muy pronto que mi familia era muy distinta a las de todos mis tíos —José María, Maripepa y María—, con sus casas bulliciosas en las que había padre, madre, muchos hermanos y una vocería continua que contrastaba con el silencio que nos rodeaba a nosotras. La primera vez que pregunté por qué yo no tenía padre, con cuatro o cinco años, mi madre pestañeó muy deprisa y la Paquita se apresuró a meter baza.

—Y para qué lo quieres si tienes a Dios Todopoderoso. ¡No hay mejor padre que ese!

—¿Soy hija de Dios, entonces? —pregunté asombrada.

—Y luego. Dios es padre de todos y tuyo también.

Mi *madriña*, que durante toda la vida se había esforzado por no amar a nadie, no podía evitar querernos a mi madre y a mí. Desde muy pequeña me acostumbré a andar pegada a sus amplias faldas, que olían a humo, a unto y a tojos. Cuando íbamos a pasar el verano a la Casa Grande, me llevaba de la mano a visitar a *os seus*. *Os seus*, los suyos, los desharrapados, los *labregos* con los que se había criado, las gentes sencillas del campo cuyos enemigos no eran los liberales o los carlistas, sino las heladas, los lobos, las malas cosechas, la viruela, la Santa Compaña y el hambre. Hombres y mujeres cuyos rostros parecían barro quebrado, niños que aprendían a usar las piernas antes que los dientes, porque las primeras son necesarias para trabajar y los segundos solo para masticar, y ellos sabían desde la cuna que sin trabajo no hay broa, y si no hay broa para qué se quieren los dientes. Casi todos tenían en común el silencio y las miradas vencidas. Odiaban a los curas, pero nunca faltaban sus dádivas de huevos y filloas para la iglesia en los días de fiesta; odiaban a los señores de los pazos, pero siempre se sacaban las *puchas* cuando se los cruzaban por los caminos.

A través de las voces de la Paquita y los suyos comencé a familiarizarme con el gallego, tan diferente al castellano plagado de *castrapos** que hablaban en mi casa. Mi oído se acostumbró a sus tonos sosegados, a su cadencia de cantiga, a su suave sedimento de portugués. Después me enteré de que ya el

---

* Expresión en lengua castellana en la que abundan vocablos y acepciones en gallego.

rey Alfonso el Sabio lo había empleado en sus versos y que los trovadores del mar de Vigo se habían valido de él para componer sus poemas de amor y de escarnio. Pero, durante mi infancia, era la lengua del mar y de la tierra; de las fragas, las *lareiras* y las aldeas, repelida por todos los que «eran alguien» y reducida a una miseria similar a la de las gentes que la hablaban.

De la mano de la Paquita entré muchas veces en aquellas casas de pobres: chamizos de paredes decrépitas, suelos de tierra batida y tejados de colmo entre cuyas junturas crecían las ortigas y los dientes de león. Hombres, mujeres, niños y animales compartían una misma estancia que era a la vez cocina, dormitorio y cuadra; allí se dormía, se amaba, se lloraban las penas y se comía lo que se podía. Se convivía en familiaridad con la mula, con el cocho y con la vaca sin importar que luego estos acabasen troceados sobre la mesa o arrastrados de una cuerda hasta la feria para sacar unos cuartos por ellos.

Cuando se hizo demasiado vieja para seguir sirviendo, cuando los ojos se le velaron y las manos se le agarrotaron de tanto servir, la Dominga se retiró a una de esas chozas, apenas un chiscón en las lindes de la fraga, para esperar a la muerte en compañía de una cabra tuerta y de dos gallinas que picoteaban cerca de la puerta durante el día y dormían con ella por las noches para evitar que el raposo se las llevara. Muy al final de su vida se volvió sorda y casi ciega, los huesos se le tornaron de cristal, las piernas le adelgazaron hasta convertirse en ramitas y los pies se le volvieron mínimos, de modo que era casi imposible distinguir si las pisadas sobre la hierba húmeda eran suyas o de la cabra.

Mi *madriña* iba a visitarla y me llevaba a mí con ella. Trataba a su madre de usted y con distanciamiento; jamás vi un gesto de afecto o confianza entre ellas, como si las atenciones que le prestaba en su vejez fueran más por el sentido del deber que por un cariño sincero. Pero un día, estando nosotras en Padrón, se presentó en la puerta un vecino de Iria Flavia, capador de oficio, que aprovechaba un viaje a la villa para traerle a la Paquita la peor de las noticias: la Dominga había muerto. La había encontrado la *leiteira* que por caridad le llevaba una cántara todas las mañanas, sentada a la puerta de su choza con los ojos abiertos, la boca desdentada deformada en una sonrisa y las gallinas picoteándole las uñas de los pies.

La Paquita le dio las gracias al capador y se restregó las manos en el delantal. Los ojos no, porque los tenía secos. Después se metió en la cocina y comenzó a trocear nabizas, a picar ajos, a deshojar grelos y a descabezar cachelos. No pronunció palabra ni respondió a las de consuelo de mi madre. La *pota* borboteó toda la mañana y toda la tarde, brincó como loca sobre las brasas, silbó y aulló como un can rabioso hasta que, llegada la noche, se quedó quieta sobre el rescoldo, y la Paquita suspiró y se fue al armario para sacar las ropas de luto riguroso que llevaría a partir de entonces y hasta el fin de su vida. A pesar de mis pocos años comprendí: mi *madriña* no había derramado ni una lágrima, pero el guiso ya lo había hecho de sobra por ella.

Mi madre y yo la acompañamos al velatorio. Las vecinas habían acudido en tropel y se habían encargado de barrer el suelo vegetal, limpiar el polvo de los escasos muebles, avivar bien la *lareira* y atar a la cabra para que no saliese brincando por la fraga. También habían acostado a la difunta sobre la cama, que al estar hecha con las maderas de una vieja artesa ya tenía de por sí una inquietante forma de ataúd. Si la Dominga ya había sido pequeña en vida, de muerta se había reducido a su mínima expresión, y sus manos cruzadas sobre el pecho eran tan nudosas que parecía que de las clavículas le estaban brotando árboles. La Paquita no quiso que nadie le ayudase a preparar a su madre para el otro mundo. Ella misma la lavó de la cabeza a los pies, revelando la piel apergaminada bajo capas de tierra y polvo; le deshizo el moño y la peinó con esmero, le limpió las esquinas de los ojos y le puso el mejor de sus vestidos para que no se presentase en el más allá con los harapos de diario. Después apoyó la mejilla en su pecho flaco, el mismo que la había alimentado de niña, y tampoco entonces lloró, pero su dolor era tan evidente que llenó la choza como una nube oscura y a todas nos dio la impresión de que nos faltaba el aire.

Si la Dominga hubiera estado acompañada en sus últimas horas, alguien se habría ocupado de avisar al cura para que le administrase la extremaunción, pero como la muerte la había sorprendido a solas, no había habido tiempo para eso. Aun así, y sin que nadie lo llamase, el padre Coutinho se presentó cojeando y le hizo la señal de la cruz sobre la frente con una mano temblorosa. Todos los presentes nos percatamos de que se le habían humedecido los ojos al mirar a aquella mujer que le había servido toda la vida. Después se alejó vacilante, apenas un fantasma decrépito, también él cercano a su hora final; y por un momento todos sentimos como si la Muerte se hubiera despedido de sí misma.

Con la caída de la tarde, las mujeres se marcharon a sus casas y regresaron con las escasas provisiones que pudieron apañar de sus mermadas artesas. Una llevó un bloque de unto; otra, unas fabas blancas; una tercera, un *feixe* de grelos; las demás consiguieron repollos, cachelos y un atadillo de sal. Pusieron agua a hervir en la *lareira* y los efluvios acerados de la verdura lo llenaron todo. Sentadas en círculo, mientras caía la noche y las sombras de la fraga se hacían grandes sobre la choza, repartieron *cuncas* humeantes y lloraron y rieron, recordando la vida de la difunta, que, a pesar de su pasado incierto en Raíndo, desde que llegó a Iria Flavia no solo había mantenido las casas de los curas como una patena, sino que había sido una buena vecina, prestado sus brazos para vendimias y *mallas*, atado los ombligos de muchos recién nacidos y velado a los muertos de otras.

Mucho tiempo después, mientras componía *Follas novas*, el último libro que escribí en gallego antes de renegar para siempre de nuestra lengua, inventé un poema sobre una mujer solitaria y miserable, que llega a Padrón temblando de frío y empapada por la lluvia. Rechazada por todos, encuentra consuelo en el manjar más sencillo: un *caldo de gloria* cocinado según la receta exacta que se siguió aquella noche en casa de la Dominga, entre las conversaciones, el duelo y las lágrimas.

Hay versos que dicen mucho, pero callan todavía más. Lo que nadie llegó a saber nunca es que ese poema fue mi pequeño homenaje a la Dominga y a aquella tarde que jamás olvidé: las mujeres reunidas al calor de la *lareira*, las risas y las lágrimas, la certeza de que incluso la miseria y la pobreza más absolutas pueden ser fuente de generosidad y consuelo.

Unos meses después de que la Parca se llevase a la Dominga, vino a buscarme a mí.

Desde niña fui frágil y enfermiza, muy morena y más bien fea, con las rodillas y los codos huesudos, que me daban un aspecto de grillo desmañado. Apenas me parecía a mi madre, que era de rostro sereno y carnes opulentas, y de ella solo saqué los ojos oscuros y una melena lustrosa y negra, algo fosca, que después heredaron todos mis hijos.

Tan ruin y enclenque era que mi *madriña*, temiéndose que estuviese enmeigada, se pasaba los días probando remedios variopintos para librarme del mal de aire: infusiones de tomillo y agua rezada, cataplasmas de ajo y milenrama, y friegas con ungüentos misteriosos que le compraba a un tratante que aparecía cada pocos meses en Padrón en su carro destartalado y aportaba más desasosiego que remedios, pues no dejaba de referir a todo el que quisiera oírlo los sucesos más escabrosos de nuestro tiempo, como el ahorcamiento en Portugal de aquel asesino gallego cuya cabeza habían guardado en un frasco o los últimos desmanes del *Sacauntos* de Allariz, que mataba convertido en lobo al amparo de la luna llena. La Paquita acompañaba sus emplastos y bebedizos con misteriosas letanías que había aprendido de su madre y que se suponía que tenían la virtud de alejar a los malos espíritus: *«Mal d'ollo ou feitizo que n'alma s'asenta, só sai para fora por gran milagreza».* *

Tanto mi madre como ella les tenían pavor a las enfermedades: a las bubas malignas que deformaban los rostros, al cólera y al tifus, y sobre todo a la tuberculosis, capaz de reducir a las personas a espectros pálidos de mejillas encendidas con un estertor en el pecho como de fuelle de herrería.

Un verano, estando con toda la familia en Iria Flavia, me puse muy enferma. Me entró mucha fiebre y el cuerpo se me llenó de pústulas similares al sarampión, inmunes a los reme-

---

* «El mal de ojo o el hechizo que se asienta en el alma solo se extrae por un gran milagro».

dios de la Paquita, a las oraciones de mi madre e incluso a la sabiduría del médico, que llegó a pronunciar esas palabras que nadie quiere oír: «Está en manos de Dios».

Mientras mi madre lloraba y les ponía velas a los santos de las causas perdidas, la Paquita, que conocía bien las leyes secretas que conectan nuestro mundo con el de más allá, propuso que me llevasen al sepulcro del Corpo Santo, en la colegiata de Santa María de Iria Flavia, que tenía fama de milagroso y era capaz de curar a los enfermos, incluso en casos tan desesperados como el mío.

—¡Eso son supersticiones de gente cerril! —bramó mi tío Pepe, que a esas alturas ya me había cogido cariño y temía por mi vida—. ¡Mandaré venir al doctor Varela desde Santiago, si hace falta!

—¿Y qué perdemos por llevarla al Santo? —respondió muy seria mi *madriña*—. ¿Se acuerda usted del Faustino, el hijo de mi comadre Benita? De cativo le entraron unas bubas malignas que se lo comían entero. Había más rojo que niño y nadie daba un real por él, pero se curó completamente cuando lo pasaron por el Corpo Santo. Ahí lo tiene ahora, con la cara tan lisa como el culo de un *neniño*.

—Llevémosla —zanjó mi madre, a quien el pánico de perderme la había desbordado y estaba ojerosa y desencajada de tanto llorar.

Decidieron llevarme esa misma noche, pues los asuntos de espíritus y hechizos siempre es mejor resolverlos al amparo de la oscuridad. Mi tío me cargó al hombro, bien envuelta en una manta, y pusimos rumbo hacia la colegiata con la Paquita delante de todos alumbrando la senda con un candil. Aturdida y tiritando, a mí me daba la sensación de que los colores y los sonidos del pueblo se ensanchaban, que las casas emergían entre la niebla como fantasmas, los árboles murmuraban y las estrellas brillaban en lo alto con más fuerza que nunca. Cuando traspasamos las altas puertas de la colegiata, me pareció oír el tenue tañido de una campana fantasmal, como procedente de otro mundo.

Situado frente a la tumba del arzobispo Rodrigo de Luna, el Corpo Santo es un sepulcro muy antiguo que contiene los restos incorruptos de un misterioso obispo medieval cuya verdadera identidad nadie ha sabido averiguar. Recuerdo que me sacaron la ropa y me tumbaron en cueros sobre la piedra helada, cuyas aristas se me clavaban en la espalda como diminutos cuchillos. A mi alrededor, todo era silencio y, entre los delirios de la fiebre, yo sentí que en lugar de estar sobre la tumba me encontraba en su interior, como si aquel obispo fantasmal se las hubiese arreglado de algún modo para intercambiar su cuerpo por el mío. Mucho tiempo después, cuando leí «El entierro prematuro», ese relato asfixiante de Edgar Allan Poe, recordé el terror y el asombro que me embargaron aquel día en la colegiata.

Cuando a mi madre y a mi *madriña* les pareció que el obispo ya había tenido tiempo suficiente de obrar el milagro, me devolvieron mis ropas y mi tío me tomó en brazos para emprender el camino de vuelta. Yo temblaba y me sentía mucho más enferma que antes. Mientras salíamos, los contornos de los bancos de madera, del sagrario y de las tallas de los santos parecían vibrar, envueltos en un vapor metálico. Con el rabillo del ojo divisé a alguien oculto en la penumbra, más allá del presbiterio, y si mi tío no me hubiera tenido bien sujeta me habría caído al suelo del susto. Era una figura vestida de oscuro, de amplios ropajes de ala de cuervo, con un rostro grande en el que se adivinaban dos ojos brillantes que no se separaban de mí. «Es el obispo», me dije aterrada. Cuando se dio cuenta de que lo miraba, aquel ser misterioso movió la cabeza ligeramente en mi dirección, dedicándome una especie de saludo. «No puede ser, me lo estoy imaginando», intenté convencerme mientras las largas zancadas de mi tío alcanzaban la entrada y perdía de vista al extraño. En ese momento, a la luz del candil de la Paquita, advertí la hilera de pisadas embarradas que atravesaban el atrio hasta la puerta de la colegiata. «Es real. Es el obispo». Negándome a seguir pensando en ello, oculté la cabeza en el hombro de mi tío y me desmayé.

Durante diez días luché contra la enfermedad a brazo partido, alternando breves momentos de vigilia con horribles sueños en los que el obispo emergía de sus negros ropajes para dedicarme una siniestra sonrisa. Al undécimo día, las fiebres desaparecieron de golpe, tal como se habían presentado, y las pústulas dejaron paso a una piel nueva y limpia que hacía llorar de alegría a mi madre cada vez que se acercaba a mi cama. El médico de Padrón, asombrado ante la rapidez de mi curación, meneó la cabeza, afirmó que «esta criatura sanó porque Dios así lo quiso» y aceptó de buen grado los cuartos que mi tío Pepe le pagó por su asistencia.

Desde entonces, mi madre, que siempre había sido racional y sensata, comenzó a creer en sortilegios y milagros y se volvió casi tan supersticiosa como la Paquita: se santiguaba en los caminos para espantar a la Santa Compaña y jamás salía de casa sin echarse al bolsillo lo que se suponía que era un trozo de cuerno de alicornio, un objeto repelente que más bien se parecía a una pata de pollo pero que, según mi *madriña*, tenía la capacidad de apaciguar a los espíritus del aire y contentar a los de la tierra.

¿Y quién podría culpar a Teresa por rendirse a estas creencias? «Ve, si no, a una madre de esas que han sido perfectamente educadas, y que puede decirse instruida [...] mírala a la cabecera de su hijo moribundo, sin esperanza de poder volverle a la vida», escribí yo en mi novela *El primer loco*, casi cuarenta años después de mi encuentro con el Corpo Santo. «Acércate a ella en tan angustiosos momentos, aconséjala el mayor de los absurdos en el terreno de las supersticiones, asegurándole que si hace lo que se la ordena, su hijo recobrará la salud, y verás cómo cree en ti y se apresura a ejecutar exactamente lo que a sangre fría hubiera condenado y ridiculizado en otra cualquier mujer. Y si por casualidad su hijo volviese a la vida, aquella madre será supersticiosa en tanto exista, pese a su propia razón».

Unas semanas después de aquella experiencia, me acerqué a mi madre con una duda que no había dejado de acecharme desde la última visita del médico.

—¿Fue *meu pai* el que me curó? —le solté a bocajarro.

A ella se le cayó al suelo la prenda que estaba remendando.

—¿Qué dices?

—Dijo el doctor que solo sané porque Dios lo quiso.

Mi madre suspiró y me acarició la mejilla.

—Así es, *miña nena*. Fue un milagro de Dios.

Solo muchos años más tarde averigüé que, sin pretenderlo, con mi pregunta inocente había rozado la verdad. Y es que sí había sido mi padre —no Dios, sino José Martínez Viojo— el que le había facilitado al tío Pepe la llave de la colegiata para que pudieran llevarme al Corpo Santo como recurso desesperado. Y aquella figura oscura que tanto me había asustado y que yo había confundido con el fantasma del obispo era en realidad el capellán en carne, hueso y sotana, observándome desde la distancia y rezando a su manera por mi completo restablecimiento. Durante muchos meses tuve pesadillas con aquel ser espectral que mi imaginación había hecho más grande y más oscuro de lo que era en realidad, una visión colosal de sonrisa siniestra y dedos huesudos que se agitaban en el aire.

Mi padre: él fue la primera de mis sombras.

Cuando me curé del todo y recuperé el buen color, mi madre decidió que era hora de que comenzase a ir al colegio. Su propia educación había sido escasa y caótica, más centrada en las sumas y las restas que en las letras, porque, en opinión de la matriarca de los Castro, para una mujer fidalga siempre resulta más útil saber contar que leer, pues es necesario llevar buena medida de las sábanas, los encajes, la platería y los demás objetos de valor que hay en la casa, ya que incluso el más fiel de los criados puede volverse ladrón en el momento menos pensado. De sus embrollados años de formación, Teresa solo recordaba con afecto las lecciones de francés de fray Lamotte, que le habían dejado una pronunciación casi perfecta que ella lucía con orgullo a la menor ocasión.

A pesar de todas sus carencias, fue ella la primera que me inculcó el amor por las historias. Los cuentos que me narraba por las noches antes de arroparme tenían la fascinación de las fábulas inventadas en las que todo era posible. En ellas volaban meigas y brincaban trasgos; los hidalgos iban a la batalla; brotaban de la tierra carballos parlantes y había espadas mágicas y tablas redondas, reyes encantados, *almiñas* de difuntos, *mouros* de los castros, mendigos y ciegos. A través de los pocos libros que se había traído de la biblioteca de Arretén —folletines de Dumas y algunas novelitas históricas de Estanislao de Kostka Vayo— aprendí a reconocer el abecedario y me entusiasmé con la idea de que esas diminutas motas de tinta tenían el poder de sumergirme en mundos nuevos y aventuras fascinantes.

Mi madre, que había aprendido en sus propias carnes que la vida tal como la conocemos puede cambiar en un pestañeo, decidió que no se perdía nada por alentar esa curiosa pasión mía.

—Solo Dios sabe qué será de ella el día de mañana —le dijo a la Paquita—. Y quizá las letras le sirvan para algo, aunque sea mujer.

En aquel tiempo había en Padrón una escuela de primeras letras para niñas en la que enseñaban a leer sin trabarse y escribir con buena letra, hacer labores y bordados, las cuatro reglas de la aritmética, los dogmas del catecismo y nociones muy someras de dibujo y geografía; era una formación encaminada a futuras esposas y madres. Recuerdo mi paso por aquellas aulas como una sucesión de días grises. Las clases tenían lugar en un recinto pequeño y polvoriento, muy frío y húmedo en invierno y caluroso en verano, con hileras de bancos de madera sobre los que se alineaban las cabezas de primorosas trenzas. Muchas de mis compañeras pertenecían a familias bien asentadas de burgueses o comerciantes, ya que las fidalgas que todavía podían permitírselo se educaban en casa con preceptores y las más pobres ni siquiera soñaban con sentarse ante un pupitre. Sus madres formaban una comunidad cerrada de rígida moral; tenían ojos que lo escrutaban todo, lenguas implacables, y juzgaban a los hijos ajenos según la gravedad de los pecados de sus padres. Mi origen incierto y mi peculiar situación familiar se traducían en cejas alzadas, hondos suspiros y turbias miradas de reojo. Hice pocas amigas y siempre me sentí diferente, manchada por una sombra que aún no era capaz de comprender, como un carnero negro que intentase abrirse camino entre un rebaño blanco y esponjoso. Además, las lecciones se me atoraban como piedras calientes en la garganta. Me enredaba con la aritmética, los mapamundis me parecían áridas planicies que nada tenían que ver con los territorios mágicos de los cuentos, y los rezos me provocaban somnolencia. Lo que más detestaba era la ortografía. Yo quería palabras salvajes e indómitas, no sometidas al yugo de aquellas reglas y normas que me parecían absurdas. Jamás fui capaz de reconciliarme con ellas y ese defecto me acompañó toda la vida, hasta el punto de que cuando comencé a publicar libros me vi en la necesidad de advertir en algún prólogo a los lectores de esa carencia mía.

Con tal panorama, no es de extrañar que viviese soñando con los días de asueto, los únicos momentos en los que podía dejar de lado aquella tediosa rutina y volver a mi vida de niña libre por las callejuelas de Padrón o las veredas de Iria Flavia. De entre las vacaciones escolares, la Semana Santa era mi favorita, a pesar de ser época de recogimiento y postigos cerrados. Sentía fascinación por las procesiones: esas columnas desordenadas de cofrades y penitentes; las andas engalanadas sosteniendo a la Virgen de los Dolores y al eccehomo coronado de espinas; aquella sudorosa marea humana que avanzaba al unísono emanando un vapor similar al de una *pota* en ebullición. Esperaba con ansia la llegada del Domingo de

Ramos, no solo porque estrenábamos vestidos nuevos y comíamos confites, sino también por la magnífica visión del enramado de olivos y laureles que llenaba la iglesia, el olor a bosque nuevo y el susurro de las hojas rozándose entre sí. El mayor deseo que teníamos todas las rapazas era llevar una palma, esos largos penachos de formas imposibles que relucían como lascas de oro bajo el sol.

Pero en Padrón no todas merecíamos llevar una palma, solo las honestas y de probada virtud. «La que en vez de palma, le lleva de olivo, se oculta cuanto puede en la sombra; procura confundirse entre viejas, casadas y pecadoras aun cuando ella no lo sea», escribí yo años después en «El Domingo de Ramos», un breve artículo que el editor incluyó al final de mi novela *El primer loco*. Y ahí, como en tantas otras piezas que brotaron de mi pluma, pesa más lo que callé que lo que dije. Y lo que callé fue la vergüenza de mi madre, condenada por su condición de soltera a permanecer de pie en el fondo de la iglesia. Callé mi rabia ante la visión de las espléndidas crestas doradas que portaban mis primas y mis compañeras de colegio y que hacían palidecer a nuestras humildes ramas de olivo. Callé las miradas de lástima, los rictus que querían ser sonrisa y se quedaban en mueca. La palma que jamás tuve en mi infancia echó raíces en mi mente, creció, se retorció y floreció hasta adquirir proporciones monstruosas; fue para mí la certeza de que en mi familia existía un secreto del que nadie hablaba, pero cuyo peso descomunal cargábamos entre todas.

Mis días en la escuela de Padrón habrían sido todavía más sombríos si no hubiese tenido la suerte de contar, aunque por un tiempo muy breve, con una maestra excepcional. Se llamaba Lucía Gifford, era inglesa de pura cepa y había acabado en Galicia tras su boda con un militar español. La recuerdo como una mujer alta de pelo dorado, espaldas de estibador, rostro blanco y algo caballuno en el que brillaban dos grandes ojos azules. También a ella le costaba encontrar su lugar. Tras su nombramiento como maestra titular de la escuela de niñas, muchos padres enviaron furiosas quejas a la Diputación Provincial, protestando por el origen extranjero de doña Lucía y su cerrado acento. En realidad, lo que temían era que aquella mujer indómita de carácter sólido, voz firme y pasos que resonaban como los de un hombre por los corredores ejerciera una mala influencia sobre sus dóciles hijas. Lucía Gifford no se parecía a ninguno de ellos, no tenía nada en común con aquellas esposas y madres de horizontes limitados a los confines de sus casas. Gracias a ella descubrí que existía un mundo más allá de las aulas que pisábamos. En su español salpicado de anglicismos nos narraba historias de los hermanos Grimm, nos recitaba en francés pequeños fragmentos de las *Cartas persas* de Montesquieu y declamaba versos de Isabel de Castro y Andrade, una noble dama coruñesa que había vivido tres siglos atrás y que escribía en gallego antes de que nuestra lengua cayese en una negrura de siglos. De sus labios escuché por vez primera la idea de que podíamos ser algo más que monjas, esposas o madres; y atendí fascinada a sus historias sobre mujeres feroces que se habían atrevido a reclamar los derechos de sus congéneres, como su compatriota Mary Wollstonecraft, que había escrito una *Vindicación de los derechos de la mujer*, o la francesa Olimpia de Gouges, que perdió la cabeza en la guillotina, pero antes había tenido tiempo de empuñar la pluma para clamar: «Hombre, ¿eres capaz de ser justo? Una mujer te hace esa pregunta». Yo misma, como madame de Gouges, también la hice, y más de una vez, a lo largo de mi vida.

Para impartir sus lecciones, doña Lucía se servía de un librito escrito por ella misma, el *Primer catecismo de los niños, que comprende porción de cosas útiles y necesarias de ser sabidas en una edad temprana*. A pesar de su título no se trataba de un tomo lleno de exhortaciones pías, sino de un volumen ameno que abordaba materias de historia, ciencias, matemáticas y geografía. Lucía Gifford siempre se mantuvo fiel a sus ideas, pero no fue capaz de derribar los compactos muros de la incomprensión y el rechazo. Sus superiores acabaron cediendo a la presión de las familias y decidieron suprimir su plaza en la escuela de Padrón, para colocar en su lugar a otra maestra más aburrida pero mucho más complaciente. Doña Lucía se marchó para siempre con sus pasos estridentes, su vestido de regio paño escocés y su libro bajo el brazo. Jamás volví a verla ni a saber nada de ella. Le habían colocado en la boca una mordaza de silencio, pero siempre he conservado la esperanza de que no consiguieron cargársela también sobre la espalda. Todavía guardo una copia de su *Catecismo*, y tengo la sensación de que entre sus páginas amarillentas por el tiempo palpitan aun su rebeldía, su amor por la enseñanza y por la libertad.

3

A auga corría
polo seu camiño
i eu iba ó pé dela
preto dos Laíños
sin poder cas penas
que moran conmigo.*

Rosalía de Castro,
Follas novas

La primavera de 1846 llegó radiante y benévola, con una quietud de campos mansos y un despliegue de tojos y jaramagos en los bordes de cada camino. Pero llegó también con pólvora y con sangre, con un rosario de mártires cuyos nombres quedaron grabados para siempre en la memoria de muchos.

---

* «El agua discurría / por su camino / y yo iba siguiéndola / cerca de los Laíños / sin poder con las penas / que moran conmigo».

En aquellos años Galicia era —como lo sigue siendo ahora— una cocha de tetas lustrosas de la que mamaban a la vez demasiados *porquiños*. Ahogada en impuestos, con la piel arañada de caminos intransitables, agraviada por la Corte; habían caído ya en el olvido los tibios destellos de progreso del siglo anterior: las salazones de pescado, los molinos papeleros, las canterías de Pontevedra, las ferrerías luguesas, incluso los finos lienzos de los hiladeros, sofocados por el brío de los algodones catalanes y portugueses. Y fue en Compostela, ciudad de piedras lamidas y sotanas viejas, donde comenzaron a alzarse las primeras voces de protesta. El monasterio de San Martiño Pinario, vacío tras la desamortización, se convirtió en el centro de reuniones de la recién creada Academia Literaria, donde los hombres descontentos con la situación de nuestra tierra alzaban a la par los puños y las voces. Sin un ideario claro, unidos solo por un fiero idealismo y por su deseo de liberar Galicia de la pobreza y la humillación, médicos, profesores, estudiantes y militares se reunían en las lúgubres celdas donde antes habían dormido los monjes benedictinos y debatían sobre política, historia y economía; discutían el socialismo utópico de Fourier; leían a Chateaubriand y a Guizot; concordaban a gritos con las teorías de lord Russell y daban rienda suelta a sus ansias de cambio a través de publicaciones de prosa exaltada y corta vida, como *El Recreo Compostelano* o *La Aurora de Galicia*.

El alma de la Academia era Antolín Faraldo, un joven periodista de apariencia lánguida, rostro aniñado y oratoria tan encendida que, cada vez que se subía a una mesa para disertar, la audiencia enmudecía por completo y luego prorrumpía en un ensordecedor aplauso. Feroz y romántico, Faraldo firmaba sus artículos con el exótico seudónimo de Abenhumeya, se batía en duelo con quien fuera para defender sus ideales y no vacilaba en contradecir en público a los más poderosos, incluyendo al mismísimo arzobispo de Santiago. Su padre, absolutista convencido, había sido el encargado de custodiar a la viuda de Porlier, cautiva tras la ejecución de su esposo; y se había dedicado a su tarea con tanto ahínco que llegó incluso a impedirle abrir los baúles que contenían cartas y objetos personales del general. Antolín, deseoso como casi todos los jóvenes de contradecir a su padre, mudó en progresismo sus rígidas ideas, su apego a las tradiciones en ansias de cambio. Pero, sobre todas las cosas, ansiaba devolverle a Galicia el esplendor del pasado, rescatarla de su tristeza de gentes míseras y estómagos vacíos.

Y mientras Faraldo y los suyos arengaban en Santiago, también en A Coruña se murmuraba, se maquinaba y se sentaban las bases para la revuelta. Muchos de los conspiradores tenían como centro de reunión los salones rebosantes de cojines y porcelanas de una mujer muy peculiar: Juana de Vega, condesa de Espoz y Mina, que no solo los abría de par en par para la causa, sino que los mantenía completamente tapizados de verde, el color de los liberales. Bien arrellanados en los butacones de estilo francés, los señores discutían y debatían sin que les importase lo más mínimo que la condesa mantuviese embalsamado en el cuarto contiguo el cuerpo de su esposo, Francisco Espoz y Mina, antiguo héroe de guerra; con la única excepción del corazón, que doña Juana guardaba en una vasija con el firme propósito de que lo enterrasen junto a ella cuando le llegase la hora. Muchos años después, durante mi primera estancia en Madrid, le narré esta anécdota a mi amigo Bécquer, que sentía devoción por las historias trágicas, y él me contó a su vez que Mary Shelley, la hija de Mary

Wollstonecraft —cuya *Vindicación de los derechos de la mujer* tanto entusiasmaba a Lucía Gifford—, también había conservado en su escritorio el corazón de su esposo muerto, el poeta Percy Shelley. «¿Te das cuenta? Dos mujeres viudas, separadas por unos cuantos años y un océano y unidas por el mismo gesto hermoso y extraño: conservar incorrupta la mejor parte del ser amado, el único órgano capaz de recomponerse una y mil veces después de que lo hagan trizas. ¿No te parece maravilloso? —me preguntó Gustavo mientras se atusaba aquellos finos bigotes suyos que le hacían parecerse a un gato famélico—. Quizá tú puedas guardar el de Murguía y lo enterrarán junto a ti entre los verdes de esa tierra vuestra, bajo un manto de helechos y ortigas».

Me hicieron gracia las palabras de Bécquer en aquellos días en que la muerte no era para mí más que una sombra lejana e imprecisa. Y reconozco que hubo un tiempo en que no me habría importado yacer junto al corazón de Manolo, recordar así nuestro amor imperfecto: a través de las vísceras. Pero ahora que está claro que yo seré la primera en abandonar este mundo, sé que él se horrorizaría ante tales pensamientos. *Meu home* querrá enterrarme intacta como una reliquia, inmaculada y entera, como la santa en la que muchas veces se ha empeñado en convertirme a ojos del mundo.

Pero me estoy perdiendo en divagaciones, quizá porque los acontecimientos de aquella primavera de 1846 siempre han estado para mí muy ligados a Manolo, como eslabones de una misma cadena. Volvamos pues a doña Juana de Vega y a las maquinaciones que por entonces se daban en la ciudad herculina. Entre los contertulios más fieles de la condesa estaba el comandante Miguel Solís, valiente y honorable, ya curtido pese a su juventud en las escaramuzas carlistas y hastiado de una Corte cuyo trono había estado durante años en manos de un rey vil y ahora se tambaleaba bajo las enaguas de encaje de una adolescente que era un títere en manos de otros. Solís despreciaba al general Narváez y a sus consejeros, que él calificaba de advenedizos y meapilas, y estaba dispuesto a hacer lo que fuera para derrocarlo. Y si la solución no podía ser pacífica, aseguraba, entonces la gloria y la libertad llegarían por la fuerza de las armas.

La ciudad de Lugo fue la escogida para iniciar la sublevación. La mañana del 2 de abril, entre las viejas murallas que habían protegido el bosque sagrado de Augusto, Solís arengó a sus tropas al grito de «Gallegos, españoles todos. ¡Viva la Constitución! ¡Viva la reina libre!». Me contaron que, al sonido de su voz, una bandada de tórtolas salió volando desde la torre Mosqueira y eso fue considerado como un buen augurio por los que lo presenciaron. Lo cierto es que fue un levantamiento manso en el que no se empuñó ni un arma ni se derramó una sola gota de sangre. «Lo único que yo quiero —le diría Solís esa noche a uno de sus leales— es la salvación de la reina y la paz. Y con ayuda de Dios, conseguiremos ambas».

¡Pobres *coitados*! El suyo fue un desesperado acto de fe, aliñado de furia y coraje. En el fondo, él y los suyos estaban muy solos. Narváez, más furioso que nunca y dispuesto a atajar la revuelta por lo sano, envió tropas con órdenes de someter a los sublevados a sangre y fuego; y los dos ejércitos se encontraron en Cacheiras, muy cerca de Santiago, en las faldas erizadas de ginestas del monte Montouto. Mientras los *labregos* de las parroquias vecinas se encerraban en sus casas, guardaban a buen recaudo cativos y ganado y se ponían a rezar de rodillas —no por uno u otro bando, sino para que la guerra no les trajese más miseria de la que ya padecían—, sublevados y lealistas se enfrentaban con furia, gritando «¡Viva la reina libre! ¡Abajo el dictador Narváez!» los unos y contestando «¡Viva la reina! ¡Mueran los traidores!» los otros. Así lo afirman los que presenciaron el combate y quedaron vivos para contarlo, y todos coinciden en que la única de las proclamas en la que se ponían de acuerdo ambos ejércitos era en la de desearle una larga vida a la reina adolescente.

Fue un combate caótico y desigual. Dicen que una batalla está perdida cuando los dos bandos dejan de enfrentarse cara a cara y uno de ellos emprende la huida como raposos en una montería. Y eso fue lo que hicieron los hombres de Solís; con todas las vías de salida cortadas, acribillados por ambos flancos y agotadas las municiones, tuvieron que cobijarse tras los muros de San Martiño Pinario, cuyas piedras achacosas soportaron el asedio hasta que las tropas lealistas redujeron a astillas la puerta principal a base de cañonazos. Para entonces, ya hacía horas que la batalla estaba perdida. Sobre los campos de Cacheiras quedaron tendidos cientos de cadáveres, la tierra se tiñó de escarlata y durante los años siguientes corrió por la región el rumor de que las berzas y las lechugas de aquellas huertas eran las más gordas y lustrosas de la zona, pues se habían abonado con la carne y la sangre de los caídos.

La madrugada del 26 de abril, con una luna afilada partiendo en dos la cima del monte Xalo, Miguel Solís y once de sus hombres fueron fusilados en el lugar de Carral, ante los ojos espantados del párroco que los asistió sin vacilar hasta el final. «Aquello fue un baño de sangre, una atrocidad», diría más tarde el buen clérigo, con el ánimo tan negro como su sotana. Miguel Solís fue el primero en morir. Con el rostro pálido y los ojos desorbitados, pero con voz firme, se negó a que le velasen los ojos y él mismo se encargó de dar la orden de fuego. Se dijo, y yo no sé si esto será cierto, que ningún miembro del pelotón se atrevió a mirar de frente a los reos antes de apretar el gatillo. Se dijo también, y esto sí que es cierto, que ninguno de los fusilados por Galicia aquel día era gallego.

Así terminó para nuestra tierra aquel intento de recuperar el vigor de los tiempos pasados: con la hierba y las piedras teñidas con la sangre de los mártires. Antolín Faraldo, devastado ante el fracaso de la causa por la que lo había dado todo, se exilió a Portugal a bordo del buque Nervión. Jamás volvió a pisar Galicia.

Yo era una niña cuando tuvieron lugar estos sucesos que ahora narro, jamás conocí a Miguel Solís y solo supe de Antolín Faraldo varios años después a través de sus escritos. Sin embargo, muchas veces me he sentido como si los hubiese tratado en persona, ya que, desde que me casé, sus nombres siempre resonaron en mi casa con el respeto y la veneración que solo se profesa a los héroes. Manolo tenía apenas trece años en los días de la revuelta, presenció las primeras escaramuzas en las calles de Santiago y su padre acogió en su casa a un soldado moribundo. La sangre de Solís y las ideas de Faraldo abonaron la tierra de la que brotó su amor por Galicia, su firme propósito de engrandecerla. Para mi marido, Solís se convirtió en un mito, en el símbolo del yugo, y Faraldo en el Cristo de los doce mártires que perdieron la vida aquella madrugada.

Han pasado ya treinta y nueve años desde los fusilamientos de Carral y aquellos tiempos sombríos parecen ya muy lejanos, pese a que los que siguieron tampoco estuvieron libres de desórdenes. Al recordar aquel baño de sangre se me han venido a la memoria unos versos de *Cantares gallegos* en los que muchos de mis aduladores —y también algunos de mis detractores— quisieron ver mi llanto de mujer ante la pobreza de Galicia, mi clamor contra el oprobio de una tierra olvidada: «*Probe Galicia, non debes / chamarte nunca española, / que España de ti se olvida / cando eres, ¡ai!, tan hermosa. / Cal si na infamia naceras, / torpe, de ti se avergonza*».*

Y, en cierto modo, no les faltaba razón: yo nunca dejé de lamentarme por los *pobriños* de esta callada esquina del mundo. Pero lo que ellos no saben es que cada vez que cogí la pluma para cantarle a Galicia, también me estaba cantando a mí misma: a la cativa que fui, a aquella niña bastarda envuelta en silencios, en sombras y en secretos.

En los tiempos en que los perros de Cacheiras aún encontraban huesos astillados entre los tojos del Montouto, yo vivía cada vez más consciente de los muchos agujeros de mi historia. De niños, lo único que tenemos son nuestras raíces y las mías se agitaban en el aire, incapaces de encontrar refugio en la tierra firme. Conforme iba creciendo, dejaron de servirme los suspiros de mi madre o las respuestas revestidas de retruécanos de mi *madriña*; averiguar quién era mi padre se convirtió en una obsesión, mayor aun cuanto más obstinado era el silencio con el que ellas acogían mis preguntas.

Mis tíos asumieron ese papel lo mejor que pudieron. Si algo hay que reconocerle a la familia Castro es que siempre ha sabido cerrar filas en torno a sus miembros, por muy excéntricos o desventurados que fueran, y de estos hemos teni-

---

* «Pobre Galicia, no debes / llamarte nunca española, / que España de ti se olvida / cuando eres, ¡ay!, tan hermosa / Como si en la infamia hubieras nacido / torpe, de ti se avergüenza».

do bastantes a lo largo de las generaciones. Mi tío Pepe, una vez superados los primeros recelos ante la sobrina bastarda, se convirtió por méritos propios en mi tío favorito y él me quiso a su vez casi tanto como a una hija. A él le dediqué mis primeros versos, con ocho o nueve años, y desde entonces fue siempre el primero en alegrarse cada vez que un nuevo libro mío veía la luz. Colocó todas mis primeras ediciones en un lugar de honor en la biblioteca de Arretén, y allí se quedaron durante décadas hasta que el pazo pasó a manos ajenas y acabaron apolillados y amontonados en algún rincón oscuro. Mi tío, con su habitual vehemencia, se pasó la vida presumiendo de mis dones literarios y lamentando que hubiera nacido hembra en lugar de varón para sacarles más rendimiento. Poco imaginaba él que precisamente de mi condición femenina nacieron los redaños necesarios para escribir. Fueron mis manos de mujer —manos tiernas que a menudo hubieran querido convertirse en garras— las que tomaron la pluma; mis piernas de mujer las que guiaron mis pasos por el pedregoso camino de las letras, mis labios de mujer los que se negaron a rendirse al silencio.

A pesar de que el tío Pepe fue mi mayor referente durante la infancia, también tuve mucho trato con los otros dos. Tomás García-Lugín, el marido de la tía María, era un hombre pequeño y avispado, de tez morena y sonrisa canina. Durante toda su vida saltó de un empleo a otro sin que ninguno le durase demasiado por causa de su mala cabeza y su tendencia a descalabrar cuanto negocio cayese en sus manos. Fue gestor del alfolí de Padrón, funcionario de Hacienda, oficial de contribuciones y administrador de rentas hasta que lo acusaron de fraude y, para evitar represalias, huyó a Portugal y dejó a su esposa y a sus hijos casi en la miseria.

Desde entonces no volvió a levantar cabeza y su sonrisa torcida, en la que brillaba un afilado diente de oro, se fue estrechando hasta convertirse en una mueca, como suele sucederles a algunos hombres astutos cuando se enfrentan con la vida y sus rudezas.

Mucho más distinguido era el esposo de la tía Maripepa, Gregorio Hermida, señor del pazo de Torres de Lestrove. Era un caballero elegante y lacónico que había sabido resistir casi impasible el declive de la clase fidalga; sin duda, el único de entre los hombres escogidos por sus hijas que hubiera merecido la bendición de mi abuelo. Maripepa, prudente y benévola, solía invitarnos a mi madre y a mí a pasar temporadas con ellos en su pazo. «Anímate, Teresa, que los aires de Lestrove les sentarán bien a las toses de la *neniña*», le decía callándose con discreción que el verdadero motivo tras el ofrecimiento era aliviar a su hermana de la soledad y los muchos trabajos.

Mi madre aceptaba con reticencia. No olvidaba que su hermana, que tan bien se había casado, estaba en lo alto de la escala social, mientras que nosotras habíamos descendido varios peldaños. A mi madre le dolía nuestra pobreza, le escocían en el orgullo los deslucidos de nuestros vestidos y las punteras desgastadas de nuestros zapatos, pero sobre todo le afligía la mezquindad de las amigas de Maripepa, mujeres acomodadas y ociosas que vestían terciopelo en invierno y muselinas en verano, tenían doncellas y criados y ninguna preocupación en el mundo salvo la de menear la lengua dentro de la boca removiendo de aquí para allá las miserias de los demás. Cuando visitaban el pazo de Lestrove, que todas envidiaban en secreto, alababan los vestidos y los modales de mis primas y a mí me sujetaban por la barbilla y me miraban fijamente, como tratando de distinguir en mis rasgos el rastro del pecado. Yo percibía la vergüenza de mi madre, su orgullo herido, y la presencia de aquellas mujeres altivas me provocaba una rabia sorda que era incapaz de poner en palabras.

Pero, a pesar de todo, yo esperaba con ansia las visitas anuales a Lestrove. El pazo de los Hermida es una mole majestuosa y sólida, tan antigua que ya en tiempos del rey Alfonso el Sabio se alababa su esplendor. No hay horizonte para mí más hermoso que el de sus anchas torres recortadas contra el cielo, bien ancladas en aquellas vastedades de viñas y bojes. De niña me encantaban los jardines pletóricos, el madroño de tronco rojizo, los días grises en los que la lluvia calaba la tierra y levantaba un vapor como de lágrimas. A lo largo de toda mi vida, el pazo fue para mí un lugar de refugio y sosiego. En Lestrove nacieron dos de mis hijos y en sus amplios salones posé hace cinco años para el pintor Modesto Brocos, que me retrató seria y cansada, mirando al mundo con un desánimo de animal herido. ¡Ay! Los muchos compromisos de Brocos le han impedido terminar el cuadro y mucho me temo que mi muerte, que tan cerca me ronda ya, impedirá que vea su fin.

Durante los años de mi infancia, Lestrove tuvo para mí otro aliciente más, pues allí estaba Pepito Hermida, mi primo favorito, que con el tiempo se convirtió en uno de esos sabios excéntricos que surgen de cuando en cuando en nuestra familia. Pepito era alto y espigado, con las rodillas siempre llenas de costras y un aire pensativo de cuervo sabio. Ya desde muy niño hablaba con una compostura que provocaba las risas de sus hermanos, pero, a pesar de que estaba llamado a convertirse en heredero de los Hermida, nunca deseó tomarse en serio sus obligaciones fidalgas. Había heredado la generosidad de nuestro abuelo el general y no dudaba en despojarse de lo suyo para socorrer a cualquier *pobriño* de la aldea, aunque a diferencia del patriarca a él no le movía un sentimiento de caridad, sino de justicia.

Más tarde, ya convertido en un mozo flaco de rostro de galgo, triunfó en los salones de Madrid gracias a su exquisita oratoria, viajó a París y allí se trató con Giuseppe Verdi, que quedó impresionado por su voz de barítono y la elegancia de sus modales. Muchos años después, cuando la vida nos mostró a ambos su cara más amarga, se recluyó en su pazo y los dos compartimos muchas horas de desencanto en las amplias estancias de Lestrove; yo rabiando por las ausencias de Manolo y él hastiado de los círculos de intelectuales que en su madurez llegaron a parecerle tan vacíos como un decorado de cartón piedra. Desde que se convirtió en heredero fue deshaciéndose poco a poco de todos los muebles y enseres del pazo, como quien le quita los ropajes a una dama recatada. Lestrove se llenó de goteras y grietas, la hiedra trepó por las paredes y las hizo suyas, las golondrinas conquistaron los aleros, las silvas y los helechos avanzaron sin clemencia por el jardín. Él se paseaba por las estancias alumbrándose con un candil de aceite, cada vez más flaco, vestido de blanco como un espectro, excepto cuando salía al jardín: entonces se quedaba tal como su madre lo trajo al mundo porque creía en las virtudes curativas de los rayos de sol sobre la piel. Los aldeanos entraban cuando querían en la propiedad y se hartaban de higos y manzanas sin miedo a represalias, porque conocían su carácter desprendido. De este primo extraño y generoso aprendí que la dignidad es el mejor atuendo con el que podemos vestirnos, que la libertad nace de nuestro interior y nadie puede arrebatárnosla, que el cielo azul sobre las Torres de Lestrove y la hierba blanda bajo nuestros pies es lo único que necesitamos para alcanzar sosiego.

Y, por si esto fuera poco, también fue Pepito Hermida el que me puso por primera vez tras la pista de mi padre, cuando aún éramos niños.

Mi primo era el único con el que yo compartía mis inquietudes y mis peores temores; ya de rapaz tenía muy desarrollada una capacidad que pocos hombres adultos consiguen dominar del todo: la de escuchar con atención y aconsejar con mesura. Durante las largas tardes de verano en Lestrove, sin saber que lo mismo había hecho la Paquita en su infancia, Pepito y yo jugábamos a inventarnos identidades para mi padre ausente: era un pirata sarraceno, era un conde francés, era un platero de Santiago capaz de forjar brazaletes dignos de un rey, era ese inglés excéntrico que, según contaban los adultos, había recorrido toda Galicia vendiendo biblias.* En nuestras fantásticas conjeturas nunca llegamos a acercarnos, ni siquiera de refilón, a la verdad. Y jamás hablamos de qué haría yo si alguna vez llegaba a averiguarla.

Mi primo me soltó la noticia de sopetón, una de las muchas tardes que nos pasábamos vagando por las riberas del Ulla, con los rostros sudorosos y las greñas aclaradas por el sol.

—*Teu pai* es un *crego*.

Me quedé mirándolo sin reaccionar. Estábamos sentados en uno de los suaves meandros del río, con los pies metidos en el agua. Los días de lluvia, ese rincón desaparecía por completo, ahogado bajo dentelladas de espuma. Esa tarde, sin embargo, estaba tranquilo y solo se escuchaba el zumbido

---

* George Borrow, viajero y filólogo inglés, que durante el año de nacimiento de Rosalía recorrió España con el encargo de distribuir biblias protestantes.

de las abejas y el suave gorgoteo del agua lamiéndonos los talones.

—Se lo oí comentar a mis padres cuando creían que nadie les escuchaba —explicó.

—Pero… ¿un *crego*? ¿Qué *crego*?

—Uno que dice las misas de tarde en Padrón, en la iglesia de Santiago.

No supe qué responder. ¿Un *crego*, un cura? Prefería la opción del platero, del inglés, incluso del pirata. Desde la terrorífica experiencia con el sepulcro del Corpo Santo, me había negado a volver a entrar en la colegiata de Iria Flavia y las iglesias en general me asustaban, salvo en Pascua, cuando se llenaban de palmas y olivos y se parecían más a un bosque y menos a un mausoleo habitado por fantasmas.

—Eso es imposible —le dije a Pepito.

—Bueno… imposible imposible no es —respondió él, que ya a esas alturas sabía mucho más de la vida que yo.

Nos quedamos callados, paladeando el asombro, hasta que él retomó sus explicaciones.

—Le oí contar a mi padre que este cura antes vivía en Iria Flavia, en una de las casas de canónigos de la colegiata, pero que hace poco se mudó a Padrón y alquiló unas habitaciones en casa de un padre de familia. Mi madre decía que hace falta tener muy poca vergüenza para irse a una casa con mujeres solteras, después de todo lo que pasó…

—¿De todo lo que pasó? —repetí con voz desmayada.

Mi primo se encogió de hombros y se retiró con impaciencia el flequillo de la frente.

—No sé nada más. Pero, cura o no cura…, un padre que no vive con vosotras ni es padre ni es nada —zanjó en uno de esos arrebatos de sabiduría que le daban de vez en cuando.

Aquel día ya no volvimos a sacar el tema. Reanudamos nuestros juegos y correrías, con la facilidad de los niños para pasar con ligereza de un asunto a otro. Pero la revelación de Pepito era como una de esas moscas gordas y tenaces capaces de horadar la carne y no dejó de ensañarse con la mía mientras mi primo y yo corríamos con los pelos al viento por los caminos que llevan a San Xoán de Laíño.

La desazón me acompañó en mi regreso a Padrón y se quedó conmigo durante el otoño y con la llegada de los primeros fríos. Aquel fue un invierno triste. Ya no era una niña pequeña, pero parecía que me faltaban siglos para llegar a la edad adulta. Había terminado mi instrucción formal en la escuela de niñas y doña Lucía, con su capacidad inagotable de exprimirme la mente y abrirme nuevos horizontes no era más que un recuerdo del pasado. Vivía en una especie de tierra de nadie, en la que mi imaginación se rebelaba contra el silencio de mi madre y el secreto que pendía sobre nuestra familia.

Algunas tardes, con la excusa de ir a la abacería o a la fuente a por agua, me perdía por las callejuelas enrevesadas de Padrón y vagaba sin rumbo hasta que me dolían los pies. A veces me acercaba hasta la iglesia de Santiago, con su silueta dentada perfilándose contra el cielo, y me quedaba mirándola fijamente, preguntándome si la voz que predicaba tras el púlpito era en realidad la de mi padre.

Un día me atreví a entrar. Me recibió un olor rancio, mezcla de cera derretida y del agua estancada en las pilas. Las misas de la tarde habían terminado y la iglesia estaba vacía, con el *pedrón* del Apóstol perfilándose bajo el altar mayor. Una tos cavernosa resonó tras la puerta entreabierta de la sacristía y yo contuve un grito y hui como un conejo asustado.

Me oculté en el portal de una de las casas vecinas y me asomé con cautela a espiar.

El sacerdote salió unos minutos después. Me quedé mirándolo mientras luchaba con el cerrojo y una enorme llave de hierro: era un hombre alto, grueso y moreno, de amplia sotana oscura y apenas un toque de blanco en el alzacuellos. ¿Era posible que ese fuera mi padre? No tenía nada de hermoso, nada de especial. Parecía un hombre común y corriente, casi vulgar.

Llevada por un impulso, decidí seguirlo. Caminaba encorvado, con la vista fija en el suelo, como buscando su reflejo en los charcos de agua sucia. Recorrimos las calles enrevesadas de Padrón, sorteando mujeres con sellas de agua sobre la cabeza, carpinteros y sastres que acababan de cerrar sus negocios y *labregos* con las *puchas* puestas y los sachos al hombro. A través de la rúa Real llegamos a la plaza del Hilado y lo vi dirigirse a una de las casas de ricos que bordeaban la explanada, una construcción de fachada sobria y larga galería de esas que permiten ver todo lo que pasa en la calle con solo apartar la cortina. La reconocí: ahí vivía Joaquina Eiriz, una de mis antiguas compañeras de colegio. Su padre, don Felipe Eiriz, era un comerciante de tejidos de lino que solía pasearse por Padrón emperifollado como un dandi, agitando en el aire un bastón de empuñadura de plata. Cuando la puerta se cerró tras el sacerdote con un chirrido de bisagras, yo también emprendí el camino de vuelta a mi casa, pensativa. Estaba anocheciendo y los tejados, llenos de gatos y pardales, despuntaban entre una neblina color vino. Apreté el paso, atenazada por las dudas. ¿Era posible que aquel cura y yo compartiésemos la misma sangre? *Meu pai*. La idea era horrible y fascinante a la vez.

Esa noche la pasé en vela. La forma más sencilla de despejar mis dudas hubiera sido interrogar a la Paquita, que había heredado de su madre la costumbre de meter las narices en las vidas ajenas, y cuyos años en Padrón le habían servido para conocerse al dedillo las miserias de todos los que eran alguien y las de los que no eran nadie también. Pero si aquel *crego* era realmente mi padre, la Paquita se callaría como una tumba, que era algo que también sabía hacer cuando la ocasión lo merecía. Decidí, como segunda opción, probar suerte con una de sus comadres, la Ramona, que habitaba una de las casuchas de pobres cercanas al convento del Carmen y se ganaba la vida como *lavandeira*. Como todas las mujeres que trabajan desde niñas, la Ramona parecía no tener edad. Tenía un rostro ancho y unas manos grandes e hinchadas por culpa del agua fría, similares a sapos despellejados, con las uñas reducidas a diminutos botones de nácar. La encontré al día siguiente en uno de los lavaderos a la orilla del río, refregando con fuerza unas enaguas mientras a su lado clareaban varias sábanas puestas en hilera. Como le gustaba hablar más que las sardinas a un gato, no tuve que insistir demasiado para arrancarle cuanto sabía sobre Felipe Eiriz: que era viudo; que tenía otros cinco hijos además de Joaquina; una única criada llamada Gertrudis, porque los tiempos eran los que eran y no se podía permitir más servicio; y que además acogía en su casa a una sobrina de unos veinte años, Ángela Eiriz, y a un primito huérfano que aún no había cumplido los tres. Desde que el comercio del lino había empezado a caer en picado por culpa de los aranceles y del algodón catalán, don Felipe, abrumado por tantas bocas que mantener, le había alquilado unas habitaciones a un cura. «Ya ves qué vergüenza, en una casa con mujeres solteras...», concluyó la Ramona meneando la cabeza y utilizando, sin saberlo, las mismas palabras que mi tía Maripepa. También añadió el nombre del sacerdote. Se llamaba don José, dijo. Don José Martínez Viojo.

Las explicaciones de la Ramona avivaron mi afán por saber más. Adopté la costumbre de acercarme cada tarde a la iglesia de Santiago, esperar a que finalizase la misa y seguir al sacerdote como una sombra furtiva, ocultándome en los portales cada vez que se paraba o volvía la cabeza. Poco a poco fui aprendiendo cosas sobre mi padre, sin estar segura todavía de si lo era. Supe que predicaba desde el púlpito con tono manso, que cantaba himnos con aguda voz de tenor y que, cuando sonreía, se le veía un hueco entre los incisivos. Supe que tenía las manos blancas y grandes y que cuando estaba distraído se acariciaba la barbilla, como si meditase. Supe también que era hombre de costumbres fijas y que todas las tardes regresaba a casa de Eiriz por el mismo camino, deteniéndose solo una vez en el puesto de la *sardiñeira* de la rúa Real para comprar un atadillo de tripa con el que luego alimentaba a un gato grande de ojos amarillos que parecía vivir libre entre los aleros de la plaza del Hilado. Me dio la impresión de ser un hombre plácido, lento y torpe en sus andares, y no fui capaz de reconocerme a mí misma en sus gestos, ni en su mirada, ni en su modo brusco de levantar la barbilla para saludar brevemente cada vez que se cruzaba con algún feligrés.

Gracias a mis sesiones de espionaje también obtuve atisbos de la vida cotidiana de la familia Eiriz. Oculta entre las sombras de la plaza, veía al padre y a los hijos entrar y salir de la casa o distinguía sus siluetas borrosas a través de los cristales tornasolados. Ángela, la sobrina, tenía un rostro agradable y una melena brillante y sedosa que me provocaba una comezón de envidia cuando la comparaba con mis pelos rufos. El *primiño* huérfano era un rapaz moreno y flaco, con aspecto de saltamontes. A veces, la criada lo sacaba a tomar el aire a la puerta de la casa, agarrado de la mano, y siempre exhibía un aire etéreo, como de fantasma diminuto.

Cuando llegaron las lluvias a Padrón me vi obligada a interrumpir mi vigilancia durante varios días seguidos. Una mañana fría me encontraba asomada a la puerta de nuestra casa, observando el pulso tembloroso del agua en los charcos, cuando vi pasar a la Ramona, ataviada con una coroza que le venía grande y con una batea vacía sobre la cabeza. «Qué día de *cans* —resopló deteniéndose a mi lado—. Imposible *traballar* así». La *lavandeira*, cuya lengua prodigiosa no descansaba ni a remojo, me reveló con aire confidencial que el niño pequeño de los Eiriz, el primo huérfano, se había puesto muy enfermo de repente. Contó con voz ronca que lo había atacado la viruela y que tenía el cuerpo plagado de pústulas, grandes como las llagas de un Santo Cristo. Desde que aquel médico brigantino, Posse Robaynes, había promovido las salas de vacunación años atrás, algunos optaban por inocularse para luchar contra la flor negra, pero todavía eran muchos los que recelaban y preferían recurrir a remedios alternativos, como frotar la piel de los sanos con las postillas de un enfermo o clavarle una espina de tojo impregnada del líquido purulento. Al final, todo estaba en manos de Dios y, cuando alguien caía enfermo, todos deseaban que las pústulas se secasen cuanto antes, pues las costras áridas eran síntoma de que la enfermedad estaba abandonando el cuerpo.

Pensé en aquel cativo diminuto y frágil y lo imaginé llagado. Me estremecí de lástima.

—*Pobriño* —dije.

—Eso, *pobriño*. Y pobre Ángela —convino la Ramona.

—¿Por qué «pobre Ángela»? —pregunté intrigada.

Ella me miró achinando mucho los ojos. Me pareció que se le ponía cara de meiga astuta. Se encogió de hombros e hizo un vago gesto con el brazo como restándole importancia.

—Es que ella lo quiere mucho. Como son del mismo pueblo y huérfanos los dos…

Al día siguiente cesaron las lluvias. Por la tarde me calcé las zocas y me dirigí con paso veloz a la iglesia de Santiago, dispuesta a retomar mi rutina de espía. Pero la misa vespertina no estuvo ese día a cargo de José Martínez Viojo, sino de un curita anciano que chillaba desde el púlpito con voz de urraca. Aun así, hice el camino de todas las tardes, siguiendo el rastro de sus pasos, deteniéndome por inercia ante el puesto de comestibles tal como le había visto hacer a él tantas veces. Era un día turbio y desapacible. Las nubes se resistían a retirarse y la plaza estaba envuelta en la negrura. El gato de ojos amarillos maullaba por allí, sin duda extrañando su ración de tripa de pescado. Me envolví bien en el chal y me oculté bajo las ménsulas cinceladas de uno de los balcones vecinos, dispuesta a esperar.

A través de una de las ventanas de la planta baja divisé dos siluetas oscuras, borrosas como sombras, con las cabezas muy juntas. Me acerqué más, aun a riesgo de ser descubierta. Eran José Martínez Viojo y Ángela Eiriz, sentados frente a las brasas rojizas de la *lareira*. Tenían al niño entre los dos, medio envuelto en una manta como un muñeco desmañado, con el tronco en el regazo de ella y las piernas sobre las rodillas de él. Ahogué un grito; tal como había dicho la Ramona, su pequeño rostro estaba lleno de pústulas albicantes y su respiración parecía trabajosa, como si tuviera el pecho lleno de piedras. Ángela no despegaba los ojos de él y el sacerdote tenía la mirada muerta, esa expresión vacía de las despedidas. Levantó la cabeza y miró hacia la ventana. ¿Me vio? Nunca llegué a estar segura. En aquel momento no era un hombre, sino una carcasa vacía.

Me aparté con brusquedad y salí corriendo. Padrón se había convertido en un agujero oscuro y el viento gélido me abofeteaba las mejillas. Mi madre y la Paquita me esperaban con la preocupación pintada en los rostros y la cena sobre la mesa: las fabas flotando en el caldo humeante me recordaron a las pústulas del niño moribundo y a duras penas contuve una arcada. Mi madre se tragó la regañina que tenía en la punta de la lengua al ver mi cara de pánico.

—*Neniña…* ¿Qué pasó?

Esquivé sus preguntas y me fui directamente a la cama, pretextando un dolor de estómago. Me sumí en un sueño intranquilo, plagado de nubarrones y cuervos, y cuando desperté, una luz fría se colaba por la ventana y las campanas de Padrón repicaban con un tañido ligero y delicado, ese que llaman «toque de gloria» y que anuncia para todo el pueblo la muerte de un niño. Bajé a la cocina a tiempo de escuchar que la Paquita, que había salido a por leche, le daba la noticia a mi madre: al viudo Eiriz se le había muerto un *neniño*, el primo sin padres que tenían recogido por caridad. Mi madre recibió la noticia en silencio, con el rostro blanco y los labios convertidos en una línea. «Lo sabe», pensé.

En un impulso lo confesé todo de golpe: la revelación de mi primo Pepito, las aportaciones de la Ramona, mis excursiones vespertinas siguiendo al sacerdote y embebiéndome de las vidas de una familia ajena, el cativo raquítico plagado de pústulas, las lágrimas de Ángela, la desolación de aquel cura que podía ser mi padre. Pero ¿lo era de verdad?

—¿Es mi padre? —pregunté mirando de frente a Teresa.

Había crecido bastante en los últimos meses y ahora era casi tan alta como ella, pero todavía buscaba el consuelo de sus ojos. No me respondió, pero me estrechó con fuerza entre sus brazos. Su corazón aleteaba como un *xílgaro* intentando huir de una jaula. Y ahí lo supe, lo supe sin asomo de duda. Su silencio fue tan elocuente como si hubiera gritado un sí categórico.

Esa misma tarde, mi madre sacó del armario el mejor de mis vestidos, el de los días de fiesta, de polisón beis y volantes rizados, que una modista había confeccionado siguiendo, según decía ella, el modelo de los que utilizaban en la Corte las hijas del difunto rey Fernando. También ella se atavió con elegancia, con un vestido largo de crespón inglés que yo no le había visto nunca y que le quedaba algo estrecho en el pecho y en el vientre. Yo no lo sabía, pero aquel era el vestido con el que José Martínez Viojo la había visto por primera vez, entre las lápidas de Adina, cuando él era un joven capellán y ella, una adolescente con la cabeza llena de sueños. Así, con nuestras mejores galas y tomadas de la mano, emprendimos el camino hacia la plaza del Hilado, tan familiar para mí a esas alturas como mi propia palma.

La puerta de los Eiriz no estaba cerrada con llave y entramos sin llamar. El velatorio estaba muy concurrido. Olía a claveles y a lágrimas, y habían velado las ventanas con visillos oscuros, tapado los muebles y girado los cuadros para eliminar de la vista todo vestigio de alegría. El niño, amortajado de blanco y rodeado de flores, daba la impresión de haberse encogido todavía más y su rostro consumido se parecía ya a una pequeña calavera. Sin embargo, su expresión era tranquila y alguien se había ocupado de cubrir con polvos de vainilla las marcas de la viruela. Había mucha gente acompañando a los dolientes: hombres con levitones oscuros que daban sorbos a vasitos de orujo, mujeres que suspiraban con lástima y rezaban el rosario mientras le echaban un vistazo a la mueblería de la sala, y algunas antiguas compañeras de la escuela de niñas. Los Eiriz estaban sentados y enlutados: Ángela sollozando contra un pañuelito y don Felipe, muy serio y con cara de pocos amigos. José Martínez Viojo, con su sotana de cuervo, dirigía los rezos con la mirada baja y los hombros caídos.

Mi madre y yo nos unimos al responso en silencio. Mi antigua compañera, Joaquina, me dirigió una mirada de extrañeza, a la que yo respondí encogiéndome de hombros. Tras asegurar a los presentes que el alma inocente iba ya camino del cielo e invocar un último amén, José Martínez Viojo alzó por fin la cabeza y sus ojos se encontraron con los de Teresa. Ni parpadeó, pero no nos perdió de vista mientras nos dirigíamos a Felipe Eiriz, que aceptó nuestras palabras de pésame con una ceja alzada y sin duda preguntándose quiénes éramos y qué hacíamos allí. Repetimos la cortesía con los hijos mayores y con Ángela, que no levantó la vista de su regazo.

Cumplidos los trámites, mi madre se encaró con el sacerdote y le tendió la mano. Él se la apretó con fuerza; tanta que incluso yo pude percibir la tensión, el temblor, el vértigo. Intento imaginar cómo fue para los dos ese momento y a duras penas lo consigo. Ella ya no era la rapaza bravía de su primer encuentro en el cementerio ni la mujer apasionada que lo había conducido de la mano a la bodega de Arretén. Su trenza espléndida hacía ya tiempo que había desaparecido, sustituida por unos pelos tristes que ahora se recogía en un moño bajo. Y él tampoco era el joven capellán de ojos ansiosos ni el hombre enamorado que decía misa desde el púlpito con voz temblorosa de deseo. Pero creo que, en aquel momento, fueron de nuevo Teresa y José, mirándose tal como lo habían hecho aquella primera vez entre las tumbas de Adina, cuando se estrecharon las manos para sellar un pacto sobre los huesos de los niños muertos. Ahora, muchos años después, repetían el mismo gesto frente a otro pequeño difunto.

Y entre ellos yo, su hija, que estaba viva.

Cuando José Martínez Viojo pudo por fin despegar los ojos de Teresa, los clavó en mí. Carraspeó y tragó saliva, como si todo su pasado de huidas y vergüenzas se le hubiera atragantado de pronto. Por fin se decidió a hablar.

—¿Es…?

Mi madre asintió en silencio, con un cabeceo breve y seco. A nuestras espaldas, las conversaciones y los llantos de la familia Eiriz llenaban el aire con una cadencia de enjambre somnoliento. Mi madre me tomó de la mano con una firmeza que no admitía réplica y guio mis pasos hacia la puerta. Por un momento albergué el absurdo deseo de que él nos siguiera, de que nuestros destinos de mujeres solas se interrumpiesen allí mismo. No lo hizo y el viento gélido de la calle fue como una mordaza para mis pensamientos.

Jamás olvidé ese día. De niños, todos tenemos nuestros propios monstruos: nos llevan de la mano, vigilan nuestros pasos, nos observan cuando dormimos y nos soplan en la nuca un aliento tenaz. Los míos eran: un padre con faldas, un niño muerto, una madre rota y un secreto que era casi una condena.

Y también una huida. Solo unas semanas después, mi madre vendió por mil reales su parte de la casa de la rúa Sol. Las tres nos refugiamos por un tiempo en Lestrove y pasamos los meses cálidos en Arretén con Segunda y José María. Y a principios de 1850, sin dar motivos ni explicaciones, Teresa decidió cambiar las *veigas* de Padrón por el silencio de piedra de Santiago de Compostela.

LA CIUDAD DE PIEDRA

1850-1856

1

Yo no sé lo que busco eternamente
en la tierra, en el aire y en el cielo;
yo no sé lo que busco; pero es algo
que perdí no sé cuándo y que no encuentro

Rosalía de Castro, *En las orillas del Sar*

Compostela, Compostela… cuántas cosas dirían sus piedras si supiesen hablar.

Así la recordé yo en *En las orillas del Sar*, el mejor de mis libros, el último que escribí, con la muerte inclinándose ya sobre mi hombro y susurrándome versos al oído:

Ciudad extraña, hermosa y fea a un tiempo,
a un tiempo apetecida y detestada,
cual ser que nos atrae y nos desdeña:
algo hay en ti que apaga el entusiasmo,
y del mundo feliz de los ensueños
a la aridez de la verdad nos lleva.

Y esa fue mi primera impresión de Santiago de Compostela: la de una ciudad extraña y quieta, detenida en el tiempo. «Santiago no es ciudad, es un sepulcro», le escribí a Manolo en una carta hace muchos años, durante una de nuestras numerosas separaciones. Y lo fue para mí muchas veces a lo largo de mi vida: un sepulcro de muros antiguos, un camino de frailes y muertos.

Pero, aun así, era un sepulcro hermoso. Creo que puedo afirmar sin temor a equivocarme que las piedras más bellas del mundo están en Santiago de Compostela: en sus bóvedas y fachadas, en sus calles y plazas, en los arcos encrespados de sus soportales, en las columnas y las torres de la catedral. Las piedras de Santiago, tal como yo las vi con mis ojos adolescentes, estaban vivas y palpitaban bajo la lluvia, aullaban con el viento, crecían y se erizaban de flores y líquenes.

Mi madre, con la ayuda del tío Pepe, alquiló una vivienda en la rúa Bautizados, cerca de la Alameda y de la fuente del Toral; una casa con una típica galería, un amplio zaguán y un corredor estrecho de paredes elevadas en el que todavía lucían los bodegones pintados al óleo por el anterior inquilino. No estábamos solas; en el segundo piso habitaba la familia de un platero, Manuel Aller, un hombre afable de manos callosas capaces de hacer magia: broches, navetas, relicarios y delicados cálices y vinajeras que se disputaban las iglesias de la zona.

También se mudaron a Compostela mi tía María de Castro y sus tres hijos menores: Carmiña, Conchita y Tomás, cargados con un par de baúles en los que habían embutido a las prisas sus escasas posesiones y enfermos de preocupación por el tío Tomás García-Lugín, que había huido a Portugal con una acusación de fraude sobre sus espaldas. Así se encontraron de nuevo las dos hermanas Castro en Santiago: mi madre huyendo de su pasado y mi tía de las lenguas maliciosas y los acreedores.

Mi primo Tomás García-Lugín era un muchacho callado y robusto, que había heredado los ojos de cuervo y las cejas hirsutas de su padre, pero no su astucia; vivía agobiado por la responsabilidad de convertirse en un hombre de provecho. Carmiña y Conchita eran bonitas y risueñas, con plácidos rostros en forma de corazón y una forma de caminar pausada y elegante que contrastaba con mis movimientos desmañados. Carmiña era la más sensible de las dos y, aunque aceptó con resignación la caída en desgracia de su padre y jamás la vi soltar una lágrima, la palidez de su rostro y las ojeras inflamadas que lucía aquellos días eran prueba más que evidente de su tristeza. «Puedes llorar, si quieres —le dije yo una vez durante aquellos tiempos tristes—. A mí no me importa». Ella me miró muy seria y negó con la cabeza. «Mejor no. Las cosas que no se lloran es como si no existieran».

A pesar de la compañía de mis primos, los primeros meses tras la huida fueron difíciles para mí. Entré en la adolescencia con la agitación propia de la edad, una rabia cruda como una herida y esa tendencia a la melancolía que jamás ha llegado a abandonarme del todo. El encuentro con mi padre me rondaba en la cabeza con la insistencia dañina de los malos pensamientos que buscan convertirse en obsesiones. Casi sin darme cuenta fui elaborando una teoría de folletín, con la perseverancia de la araña que teje su red ignorando que está a punto de enredarse en ella. Imaginé que el niño muerto no era un primo huérfano, como le habían hecho creer a todo el mundo, sino el hijo de Ángela Eiriz y José Martínez Viojo, el seductor con sotana que nos había abandonado a mi madre y a mí pero se había enfrentado al arzobispado para poder vivir bajo el mismo techo que su amante. Recordaba una y otra vez el rostro de Ángela en el velatorio y creía ver en él el llanto desconsolado de una madre y en la mirada del sacerdote la tristeza de un padre ante la muerte de un hijo. Aquel niño moreno y de pelo fosco, tan parecido a mí, tan diferente a los rubios hijos de Eiriz. Aquel niño extraño. *Mi hermano.*

¿Habría algo de real en estas sospechas mías o se trataba solo de fantasías propias de una imaginación desbocada? Nunca llegué a obtener una respuesta y ahora sé que moriré con esa duda. ¿Y mi madre? ¿Dudaba ella también? Los secretos que se guardan durante demasiado tiempo crecen y engordan, se hacen perezosos, les sucede como a esas ratas que horadan lo más oscuro de las buhardillas y acaban unidas entre sí por las colas, atrapadas en marañas imposibles de deshacer. Han pasado muchos años y ahora el lienzo de mi vida tiene sus propios nudos, sus hebras sueltas, sus desgarrones. Pero aquel episodio de mi infancia se quedó conmigo para siempre, invadiendo mis sueños hasta el punto de que a veces he llegado a dudar si las cosas sucedieron en realidad tal y como las recuerdo. Mi madre jamás habló de ello y durante años le reproché su silencio; ahora comprendo que su dolor era tan grande que confinó sus palabras a un lugar muy recóndito, donde nadie, ni siquiera ella misma, podía alcanzarlas.

También la Paquita se mostraba sorda y muda ante todas mis preguntas e insinuaciones; su lealtad hacia Teresa era inquebrantable. Pero a veces, mientras fregaba o cocinaba, mientras oreaba las camas o limpiaba el polvo, parecía olvidar mi presencia y se enfrascaba en monólogos deshilvanados en cuyo flujo, como guijarros lanzados a ciegas a la corriente de un río, colaba rencores y reproches, dolores y vergüenzas, curas desvergonzados, rosas caninas y camposantos; palabras y frases inconexas de las que yo me apropiaba con codicia. Durante mucho tiempo las atesoré sin saber muy bien qué hacer con ellas y solo mucho más tarde, con ayuda de otros, pude empezar a darles forma y significado.

Aquellos primeros años en Santiago transcurrieron áridos y lentos, en un continuo girar sobre mí misma sin un propósito claro. Creo que mi madre estaba tan desconcertada como yo acerca de mi futuro. Mientras mi primo Tomás estudiaba para obtener su título de bachiller, mis primas y yo dábamos pasos implacables hacia nuestro destino de mujeres, ocupadas en las tareas domésticas que yo aborrecí toda mi vida. Muy a regañadientes me ponía a deshojar millo, a lavar grelos, a *debullar* guisantes o a sacudir alfombras, o ayudaba a la Paquita con sus guisos, aunque nunca le cogí el gusto a la magia de los fogones que ella tan bien dominaba. Jamás he sido capaz de administrar bien una casa, ni de cocinar un plato sin calcinarlo o dejarlo crudo e incomestible. Por eso durante toda mi vida de casada e incluso cuando Manolo y yo padecimos nuestros peores apuros económicos, nos obligamos a tener al menos una criada para no morir envenenados o andar por ahí con la ropa hecha jirones. Esta continua necesidad de ayuda me costó, años más tarde, la mayor tragedia de mi vida.

Para matar el tiempo, mi madre comenzó a darme clases de francés; esa lengua distinguida que tanto le recordaba a su infancia en Arretén y a las amables lecciones de fray Lamotte. Con su letra torcida escribía frases y palabras, las leíamos juntas y después corregía mi pronunciación hasta que consideraba que estaba perfecta. Así fue como me familiaricé con ese idioma y no a través de las clases en la Sociedad Económica de Amigos del País, como se atrevieron a aventurar varios periodistas despistados en alguna de esas semblanzas biográficas que desde hace unos años aparecen sobre mí de cuando en cuando en los periódicos y que hacen chirriar a Manolo de rabia y a mí de risa, ya que apenas si contienen un par de líneas de verdad. Fue Manolo, y no yo, el que asistió a la Sociedad Económica para recibir clases de dibujo, mucho antes de que nos conociésemos, y como Compostela es ciudad de destinos entrecruzados incluso tuvo allí por compañeros a algunos mozos de mi entorno, como los hijos de mi vecino, el platero Aller. Y en esa misma sociedad compartió lienzo y carboncillos con un joven fidalgo, José Pardo, que por aquellos años andaba desolado por una tragedia que causó revuelo en toda la provincia: su madre pereció degollada a manos de su segundo marido. Mucho más tarde, este José tristón engendró una hija, Emilia Pardo Bazán, que es hoy en día una escritora indómita que no se arredra ante nadie y a quien mi Manolo no puede ver ni en pintura. Pero de esta extraordinaria mujer y de las polémicas que se trae con *meu home* hablaré más adelante, si es que la muerte no me echa las zarpas al cuello antes de que pueda terminar estas páginas. Volvamos pues, mientras mis fuerzas y la luz dorada de la tarde me lo permitan, a aquellos primeros tiempos de mi juventud entre las piedras de Santiago.

Para que pudiese ampliar mis lecturas en francés y mejorar mi pronunciación, nuestra vecina doña Josefa, la esposa del platero Aller, me prestó varias novelitas de una autora gala, George Sand, una mujer que se escondía bajo un seudónimo de varón. Así comenzó uno de mis grandes amores literarios, que he conservado toda la vida. A través de las páginas magníficas de *Indiana* o *Lélia* me sumergí en sus historias llenas de intriga, pasiones y aventuras en las que hubiera querido quedarme para siempre. «La novelista profunda, la que está llamada a compartir la gloria de Balzac y Walter Scott», escribí sobre ella años más tarde en uno de mis primeros libros. Y jamás he dejado de admirarla. George Sand no solo fue capaz de escribir con inteligencia y agudeza, sino que se atrevió a tomar la pluma y aferrarse a ella con fuerza en un tiempo en que muchas aún la sosteníamos con temor y vergüenza. Por aquel entonces yo también empecé a componer mis primeros poemas; intentos torpes, sin alma, rígidos como muñequitos de cartón. Había vivido poco, me faltaban por conocer la cara brillante del amor, los abismos del sufrimiento o el dolor de las ausencias, esa acerada tristeza de la que más tarde nacieron tantos de mis versos. Si algo tienen en común mis primeros escritos y los últimos que salieron de mis manos es el fuego: los primeros ardieron en la *lareira* de nuestra casa de Santiago, los últimos los quemarán Manolo y mis hijas después de mi muerte, junto con estas memorias mías, si es que algún día llegan a encontrarlas.

Llevábamos poco más de dos años viviendo en Santiago cuando mi prima Conchita entró en relaciones con uno de los hijos de Aller, el vecino platero. La tía María no cabía en sí de gozo; su hija había alcanzado ya una edad en la que pocas perspectivas tenía más allá del matrimonio, y esta unión le garantizaba una vida cómoda y alejada de penalidades. El novio, Ángel Aller, era un joven formal y serio, con un sueldo digno de maestro de escuela y muy afable en el trato. Para que la pareja no anduviese por ahí a solas, que ya se sabe que las malas tentaciones acechan en cada esquina, mi tía nos encomendaba a Carmiña y a mí la tarea de acompañarlos en sus largos paseos por la Alameda o hasta la capilla del Pilar, bajo la sombra amable de los chopos y los fresnos. Así, fui testigo de aquel noviazgo con una mezcla de fascinación, envidia y recelo. Eran los suyos unos amores tranquilos y ni él ni ella parecían estar locos de amor el uno por el otro. Lo que les unía era el afecto, una cierta atracción física, la certeza de que nunca más estarían solos. «Qué suerte tuvo tu prima —decían las mujeres de mi familia—. Qué buen mozo se lleva». Y yo, desde la ingenuidad de mis pocos años, me repetía a mí misma que nunca me casaría con un hombre bueno y aburrido como Ángel Aller, que no me conformaría con un amor como el suyo, tan gris y tan cómodo. ¿Y si mi futuro marido era de esos que miran mal a las mujeres que escriben versos? ¿Y si trataba de obligarme a renunciar a ellos y me convertía en una sombra? Bien poco sabía yo que acabaría enamorándome de un hombre que no solo no me pediría jamás que renunciase a la pluma, sino que fomentaría con todas sus fuerzas mi amor por las letras.

Y, aun así, muchas veces no pude evitar sentirme sombra a su lado.

Ahora que Conchita tenía novio formal, la tía María se permitió el dispendio de encargar un ajuar y un nuevo vestuario para que mi prima no desentonase por las calles de Santiago del brazo de su prometido. Así entramos en tratos con una modista de la rúa Hórreo que hacía virguerías con la aguja. Según decían las vecinas, en sus años mozos había estado casada con un abogado de postín y había lucido en su piel diseños propios de una gran dama: vestidos de terciopelo, capotes de armiño y hasta seda y encajes según la moda parisina. Cuando su marido la abandonó y la dejó a cargo de una hija, tuvo que ponerse a coser para la calle y jamás había llegado a perder el estilo y el buen gusto. En la pequeña salita de su casa, mientras Conchita se probaba los airosos mantones de flecos y los nuevos vestidos de lana inglesa, yo hice buenas migas con la hija de la modista, que era algo menor que yo pero parecía mayor gracias a su desparpajo y simpatía. Se llamaba Angustias Luces y era una muchacha morena y deslenguada, de ojos chispeantes y barbilla resuelta, una de esas personas siempre alegres que tienen la virtud de iluminar una habitación entera con su sola presencia. Un día me vio llevando bajo el brazo una de las novelitas de mi adorada George Sand, reconoció el título en francés y, ante mi completo asombro y regocijo, se puso a recitar de corrido, haciendo muchos aspavientos y en un francés más que aceptable, varios diálogos de la *Berenice* de Racine y del *Tartufo* de Molière.

—Mi padre me enseñó francés antes de dejarnos —explicó ante mi rostro alelado—. El francés es muy importante para las actrices, y yo lo soy. Algún día actuaré en el Principal, y me lanzarán palomas y flores como a La Clairon en París.

Me desveló, sin que su madre lo oyese, que casi todos los días recorría la rúa Nova guareciéndose bajo los soportales y se quedaba contemplando la fachada del Teatro Principal, cuyas obras habían finalizado diez años atrás y ya había sustituido a las antiguas casas de comedia santiaguesas. Mientras la fama y la gloria no le llegaban, Angustias se contentaba con sus papelitos de actriz en las comedias de aficionados del Liceo de San Agustín, que por aquellos años había sustituido a la Academia Literaria como punto de encuentro de bohemios, artistas, intelectuales y poetas. Angustias me contó que estaba dividido en cuatro secciones: Literatura, Declamación, Música y Pintura y, por una vez, las mujeres gozábamos de una ventaja, ya que las socias que colaboraban en alguna de las secciones estaban exentas de pago. Gracias a esto podía ella actuar en el Liceo con el beneplácito de su madre, puesto que la situación económica de la buena señora, al igual que la de mi casa, no era demasiado boyante.

A medida que pasaban los días y el nuevo ajuar de Conchita se llenaba de camisas de dormir, sayas, refajos y cofias, Angustias exaltaba mi imaginación narrándome con todo lujo de detalles las maravillosas representaciones del Liceo. A través de sus descripciones apasionadas, los simples escenarios de tarima parecían tan espectaculares como el de la Ópera de París, y los humildes atavíos de los actores se transformaban en ropajes dignos de la *Commedia dell'Arte*. Yo no podía evitar pensar que Angustias era muy afortunada por poder vivir tales experiencias. Su vida, comparada con la mía, parecía apasionante.

Un día me comentó con fastidio que los miembros de su grupo debían suspender los ensayos durante varias semanas porque una de las actrices se había resfriado y estaba sin voz.

—Suena talmente como una gallina clueca. Cómo va a interpretar así a una dama de la Corte de Felipe II…

Le mostré mis simpatías y ella se me quedó mirando con la cabeza ladeada, con esa expresión de urraca sabia que yo ya le conocía.

—¿Por qué no pruebas tú a sustituirla? Tienes buena voz. Y si te gusta, puedes quedarte en la sección de Declamación con nosotros.

Dudé bastante antes de aceptar. Durante toda la vida me he debatido entre mi curiosidad de gato ávido y mi tendencia a la soledad, entre mis deseos de ser escuchada y mi temor a ser malinterpretada. Unas veces he sido fuerte y otras, frágil como un *fío* de araña; he sabido ser mansa o rebelde, sosegada o inquieta, oscilando como un péndulo entre uno y otro instinto. Aquel día, ante la propuesta de Angustias, ganaron el atrevimiento y el afán de aventura.

Dos días después, mientras las mujeres de mi casa seguían distraídas entre telas y corsés, acompañé a Angustias al Liceo, que tenía sus dependencias en las sombrías estancias del convento de San Agustín, con su fachada manca maltrecha por un rayo y al que la desamortización había dejado, como a tantos otros, desolado y vacío. La sección de Declamación llevaba a cabo sus ensayos en un pequeño salón rectangular, polvoriento y lleno de corrientes de aire, con pinturas de querubines en las paredes y un escenario de tarima que parecía que iba a romperse en cualquier momento bajo el ímpetu de los jóvenes que recitaban, cantaban, vociferaban y agitaban los brazos en el aire haciendo aspavientos. Había mozas de mi edad, enérgicas y resueltas, y universitarios que vestían igual que Ángel Aller —ternos de una pieza, esclavinas, sombreros hongos, corbatines de lazo a lo Byron—, pero que tenían un brillo en la mirada y un aire descarado del que carecía el novio de mi prima. Cuando entramos, todos enmudecieron y se quedaron mirándome fijamente y, por un momento, me arrepentí de haberme dejado convencer por mi amiga y deseé volver con mi madre, a la seguridad de nuestra casa.

—Tranquila, que estos *barullan* mucho, pero aún no se comieron a nadie. Hala, súbete ahí y empieza. Te sabrás bien los textos, ¿no? —me alentó Angustias empujándome sin miramientos hacia el escenario.

La obra en cuestión era *La verdad en el espejo*, de Antonio Hurtado, un autor extremeño que también había cultivado la zarzuela. Era una pieza cómica con tintes históricos, llena de requiebros y enredos de faldas. Mi papel, el que correspondía a la actriz enferma, era el de doña Isabel de Velasco, una cortesana amante del rey y del noble don Diego de Mendoza. Temblando, me situé sobre la tarima —o más bien cedí a los vigorosos empellones de Angustias— y me dispuse a recitar los textos que me había aprendido de memoria el día anterior. Me sentía cohibida, con mis pelos de espuma sucia, mi complexión enfermiza, mi rostro ancho y pálido que no podía, ni siquiera bajo la más generosa de las miradas, considerarse hermoso. Pero entonces abrí la boca y, contra todo pronóstico, mi voz surgió clara y firme, se estrelló contra las paredes, se coló por entre las filigranas de pan de oro, voló libre y segura hacia aquellos techos altos que habían acogido tantos años atrás los cánticos de los monjes. Cuando terminé, todos prorrumpieron en un vigoroso aplauso. Recibí vítores, apretones de manos, felicitaciones sinceras y palmadas en la espalda. «Creo que encontraste tu lugar, amiga», me susurró Angustias abrazándome con los ojos brillantes. Y en aquel momento, henchida de vanidad y orgullo, yo también lo creí.

Esa tarde regresé a casa como si me hubieran crecido alas, trotando por las calles de Santiago y pasando como una centella ante las oscuras fachadas y pórticos. Incluso las gárgolas y bestias ominosas que dan la impresión de querer alzar el vuelo sobre los aleros compostelanos parecían sonreír, compartiendo mi alegría. De pronto, la ciudad de piedra se había convertido en un lugar en el que cualquier cosa era posible.

Encontré a mi madre cosiendo bajo la luz enfermiza de un candil de aceite, con la cabeza inclinada porque con los años había perdido vista. La observé en silencio: el pelo ya canoso, los ojos ribeteados de rojo, la piel ajada, el rostro blanco que ya había perdido toda firmeza.

—Quiero ser actriz, *miña nai* —le espeté de golpe.

Ella dio un respingo y soltó la aguja. Casi sin detenerme a tomar aliento, le hablé de la sección de Declamación, le describí las salas de ensayo como si fueran las estancias de un palacio, me maravillé de lo sencillo que me había resultado memorizar el papel de la dama Isabel de Velasco y la desenvoltura con la que las palabras habían salido de mi boca, como pájaros felices huyendo de una jaula. Ella me escuchó en silencio, valorando mi vehemencia y el brillo de mis ojos. Ahora que yo misma he cumplido ya los años que ella tenía entonces, puedo imaginar el susto y la desazón que le produjeron mis palabras. Ser actriz, o comedianta, como decían algunos con desprecio, no era una ocupación deseable para una rapaza en mis años mozos, como tampoco lo es hoy en día; son muchos los que miran como monstruos a las mujeres que se salen de los reducidos confines de la domesticidad. Y en aquel entonces eran muy pocas las que conseguían alcanzar la gloria; solo algunas escogidas como Matilde Díez, las hermanas Lamadrid o Concepción Rodríguez, que en sus buenos tiempos había tenido tratamiento de «doña» y se decía que ganaba más de cien reales por función.

Pero ni siquiera ante ese panorama trató mi madre de disuadirme de mi sueño de oropeles y bambalinas. Tal como haría ante todas las decisiones que tomé en mi vida, incluso las más erradas, se mantuvo a mi lado. Cuando comprobó que mi afán de ingresar en la sección de Declamación no era un capricho pasajero sino un deseo que me nacía de las vísceras, consultó el asunto con la madre de Angustias Luces, que le aseguró que el Liceo era una institución muy decente, frecuentada por buenos rapaces y no por viciosos o maleantes; con mi tía María, que absorta como estaba en el noviazgo de su hija afirmó que no le parecía mala idea y que con un poco de suerte quizá encontraría yo un buen partido entre tantos mozos; y finalmente con la Paquita, que se encogió de hombros y soltó uno de esos bufidos suyos que tanto podían significar sí como no o tal vez. Finalmente, resignada ya a mi decisión, Teresa sacó sus cuentas y decidió alquilar junto con la tía María una de las dependencias de la planta alta del antiguo convento de San Agustín, que se ofrecían a seglares a precios muy reducidos. Así, aunque seguimos viviendo en la rúa Bautizados, podría ahorrarme yo el trayecto por las calles compostelanas, que a la caída del sol se vaciaban de presbíteros y tunos y se llenaban de malhechores, facinerosos y hasta de asesinos que les sacaban la sangre y el unto a cualquier *coitado* para después venderlos por ahí como remedios contra la anemia y la tisis.

Conozco a pocas mujeres de su clase y su crianza que se hubieran atrevido a hacer lo que hizo entonces mi madre por mí. Pero así era ella, valiente y generosa; y, a pesar de que no era demasiado dada a prodigar abrazos o muestras de afecto, no dudaba en servirme en bandeja toda la libertad de la que ella había carecido en sus mejores años, aunque eso significase perder la suya propia.

2

Porque todavía no les es permitido a las mujeres escribir lo que sienten y lo que saben.

Rosalía de Castro, *La hija del mar*

Con mi ingreso oficial en la sección de Declamación del Liceo de Santiago comenzó una de las mejores épocas de mi vida. Cada vez que me subía al pequeño escenario desaparecían todos mis sinsabores y problemas, olvidaba que era pobre, fea y bastarda; me sentía segura, hermosa y fuerte y supongo que eso se transmitía de algún modo al público, porque enseguida adquirí fama de buena actriz. Además de en *La verdad en el espejo*, actué en otras muchas obras, la mayoría piezas cómicas de un solo acto o vodeviles pensados para arrancar carcajadas del público variopinto que asistía a nuestras representaciones: jóvenes estudiantes, militares de permiso ansiosos de pasar un buen rato o señoritas de buena familia que alternaban nuestras alegres representaciones con las sesiones más solemnes del Principal. Fueron tiempos magníficos. Aún hoy, si cierro los ojos, puedo oler la madera bruñida del escenario, oigo las risas de mis compañeros y los susurros del apuntador, noto en el paladar el sabor del brebaje de agua de limón que tomábamos para que la voz nos saliese clara; e incluso puedo recitar de memoria mis papeles de muchas de las obras: *Un par de alhajas*, de Enrique de Cisneros; *E. H.*, en la que interpretaba a una joven casadera; *Vaya un par*, *El preceptor y su mujer*, *Un dómine como hay pocos* y muchos, muchísimos entremeses arreglados del francés.

¡Qué días aquellos! ¡Qué alegría de ensayos y veladas! Éramos todos muy jóvenes, dispuestos a conquistar con pasión aquellos reinos de cartón piedra de los que nos erigíamos como amos y señores. A pesar de que si hoy me cruzase con alguno de ellos por las calles de Santiago apenas sería capaz de reconocerlos, jamás he olvidado a mis compañeros de tablas: Domingo Aristizábal, listo como una ardilla y capaz de memorizar sus papeles en un abrir y cerrar de ojos; Leopoldo Créstar, serio y estudioso; José Clérigo, tan excéntrico que cuando le llegó la hora de hacer testamento legó sus bienes terrenales a su propia alma; los hermanos Eduardo y Rafael Costoya, apuestos y enérgicos, que siempre conseguían los papeles de galán; Antonio Mosquera, que era el vicesecretario de la sección, o los hermanos Perfecto y Eladio Ulloa, corteses y refinados. Y también recuerdo a las muchachas: la querida Angustias Luces; Micaela, la joven a la que sustituí en el papel de Isabel de Velasco y que cuando recuperó la voz demostró ser capaz de trinar como un *xílgaro*; Concha y Teresita, que eran primas; y la gran Josefa García, la única de todos nosotros que consiguió hacerse un nombre y logró actuar no solo en el Principal de Compostela sino también en el Teatro Real de Madrid e incluso llegó a hacer varias giras por América.

A través de mis pequeños papeles fui capaz de vivir mil vidas; dejaba de ser Rosalía de Castro y me transformaba en una cortesana seductora, una virgen inocente, una vieja resabiada, una casada arrogante o una dama frívola. Odiaba y amaba, reía y lloraba, me enamoraba y traicionaba, coqueteaba y desdeñaba. Ahora que me veo obligada a permanecer inmóvil en esta cama de moribunda, y llevo más de veinte años sin pisar un escenario, recuerdo aquellos días sobre las tablas del Liceo como a uno de esos amores etéreos que nos confirman que estamos vivos, que la sangre fluye en nuestras venas y que nuestro corazón aún es capaz de latir.

Y fue un amor volátil, sí. No tardé en darme cuenta de que aquella pasión mía era solo eso: una pasión pasajera, frágil y hermosa como las plumas de un ave de verano. A pesar de que en el ardor del momento le había asegurado a mi madre que quería ser actriz, pronto tuve que admitir ante mí misma que el teatro no corría por mis venas del modo en que lo hacía por las de Angustias Luces o Josefa García, que hubieran cambiado el aire que respiraban por la emoción de los telones elevándose, los vítores, los saludos y los aplausos. Por mucho que yo gozaba de esos momentos, mis ojos y mi mente siempre acababan perdiéndose entre los entresijos de los textos de los libretos, inventaban finales alternativos, analizaban las pasiones de los personajes y el ritmo de los diálogos. Era mi vocación de literata, colándose por las grietas. No, yo no había nacido para elevarme victoriosa sobre las tablas, sino para sumergirme en el pozo más profundo que existe, el de la imaginación, y regresar a tierra firme con un ramillete de versos entre las manos.

Además del teatro, en el Liceo de Santiago también descubrí la música. Durante toda mi vida, incluso en las ocasiones en que me senté a escribir versos en completo silencio, he tenido muy presentes los ritmos del mundo: el sonido de la lluvia, el silbido del viento, los golpes sordos de las piedras de molino, los murmullos y los susurros de las fragas al caer la noche. Pero el Liceo me acercó a la música de verdad, la de los instrumentos y los pentagramas. La sección de Música colaboraba con la de Declamación aportando pequeños entremeses instrumentales para que sirviesen de aliño a nuestras obras, variaciones de flauta o divertidos *intermezzos*, de modo que las dos artes acababan confluyendo y los ensayos se convertían en un batiburrillo de gritos, solfas, cánticos a veces desafinados e instrumentos varios rivalizando unos con otros en un caótico orfeón. A pesar de que jamás fui capaz de aprender solfeo —se me resistió durante toda la vida, al igual que las reglas de ortografía—, gracias a mi buen oído hice mis pinitos con varios instrumentos: el armónium, el arpa, la flauta e incluso la guitarra. Y creo que fue ya por entonces cuando surgió en mi mente el germen de mi «Alborada», que escribí años más tarde, mi única composición instrumental, al modo de las cantigas medievales y a la que puse letra cuando la incorporé a mis *Cantares gallegos*.

Creo que ya he dejado claro, a través de estos recuerdos impregnados de morriña, que aquel Liceo de mis años mozos era un semillero de sueños y prodigios. No era extraño ver a grupos de aficionados a la música o al teatro sentados en aquellas sillas de enea tan incómodas, incluso cuando no era día de función, observando los ensayos, riéndose con los tropiezos y aplaudiendo las bromas y chascarrillos de los actores. Entre los asiduos a nuestras sesiones vespertinas destacaba una pareja que siempre se situaba lejos del escenario, los dos muy serios y como ajenos a la alegría reinante; jamás participaban de los vítores o de la algarabía. Él tendría unos veinte años, era alto y muy flaco, de nariz prominente y ojos de fauno, siempre muy bien vestido, con gabán negro que parecía hecho a medida, chaleco de vicuña y lustrosos botines bicolores que llamaban mucho la atención por lo elegantes. La mujer, algunos años mayor que él, era muy hermosa, con facciones cinceladas, largo cabello del color de las hojas de carballo y una forma de moverse digna y grácil propia de una gran dama.

Por aquellos días ensayábamos una zarzuela de Calderón de la Barca, *El laurel de Apolo*; no para representarla ante el público, sino como entretenimiento y para entrenar nuestras voces. A mí me fascinaba el pasaje en el que Eros atraviesa el corazón de Apolo con una flecha de oro, haciendo nacer en él un amor apasionado, mientras que ataca a la ninfa Dafne con una de hierro y plomo, para volverla desdeñosa. Me parecía una metáfora magnífica y yo misma empleé una similar muchos años después en mi libro *Follas novas*, cuando escribí sobre un corazón asaeteado por un clavo «*de ouro, de ferro ou de amor*».

Uno de los momentos más dinámicos de la obra llegaba cuando el villano Rústico era transformado en árbol y sufría avatares e infortunios en su estado vegetal. Nos encontrábamos en el punto álgido del ensayo, con el bueno de Leopoldo Créstar ataviado con un gabán de paño marrón simulando el tronco y unos ramilletes de ginestas sobre la cabeza, cuando el hombre de los botines brillantes se puso en pie, agitó con enfado en el aire su bastón de empuñadura de plata —dejando claro que solo lo utilizaba con fines estéticos— y gritó abrumándonos a todos con su voz de trueno.

—¡Carballos y *follas* de *loureiro*! ¡Vaya sainete ridículo! ¡El esplendor de la Grecia antigua reducido a un vulgar jardín!

Y sin más, sin darnos tiempo a replicar o a recuperarnos de la impresión, recogió del asiento su sombrero hongo y se alejó a buen paso, seguido por la mujer, que se apresuró a correr tras él después de dirigirnos una breve mirada de disculpa.

—¿Quién es ese *pailán*? —preguntó Angustias cruzándose de brazos.

—Ni *pailán* ni patán —respondió Eduardo Costoya—. Es un sabio. Estudia Filosofía y dicen que habla griego con soltura y hasta latín, como los mismísimos romanos. ¡Sabe más que el catedrático!

—Un *pailán* que sabe latín, pero *pailán* al fin y al cabo —sentenció Angustias con su habitual desparpajo.

Retomamos nuestro ensayo sin más comentarios y no volvimos a ver a la pareja durante varios días; pero una semana después, cuando salía de nuestras habitaciones del antiguo convento en compañía de mi madre, la muchacha que había acompañado al *pailán* de los latines —como ya le había bautizado Angustias— nos abordó con timidez y la mirada baja.

—Señorita, le pido perdón… Es decir, mi hermano le pide perdón por su interrupción durante el ensayo. Él es… Bien, no ve con buenos ojos las bromas y los sainetes relacionados con la historia antigua. —Titubeó, claramente incómoda con su papel de mensajera de tan extraño recado—. Sin embargo, asegura que su interpretación de Dafne es muy correcta y le gustaría… es decir, si no tiene inconveniente, invitarla a tomar un refrigerio para felicitarla personalmente.

Mi madre y yo nos miramos sin saber qué pensar.

—Por supuesto, yo estaré también presente. Y usted será

muy bienvenida, señora —se apresuró a aclarar con torpeza, mirando a mi madre—. Mi hermano no guarda ninguna... eh... segunda intención —añadió enrojeciendo y meneando la cabeza como si la simple idea le resultase inconcebible.

—¿Y cómo se llama usted, señorita? —preguntó mi madre con desconfianza.

—Me llamo Eduarda. Eduarda Pondal.

—¿Y su hermano?

—Él también.

—Él también, ¿qué?

—Quiero decir que él también se llama Eduardo.

Mi madre enarcó las cejas y soltó uno de esos hondos suspiros con reminiscencias de su crianza fidalga.

—Eduardo Pondal, entonces.

Y así fue como le conocí, al bardo de Galicia, el poeta altivo y orgulloso, uno de mis grandes amigos.

Dicen que la memoria es nuestra aliada, pero también puede comportarse como una enemiga implacable, y ha de ser cierto, porque los recuerdos de aquellos tiempos espléndidos me abruman y me entristecen con ese sentimiento de espesa saudade que sentimos por el pasado irrecuperable. ¡Cómo me gustaría ver de nuevo a Pondal antes de dejar este mundo! Si ahora apareciese de pronto en el quicio de mi puerta, se quedaría mirándome con su expresión de galgo triste, parado sobre sus zapatos relucientes y con su sombrero hongo en la mano, y musitaría algunas frases de ánimo corteses, consejos de amigo más que de médico como los que me escribió en una de sus últimas cartas: «Tengo confianza en que su salud mejorará; buena higiene, ejercicio moderado, buen ánimo, y no tener aprensión». Pero sus ojos, que jamás supieron mentir, no conseguirían ocultar su preocupación por mi estado. El año pasado, durante una de las peores crisis de mi enfermedad, cuando se me iba el aire en cada bocanada, el vientre me estallaba de furia y los huesos querían atravesarme la carne, Pondal me envió una carta efusiva felicitándome por la publicación de *En las orillas del Sar*, mi último libro de poemas, y proclamando con rotundidad de amigo rendido que ese poemario bastaría por sí mismo para «manifestarme como poeta insigne». En cuanto llegó la carta, Alejandra se apresuró a leérmela con voz alegre, como si las palabras de ánimo de mi buen amigo pudiesen contribuir de algún modo a mi curación. Sin embargo, lo que mi familia no sabe es que por aquellas mismas fechas encontré entre los papeles de Manolo un recorte de prensa, una página de *El Ciclón*, ese periódico satírico que publican ahora en Compostela, en la que Pondal, temiéndose mi pronta muerte, me dedicaba un poema:

Pobre hoja del seco estío ardida,
deja que te arrebate el huracán...
Nuevas playas tal vez y nueva vida
en otros nuevos mundos hallarás.
Cuando la voz gigante diga: ¡marcha!,
emprende resignada el vuelo audaz.
Algún destino cumples en el vértigo...
Marcha sin murmurar

No me he ido todavía, Pondal, amigo, quisiera decirle ahora. Sigo murmurando... aunque a mi voz ya no le queda mucho para apagarse del todo.

En aquel primer encuentro nuestro en la brumosa Compostela, cuando los dos éramos unos rapaces con las cabezas llenas de sueños, Pondal me pareció atractivo, formal y educado, de modales pulidos, elegante y muy culto. Visto de cerca, llamaban la atención sus ojos de ave rapaz, de un color castaño casi negro, sus cejas hirsutas y su voz grave y bien modulada, con la que era capaz de recitar versos durante horas. Tal como su hermana Eduarda nos había prevenido, ninguna «segunda intención» se ocultaba tras su invitación a tomar chocolate en la casa de la rúa Nova donde se hospedaba por aquel entonces; ni jamás la hubo, para fortuna suya y mía, porque me conté siempre entre sus buenos amigos, los que él consideraba dignos de debatir con él sobre historia y poesía. Aquella tarde, en el recargado salón de recibir, lleno de butacas tapizadas y aparadores de palo de rosa, mientras mi madre y Eduarda se enfrascaban en una conversación sobre bordados y la patrona nos servía chocolate en delicados pocillos, Pondal procedió a presentarme unas torpes disculpas por su exabrupto durante el ensayo y a felicitarme con alguna reserva por mi interpretación más que digna, según sus propias palabras, de la ninfa Dafne. Después me preguntó si por casualidad tenía algún interés por la épica griega o si había leído la *Odisea*. Pareció decepcionado ante mi negativa, pero la conversación fluyó pronto por otros derroteros. Me contó que había nacido en Ponteceso, que provenía al igual que yo de una familia fidalga y que su madre había muerto cuando él era muy niño, dejando al viudo con seis hijos, de los que él era el menor y el más mimado. Estudiaba Filosofía, pero su formidable inteligencia se orientaba hacia los entresijos del mundo antiguo: la Esparta de los guerreros y la Grecia de los laúdes. Tenía una memoria prodigiosa y era capaz de citar de memoria a Virgilio, Plutarco, Homero y Anacreonte, además de pasajes enteros del *Leabhar Gabala*, que era su libro de cabecera. Había leído muchísimo y me habló de Milton, Ossian, Camões y Leopardi, mientras mis ojos se abrían como platos de admiración y envidia. Me confesó que en su casa de Ponteceso tenía una biblioteca envidiable que no dejaba de crecer y yo misma tuve ocasión de comprobarlo más adelante, pues en años venideros fueron muchos los libros que mi amigo sacó de sus estantes para prestarme.

¿Qué nos unió a Pondal y a mí? Los dos teníamos en común la juventud y la avidez de conocimiento, y sobre todo el amor por Galicia y por los libros. Con los años, los dos tomamos la pluma en honor de nuestra tierra, aunque nuestra visión de ella siempre fue muy diferente. A través de mis versos cantan los campesinos, las gentes del mar, los emigrantes y los mendigos, los *gaiteiros* y los romeros. Pondal soñó una Galicia heroica, heredera de los reinos celtas, territorio de bardos, batallas y conquistas. Ya aquel primer día me habló de su gran obra, *Os Eoas*, los Hijos del Sol, un monumental poema épico inspirado por *Os Lusíadas*, de Camões, y dedicado a glosar el descubrimiento de América por Cristóbal Colón. Ese trabajo le ha mantenido ocupado toda la vida, y lo ha revisado, pulido y reescrito cientos de veces con perfeccionismo de lunático, sin atreverse jamás a publicarlo; y a estas alturas sé que me moriré sin haberlo leído completo. A veces he llegado a preguntarme si este proyecto suyo no será para Pondal como uno de los monstruos mitológicos que pueblan sus sueños, ese uróboro implacable que acaba devorándose a sí mismo.

De la mano de Pondal conocí una nueva faceta del Liceo

de San Agustín: las tertulias de la sección de Literatura, en las que no solo se hablaba de libros, sino también de arte, filosofía, historia o política. Recostados sobre los desvencijados butacones o sentados en sillas desparejadas, entre el humo espeso de sus cigarros, aquellos jóvenes idealistas leían versos de Espronceda y Zorrilla, adoraban a lord Byron, debatían las ideas ilustradas o el socialismo utópico de Saint-Simon, destripaban los periódicos que llegaban de la Corte y discutían a gritos sobre la precaria situación de Galicia, como si la voz de Antolín Faraldo resonase todavía en sus oídos en susurros airados. Y es que, aunque la pólvora había derrotado a los hombres en Cacheiras y en Carral, las ideas seguían vivas y más vigorosas que nunca y encontraban su eco entre los muros de piedra del antiguo convento. Muchos de aquellos tertulianos llegaron a ser hombres importantes de nuestro tiempo y recuerdo muy bien a Luis Rodríguez Seoane, que fundó *El País* de Pontevedra; a Alejandro Chao, que mucho después fue padrino de una de mis hijas, y a su hermano Eduardo, hijos ambos del presunto artífice del paquete explosivo que le había destrozado una mano al capitán general de Galicia; a Saturnino Álvarez Bugallal, que años después fue ministro de Gracia y Justicia... y muchos más cuyos nombres ahora no recuerdo, además de unos cuantos que mencionaré más adelante en esta crónica, por la gran importancia que tuvieron en mi vida.

Gracias a aquellas tertulias amplié mis horizontes, aprendí a cuestionar mis certezas y a analizar mis convicciones. Y sobre todo leí, leí muchísimo. En el Liceo, los libros pasaban de mano en mano como panes calientes, se prestaban y se devolvían sin mesura, y así conocí a Hoffmann y sus lóbregos castillos, presencié aterrada el descenso a los infiernos de Dante y los padecimientos del *Werther* de Goethe y me estremecí de terror con el *Manfredo* de Byron. También cayó en mis manos por aquellos días *La Gaviota*, una novela costumbrista que había publicado por entregas el periódico *El Heraldo*, escrita por una mujer, Cecilia Böhl, que al igual que George Sand, se había ocultado tras un nombre de varón: Fernán Caballero. Bien poco sospechaba yo entonces que años después el nombre de Fernán Caballero aparecería impreso en grandes letras orladas en la primera página de uno de mis propios libros.

Además de mis compañeras de la sección de Declamación, al Liceo también concurrían otras rapazas, muchas de ellas hijas de burgueses acomodados o jóvenes fidalgas que buscaban entretener su tiempo de ocio hasta que les llegara la hora de casarse. Y salvo algunas excepciones, los hombres —sí, incluso aquellos jóvenes instruidos y de ideas modernas— no nos tomaban demasiado en serio y nos trataban con cortés displicencia, considerándonos poco más que aderezos decorativos que aportaban un toque de belleza y encanto a las reuniones. La mayoría de aquellas mozas no volvían a poner un pie en el Liceo en cuanto pasaban por el altar y adoptaban el papel que se esperaba de ellas: ser la columna vertebral de sus hogares, el soporte moral de su esposo y sus futuros hijos. Y yo, que terminé formando una familia numerosa, sé bien lo frágiles que pueden ser las vértebras de esa columna, lo rápido que pueden llegar a quebrarse. ¿Cuántas de ellas deseaban, al igual que yo, desplegar sus alas y convertirse en algo más que madres o esposas? Sé que era el caso de algunas, como Josefa García y Angustias Luces, que soñaban con el éxito sobre las tablas. También Eduarda Pondal me confesó una vez, en voz baja y sonrojándose de vergüenza, que adoraba la poesía y a menudo lloraba con los versos más sentidos de Góngora. A menudo había sentido la tentación de tomar la pluma y esbozar los suyos propios, pero jamás se había atrevido a hacerlo.

—¿Y por qué no?

—¡Ay, Jesús! ¿Y quién iba a querer leerlos? No, no. Es mi hermano el que está destinado a ser poeta... Además, *meu pai* jamás lo permitiría.

Pudor, debilidad, miedos... Yo entendía bien a Eduarda, pues también yo cultivaba mis propios versos y mis propias dudas. Quería empuñar la pluma, pero por el momento lo único que empuñaba eran los barrotes invisibles de mi jaula de mujer. Me sentía pequeña frente a aquellos hombres leídos y mundanos, que acumulaban sapiencia y títulos universitarios y no titubeaban a la hora de mostrárselos al mundo. Para resarcirme buscaba referentes y modelos a seguir, perseguía la estela de las que sí lo habían logrado. Mi admirada George Sand triunfaba en Francia, pero no era la única. Mucho más cerca, en el mismo Madrid, algunas afortunadas eran bien recibidas en las tertulias y salones literarios, como Gertrudis Gómez de Avellaneda, que se había atrevido incluso, ¡valiente ella!, a abordar en sus novelas temas escandalosos como la anulación de los matrimonios desgraciados; o Carolina Coronado, que también era muy consciente del desprecio con el que muchos miraban a las mujeres que osaban leer un libro, o, peor aún, escribirlo. Locas, llamaban muchos a estas mujeres atrevidas. *Locas.* «Loca» es una palabra densa, pesada como una piedra caliente. Es una de esas palabras que suenan a tañido de muertos, que huelen a sangre, que se clavan entre los dientes como una espina. Decir «loca» es casi como decir «monstruo».

Y, entre ensayo y ensayo de la sección de Declamación, yo, como buena loca, me pasaba horas escarbando en los montones de periódicos atrasados que se apilaban contra las paredes de las salas del Liceo, crujientes y amarillos como hojas de otoño. Entre los ejemplares abandonados de *El Heraldo*, *El Eco de Galicia* o el fenecido *El Recreo Compostelano*, me encontraba de vez en cuando con alguna publicación dirigida al público femenino, de esas que brotaban en la Corte cada pocos meses: el *Periódico de las Damas*, *El Correo de la Moda*, el *Álbum de Señoritas*... Yo las hojeaba con avidez, pero casi siempre quedaba decepcionada con su contenido: ecos de sociedad, trucos para vestir elegante en toda ocasión, remedios para recuperar la salud y el talle tras el parto, pequeños pasatiempos, poemas y relatos glosando las virtudes de las buenas madres y esposas. Me parecía que, más que a mujeres de carne y hueso con sus miedos, dudas, miserias y pasiones, aquellas revistas estaban dirigidas a un público de cartón, tan de mentira como los figurines de cintura imposible, rostros empolvados y vestidos de ensueño que ilustraban sus páginas.

Pero, un día, mis esfuerzos de buscadora de oro dieron sus frutos y encontré un diamante: varios ejemplares muy estropeados de un periódico femenino «de literatura y costumbres» del que jamás había oído hablar, pero que al parecer se había editado en la misma Compostela solo unos años atrás. Se llamaba *El Iris del Bello Sexo* y su plantilla estaba formada por mujeres que ocultaban sus nombres reales bajo sugerentes seudónimos: Clorinda, Enarda, Galatea... Mi entusiasmo se desbocó. No solo escribían con estilo y agudeza y se atrevían con temas tan poco femeninos como el análisis social y político, sino que invitaban con ironía a sus lectores a reflexionar acerca de los motivos de que un hecho «tan sencillo e inocente como unas damas escribiendo fuese capaz de provocar la indignación de las gentes». Cuanto más leía, más crecía mi admiración por aquellas valientes precursoras, a las que imaginaba confabulando juntas, quizá a escondidas de sus padres o sus esposos, ideando artículos y editoriales, tejiendo historias. ¡Quizá incluso nos habíamos cruzado alguna vez por las oscuras calles de Santiago, caminando con nuestros pasitos breves de mujer, con la vista fija en los charcos del suelo mientras, sin saberlo, compartíamos los mismos sueños y anhelos! Me percaté de que el periódico había tenido una vida muy breve: solo unos cuantos números entre 1840 y 1841. ¿Qué había ocurrido? ¿Un editor descontento, un padre furioso, un marido agraviado? Me propuse averiguar quiénes eran las mujeres que se escondían tras aquellos seudónimos y por qué habían dejado de publicar.

Y la respuesta me llegó del modo más inesperado.

Recuerdo bien aquel día. Habíamos finalizado los ensayos de la sección de Declamación y faltaban solo unas horas para que la luz púrpura del atardecer comenzase a caer sobre Compostela, dándole a sus piedras ese color sanguíneo de uvas recién vendimiadas. Unas cuantas rapazas nos habíamos reunido en una de las antiguas celdas monacales, amueblada con sillas desparejadas y una horrible butaca floreada ya casi destripada por el uso. Yo había compartido con las demás mi hallazgo de *El Iris del Bello Sexo* y todas nos divertíamos haciendo conjeturas en voz alta sobre la posible identidad de sus autoras, a cada cual más disparatada. «Son grandes damas mal casadas que escriben a escondidas de sus maridos», aventuraba Eduarda; «son humildes *costureiriñas* que aprendieron a leer en las bibliotecas de las señoras para las que bordan», me extasiaba yo; «son actrices de una compañía de cómicos ambulantes que toman la pluma entre gira y gira», remataba Angustias, siempre dispuesta a reconducirlo todo al ámbito de las tablas. En algún momento de la tarde nos dimos cuenta de que no estábamos solas. Una figura silenciosa se perfilaba tras el marco de la puerta entreabierta, escuchándonos con actitud concentrada, como si se hubiese propuesto permanecer allí durante horas. Cuando adivinó por nuestro repentino silencio que lo habíamos sorprendido, se encogió de hombros y se dio la vuelta para marcharse, con una sonrisa en los labios.

Me asomé al pasillo y lo seguí con la mirada. Era un hombre joven, poco mayor que nosotras, de mentón firme adornado por una barbita estrecha y agudos ojos de comadreja. Lo que más llamaba la atención en él era su pequeña estatura: era diminuto; apenas nos llegaría a la altura del hombro a cualquiera de las mujeres que estábamos allí y eso si se ponía de puntillas. Vestía un largo levitón de un verde deslucido que le llegaba mucho más abajo de las rodillas, botas de suela gruesa —para parecer más alto, supuse— y una ridícula chistera negra que se inclinaba un poco hacia el lado izquierdo. A pesar de su pequeñez, no pude evitar notar que todo en él estaba muy bien proporcionado: desde su nariz firme y algo aguileña hasta sus manos de dedos finos y morenos. Cuando se dio cuenta de que lo miraba, levantó una de ellas y me saludó de un modo algo burlón antes de desaparecer en la esquina.

—¿Quién es ese? —pregunté intrigada girándome hacia mis compañeras.

—Será de algún circo… Es un enano. Lo podemos contratar para que haga de trasgo en nuestras representaciones —se burló entre risas la incorregible Angustias.

—No digas sandeces. ¿Cómo va a ser de un circo? Es amigo de mi hermano —explicó Eduarda bajando la voz—. Es hijo de un boticario de la Azabachería y él mismo también estudia Farmacia en Madrid, aunque sube a Santiago siempre que puede… Dicen que no le tiran mucho los potingues y las recetas.

—¿En serio?

—¡Y tan en serio! Es el hermano de Nicolás Martínez, vosotras le conocéis…

Algunas asentimos y se oyeron murmullos de asombro. Nicolás Martínez era un joven asiduo de las tertulias literarias, un estudiante de Medicina formal y serio, algo estirado y de buena estatura; desde luego no se parecía en nada a aquel fauno de piernas cortas y ojos de fuego.

Pasaron varias semanas y no volví a pensar en el hermano de Martínez hasta que un día, a la salida de un ensayo, lo vi plantarse delante de mí como si hubiera surgido de la nada, con movimientos raudos que hacían pensar en un raposo de patas ágiles y afilados dientes.

—Rosalía de Castro —dijo pronunciando mi nombre despacio, como si quisiese paladearlo. Tenía una voz grave y algo rasposa, que no casaba en absoluto con su físico.

—¿Nos conocemos?

—No —respondió con el tono brusco de quien resalta una obviedad.

—¿Entonces? ¿Cómo sabe mi nombre? ¿Alguien le habló de mí?

—Más bien soy yo el que la he oído hablar a usted, si me permite el pequeño juego de palabras —replicó con tono burlón.

Cómo me hubiera gustado en ese momento parecerme a

Angustias, que tenía siempre una réplica cortante en la punta de la lengua y era capaz de conseguir que sus ojos verdes brillasen amenazantes con solo un pestañeo.

—¿Cuándo? Supongo que se refiere al otro día, mientras nos espiaba.

—Hombre… tanto como espiar. Habla usted bastante alto y las paredes de este sitio parecen de papel. Es una vergüenza, siendo como fue lugar sagrado, que esos monjes no se preocupasen de construir mejores muros.

Intenté mirarlo con altivez, pero descubrí que me resultaba muy difícil, a pesar de que yo debía inclinar la cabeza para que mis ojos quedasen a la altura de los suyos mientras que él se veía obligado a alargar el cuello. Pero era un cuello firme y recto, como un junco de río, un cuello que se tomaba muy en serio su tarea de estirarse hacia arriba, exigiendo su lugar y proclamando la importancia de su dueño. A pesar de su mínima estatura, aquel hombre parecía tragarse todo el aire de la habitación.

—Las oí hablar sobre esa revista, *El Iris del Bello Sexo*, y de sus artículos rubricados por delicadas plumas de mujer. Usted parecía llena de admiración ante tan… femenino proyecto.

Me quedé mirándolo, sin responder. «Él no lo entiende —pensé con rencor—. Para él, que nos mira con sus arrogantes ojos de hombre, *El Iris* es solo un divertimento, el capricho frívolo de unas mujeres ociosas. No es capaz de ver lo que yo: el esfuerzo, la inseguridad, la zozobra, ese temor al repudio y al silencio».

—¿Acaso también usted quiere escribir? —añadió ante mi falta de respuesta.

Formuló la pregunta con voz suave, casi con ternura, pero

fue como si me hubiese asestado un golpe de esos que te dejan sin aire. Era la primera vez que alguien ponía en palabras aquel anhelo mío que yo había mantenido oculto y resguardado, protegido de juicios ajenos; salvo quizá del de Eduarda, cuya natural dulzura era como un almohadón en el que mi secreto podía descansar en paz. «¿Acaso también usted quiere escribir?». Sí, quería: mi cabeza estaba llena de palabras que se retorcían y brincaban, se mecían, luchaban unas contra otras, ansiosas por alzar el vuelo, verterse en un papel y volverse inmortales. ¿Cómo lo había sabido el hermano de Nicolás Martínez? ¿Lo había percibido en mis ojos, en el tono de mi voz?

Él seguía mirándome y mi silencio le dio motivos para hacer otra pregunta.

—¿Le gustaría conocer a Enarda y a Galatea? Están aquí mismo, entre estas paredes.

—¿En el Liceo? ¿En serio?

—Le sorprendería saber la cantidad de prodigios y secretos que se ocultan entre los viejos muros de esta ciudad. ¿Qué dice? ¿Me acompaña, señorita Castro?

Lo hice. Aún no lo sabía, pero ya había comenzado a rendirme al tono categórico de su voz, a la urgencia de su mirada. Lo seguí por los largos corredores del antiguo convento, con su aspecto de túneles apenas bañados en unas lascas de luz. De vez en cuando nos cruzábamos con algún socio al que él saludaba con una cortés inclinación de su chistera. Acabamos deteniéndonos en el umbral de una sala amplia, con angelotes tallados en las cornisas que parecían arrugar la nariz ante el humo denso de muchos cigarros que ascendía hasta ellos. Mi guía hizo un gesto ampuloso con la mano.

—Pues ahí las tiene. Enarda y Galatea.

Barrí la estancia con los ojos. Había por lo menos una docena de hombres allí dentro, reunidos en pares o grupos, hablando en voz baja o debatiendo a gritos. Algunos tenían un libro o un periódico entre las manos, y unos cuantos jugaban a los naipes o al ajedrez. Olía a sudor, a alientos de licor café, a tabaco y a betún. Y, o Enarda y Galatea eran todavía más minúsculas que el hermano de Martínez o allí no había mujer alguna.

Miré hacia abajo, a sus ojos. Su ceja derecha, disparada hacia arriba en un arco burlón, debió haberme puesto sobre aviso, pero no lo hizo.

—¿Dónde están?

Me indicó con el dedo una mesa estilo consola que había conocido tiempos mejores. Varios hombres conversaban sentados a su alrededor, con los codos apoyados en la madera y la ceniza de sus cigarros desbordando un cenicero improvisado en una concha de vieira.

—Mire ahí. ¿Les conoce?

Negué con la cabeza.

—El más alto, de sienes canosas, es Alberto Camino, poeta y miembro insigne de la Academia Literaria en sus mejores tiempos —explicó con la voz teñida de admiración—. Hace años que reside en Madrid, pero cuando viene a Galicia todavía honra esta casa con su presencia de vez en cuando. El que se encuentra a su derecha es su hermano Antonio, también hombre de letras. Y el caballero de edad que está de espaldas, el del redingote de paño, es don José Núñez Castaño, reputado editor de esta ciudad nuestra. De las planchas de su imprenta salieron en su día *La Aurora de Galicia* y *El Recreo Compostelano*, nada menos. Pues ahí los tiene usted... los bellos espectros de Enarda y Galatea.

Me quedé mirándolo sin pestañear.

—¿Me toma el pelo?

—¡Dios me libre! No hay tales damas, señorita Castro. *El Iris del Bello Sexo*, cuya prosa florida usted tanto admira, fue ideado y escrito de cabo a rabo por estos egregios hombres de letras, ocultos bajo seudónimos de mujer. Fue solo un experimento, y de vida breve, además… ¿No me cree?

Sí, le creí. ¿Cómo no hacerlo? Los hombres llegaban a donde nosotras no podíamos, hacían lo que a las mujeres nos estaba vedado. Eran recios carballos allí donde nosotras solo podíamos aspirar a ser tímidas flores. Ese mismo año, según se comentaba en las tertulias, a Gertrudis Gómez de Avellaneda le habían denegado el ingreso en la Real Academia Española, a pesar de su éxito en la Corte y sus muchos protectores. Le creí, claro que le creí.

—¿Por qué me lo ha contado? —pregunté con rabia—. ¿Para demostrarme que las letras no son asunto de mujeres?

—En absoluto. —La respuesta salió de sus labios en una exclamación categórica y pareció solidificarse entre nosotros—. Solo se lo he contado para que pudiera ver usted la verdad con sus propios ojos. Las mujeres pueden y deben —recalcó esta última palabra— escribir. Le repito mi pregunta: ¿desea usted hacerlo?

Lo estudié, tratando de averiguar si se reía de mí, pero todo rastro de burla había desaparecido de sus ojos.

—Sí —confesé.

Asintió con solemnidad y su barbita, que era de un castaño casi cobrizo, osciló de arriba abajo. Me fijé por primera vez en que sus ojos eran muy pequeños y agudos, de un gris acerado, como cabezas de alfiler recién pulidas.

—Pues escriba, entonces. Si alguna vez ha sentido palabras bullendo como insectos furiosos aquí y aquí —se señaló sucesivamente el pecho y la sien—, sabrá entonces que es imposible no sucumbir a su fuerza y a su encanto. Si escribir es su destino, nada podrá apartarla de él, ni siquiera su condición de mujer. Y Galicia necesita plumas nuevas y audaces; vates y literatos dispuestos a verter tinta en su nombre, al igual que los soldados vierten la propia sangre por su patria. ¿Sabía usted que su Enarda, Alberto Camino, se ha atrevido a versificar en idioma gallego? Quizá..., ¿quién sabe?, usted misma llegue a ser una nueva Enarda, sin necesidad de ocultar su nombre del escrutinio del mundo.

Me tendió la mano y la mantuvo en el aire hasta que se la estreché. Me vi reflejada en sus pupilas metálicas: una Rosalía oscura, diminuta, asombrada, mientras él parecía de repente más alto, más imponente, casi un gigante.

—Gracias por el consejo, señor Martínez.

Hizo una mueca.

—No me llame así, nunca uso el apellido de mi padre. Prefiero el segundo.

—¿Que es...?

—Murguía. Manuel Murguía.

Con una última inclinación de su chistera, esa que de repente parecía un almacén de prodigios, giró sobre sus talones y se perdió en uno de los recodos del pasillo sin darme tiempo a añadir nada más.

Y así fue como conocí a Manolo, cuando todavía no lo era, cuando solo era Murguía: un hombre pequeño capaz de forjar grandes palabras. Ese día, de todas las que pronunció, relegué a un rincón de mi mente las que se referían a los vates, la sangre, la tinta y la gloria de la patria. Las olvidé, quizá no debería haberlo hecho. Pero me quedé solo con una, la más importante: «Escriba». Me la apropié. La atesoré con mimo, la cuidé y la regué como si de ella fuese a brotar la flor más hermosa del mundo. La mantuve con vida.

«Escriba».

Esa noche, ya en casa, me senté ante el viejo escritorio de patas retorcidas heredado del anterior inquilino, desplegué un trozo de papel y cerré los ojos. La salita estaba sumida en un silencio solo interrumpido por el rasgueo de las agujas de mi madre, que tejía a mi lado, y el aire era áspero, lleno de motas de polvo que oscilaban como diminutos insectos. Cogí una plumilla y la mojé, en el tintero y también en mí misma, en ese lugar oscuro donde bullen las palabras. Durante horas busqué imágenes y rimas, estrofas y versos, secuencias y asonancias. Cuando terminé, la oscuridad se escurría por las ventanas y yo tenía un poema. Lleno de tópicos, aún tambaleante, pero uno de los más optimistas que he escrito en mi vida, sobre dos avecillas que encuentran la dicha común en su vuelo acompasado. Lo titulé «Dos palomas»: «Dos palomas yo vi que se encontraron / cruzando los espacios / y al resbalar sus alas se tocaron...».

Comencé a cruzarme casi a diario con Murguía por los pasillos del Liceo. Él siempre parecía ir con prisas, cargando torres de libros que le hacían adoptar unos andares tambaleantes de barco a la deriva. A menudo iba acompañado de algún amigo, daba la impresión de tener cientos, a pesar de que solo pasaba en Compostela pocas semanas al año. Pero irradiaba fuerza y seguridad en sí mismo, y sabía hacerse escuchar por los demás; todos lo trataban con deferencia y respeto. Cuando nos veíamos, me saludaba cortés, llevándose una mano a la chistera, y yo me quedaba mirándolo hasta que desaparecía de mi vista, pensando cómo era posible que pareciese tan avezado y tan sabio cuando era en realidad tan joven, solo cuatro años mayor que yo.

—Mucho miras tú al trasgo —me espetó un día Angustias con su habitual delicadeza—. No me digas que te gusta.

—¿Qué tonterías dices?

—Estuve investigando sobre él —me confesó con aires de confabuladora—. Aquí le conocen todos. Dicen que está escribiendo una novela y que hasta *La Iberia*, ese periódico de la Corte, anda detrás de su pluma. ¿Te imaginas que estemos ante un nuevo Larra?

Asentí. Aquella opción no me parecía tan disparatada. «Si alguna vez ha sentido palabras bullendo como insectos furiosos…».

—Dicen que tiene muy mal genio, como esos canes pequeños que ladran y ladran sin parar… ¡Aunque este también muerde! Al parecer se lleva muy mal con su padre, que está harto de pagarle los estudios de Farmacia para que él pierda el tiempo escribiendo historias en lugar de recetas. Y eso no es lo peor…

«Nunca uso el apellido de mi padre…».

—¿Oíste? Se te quedó cara de lela.

—Oí. ¿Qué es lo peor?

—Ahí donde lo ves, que no llega al metro y medio, es un tenorio de cuidado. Dicen que tiene una moza en cada puerto, como los *mariñeiros*. Pero sus gustos son bien raros…

No respondí, pero mis cejas arqueadas fueron incentivo suficiente para que mi amiga continuase su relato.

—Les oí decir a los Costoya que aquí en Santiago anda con una… con una viuda de carnes *floxas* más cerca del otro mundo que de este. ¿Qué te parece? Y mira que hay santiaguesas guapas…

Confieso que hice poco caso de las revelaciones de Angustias, considerándolas una de esas exageraciones fantasiosas a las que era tan aficionada. Pero unos días después, mientras callejeaba por Santiago haciendo recados para mi madre, me crucé con Murguía muy cerca del centro. Caminaba a paso ligero, envuelto en su gabán verde, con expresión pensativa y los ojos fijos en el suelo, indiferente a aquel atardecer magnífico en el que las fachadas parecían arder en llamas rojizas. Sin detenerme a pensar en lo que hacía, comencé a caminar tras él, presa una vez más de esa curiosidad tozuda que en más de una ocasión me ha conducido a hallazgos poco afortunados, como el de mi padre con sotana arrullando a un niño moribundo. Esta vez, sin darme cuenta de que estaba a punto de tropezar por segunda vez en la misma piedra, seguí a Murguía por las callejuelas llenas de gente, sorteando vendedores ambulantes, niños que correteaban descalzos, mujeres presurosas y un carro tirado por dos vacas que a duras penas conseguía abrirse paso e iba dejando tras de sí un reguero de mazorcas de millo. Pasamos ante la iglesia de la Trinidad, donde se decían las misas por los peregrinos fallecidos en el camino, y lo vi dirigirse a una puerta estrecha, recortada en una fachada forrada de hiedra indómita. Esperé unos minutos y me acerqué. No había cerrado con llave y, cuando metí la cabeza en aquel zaguán oscuro, una vaharada a moho y guisos rancios me azotó el rostro. Unas escaleras pespunteadas de telas de araña ascendían hasta perderse en la negrura. Desde el piso de arriba me llegaron los ecos débiles de un arrastrar de suelas, ese sonido lánguido de pies fatigados que apenas pueden cargar con el cuerpo. Una voz de mujer, gruesa y hastiada, saludó al recién llegado y yo pensé que, al fin y al cabo, Angustias no se había equivocado: aquella era la voz de una mujer mayor. Me asomé al hueco de la escalera y alcancé a verlos juntos y abrazados en aquel pasillo estrecho: ella, marchita y oronda, sus piernas varicosas embutidas en un par de galochas; él, de pronto más pequeño que nunca, apoyando el rostro contra sus enormes pechos. «¿Cómo te fue el día?», preguntó ella. Agucé el oído para oír su respuesta y el corazón me dio un vuelco. Sintiéndome como una ladrona de almas, giré sobre mis talones y me alejé de allí a paso veloz, con el corazón pesado de tristeza y compasión.

Una semana después, Murguía partió de nuevo a Madrid, listo para comenzar un nuevo e improductivo curso en las aulas de Farmacia. Nuestros caminos volverían a cruzarse más adelante, pero aquel mes de septiembre sucedió algo inesperado que me hizo olvidar por el momento su gran secreto: los Pondal me invitaron a pasar con ellos unos días de descanso en Muxía, en la escarpada costa del Atlántico; un viaje al que mi madre accedió a regañadientes convencida por la insistencia de la dulce Eduarda. ¡Pobre Teresa! Estoy segura de que no lo hubiera hecho de haber podido adivinar los infortunios que el destino nos tenía reservados.

3

Ramo de froles parece
Muxía a das altas penas
con tanta rosa espallada
*naquela branca ribeira**

ROSALÍA DE CASTRO, *Cantares gallegos*

Vi el mar por primera vez en septiembre de 1853 y desde entonces solo he necesitado cerrar los ojos para volver a sentir el estrépito de las olas quebrándose contra las rocas, los chillidos punzantes de las gaviotas, el olor a algas y a redes y ese viento furioso y casi sólido que deja en el paladar un regusto de sal, arena y escamas.

El viaje desde Santiago hasta Muxía fue largo y pesado, por caminos escarpados y abruptos, en carro hasta Negreira y después en recias jacas de montaña. Eduarda y yo llegamos

* «Ramo de flores parece / Muxía la de las altas peñas / con tanta rosa extendida / en aquella blanca ribera».

agotadas y mareadas, pero a mí se me pasó el malestar de golpe al contemplar aquella inmensa extensión azul que bramaba, se agitaba y aullaba como un monstruo colosal. «Los rugidos del mar y la cólera de las olas», eso fue para mí Muxía a primera vista, y así lo escribí en *La hija del mar*, una novela que jamás habría existido de no ser por los días que pasé en aquella esquina del mundo donde el agua y el cielo se vuelven uno.

Nos alojamos con la familia del doctor Leandro Abente, tío materno de los Pondal, en una casa blanca y robusta que se elevaba sobre la playa. Los Abente eran unos magníficos anfitriones y en nuestros primeros días en Muxía hubo descanso y alegría, sabrosos guisos de *peixe*, largas sobremesas y animadas conversaciones con la ventana entreabierta por la que se colaba el aliento del mar con sus efluvios de salitre, algas y brea. Además de Eduarda, también estaban allí las otras tres hermanas Pondal: Julia, Josefa y Eulogia, siempre pendientes de su hermano menor, al que mimaban como a un cativo.

Ni siquiera en Muxía descansaba mi amigo de la escritura. Armado con todo un arsenal de plumillas y litros de tinta, nos abrumaba con sus floridas descripciones de héroes y gestas, victorias y conquistas. Ya por entonces lo asaltaban las dudas sobre su obra, esa manía enfermiza de corregir, recortar y pulir, y en esos momentos corría a encerrarse en su cuarto, daba un tremendo portazo y ya no volvíamos a verlo hasta varios días después. Sus hermanas tenían que subirle un plato de comida para que no desfalleciese de hambre y entonces toda la casa se estremecía con sus gritos de trovador airado.

—No hay que tenérselo en cuenta —decía Eduarda, siempre dispuesta a disculparlo—. Es un gran poeta, vive atormentado por las musas.

Lo cierto era que Pondal y sus musas disponían de una habitación amplia y soleada para ellos solos, mientras que Eduarda y yo compartíamos una pieza pequeña y polvorienta en el piso superior. Aunque eso no nos importaba, porque desde ella podíamos contemplar el cielo y la línea del horizonte sobre el mar, que por las mañanas era apenas un filo de plata entre la neblina pero a la caída de la tarde, cuando el sol comenzaba a descender, se convertía en un tajo inflamado y rojizo como una cicatriz.

Solo descansó Pondal de sus largas sesiones de escritura el día de la romería en honor a la Virgen de la Barca, que se celebra cada mes de septiembre en el recio santuario construido entre peñascos sobre el mar. Aquel año, el gran día amaneció despejado y sereno y la playa, salpicada de piedras y algas secas, se curvaba como una sonrisa feliz frente a las aguas. Esa mañana, las chalupas y las dornas no salieron a pescar, no hubo dedos ágiles descamando sardinas o reparando redes, ni vibraron en el aire las voces de los pescadores llamándose unos a otros; en su lugar resonaron los cánticos de las misas, los aleluyas y los «¡*Viva a Virxe da Barca!*», en ardua competencia con los chillidos desconcertados de las gaviotas.

Para las gentes de Muxía, el día de la Virgen era el único del año en el que apartaban los ojos del mar y los volvían hacia la tierra. Todos reservaban sus mejores galas para la romería: las mozas, dengue encarnado, mantones de paño sedán, sayas de vivos colores y cofias almidonadas; y los rapaces, chaquetas de bayeta, camisas blancas, chalecos negros y *monteira* a la cabeza. Unos y otras iban con la piel colorada y reluciente, refregada a conciencia para quitar los restos de arena y salitre: ellos, con los pelos tiesos en la coronilla, y ellas, recogidos en lustrosas y apretadas trenzas; todos con ese temblor de emoción en el estómago y ese brillo de coral en la mirada, anticipándose al sonido de las gaitas y las *pandeiretas*, a las *muiñeiras*, con sus vueltas y figuras: tacón, punta, tacón, con las barbillas altas y los brazos erguidos en el aire en esa postura de gozosos crucificados.

La parranda, la que yo describí años después en un largo poema de mis *Cantares gallegos*, continuó hasta que el sol comenzó a sangrar sobre las olas y las piedras milagrosas de Muxía se perfilaron contra la negrura como seres de otro mundo: la Pedra dos Cadrís, con forma de riñón, y que según se dice tiene la virtud de sanar los mismos; la Pedra de Abalar, capaz de oscilar bajo el impulso de los puros de corazón, y la Pedra do Temón, el timón mismo de la barca, el lugar donde la Virgen se le apareció al Apóstol muchos siglos atrás. Desde mi aterradora experiencia con la lápida del Corpo Santo, yo no quería tener nada que ver con las piedras y sus milagros, pero no fui capaz de librarme del influjo de aquellas moles silenciosas, plegadas sobre sí mismas como monstruos al acecho. Mientras me mecía con una cadencia rítmica sobre la Pedra de Abalar, con la mirada perdida en el brillo fosforescente de los sargazos, sentí que me desprendía de mi cuerpo y, más que bailar sobre el agua, lo hacía en algún lugar recóndito de mí misma. Muchos años después, Manolo me contó que las piedras de Muxía son «piedras probatorias», como los grandes peñascos de la Bretaña, que los antiguos pobladores utilizaban para enjuiciar a un reo y probar su culpabilidad o inocencia. Si esto es cierto, y a juzgar por lo que pasó después, muchos de los que estábamos aquel día en Muxía éramos pecadores.

A la mañana siguiente fui incapaz de levantarme de la cama. Cuando traté de hacerlo, sufrí un desvanecimiento y me derrumbé de nuevo sobre la almohada, con un zumbido de abejas furiosas entre las sienes. Una de las criadas de los Abente entró en ese momento a avisar de que el desayuno estaba listo y ahogó un grito de espanto al verme; después supe que le había contado a todo el mundo que creyó que una meiga chupona me había visitado de noche y me había robado toda la sustancia.

Los días siguientes, la fiebre no me dio tregua, la lengua se me tiñó de blanco y el pecho se me llenó de manchas del tamaño de fabas gordas. Yo yacía en una sopa de sudor espeso, incapaz de incorporarme ni siquiera para sorber los caldos aguados de gallina que la criada me tendía tres veces al día alargando mucho el brazo para no acercarse a mí. El doctor Abente, cubriéndose las narices con un paño, subió a reconocerme y su diagnóstico fue certero y terrible: tenía tifus.

Durante toda mi vida les he tenido un miedo atroz a todas esas enfermedades que empiezan con «t» de traicioneras: tuberculosis, tifus... males con nombres enrevesados, similares a los de los vientos, y capaces de segar la vida de cualquiera de un zarpazo despiadado. «¿Quién demonio habrá hecho de la tisis una enfermedad poética?», le escribí muchos años después a Manolo en una de las muchas cartas que nos intercambiamos a lo largo de nuestro matrimonio. Y aun ahora, en mi lecho de moribunda, con las entrañas devoradas por una enfermedad mucho más alevosa que la tuberculosis, me reafirmo en mis palabras: «Si en realidad llegase a ponerme tísica, lo único que querría es acabar pronto, porque moriría medio desesperada al verme envuelta en gargajos, y cuanto más durase el negocio, peor».

Pero en Muxía «el negocio» no fue la tisis, sino el tifus, que duró lo suficiente como para desesperarme a mí y a los que me rodeaban. A lo largo de muchos días vadeé el río sin nombre que separa a los vivos de los muertos, luchando contra las sombras con un pie en cada orilla, y en los escasos momentos de lucidez veía a mi madre y a la Paquita inclinadas sobre mi cama con los ojos espantados, rogándome que me quedase con ellas. El doctor Abente las había avisado al ver que yo no mejoraba y se habían apresurado a acudir a Muxía en el primer transporte que encontraron, indiferentes a la dureza del camino.

Poco a poco, gracias a los cuidados del doctor, las fiebres fueron remitiendo, mi lengua volvió a su tamaño normal, cesaron los vómitos y empecé a recobrar el apetito. Y mi madre respiró tranquila de nuevo porque la Parca, que tanto disfruta siempre rondándome, no había logrado tampoco llevarme consigo esa vez.

Y, sin embargo, allí seguía, entre las paredes de aquella casa. Agazapada.

Me di cuenta de que algo terrible sucedía cuando noté el espeso silencio a mi alrededor, la preocupación pintada en los rostros y los pasos livianos de las criadas, con ese andar de puntillas que se les pone a las personas cuando se avecina una tragedia, como si evitando pisar del todo el suelo pudiesen espantarla. Tras mucho preguntar acabaron confesándome que Eduarda también había caído enferma y sus síntomas eran mucho más graves que los míos: no comía, las fiebres no remitían, deliraba a ratos y el paladar se le había llenado de llagas oscuras y arrugadas como uvas pasas que despedían un olor amargo. La habían trasladado a una habitación de la planta baja y no se esperaba que pasase de esa semana.

Cuando pude levantarme de la cama, pedí que me permitiesen verla. Mi amiga yacía con los párpados entornados, inerte y amarilla, con los labios cuarteados por la fiebre y un estertor de gaita mal afinada martirizándole el pecho. Habían avisado a su padre, don Juan Pondal, un caballero ascético de ojos agudos que ahora estaban sumidos en la negrura. «Se me va, igual que su madre...», musitaba con voz ronca. Lo recuerdo así, inclinado sobre la cama, intentando retener a su hija en este mundo, aferrado con saña a ese hilo invisible que separa la vida de la muerte. Un padre despidiendo a un hijo. Nada puede preparar a un ser humano para algo tan horrible ni hay dolor más monstruoso que ese. Eso también lo sé.

Eduarda Pondal murió una semana después, al filo de una madrugada brillante en la que las estrellas se resistían a despedirse. Se fue sin aspavientos, haciendo honor a su carácter dócil con un profundo suspiro que se llevó su último aliento. Para entonces ya hacía varios días que no recuperaba la consciencia y su rostro había empezado a adquirir perfiles de mármol; era evidente que ya no pertenecía a este mundo. Con su muerte desaparecieron para siempre sus ojos mansos, su risa constante, la ternura que impregnaba todos sus actos y todos los versos que habría llegado a escribir, porque quizá, si el destino le hubiera ahorrado su cruel tajo, algún día se habría atrevido por fin a hacerlo. Pero uno no llega a morir del todo si queda alguien que le recuerde y ninguno de los que la queríamos la hemos olvidado.

A Pondal le costó mucho recuperarse de la muerte de aquella hermana con la que compartía nombre y que había sido como una madre para él. Evitaba mencionarla, pero ese curso fue incapaz de matricularse en sus estudios y se le humedecían los ojos cada vez que veía alguna de sus pertenencias o, más tarde, cuando se adentraba en el pequeño jardín de flores de Ponteceso que con tanto mimo ella había cultivado y regado.

Y yo… yo usé mis letras para recordar a Eduarda. Pensando en ella escribí un artículo que me publicaron en el *Almanaque de Galicia* años después, allá por los sesenta. Lo titulé «Las literatas. Carta a Eduarda» y me sirvió para retomar las conversaciones con mi amiga que su muerte nos había obligado a dejar a medias. «No, mil veces no, Eduarda; aleja de ti tan fatal tentación, no publiques nada y guarda para ti sola tus versos y tu prosa, tus novelas y tus dramas: que ese sea un secreto entre el cielo, tú y yo», la advertí con vehemencia, como si ella todavía pudiera escucharme y aliviar mis quejas con una de sus sensatas respuestas. Así compartí con ella, tal como había hecho mientras vivía, lo mucho que pesa una pluma cuando son las manos de una mujer las que la empuñan. Porque «es el caso, Eduarda, que los hombres miran a las literatas peor que mirarían al diablo…».

El dolor por su muerte y por mi propia convalecencia me dejaron débil como un gato recién nacido y en un estado de tal abatimiento que el doctor Abente temió que volviese a caer enferma si me aventuraba a regresar a Santiago por esos caminos torcidos capaces de agotar al hombre más fuerte. Gracias a la generosidad de su familia pude quedarme en Muxía hasta mi completo restablecimiento. Fueron días muy tristes, con la casa de luto y el fantasma de Eduarda acechándome en cada rincón, recordándome que nunca estamos a salvo y que la tragedia puede cebarse sobre nosotros en cualquier momento.

Siguiendo los consejos del doctor, que me había recomendado aire puro y ejercicio, mi madre y yo nos aventurábamos cada tarde hasta la playa envuelta en hilachas de niebla, a la que se asomaban las casas apiñadas como cativos medrosos, con los tejados apuntalados de piedras para que los vientos despiadados no arramblasen con todo. En Muxía las gentes no tienen las uñas forradas de tierra, como los *labregos* de Iria Flavia, pero en cambio tienen la piel cuarteada de sal, los dedos cortados de tanto *esmofinar*** congrios, las manos endurecidas de abrir percebes y los ojos desteñidos de mirar las olas y llorar naufragios. Apenas había una familia que no hubiera perdido a alguien en el mar y para las mujeres que a diario se quedaban en tierra no había mejor sonido en este mundo que el de las bocinas que anunciaban el regreso de los pescadores a la caída de la tarde, a esa hora en la que el sol gotea sangre sobre las olas. Si algún día se retrasaban, ellas acudían en tropel a la playa con fachos encendidos y lanzaban haces de luz hacia el mar, invocándolos con el pensamiento y alumbrándoles el camino: «*vinde, vinde*», con ese anhelo que solo se da en un corazón que ama.

De entre las gentes con las que traté aquellos días, la que mayor impresión me produjo fue una mujer que servía en casa de los Abente, la Adosinda, natural de Laxe, con el rostro descolorido por el sol, un único diente en la boca parlanchina y una costra de salitre que se le había pegado entre los surcos de la frente. Vivía en una de las últimas chozas de la playa, tan cercana al mar que las olas le golpeaban la puerta en los días de temporal. Era viuda —de un muerto de verdad,

---

* Método de disección y tratamiento del congrio para proceder a su secado.

no de un vivo, como otras muchas—, ya que su marido había perdido la batalla contra una de las colosales ballenas que por aquellos días se avistaban de vez en cuando por la zona de las Sisargas, desde el pico Atalaieiro.

La Adosinda contaba muchas historias de naufragios antiguos, como el del *Great Liverpool*, que encalló en Corcubión y dejó la playa sembrada de colmillos de elefante, vestidos de seda que según se decía pertenecían al ropero de la reina Victoria y suntuosas pieles que los *raqueiros** de la zona se apresuraron a disputarse como lobos destripando una alimaña ante el espanto del capitán, un escocés que se quitó la vida pocos días después con una navaja de afeitar. O el de la goleta *Adelaide*, que naufragó en la ensenada de Laxe y en el que fallecieron todos los miembros de la tripulación excepto el capitán, que mandó tallar una lápida en recuerdo de su esposa y su hijo, cuyos cuerpos llegaron a la playa unidos en un abrazo. Las malas lenguas de Laxe y Malpica todavía murmuraban que transportaba un botín de oro de forma clandestina, y que habían provocado el naufragio para robarlo.

«Al mar hay que temerlo —zanjaba sus relatos la Adosinda con una voz susurrante que parecía hecha de espuma—. Contra él, las personas nada podemos».

Con cada una de sus historias mi imaginación se desbocaba: les ponía nombres y rostros a aquellos intrépidos navegantes, les inventaba amores trágicos, batallas encarnizadas y mil peligros todavía más insólitos que los que habían vivido en la realidad. De todos aquellos desastres y naufragios nació Alberto Ansot, el villano de mi novela *La hija del mar*.

---

* Piratas de tierra, hombres y mujeres que frecuentaban las costas con el fin de rapiñar las riquezas o enseres procedentes de los naufragios.

Un día, con ese tono manso y ronco con el que se revisten los recuerdos más secretos, la Adosinda nos confesó que su hija, de nombre Esperanza, que tenía los cabellos del color del lino, los ojos claros y una piel de mármol que el sol no tornaba morena sino de un encarnado de cereza, no era hija de su difunto marido el ballenero, sino de un marinero holandés de cráneo rapado, voz de trueno y ojos transparentes; uno de los muchos que viajaban en la goleta *Haabet* el día que chocó con un barco inglés, el *Corsair*, y el cabo se llenó de pequeñas lanchas que consiguieron rescatar de milagro a todos los miembros de la tripulación. Los náufragos fueron distribuidos por las casas de la zona hasta que encontrasen un barco que pudiese devolverlos a puerto sanos y salvos; y aquel gigante con timidez de niño, cuyo nombre la Adosinda jamás llegó a saber, acabó en su casa y en su cama.

—Pero, mujer, ¿tú no estabas casada ya entonces? —preguntó mi madre temiéndose una historia de pecado y adulterio poco apta para mis oídos de *mociña*.

La Adosinda respondió que sí, casada y bien casada; y además ella y su difunto todavía andaban en esas etapas tempranas del matrimonio en las que los ojos se iluminan al ver al otro y todos los momentos parecen pocos para retozar entre salidas al mar, remiendos de redes y caldos humeantes de cabezas de *peixe*. Por eso al ballenero le costó tanto dejarla en manos del holandés aquella noche del naufragio, en la que la luna era un tajo mínimo sobre el mar y el olor a algas era tan fuerte que todos tenían la sensación de que les acabarían saliendo escamas.

—*Meu home rosmou* bastante, pero al final acabó cediendo —aclaró la Adosinda—. ¡Y qué remedio! Aquel *estranxeiro* era nuestro huésped… y así tenía que ser.

—¿Cómo que así tenía que ser?

Ante nuestras caras de absoluto asombro, la Adosinda explicó que cuando un marinero acoge a otro bajo su techo, es su obligación proveerle de todo cuanto pueda necesitar para hacer su estancia más agradable: un colchón de *palla* fresca, un plato de sardinas asadas en las brasas, una buena *cunca* de caldo y una noche de amor en brazos de la esposa, la hija, la hermana, la sobrina o cualquier mujer en edad de merecer que viva bajo su techo.

—Es la costumbre —aclaró la Adosinda un poco a la defensiva ante nuestras bocas abiertas—. Y así se hace con cualquier hombre que las olas nos traen, porque también nosotras le entregamos los nuestros al mar y quizá encuentren en algún puerto lejano a quien haga lo mismo por ellos.

Mientras mi madre meneaba la cabeza con incredulidad, yo reproduje la escena en mi mente. Me imaginé a la Adosinda con treinta años menos: la cofia rebosante de rizos oscuros, la boca con todos sus dientes, el cuerpo lozano bajo un vestido de sayo de lana, la piel salada y morena. Imaginé al holandés sin nombre, con los ojos de vidrio, los brazos fuertes, el cuerpo molido de periplos y aventuras, acercándose a ella poco a poco en la penumbra de la choza. Los imaginé a los dos tanteándose con lentitud, sumergiéndose en el olor del otro —él, a sal y a espuma de mar; ella, a humo y a arena—, fundiéndose en un abrazo que tenía más de consuelo que de pasión y más de ternura que de lujuria.

—Y yo sé muy bien que la Esperanza es hija de aquel hombre y no de mi marido, que en paz esté, porque tiene cara de norteña y una mancha idéntica en forma de trébol en la rodilla izquierda. ¿O la de él era en la derecha? —La Adosinda se rascó una sien mientras lo pensaba—. No me acuerdo bien porque al día siguiente se marchó y jamás volví a verlo…

—¿Y tu marido…?

—Crio a la Esperanza como si fuese suya. ¿Cómo no iba a hacerlo? Quizá también él había encontrado el mismo consuelo en alguno de esos lugares lejanos a los que el mar arrastra a los hombres como si fuesen tallos a la deriva.

Aquella historia de la Adosinda se quedó conmigo durante mucho tiempo. Bauticé como Esperanza a la protagonista más trágica de mi novela *La hija del mar*, una niña escupida por las olas, uno de mis personajes más queridos. Y el recuerdo de aquella hospitalidad de la carne también me sirvió para escribir un artículo que titulé «Costumbres gallegas» y que publicaron hace cuatro años en *El Imparcial* de Madrid. ¡Ay! ¡En mala hora! Todavía me hierve la sangre al recordarlo y de él hablaré más adelante en esta crónica, si el enojo que guardo en las entrañas no me impide hacerlo. Baste con decir por ahora que bien poco podía yo adivinar que mis recuerdos de aquella costumbre me harían derramar amargas lágrimas y provocarían que abandonase el idioma gallego para siempre.

4

¡Qué tristeza en el aire y en el cielo!
¡Qué silencio en las iglesias!
¡Qué extrañeza entre los muertos!

ROSALÍA DE CASTRO, *En las orillas del Sar*

Cuando regresamos a Santiago, con el luto por Eduarda en el corazón y en las ropas, nos encontramos con una ciudad lúgubre y oscura, envuelta en una tristeza sólida, como de lana apelmazada, que parecía brotar de las piedras y derramarse por los aleros para acabar alojándose en el corazón de las gentes. Y es que aquel año, Compostela fue más sepulcro que nunca.

Había motivos para ello. Si aún hubiera estado vivo aquel padre Coutinho que predicaba los martirios del infierno desde el púlpito de Iria Flavia, no le hubiese cabido duda de que había llegado el fin de los tiempos. El invierno anterior había traído lluvias torrenciales, atroces heladas que dejaron la tierra del color de una gangrena, furiosas ventoleras capaces de derrumbar techos y *palleiros*, y plagas de bichos voraces que arruinaron por completo las cosechas y, con ellas, el futuro y el patrimonio de muchos. Los *labregos*, sumidos ya en una pobreza que se arrastraba hacía generaciones, tuvieron que echar mano de los pocos cuartos que guardaban entre las madejas de lana del colchón, y tras aquel invierno terrible apenas quedó nadie que pudiese afirmar que dormía sobre el propio patrimonio, que es, según afirmaba con convicción la Paquita, la única forma de dormir tranquilo.

«*Vendéronlle os bois / vendéronlle as vacas, / o pote do caldo / i a manta da cama. / Vendéronlle o carro / i as leiras que tiña; / deixárono sóio / coa roupa vestida*»,* clamé yo con furia años después y no me inventé ni una palabra. Eso fue ni más ni menos lo que sucedió aquel año: familias enteras obligadas a deshacerse de casa, predios y ganado; gallinas que caían en la olla antes de hacerse gallinas porque no había grano con el que alimentarlas; hombres y mujeres que roían raíces y se disputaban las nueces y las bellotas con las ardillas de las fragas, eso cuando no conseguían echar a las brasas a la ardilla misma. Las gentes comenzaron a abandonar las aldeas como lobos famélicos e inundaron las villas y ciudades en busca de trabajo o limosna. Compostela se convirtió en un hervidero de esqueletos envueltos en harapos, un bullicio de miseria y enfermedades. La Paquita juraba haber visto unos calzones viejos caminar solos por la rúa Nova, pero en realidad debían ser las pulgas las que los meneaban con fiereza de ejército. En todas las ciudades de Galicia hubo protestas y algaradas, las turbas furiosas salían a las calles para quejarse por la subida

---

* «Le vendieron los bueyes / le vendieron las vacas, / el pote del caldo / y la manta de la cama. / Le vendieron el carro / y las fincas que tenía; / lo dejaron solo / con la ropa vestida».

del precio del grano y apedrear los negocios de los comerciantes. Mientras tanto, desde los muchos púlpitos de Santiago se predicaba resignación y se exhortaba a aliviar con rezos y cruces el agujero en la tripa provocado por la falta de broa.

Las tímidas medidas sociales que se adoptaron para paliar la desgracia, como la iniciativa del marqués de Bóveda de emplear *labregos* en las obras de los paseos de la Alameda; las donaciones de benefactores piadosos —incluidas las infantas doña Cristina y doña Amalia— o las funciones teatrales «en favor de las familias desgraciadas de la provincia de Galicia», como aquella comedia que se representó en el Príncipe de Madrid y que llevaba por desafortunado título *La tierra de promisión*, fueron totalmente insuficientes. Aquel año de 1853 sería recordado por todos los gallegos como «el año del hambre».

Fue durante aquella época de caos y desconsuelo cuando conocimos al niño.

Lo recuerdo bien. Era una mañana gélida y Santiago parecía temblar envuelta en aristas de escarcha. Nosotras intentábamos espantar el frío con un caldo aguado que, a pesar de su regusto a huesos rancios, era un auténtico manjar si lo comparábamos con lo que muchos infelices se llevaban a la boca aquellos días. A través de la ventana, reforzada con unas telas viejas para evitar corrientes, nos llegó de pronto un silbido tenue, tan melodioso que al principio llegamos a dudar de que procediese de unos labios humanos. «¡Las esquilas de la Santa Compaña!», gritó espantada la Paquita, y ella y mi madre se santiguaron con pavor, temiéndose que con tanto desventurado que vagaba aquellos días por Santiago, la procesión de ánimas hubiera decidido salir de caza a plena luz del día. Pero cuando nos asomamos a la ventana no vimos a una comitiva de capuchas blancas, sino a un rapaz de unos nueve o diez años, flaco y moreno, uno de los muchos cativos que andaban solos en esos tiempos, huérfanos del hambre o abandonados por sus padres en un intento de aliviar su propia miseria. Vestía un levitón grande de hombre al que le faltaba una manga, dos zocas desparejadas y una *pucha* que en algún momento había sido marrón. Tenía los ojos vidriosos, los labios morados de frío, y lanzaba sus trinos al aire como quien lanza una moneda a un estanque sagrado: con una mezcla de veneración y desapego. Jamás habíamos oído una melodía como aquella. Era tan hermosa que parecía concebida para ser ejecutada en el órgano de una gran catedral, para provocar el aplauso de multitudes, para rebotar en los artesanados de oro de un lujoso teatro. Y, al mismo tiempo, era muy triste. Carecía de palabras, pero si las tuviese, habría hablado de frío, de hambre, de soledad, de miseria y de hielo.

Nos quedamos escuchando al niño durante un largo rato, hasta que las últimas notas se extinguieron en el aire. Entonces él levantó la cabeza y sus ojos se cruzaron con los míos a través del cristal. Le hice señas para que subiese y, tras dudar unos instantes con ese aire receloso de quien nada bueno espera de los demás, accedió a entrar en nuestra casa. De cerca era un triste figurín de piel y huesos, con un rostro hermoso que recordaba a los de las tallas de las iglesias. Lo acomodamos junto al fuego, le dimos un trozo de broa y una *cunca* de caldo que tragó en dos sorbos a pesar de que estaba hirviendo. Al ver que recuperaba un poco de color en las mejillas, le pedimos que repitiese su melodía. Cuando lo hizo, las tres notamos que los huesos se nos volvían ligeros y fue como si el invierno nos hubiese abandonado de pronto. Incluso la Paquita, tan indiferente a todas las cosas del arte, tuvo que frotarse los ojos con un paño mientras murmuraba que el humo de las *potas* no le daba tregua.

—*Neno*, ¿quién te enseñó esa canción?

Él se encogió de hombros, ocupado en pescar con la punta de un dedo las migas de broa que quedaban sobre la mesa.

—Nadie. Pero si me dan más pan, vendré a entretenerlas todos los días.

Se lo prometimos y comenzó a visitarnos todas las tardes, siempre a la misma hora, muy formal y solemne en sus harapos de pordiosero. Nosotras pagábamos su melodía con halagos, con pan, con un abrigo que la Paquita le cosió juntando retazos, con los pocos reales que podíamos deslizar en su mano. A nuestras preguntas de cómo se llamaba, dónde vivía, de qué pueblo era, dónde estaban sus padres y a qué se dedicaban, respondía siempre con evasivas o con un terco silencio. Parecía no pertenecer a ninguna parte y, al mismo tiempo, daba la impresión de que su hogar era el mundo entero.

Un día, dejó de venir. Imaginé mil hipótesis trágicas: que había muerto de frío, que había ingresado en la Inclusa, que lo habían capturado unos desalmados para sacarle los untos (aunque de eso poco tenía). Y también otras más gratas, como que había regresado con su familia o que algún gran empresario teatral lo había descubierto y patrocinado, tal como había hecho la condesa de Espoz y Mina con el niño prodigio Pablo Sarasate. Durante meses lo recordé a diario, lo presentía en mis sueños, lo escuchaba en los trinos de las golondrinas que anidaron en los aleros cuando por fin llegó la primavera. Muchos años más tarde, llegué a vislumbrar su rostro de pájaro ávido en las facciones de mis propios hijos.

Tanto pensé en él que a veces he dudado incluso si no me lo habré imaginado.

A Manolo y a mis hijas mayores les encanta oírme contar esta historia, que tiene para ellos la fascinación de un oscuro cuento de hadas, como esos de los Grimm que tanto admira mi marido porque, según él, al ir pasando de boca en boca son la mejor forma de conservar el espíritu del pueblo. Aún ahora, en medio de mi enfermedad, todavía se reúnen a los pies de esta cama y me piden que se la narre, aunque hace ya tiempo que se la saben de memoria.

—Deberías escribirla —me propuso Manolo hace unos meses.

—No creo que lo haga.

—Entonces lo haré yo —repuso abarcándome en su mirada de lástima. No añadió «cuando te mueras», pero no hizo falta—. Y como no sabemos su nombre, le llamaré desconocido: Ignotus.

Si la escribe, yo no llegaré a leerla. Me imagino que la aliñará a su gusto, la embellecerá como solo él sabe hacerlo, la revestirá con sus palabras y sus convicciones. Y entonces ya no será mi historia, sino la suya.*

—¿No fue por aquella época cuando todos los rapaces emigraban a Cuba? —preguntó un día mi hija Aura, que de todos nosotros es muchas veces la de pensamiento más lúcido—. Quizá vuestro Ignotus se coló de polizón en algún barco y es ahora un reputado miembro de una de esas sociedades de emigrantes que tanto adoran los poemas de mamá.

No le respondí. Aura es tan joven aún, tan inocente a pesar de la firmeza de su carácter. «Cuba». Cuba es hoy en día

---

* Manuel Murguía escribió la historia del niño Ignotus en su libro *Los Precursores*, publicado un año después de la muerte de Rosalía. Ella jamás llegó a leerla.

una de esas palabras que acarrean consigo su propio peso, como si estuvieran amarradas a una enorme piedra. Pero no fue siempre así. Cuando la palabra empezó a resonar por Galicia, en aquella época del hambre, todavía era liviana y grácil, y a muchos rapaces les parecía tan alegre y chispeante, tan prometedora, como el vino de las otras cubas, esas que se alineaban en la penumbra de las bodegas.

Aquel año empezaron a rondar por las villas y los pueblos de Galicia unas recuas de hombres locuaces y engallados, muy elegantes con sus camisas de cuello duro, sombreros abombados y zapatos relucientes. Llegaban hasta las aldeas más recónditas, se embarraban los pies por las veredas, sorteaban las bostas de vaca con asco mal disimulado y arrugaban las narices ante toda aquella miseria de mejillas hundidas y vientres hinchados. Pero cuando llamaban a las puertas de las chozas se sacudían de encima los remilgos y exhibían grandes sonrisas caninas en las que casi siempre brillaba algún diente de oro. Buscaban a los rapaces, a los que todavía no eran hombres pero ya tenían rostro de anciano, porque ese es uno de los efectos del hambre: hace parecer a uno más joven y más viejo al mismo tiempo.

Estos tunantes eran empleados de la Compañía Patriótico Mercantil, una empresa fundada ese mismo año por un tal Feijóo Sotomayor, y su cometido era llenarles los oídos a los rapaces con promesas de bonanzas, sacos de reales y estómagos a rebosar. Les hablaban de Cuba, ese paraíso fecundo y cálido, donde el azúcar crecía del suelo en cañas esbeltas, las locomotoras silbaban como hermosas serpientes de hierro y no había heladas ni sabañones en las manos, pues todo era alegría, calor y sol, árboles a rebosar de frutas maduras y una tierra agradecida en la que cualquier mozo avispado como ellos podía prosperar y hacerse rico en dos o tres años trabajando en el ferrocarril o en los ingenios azucareros.

¿Y qué hace un rapaz hambriento cuando le dan la oportunidad de salir de esa tierra dura por la que él y los suyos han llorado, sudado y sangrado y que, llegado el momento, engullirá sus huesos hasta dejarlos mondos y limpios? Fueron más de mil los *pobriños* que embarcaron ese año, seducidos por aquellos cantos de sirena, después de estampar su firma o un dedo mojado en tinta en los contratos que les ponían ante las narices los empleados de la Compañía. Como la mayoría no sabía leer, se saltaron la letra pequeña que los privaba de pasaporte y las cláusulas que les prometían un salario mucho menor que el de los jornaleros de la isla; también aquellas otras que los sometían a la posibilidad de «recibir castigos correccionales», como si en vez de hombres fuesen bueyes de una yunta.

De tantos como marcharon fueron muy pocos los que prosperaron como hizo en su día Ramón, el sobrino de Segunda. A la mayoría, la dulzura del azúcar se les volvió amarga; las riquezas prometidas se transformaron en barracones llenos de inmundicia donde dormían hacinados; los bandullos llenos se trocaron en raciones míseras; la buena vida en jornadas de trabajo más largas de lo que puede soportar un hombre. Ante cada pequeña infracción, los administradores de los campos los castigaban con latigazos o los inmovilizaban en cepos, que eran el lugar perfecto para que las moscas gordas de aquellos lares se los comieran vivos. Muchos murieron de hambre y miseria y fueron enterrados allí mismo, sin tumba ni *cruceiro* que marcase sus huesos. Otros enloquecieron. Otros desertaron y desaparecieron para siempre.

¿Ónde van eses homes?
Dentro dun mes, no simiterio imenso
da Habana, ou nos seus bosques,
ide ver qué foi deles...
¡No eterno olvido para sempre dormen!
¡Probes nais que os criaron,
*i as que os agardan amorosas, probes!**

Escribí muchos versos para no olvidar a los que subieron a aquellos barcos. Mis libros han cruzado el Atlántico, han pasado de mano en mano bajo el sol implacable de esas tierras y hasta me han nombrado socia honorífica de varios centros y sociedades de emigrantes. Ellos, los que se marcharon y vivieron para contarlo, me tienen mucha estima; tanta que cuando hace dos años nuestro amigo Waldo Álvarez Insua —que dirige *El Eco de Galicia*, el periódico de los emigrantes— se enteró de los problemas de cuartos que estábamos pasando Manolo y yo, lo hizo saber en el Centro Gallego de La Habana y entre todos consiguieron recaudar varios miles de reales para nosotros. ¡Cuánto se lo agradecí! Uno podría pensar que tiene razón mi hija Aura cuando dice que allí adoran mis versos, pero yo creo que más bien se sienten identificados con esa pena que brota de mis letras: el dolor, la saudade, la rabia y, sobre todo, la ausencia. Porque la ausencia de los que emigran no es una ausencia normal y corriente. Es una ausencia que pincha; una ausencia que palpita y se estremece como una lamprea recién sacada del Ulla. Uno siempre

---

* «¿Adónde van esos hombres? / Dentro de un mes, en el cementerio inmenso / de La Habana, o en sus bosques, / id a ver qué ha sido de ellos... / ¡En el eterno olvido duermen para siempre! / ¡Pobres madres que los criaron, / y las que los aguardan amorosas, pobres!».

sabe cuándo está ante la viuda de un vivo porque esas mujeres tienen los ojos revirados de tanto mirar hacia la puerta y el sueño ligero de dormir pendientes de los ruidos de la noche. Siempre están a la espera, siempre en posición de firmes, siempre alerta.

Las viudas de los vivos nunca descansan.

La que tampoco descansaba en aquellos tiempos terribles era la Muerte. No contenta con el festín que se había dado durante el año del hambre, regresó a Galicia pocos meses después, con la guadaña bien dispuesta y afilada. Esta vez venía en un barco de guerra, aunque no al mando de sus cañones, sino alojada en las tripas de los marineros y adoptando el disfraz de un bicho inmundo: el cólera morbo, tan voraz y brioso que ni siquiera los días de confinamiento obligatorio en el lazareto de la isla de San Simón pudieron evitar que se propagase. La enfermedad se extendió por Galicia con la fuerza de un ciclón; apenas hubo ciudad o villa que se librase de ella y fue A Coruña la que más padeció bajo su yugo. Los enfermos agonizaban durante horas entre su propia inmundicia, delirando por causa de la fiebre y tiritando con una mezcla de hielo y fuego que les revolvía las entrañas. Los remedios de purgantes y sangrías recomendados por algunos médicos no surtían efecto alguno; mucho menos los cientos de brebajes, ensalmos y sortilegios que empezaron a correr de boca en boca, promovidos por pícaros y falsas meigas, ya que cuando la desgracia acecha nunca falta quien trata de aprovecharse de la desesperación de los demás. Mientras tanto, los sanos se encerraban en sus casas, cerraban los postigos a cal y canto y se estremecían de miedo cada vez que oían el tintineo de las campanillas de los carreteros que trasladaban a los cementerios las pilas de cadáveres.

Dos personas de las que he hablado ya en esa crónica mía desempeñaron un importante papel en aquellos tiempos funestos. Una fue la condesa de Espoz y Mina, doña Juana de Vega, que, conmovida por la suerte de sus vecinos, abandonó sin dudarlo los regios salones en los que convivía con el corazón de su esposo y no dudó en ponerse al frente del hospital provisional para atender a los enfermos. Tampoco fue baladí la labor del buen doctor Varela, el hombre que me trajo al mundo, que lanzó en Santiago su *Boletín del Cólera*, una publicación que seguía día a día el avance de la epidemia y aconsejaba a la población medidas de buena higiene y distanciamiento social.

Nosotras, lejos del foco de A Coruña, recluidas en la casa de la rúa Bautizados, seguíamos a rajatabla los consejos de Varela. Nos lavábamos las manos hasta que quedaban en carne viva, lo hervíamos todo, evitábamos la fuente pública y, a base de fregarlos, convertíamos los suelos en brillantes y pulidos espejos. Dejé de asistir a los ensayos de la sección de Declamación y retomé el hábito de pasarme las horas muertas frente al escritorio, enfrentándome a ese juez despiadado que es la hoja en blanco. Los versos se deslizaban sobre el papel como cauces de agua; algunos rugían y se volvían caudalosos, amenazaban con desbordarse: esos los conservaba. Otros no eran más que delgados hilos que acababan consumiéndose en sí mismos, como regatos tras un tórrido verano. También leí mucho aquellos días, sobre todo a Espronceda, que me conmovía con sus versos rebeldes y apasionados. Tanto lo leí, que más tarde me encontré con que los poemas de mi primer libro rezumaban Espronceda del mismo modo que por entonces lo hacían el agua y el jabón de los suelos de nuestra casa.

Y no, no exagero: el cólera le dejó como poso a mi madre una obsesión por la limpieza que conservó incluso cuando ya había pasado lo peor de la pandemia, al igual que había mantenido las supersticiones tras la experiencia con el Corpo Santo. Su afán por fregotearlo todo tuvo al menos una consecuencia interesante: la amistad que entablamos con un matrimonio francés que se había asentado en Santiago pocos años antes: Agustín Cardarelly, tintorero y quitamanchas de oficio; y su esposa Mariana, limpiadora de ropas delicadas. Los Cardarelly eran amables y de agradable trato, si uno conseguía pasar por alto los efluvios a productos químicos que los rodeaban constantemente como un halo. El salón de su casa estaba capitaneado por una enorme piel de cabrito, cabeza y rabo incluidos, que el tintorero había curtido y tratado con sus propias manos hasta convertirla en un lienzo que ahora recogía un mapa del mundo, cuidadosamente trazado con finura de amanuense. El señor Cardarelly seguía el devenir de los acontecimientos de nuestro siglo marcando con alfileres aquellos lugares en los que, como él decía, sucedían las cosas importantes. Así me enteré de la relevancia de los puertos de Odesa y Sebastopol, dos diminutos puntos sobre el mar Negro que, a pesar de su aparente insignificancia, habían tenido buena parte de responsabilidad en el año del hambre, ya que su cierre por la guerra de Crimea había contribuido a la subida de los precios del trigo en nuestro país.

—¿Y eso de ahí es el mundo? Pero ¿cómo va a caber un país en un pellejo? Para mí que a ese hombre le han sentado mal los vapores de todas esas pócimas con las que anda…

—se desesperaba la Paquita, quien nunca fue capaz de comprender los misterios de la cartografía.

Los Cardarelly tenían una única hija, María Cecilia, una niña seria y morena que entonces tenía nueve años y era capaz de pasarse las horas sumida en una quietud de estatua, observándolo todo con dos enormes ojos de *moucho* atento. Su sorprendente modo de mirar el mundo acabaría determinando su futuro, tal como tuve ocasión de comprobar yo misma años más tarde, cuando nuestros caminos volvieron a cruzarse y entonces fui yo la que me mantuve inmóvil frente a su mirada. Pero no toca todavía hablar de María Cardarelly en este desarreglado repaso de mi vida; antes debo ocuparme de otros asuntos que acontecieron por aquellos años, entre ellos ese jinete oscuro y mal encarado que siempre sale a cabalgar a la zaga de la enfermedad y del hambre: una nueva revolución.

Y es que si un país es un pellejo, como decía la Paquita, del nuestro podemos decir que está surcado de cicatrices, las provocadas por el sinfín de revueltas y algaradas que parecen ser el pan de cada día de este siglo que nos ha tocado vivir. La que tuvo lugar en 1854 y ocasionó un nuevo cambio de gobierno llevaba muchos meses gestándose; la rabia y el descontento bullían bajo la superficie como avispas azuzadas por una antorcha. Y no faltaban motivos: a la crisis económica se sumaban los estragos provocados por el cólera y el mal gobierno de la reina Isabel, tan tibio y deshilvanado como ardientes y fogosos eran sus escándalos de alcoba y las muchas corruptelas de la reina madre y su esposo, que habían hecho fortuna con el tráfico de esclavos y hurgando a deshora y sin miramientos en el erario público. Haciendo suya aquella máxima de mi prima Carmiña, que afirmaba que aquello que no se llora no existe, la censura de prensa era implacable y se cerraban periódicos día sí y día también, lo que no hacía más que aumentar la sensación de desagrado.

La sublevación la estrenó un muy airado general O'Donnell en las cercanías de Madrid y, tras unos comienzos indecisos en los que no estaba muy claro cuál de los dos bandos se había hecho con la victoria, la mecha revolucionaria prendió de norte a sur por todo el país y ya fue imposible extinguir aquella hoguera furibunda. En la capital se levantaron barricadas y se asaltaron las casas de ministros y aristócratas, incluido el palacete de la reina madre. El pueblo enardecido tomó las calles: buhoneros, aguadores, mendigos, carboneros, tratantes, cocineras, criadas y amas de cría clamaban a una en un delirio de furia y coraje, lanzando piedras, alzando los puños y entonando a voz en grito el himno de Riego. Si algo tuvo de especial esta revuelta, tal como me explicó satisfecho mi primo Pepito Hermida, que por entonces ya vivía en la Corte, es que fue el brazo del pueblo, más vigoroso que nunca, el que forzó la voluntad de la reina.

—Y el único modo que encontró para conservar el trono fue sacar al general Espartero de su retiro y poner en sus manos la presidencia del Gobierno, dejando el Ministerio de Guerra para O'Donnell... ¡Ya veremos lo que dura esto! —me comentó Pepito meses después en una de sus visitas a Compostela.

Mi primo, además de vivir en primera persona el ambiente enardecido de las protestas y las barricadas en la Corte, también se había vuelto un asiduo lector de la prensa extranjera, sobre todo del *New York Daily Tribune*, que recogía aquellos días concienzudos análisis sobre la revolución en España firmados por un periodista alemán llamado Karl Marx.

Y en nuestro Santiago, los cimientos del Liceo de San Agustín temblaron de gozo por el éxito de la revuelta, tal como ocho años antes habían temblado de miedo los de la Academia Literaria después del fallido levantamiento de Solís. Las palabras «libertad» y «victoria» volaban de boca en boca como pájaros enardecidos en un delirio de risas, brindis y aplausos. Muchos de los socios habían seguido los preparativos de las algaradas a través de las páginas de *El Murciélago*, un periódico clandestino dirigido por Eduardo Chao, nuestro antiguo compañero de tertulias en la sección de Literatura, y otros formaban ya parte de las recién nacidas Juntas de Salvación, creadas para mantener la paz y el orden del nuevo gobierno. Más que por el éxito de la revolución, yo me sentía feliz de regresar al Liceo, esa babel de reuniones bulliciosas, ensayos frenéticos y polémicas discusiones que ya consideraba mi segunda casa. Los miembros de la sección de Declamación —a excepción de Josefa García, que por entonces ya había partido hacia Madrid dispuesta a triunfar como prima donna— nos dispusimos a preparar con entusiasmo una obra de teatro cuyos beneficios irían destinados a las familias afectadas por el hambre y el cólera. Durante semanas anduvimos muy ocupados memorizando los papeles, arreglando libretos, cosiendo el vestuario y armando las tablas. La obra escogida era *Rosmunda*, de Gil y Zárate, un drama histórico en verso sobre los amores del rey Enrique Plantagenet y su concubina favorita.

—Rosmund Clifford, la gran rival de Leonor de Aquitania en los amores del rey —me explicó Pondal, ávido conocedor de todo lo relacionado con la brumosa Albión, cuando se enteró de que yo representaría su papel—. Sus detractores la llamaban «la rosa inmunda» por sus relaciones indignas.

Y así, envuelta en rasos y muselinas que apestaban a armarios cerrados y con las guedejas teñidas de alheña para aparentar el aspecto nórdico y etéreo de Rosmund, recibí entre sonrojada e incrédula los largos aplausos, los sonoros vítores y hasta el aleteo de la pareja de tórtolas que alguien soltó sobre el escenario y que estuvieron rebotando contra las paredes hasta que un alma caritativa abrió una ventana. Siempre me ha resultado curioso que mi mayor éxito, el cénit de mi corta carrera como actriz aficionada en el Liceo, me llegase metida en la piel de aquella rosa inmunda; precisamente a mí, que había venido al mundo fruto de unos amores tan prohibidos como los suyos, engarzados en las espinas traidoras de una rosa de can.

Además del teatro, también volvieron al Liceo las tertulias culturales, que aquellos días tenían un cariz más político que literario. Por allí andaba Pondal, más quijote que nunca, que con el grado de Filosofía ya bajo el brazo acababa de matricularse en la facultad de Medicina; y, por supuesto, Murguía, que había pasado el verano en Compostela y no dejaba de rabiar por los rincones porque la revuelta lo había sorprendido lejos de la Corte y se había perdido «toda la diversión». Durante semanas vi cómo la amistad entre Pondal y Murguía crecía y se consolidaba, propiciando esa conexión que los ha unido durante toda la vida y que aún conservan ahora, en el momento en que escribo estas páginas. Ya entonces podían pasarse horas y horas debatiendo sobre esa Galicia mítica y esplendorosa que ambos soñaban. Juntos bajo las altas bóvedas del viejo convento hilaban enrevesadas teorías sobre los orígenes de la Piedra del Destino, la raza de los *keltoi* o el desembarco en las costas de Irlanda de Ith, el hijo del gran rey Breogán. Era la suya una Galicia hecha de gestas y batallas, de orgullo y de clamores heroicos, muy diferente a la Galicia real que yo conocía desde mi infancia, empobrecida, humilde, azotada por la hambruna.

Y Murguía, el pequeño y sorprendente Murguía, caminaba por el mundo con paso firme, como un avispado signo de exclamación del que la chistera hacía las veces de punto. Era agudo, sagaz, impaciente, seguro de sí mismo. Solo a veces, cuando se perdía en sus pensamientos, su gesto de águila se suavizaba, las comisuras de sus labios caían hacia abajo, su angosta barbita parecía marchitarse y sus ojos adoptaban una expresión de náufrago agotado. Era en esos momentos cuando el signo de exclamación parecía transformarse en un gran interrogante, encorvado, perplejo y vulnerable.

«Conozco tu secreto», pensaba yo entonces.

A menudo, cuando me sorprendía mirándole, me abordaba con su ligereza habitual, teñida de burlona cortesía.

—Y bien, señorita Castro, ¿ya ha escrito usted los versos con los que piensa desbancar a la admirable Enarda?

—Todavía no, señor Murguía —contestaba yo sin arredrarme, imitando su tono zumbón—. Pero no se preocupe, porque cuando lo haga, usted será el primero en tenerlos en sus manos.

¡Qué lejos estaba de adivinar lo premonitorias que resultarían mis palabras!

Un día, ya a finales de ese verano, Murguía dejó de asistir al Liceo. Su ausencia fue imprevista y enervante, como una ráfaga de aire frío en pleno rostro. Se echaba en falta su voz ronca e impaciente, sus rápidos pasos de raposo, el brillo vegetal de su levita verde y las contorsiones imposibles de su chistera por los pasillos. Pregunté a sus amigos, pero ninguno parecía tener la menor idea de su paradero, ni siquiera los más íntimos. Ni siquiera Pondal.

—Hace días que no lo veo, pero ya me gustaría echarle mano —bufó soltando sobre la mesa una pila de gruesos volúmenes que exhalaron nubecillas de polvo—. Llevo toda la semana cargando como un burro con estos libros que me pidió prestados y el señorito ni siquiera se digna a venir a recogerlos. ¡Ya puede tener una buena razón, que si no...!

—A ver qué traes ahí... —Rafel Costoya, mi compañero de la sección de Declamación, que, al igual que Pondal acababa de estrenarse como estudiante de Medicina, se inclinó sobre los libros—. Renan, Thierry, Carlyle, Walter Scott... ¡Vaya tesoro! ¡Algo grave le tuvo que pasar a nuestro Murguía para que renuncie a todo esto!

—Espero por su bien que así sea o se las verá conmigo. —Pondal se alejó con aire ofendido, blandiendo en el aire su gran nariz como un sable desenvainado.

Yo me marché también, sin saber qué pensar. Fuera, el cielo lucía ese color entre ocre y lechoso de los días largos de finales de verano y el sol dibujaba caprichosas tracerías en el suelo. «Algo grave le tuvo que pasar». Un lejano tañido de campanas retumbó de pronto, como un oscuro latido. Son extraños los presagios que nos asaltan cuando menos lo esperamos y alteran el rumbo de nuestros pasos. Los míos, furtivos como los de un raposo, decidieron conducirme aquel día por las mismas calles y plazas que había recorrido el año anterior en pos de Murguía, un itinerario que mis pies recordaban por sí mismos, como si llevasen grabado cada recodo y cada cruce en las líneas de sus plantas.

La casa seguía en su lugar, alta y lúgubre, con su puerta descolorida y sus paredes devoradas por la hiedra, tan desaliñada como un anciano que ya no se molestase en arreglarse las barbas. Pasé sin detenerme por el desangelado zaguán y subí por las escaleras que seguían oliendo a humedad y a guisos rancios. En el segundo piso, una mujer fregaba el suelo de rodillas, con los antebrazos blancos de espuma y las amplias caderas meneándose al ritmo de alguna melodía que solo estaba en su cabeza. Era morena y bastante joven, mucho más que aquella otra que lo había abrazado a él en ese mismo pasillo tantos meses atrás. A sus espaldas, tras una puerta entreabierta, alcancé a ver una habitación sombría y estrecha, atestada de muebles viejos, con un gran crucifijo de madera oscura presidiendo la pared del fondo. Entre el aroma untuoso del jabón se colaba el aliento de la casa, pesado, fétido, como de lágrimas acumuladas.

—*Quen é?*

La mujer se había incorporado y me miraba con el ceño fruncido, cepillo en mano, las amplias sayas de paño flotando a su alrededor como las plumas de un ave.

—*Quen é?* —repitió con impaciencia.

—La señora que vive aquí…

Echó un vistazo por encima de su hombro y después me estudió con sus ojos pequeños y avispados.

—¿Es familia suya? —preguntó con desconfianza.

—Soy su sobrina —mentí.

Soltó un hondo suspiro que provocó temblores en su amplia papada.

—Su sobrina, sí, ya —dijo con retranca—. Siempre es lo

mismo. Muerto el buey, acuden las moscas a darse el festín; las mismas moscas que antes ni se acercaban, no fuera que las aireasе con el rabo. Pues que sepas que este buey bien poca carne tenía para repartir.

—¿Cómo? —La miré confusa y ella arqueó las cejas e hizo chasquear los labios, como si no se creyese ni por un instante mi cara de desconcierto.

—La señora Concha murió —anunció acompañando sus palabras con el gesto de santiguarse y salpicando agua jabonosa por todas partes—. Que en paz esté. La encontré yo misma derrengada en su butaca, con el *caldiño* de la cena a medio comer, que aún le resbalaba un trozo de berza por el papo. ¡Triste forma de dejar este mundo, sola como un can! —Me miró como si yo tuviese la culpa—. Era buena mujer, un poco huraña y seca, pero decente y honesta como pocas… ¿Y ahora quién me va a pagar a mí las rentas que dejó a deber?

Ya no pude seguir escuchando. Musité un adiós atropellado y me precipité escaleras abajo, ansiosa por huir de las manos que chorreaban agua y de la voz que chorreaba encono. Ya en la calle, parpadeé varias veces con fuerza para sacarme de encima los flecos de aquella pesadumbre que se me había metido dentro y entonces, con el rabillo del ojo, lo vi a él, a Murguía. Estaba sentado en el pórtico de una casa cercana, con los brazos en torno a las rodillas, como uno de esos cativos frágiles y desvalidos que pedían limosna durante los peores meses de la hambruna. Y debido a su pequeño tamaño, bien hubiera podido pasar por uno de ellos si no fuera por la barba de varios días que le tapizaba las mejillas en jirones mal recortados. Se había quitado la chistera y me percaté por primera vez de que llevaba el pelo muy corto, de un castaño desvaído y de aspecto esponjoso, como la lana de un cordero recién nacido.

Dudé antes de acercarme, reacia a entrometerme en aquella nube de oscura tristeza que se lo tragaba entero. Finalmente me senté a su lado. Él no se movió, pero la fina línea de sus labios y la tensión de su espalda revelaron que se había percatado de mi presencia. Cuando al fin habló, lo hizo sin mirarme.

—Llevaba meses enferma. Apenas podía dar unos pasos sin fatigarse y a veces le costaba hasta respirar. Le fallaba el corazón…

Se llevó una mano crispada al suyo y me fijé en que tenía los nudillos rojos y tensos. Cuando lo vi hurgar en el bolsillo del chaleco creí que buscaba un pañuelo, pero en su lugar extrajo un papel doblado, que me tendió sujetándolo con las puntas de los dedos. Era una carta escrita con letra picuda y crispada, difícil de descifrar. Murguía me señaló un párrafo con el índice.

> Sé también, aunque tú no me lo confías, tus relaciones amorosas con una mujer, que para los necios sería objeto de burla, pero que los amigos que te aprecian sabrían respetar siempre que tú la distinguieses con tu afecto. No debías ser reservado sobre este asunto conmigo…

La misiva proseguía por derroteros menos personales y más literarios, perorando sobre colaboraciones y poesía. Meneé la cabeza, sin comprender, invitando a Murguía a explicarse.

—Esta carta me la envió a Madrid un amigo mío. Un gran poeta, un romántico digno de figurar en las mejores páginas de Espronceda. Como ves, me insta a no tener reservas con él... a confiarle unas relaciones que, como él mismo admite, serían objeto de burla y escarnio. —Abatió la frente con pesadumbre, con la vista fija en los adoquines del suelo—. Tanto disimular, tantos secretos, tantas mentiras... ¿Y para qué? Debí haber estado más pendiente de ella, haberla visitado más a menudo... pero supongo que me sentía avergonzado. Y se murió sola, como un can —concluyó con un suspiro, utilizando la misma frase que la patrona de manos enjabonadas.

El silencio goteó entre nosotros. Hasta entonces, jamás hubiera imaginado que Manuel Murguía, tan resuelto, capaz y seguro de sí mismo, pudiera sentir vergüenza de algo o de alguien. Ni que fuese capaz de ocultar una verdad tan triste bajo capas de equívocos y reservas. Qué joven y vulnerable me pareció en aquel momento. Qué desvalido.

—¿Y por qué no les dijiste la verdad? —me atreví a preguntar al fin.

—¿Qué verdad?

Un grupo de estudiantes vestidos de tunos, empenachados de grana y oro, pasaron a nuestro lado riendo a carcajadas, indiferentes a la pequeña tragedia que se había desencadenado en esa misma calle e ignorantes de que mi corazón bullía en esos momentos con el aleteo de un pájaro desquiciado.

—Que era tu madre.

Murguía enderezó el cuello con la velocidad de un látigo y me miró por fin. Fue una mirada extraña, recelosa, como la de un animal atrapado en una trampa que agradece la mano que lo libera, pero está dispuesto a clavarle los dientes si es necesario. No me preguntó cómo lo había averiguado y lo agradecí; no me habría resultado fácil tener que explicarle que lo había seguido aquel día por las calles de Santiago, que lo había espiado sin miramientos y que lo había visto abrazar a aquella mujer castigada por la vida y llamarla *«miña nai»*. Le sostuve como pude aquella mirada de brasas y lo que él vio en mis ojos debió resultarle tranquilizador porque suavizó el gesto y hundió los hombros con una expresión que me pareció de alivio. De algún modo supo que su secreto estaba a salvo conmigo.

Y así, mientras nos espiábamos el uno al otro en el reguero de aguas sucias que se deslizaba entre las grietas del suelo, Murguía empezó a narrarme la historia de su madre.

Concha Murguía había nacido en tierras vascas, entre valles fecundos, recias montañas y cielos limpios que parecían no tener fin. «El verde de Oyarzun es casi como el verde de Galicia, pero de una tonalidad distinta, como también son distintas las palabras que allí utilizamos para nombrar el agua, la tierra o los árboles», le contaría más tarde a su hijo con los ojos empañados de nostalgia. Su padre, el abuelo que Murguía nunca conoció, había sido organista en la iglesia de su villa natal y más tarde en Tolosa, y era capaz de conseguir que el instrumento vibrase, gimiese y trinase bajo la magia de sus dedos. A la joven Concha, de naturaleza sentimental y bondadosa, le gustaba fantasear con que su padre estaría al frente del órgano el día de su boda, interpretando una tonada nupcial en una iglesia engalanada de flores. Pero a la madre de Murguía, al igual que a la mía, los sueños de un amor arrobador se le agriaron bien pronto, se estrellaron contra la realidad implacable.

Concha conoció a Juan Martínez en un viaje a A Coruña, donde una de sus hermanas estaba sirviendo. De él le gustaron sus ojos oscuros, sus modales corteses y sus manos de dedos largos acostumbradas a manejar con agilidad probetas y decantadores. También le gustó el hecho de que fuese boticario con despacho propio: esa hilera casi infinita de tarros, polvos, emplastos, jarabes y fórmulas capaces de sanar el cuerpo y a veces hasta el alma. A Juan, por su parte, le gustaron sus andares cimbreantes, su rostro suave y su mirada tierna. Tal como les sucedió a mis propios padres, los de Murguía sucumbieron a uno de esos amores inconvenientes, frenéticos y fructíferos. Y el fruto, el primero de los tres que acabarían trayendo al mundo, fue un cativo diminuto, rabioso y chillón, adjetivos todos ellos que, tal como él mismo admitiría ya de adulto, se le podrían aplicar durante toda su vida. Murguía vino al mundo en la aldea de Froxel, en san Tirso de Oseiro, y lo bautizaron al día siguiente con el nombre de Manuel Antonio. El padre del recién nacido estuvo presente más por un sentido del deber que por verdadero afecto hacia aquella mujer que le había dado la vuelta a su vida y hacia el bulto vociferante que se retorcía bajo el hilo de agua bendita.

Juan y Concha se casaron dos meses después, en una ceremonia triste en la que no hubo organista ni flores, solo un oscuro hálito de melancolía que se les pegó a la piel y los acompañó como un tercero en discordia durante todo su matrimonio. Vivieron un tiempo en A Coruña, donde Juan fue juzgado y confinado durante varios meses por carlista, y después se trasladaron a Compostela, al frente de la botica de la Azabachería. Murguía creció junto a un padre severo e inflexible que escupía órdenes con voz ominosa y gesto de piedra, y una madre lánguida que fue perdiendo la alegría de vivir al tiempo que se le secaba el amor. Tanto él como sus hermanos menores, Nicolás y Teresa, se acostumbraron a interpretar las miradas sombrías, a esconderse de los ceños fruncidos y los labios tensos como fustas. El silencio nunca fue cómodo en casa de los Martínez Murguía; siempre fue espeso y oscuro, preñado de amenazas, lo cual explica que después él se pasase la vida produciendo palabras de un modo frenético, tal vez como un modo de resarcirse de aquel vacío.

Murguía tenía ocho años el día que regresó de la escuela y se encontró con que su madre no estaba. Concha había recogido los últimos guiñapos de su antiguo coraje y se había marchado, convencida de que si no lo hacía acabaría consumiéndose de tristeza en aquella cárcel con olor a ungüentos y a pomadas. Con sus escuetos ahorros alquiló unas habitaciones míseras y pasó a engrosar las filas de mujeres solas y afligidas, indignas a los ojos del mundo, que recorren las calles de Santiago con el peso de la culpa sobre los hombros. Como tenía buena mano con la aguja consiguió hacerse con una modesta clientela para la que cosía, bordaba y remendaba dejándose los ojos en cada puntada. Cada vez que podía, a escondidas de Juan, se reunía con sus hijos en las cercanías del Hospital Real, bajo la mirada ceñuda de las gárgolas, y los obsequiaba con palabras dulces y ansiosos abrazos de madre. Nicolás y Teresa, que eran demasiado pequeños cuando ella se fue y le temían demasiado a su padre, la trataron siempre con la incómoda cortesía que se reserva a los extraños. Manuel, por su parte, la odió durante años por haberse marchado y haberle privado del suave regazo que había sido su único lugar seguro en el mundo. Pero hay lazos que son imposibles de romper y poco a poco fue cediendo a aquel amor tenaz ribeteado de tristeza. Creció en años, que no en estatura, y se convirtió en un adolescente apasionado y orgulloso, tan terco como su padre, que se resistió con porfía de titán a los esfuerzos de Juan por hacer de su primogénito un digno sucesor tras el mostrador de la botica. Cuando yo le conocí, su paso por las aulas de la facultad de Farmacia era ya tan inconstante como improductivo, en parte porque le tiraban mucho más las letras y en parte porque sentía tales deseos de mortificar a su padre que hubiese fracasado igual a propósito, aunque hubiese compartido vocación con el mismísimo Dioscórides.

Murguía me contó esta historia con la voz queda y el gesto entre esquivo y pudoroso propio de las personas que no están acostumbradas a mostrar su lado más frágil. Mientras lo escuchaba en silencio, con los ojos fijos en sus dedos manchados de tinta, me percaté de que no solo nos unían el amor por las palabras —aquel «¡Escriba!» suyo, tan imperioso, que todavía resonaba en mis oídos—, sino el rencor hacia nuestros padres y la pesadumbre ante el dolor de nuestras madres, mujeres vencidas por la vida que acabaron pagando por los pecados propios y ajenos. Fue un pensamiento que me dolió y la vez me produjo una extraña sensación de ligereza. ¿Por qué decidió confiar en mí, precisamente en mí, después de haberse erigido durante tanto tiempo como escudo entre los ojos del mundo y la vergüenza de su madre? No lo sé, quizá ni él mismo lo sabía, pero aquella vulnerabilidad compartida fue como un puente tendido entre ambos.

Pero lo que sí sé es que mucho más tarde, durante los años azarosos de nuestro matrimonio, rememoré mil veces aquella tarde extraña en un portal tapizado de verdín de la ciudad de piedra, con el verano escurriéndose de los muros y Murguía, que todavía no era Manolo, mostrándome los engranajes de su alma, mondos y áridos, como un extraño tesoro desenterrado. «Nunca hay que decir toda la verdad». Manuel Murguía, pequeño y orgulloso, siempre tan preocupado por la imagen que damos a los demás, celando tras volutas de humo la vergüenza y la miseria de su madre del mismo modo que años más tarde se ocuparía de mantener ocultos muchos de los sinsabores que nos acecharon a nosotros. Para él, como para mi prima Carmiña, lo que no se llora no existe.

Aquella tarde, después de su inaudita confesión, nos sumergimos en un silencio largo y sorprendentemente cómodo hasta que las sombras del crepúsculo empezaron a lamernos los pies y la humedad que trepaba por las piedras nos obligó a levantarnos de nuestro improvisado asiento. Murguía me acompañó un trecho y se despidió tan cortés como siempre, con uno de aquellos giros de chistera que le hacían parecerse a un mago o a un loco. Cuando ya se marchaba, una ráfaga le arrancó de la mano la carta del amigo que me había enseñado y le hizo dar varias vueltas rápidas en el aire antes de dejarla caer a mis pies como un pájaro muerto. La cogí para devolvérsela y mis ojos recayeron en el nombre de la firma, en el que no me había fijado antes. «Aurelio Aguirre», rubricaba el emisor con letra torcida. Un nombre aguerrido, pensé mientras observaba alejarse a Murguía con la cabeza gacha y el levitón al viento. Un nombre como de guerrero. Un nombre que en aquel momento no me decía nada pero que poco después acabaría convirtiéndose en uno de los más valiosos que pronunciaron mis labios.

5

… tu sombra, sí, sí…, tu sombra;
¡tu sombra siempre me aguarda!

Rosalía de Castro, *A mi madre*

En esta habitación de moribunda, justo frente a mi cama, hay un antiguo espejo de estilo francés, un poco fuera de lugar entre la sencillez de los otros muebles, con un pretencioso marco taraceado de flores, racimos y arabescos. Es uno de los pocos enseres que Teresa rescató del pazo de Arretén y arrastró consigo por las muchas casas en las que vivió a lo largo de su vida, antes de que acabase pasando a mis manos. Cuando me incorporo sobre las almohadas alcanzo a verme reflejada en él: una mujer enferma que no llegará a cumplir el medio siglo de vida, pálida y marchita, con grandes colgajos oscuros bajo los ojos, un saco de huesos, un fantasma, una sombra.

Sí, apenas una sombra.

Yo conozco muy bien a las mías. Me han acompañado

siempre y, cuando deje este mundo, se quedarán en mis libros, prendidas de sus páginas, goteando de cada verso, lúgubres, resbaladizas y aviesas: «... cuando evoco mis sombras / o las llamo, respóndenme y vienen». Siempre me ha fascinado ese hermano distorsionado que llevamos pegado a los talones, diminuto o monstruoso según cómo se mire, ese que sabe de nuestros anhelos y nuestros temores más ocultos. Si las sombras contasen mi historia, ¿qué dirían?

Aurelio Aguirre también sabía mucho de sombras y hubo un tiempo en el que la suya y la mía se encontraron, se tantearon y se reconocieron en los suelos de piedra del Liceo. Hasta ese año me había cruzado con él decenas de veces sin prestarle demasiada atención, considerándolo uno más de los muchos jóvenes con aspiraciones literarias que recorrían los pasillos con las patillas al viento y un aire atormentado de poeta maldito. Reconozco que hasta que lo oí declamar y me quedé prendida de su voz y de sus versos no supe quién era en realidad ese hombre cuya firma había visto garabateada en la carta de Murguía.

Nos conocimos a principios de aquel nuevo invierno, que cayó sobre Santiago como un tajo, con sus días mínimos y sus nieblas dentadas que se nos hincaban con saña en las carnes. Como cada año por esa época, las tertulias literarias se llenaron de toses bronquíticas, voces gangosas y pocillos de lata en los que humeaba el café con leche que algún alma caritativa había puesto a hervir en las antiguas cocinas del convento. Aquella tarde faltaba Murguía, que había regresado ya a Madrid para proseguir a trancas y barrancas con sus estudios de Farmacia, pero eran varios los rostros conocidos que asomaban bajo las muchas capas de lana y paño; entre ellos, Pondal, afilado y cerúleo, envuelto en su gruesa levita y garabateando en un trozo de papel con expresión de concentración. Algunos de los asistentes leían periódicos o folletines; otros jugaban a las damas soplándose los dedos entre partida y partida, y unos pocos intentábamos espantar el frío a base de versos. Yo, que gracias al teatro había ido perdiendo poco a poco la timidez, recité un poema que había compuesto aquellos días: «El otoño de la vida», sobre las peripecias de un mozo desafortunado que, como un rey Midas oscuro, trasmitía su desgracia a todo aquel que tocaba: «Quien contempla la ilusión / de su esperanza soñada / muriendo en el corazón / al grito de la razón / ¿qué es lo que queda?... ¡nada!». Pero las palabras que de verdad llenaron de calor y esperanza aquella estancia mustia fueron las de Aurelio Aguirre cuando se subió a una silla para recitar unos versos dedicados al Liceo de la Juventud en pleno: «Vais a escuchar al trovador sin nombre, / al que otros días, con guerrero acento, / cantó la grata libertad del hombre, / llevando su atrevido pensamiento...». Tenía una voz ronca y agreste, como si hablase la misma tierra o un alud de nieve se desprendiese de las montañas. Y, a través de su voz, los versos viajaban libres y salvajes, sin enmarañarse, como esos pájaros que vuelan en bandada trazando complicadas figuras y consiguen de algún modo misterioso no chocar jamás los unos con los otros. Lo escuché con atención, estremecida de asombro. «Digno de figurar en las mejores páginas de Espronceda», había dicho de él Murguía y era cierto que habría podido servir de modelo al corsario de su «Canción del pirata», tan salvaje y tan libre, con las guedejas rebeldes ocultándole la frente, una capa de color azul noche sobre los hombros y una anticuada esclavina en torno al cuello. Era delgado y más bien endeble, con el pecho hundido como si hubiera sobrevivido a una tisis, y un rostro enjuto de ojos de un azul oceánico. En aquel momento pensé que tenía algo de criatura marina, mitad hombre, mitad leviatán; un monstruo hermoso y frágil digno de la pluma de Mary Shelley. Sí, eso pensé entonces. Tiempo después me sentiría horrorizada ante mis propios pensamientos.

—Es usted un poeta magnífico —le dije al final de la velada, después de haber arrastrado del brazo a un muy aturdido Pondal para que nos presentase—. Digno de recitar sus versos ante la misma reina.

Él hizo una mueca divertida.

—Prefiero recitarlos ante el pueblo.

Y sí, tal como aprendí después, sin duda él era el poeta del pueblo. Si el Liceo de San Agustín hubiera sido un cuerpo vivo, con sus órganos, sus vísceras y sus venas, Aurelio Aguirre habría ocupado el lugar del corazón, latiendo incansable por la libertad y la justicia. Aurelio llevaba Santiago pegado a la piel, pero no el Santiago de las piedras santas, las gárgolas sombrías, las alamedas plácidas o las casas señoriales de la rúa Nova; no el Santiago de los obispos purpúreos, los sacerdotes oscuros, las damas nobles o los caballeros de chaleco y bombín que pasaban las horas en el Recreo, que más tarde fue Casino. El Santiago de Aurelio era el de los *obradoiros* humildes, el de las abacerías polvorientas, el de los sastres de ojos cansados y las *lavandeiras* de manos moradas, el de las *criadiñas* que empezaban a servir en casas ajenas antes de aprender a dormir sin chuparse el dedo. Era el Santiago de las casas ruinosas, esas que se derramaban por la periferia como restos de un naufragio; el de las callejuelas llenas de pulgas y barro; el de los cativos anémicos, las mujeres solas, los borrachos, los tullidos y los locos. A ellos les dedicaba sus mejores versos, entraba en sus chozas sin miedo al tifus, les estrechaba las manos, conocía los nombres de sus mujeres y se ponía en cuclillas para saludar a sus hijos. Les mostraba la misma deferencia y respeto que a sus amigos más poderosos, como Eduardo Ruiz Pons, disputado en Cortes y gran admirador de los poemas que había publicado en el periódico *El Santiagués* cuando aún era un mozo imberbe que no había cumplido ni veinte años.

Aurelio irrumpió en mi vida de literata en ciernes con el ímpetu de un facho encendido en la oscuridad. Los dos escribíamos con manos como raíces retorciéndose bajo tierra, hurgando en el limo y en el cieno. A los dos nos conmovían las mismas cosas: las fragas oscuras y secretas, el brillo nacarado de los sabañones en las manos de una *lavandeira*, las grietas terrosas en la frente de un *labrego*, el lamento lúgubre de las campanas, el temblor de las agujas de orballo sobre un tejado de colmo.

—Ser poeta es lanzar palabras al viento y observar cómo brincan en el vacío y se precipitan dando tumbos hasta que llegan al final de su camino, magulladas y heridas, pero libres al fin —peroraba Aurelio en aquellas largas tardes de lluvia afilada y vientos coléricos en las que, junto con Pondal, nos reuníamos para escribir codo con codo mientras el mundo rugía tras los muros del viejo convento; tal como habían hecho cuarenta años atrás Byron, Polidori y los Shelley a orillas del lago Lemán; aunque, a diferencia de ellos, nosotros no nos enfrascábamos en crear vampiros refinados o monstruos prodigiosos sino en componer versos de vida, de saudade y de amor.

De amor, sí, de amor... ¿qué sabríamos nosotros del amor, tan jóvenes como éramos entonces? Para Pondal, que habitaba en su mundo imaginario de gestas y combates, el amor era un campo de batalla, y las mujeres, enemigos caídos en él. Encadenaba conquistas con la velocidad de un monaguillo pasando las cuentas de un rosario, pero carecía de piedad o ternura e iba dejando tras de sí un reguero de mozas agraviadas y padres airados. Aurelio, en cambio, amaba con la misma pasión y libertad con que empuñaba la pluma. «Cuando un hombre se enamora, no sabe de qué mujer», aseguraba citando a su admirado José Zorrilla, pero esto no era más que una mentira para protegerse a sí mismo, porque su amor tenía un rostro y un nombre, aunque ni Pondal ni yo y ni siquiera Murguía, su íntimo amigo, llegamos a conocerlo jamás. En el Liceo se rumoreaba que la que poblaba sus sueños era una de esas rapazas de pasado incierto y futuro encapotado que se vendían en las calles y las mancebías, ante las miradas de desprecio de las gentes de bien, y terminaban sus días consumidas de sífilis. Decían que desde que Aurelio la vio vagando por las calles, con su rostro moreno, su cuerpo de huesos afilados y sus ojos de centella, ya no fue capaz de olvidarla. Se le metió entre las sienes, con la fuerza implacable de las obsesiones o de los grandes amores. Aseguraban que durante meses la rondó con persistencia de loco, odiando en silencio a los hombres de manos rudas y alientos de taberna que alquilaban su cuerpo por unas horas. En esos tiempos de insomnio compuso en su honor el poema «A una huérfana», que meses más tarde publicaría en el periódico *La Oliva*, y solo cuando se hubo despojado de la angustia a través de las palabras fue capaz de reunir los redaños necesarios para abordarla. Cuando por fin la tuvo ante sí en un cuartucho lleno de mugre y pulgas, después de haberle pagado un puñado de reales a la mujer cetrina que hacía las veces de alcahueta, no fue capaz de hacer uso de aquel cuerpo de niña avejentada, pero se valió de las puntas de los dedos para recorrer su piel con delicadeza de pluma: los tocones ásperos de las rodillas; los hombros punzantes; los huecos de la clavícula, cóncavos como nidos de paloma; los breves montículos de los pechos; el rastro de lágrimas antiguas de sus mejillas. Así, en encuentros sucesivos, le regaló lo que para él era lo más valioso en el mundo: las palabras. Le enseñó a leer con paciencia, utilizando su piel como lienzo, completando día tras día todo el abecedario, y cuando por fin se atrevieron a abrazarse en un delirio de besos y caricias, ella ya era capaz de silabear de corrido. A partir de este punto, los rumores y habladurías en el Liceo se desgranaban en versiones diferentes. Unos juraban que la joven, menos aficionada a la belleza de los versos que a la bonanza de las *potas* llenas, lo había abandonado por un viudo de posibles. Otros aseguraban que su amor era inagotable pero la tisis, que ya anidaba en sus pulmones cuando se conocieron, había acabado con ella tras solo unos meses de romance. Lo único en lo que todos estaban de acuerdo era en que aquella moza sin rostro fue la primera musa de Aurelio Aguirre, la destinataria de sus versos más hermosos y más tristes: «A ti, bella mujer a quien adoro / como adora el marino la bonanza; / a ti, por quien derramo amargo lloro / al ver mustia la flor de mi esperanza...».

¿Y yo? ¿Qué hacía yo mientras mis amigos amaban y sufrían por amor? A mis dieciocho años, la pasión y el deseo eran un páramo prohibido y pavoroso, una de esas fragas de árboles apretados en las que una entra entera y por su propio pie, pero corre el riesgo de salir con la piel hecha jirones y el corazón desgarrado. Vivía temerosa de repetir la historia de mi madre, de vivir un amor infame que me devorase y escupiese mis huesos, un amor ingrato que me condenase al silencio. Pero, a pesar de todo, con ese espíritu contradictorio tan propio de los años mozos... ¡cómo anhelaba amar! Deseaba encontrar un compañero que no frenase mis sueños, que no me ocultase entre visillos, como les pasaba a muchas rapazas que desde que se casaban hacían de su hogar su castillo y su cárcel. Quería a alguien que me alentase, que contemplase mis letras en todo su valor y no como extravagancias de mujer caprichosa. Y cada vez que este tipo de ideas cruzaban mi mente, me parecía escuchar los ecos de una voz imperiosa —«¡Escriba!»— y recordaba unas manos pequeñas, una barbita angosta, un atardecer de verano, un portal lúgubre, unos ojos tapizados de ansiedad y de culpa. Paladeaba esa imagen durante unos instantes y después la dejaba ir, como quien se sacude un insecto inesperado que se le ha posado en la manga. Murguía estaba en Madrid, persiguiendo sueños y letras. Murguía estaba en Madrid y yo me asustaba de mis propios pensamientos.

Entretanto, y mientras el distraído Pondal continuaba inmerso, pluma en ristre, en sus épicas gestas de navegantes y conquistadores, Aurelio y yo gravitábamos el uno hacia el otro como plantas ansiosas de sol, movidos por un extraño instinto que jamás nos atrevimos a poner en palabras. Tengo un día grabado a fuego, en ese lugar recóndito de la memoria en el que se atesoran los momentos importantes. Así es como lo recuerdo: había pasado ya lo peor del invierno y los días empezaban a dorarse y a rodar con pereza hacia la primavera. Compostela olía a hierba, a mimosas y a romero. Hartos del encierro invernal, como oseznos saliendo a trompicones de la cueva, Aurelio y yo dejamos atrás la ciudad de piedra y caminamos a paso ligero hasta una carballeda frondosa y antigua, con un vetusto monasterio guardando sus confines: ese «*San Lourenzo, o escondido, cal un niño antre as ramas*»* que más tarde recordé en mis versos. Al llegar al *cruceiro* nos desviamos del camino y nos adentramos en la fraga sombría, sumida en un silencio de siglos. Aurelio alzó la barbilla y respiró profundamente. Sus ojos eran dos espejos que reflejaban aquel cielo inflamado.

—¿Qué sientes? ¿Qué oyes? Dime.

Imité su gesto y le ofrecí mi rostro al viento. Las ramas formaban una cúpula perfecta sobre nuestras cabezas, la tierra era un tapiz rumoroso a nuestros pies, el aire vibraba en un ronroneo de insectos, el olor a humus se nos metía en las narices. Sentí que el ritmo de mi corazón se ralentizaba, que se acompasaba con el latido de la tierra.

—Dime... —repitió Aurelio.

—Es como un susurro... como la voz de la tierra —respondí, y de pronto, el olor agrio de los helechos me recordó a las algas de Muxía en los días de bajamar: ese aroma sensual a oscuridad y a entrañas—. O del mar —rectifiqué—. Como si desde aquí pudiésemos oír el murmullo de las olas.

Y, Aurelio, raudo y ágil, con esa facilidad innata que tenía para producir versos:

—Dime... dime... dime tú, ser misterioso, que en mi ser oculto moras sin que adivinar consiga si eres realidad o... realidad. ¿O qué? ¿Fantasía? ¿Espíritu? ¿Reflejo? —Frunció el ceño, inmerso en ese esfuerzo incomparable de encontrar la palabra perfecta.

Bajé la mirada hasta mis pies. Los rayos de sol se filtraban entre el ramaje y dibujaban esbeltas figuras sobre la hierba.

---

* «San Lourenzo, el escondido, como un nido entre las ramas».

Se estremecían, vibraban, palpitaban. Eran sombras hermosas, pensé mientras las contemplaba; y también eran hermosas la de Aurelio y la mía, distorsionadas sobre la tierra, muy juntas, casi superpuestas.

—Sin que adivinar consiga si eres realidad... o sombra —completé y me vi recompensada por la entusiasta afirmación de Aurelio, su alegría al comprobar que la pieza encajaba en su lugar:

Dime tú, ser misterioso
que en mi ser oculto moras
sin que adivinar consiga
si eres realidad o sombra,
ángel, mujer o delirio
que bajo distintas formas
a mis ojos apareces
con la noche y con la aurora,
y a todas partes me sigues
solícita y cariñosa,
y en todas partes me buscas
y en todas partes me nombras,
y estás conmigo si velo,
y si duermo, en mí reposas,
y si suspiro, suspiras,
y si triste lloro, lloras...

Conducidos por la voz de Aurelio, aquellos versos magníficos bailaron en la brisa, se nos metieron en la boca y nos estallaron en el paladar como un fruto maduro. ¡Qué no hubiera dado por conservar para siempre aquel momento! Sin darnos cuenta, nos habíamos ido acercando el uno al otro y teníamos los rostros muy juntos; tanto que podía respirar su aliento a tabaco y a madera. Por un momento nos miramos a los ojos, desconcertados, mudos; la fraga entera se había desbocado y bramaba en nuestros oídos como una estampida. Entonces, un pájaro trinó desde un árbol un largo gorjeo de celo o de alarma, y ambos apartamos la cara al mismo tiempo. Se oyó a lo lejos el chirrido de un carro, voces frescas de rapaces llamándose unos a otros, el mundo recuperó su forma, sus olores y sus sonidos. ¿Quién sabe qué ocultos motivos subyacen tras las decisiones que tomamos? Quizá Aurelio recordó el rostro de su musa sin nombre, aquella rapaza desdichada, o quizá la voz apremiante de Murguía resonó disuasoria en mi oído. Sea como fuere, los dos supimos en aquel momento que seguiríamos siendo para siempre una incógnita el uno para el otro. Y, aun así, mientras nosotros nos separábamos nuestras sombras continuaron entrelazadas a nuestros pies. Quizá sigan allí, tantos años después, entre los troncos robustos de la carballeda, invisibles para cualquier visitante. ¿Quién sabe? Ahora que la edad y la cercanía de la muerte me libran del bochorno de los sonrojos, puedo afirmar que nuestras sombras se amaron a pesar de que nuestros cuerpos jamás lo hicieron.

«No parece que han pasado por aquel convento treinta años de olvido, sino treinta siglos… ¡Y tú nunca has querido llevarme allí!», le escribí a Manolo en una de mis cartas cuando ya llevábamos muchos años de matrimonio. Y es cierto: él, tan aficionado a los claustros antiguos y a las carballedas recias que le recuerdan a la Galicia celta, jamás quiso que fuéramos juntos a San Lourenzo. Siempre me he preguntado si acaso supo de aquella tarde mía con Aurelio, ya que ellos eran tan amigos y se lo contaban todo. Quizá sí lo supo y aquel momento pendió siempre entre nosotros, como un bastión apenas perceptible en la vasta llanura de nuestro matrimonio, como una piedra afilada y diminuta dentro de un zapato ya gastado.

Pasaron muchos meses, encadenados en una rutina de versos y tertulias literarias. Poco a poco me fui alejando de los ensayos de la sección de Declamación, porque el tumulto de las palabras en mi mente era ya tan fuerte que acallaba el estrépito de los aplausos sobre las tablas. Después de aquel día en San Lourenzo, mi amistad con Aurelio se fue acomodando en una plácida rutina, resignada a su sino de amores púdicos. Compostela era una ciudad tan provinciana, tan llena de ojos y oídos descolgándose de sus muros, que me cuesta creer que no fuésemos objeto de chismes y murmuraciones; pero si alguno de ellos llegó a los oídos de mi madre, nada me dijo. Quizá ella, que conocía bien los destrozos de la pasión, supo con solo mirarme que el brillo de mis ojos no se debía a uno de esos amores peligrosos y carnales capaces de cambiar una vida.

Aquel año vi muy poco a Murguía, aunque de vez en cuando me llegaban noticias suyas a través de las cartas que le escribía a Pondal y en las que siempre incluía saludos para mí, un detalle que provocaba un irónico alzamiento de cejas por parte de mi amigo. Cada vez más hastiado de las aulas de Farmacia, se pasaba los días debatiendo sobre literatura y política en los cafés madrileños y su nombre empezaba a resonar en la Corte como el de una joven promesa de las letras.

Había publicado varios folletines en *La Iberia* y *Las Novedades* y su novela por entregas *Desde el cielo* estaba teniendo mucho éxito entre los suscriptores. Incluso se comentaba que Benito Vicetto, el ambicioso director de *El Clamor* de A Coruña, lo admiraba y deseaba incorporarlo a su periódico. Pondal, cuyas relaciones familiares también eran tensas desde la muerte de Eduarda, me confió en secreto que Murguía se entendía cada vez peor con su padre, que no comprendía sus veleidades literarias, y ese era el motivo de que cuando venía a Galicia apenas se dejase ver ya por Santiago. En cambio, fiel a su intención de enaltecer nuestra tierra a través de las letras, pasaba casi todo el tiempo en Vigo, en compañía de los hermanos Alejandro y Eduardo Chao, antiguos compañeros de la sección Literaria del Liceo, y de Juan Compañel, flaco y avispado, enérgico heredero de una familia de impresores. Todos juntos planeaban fundar un nuevo periódico al que bautizarían *La Oliva*, como el único árbol que resistió al Diluvio Universal, y pretendían que recogiese con parejo vigor los ideales de Antolín Faraldo y se convirtiese en competencia para *El Faro de Vigo*.

¡Ay, cómo envidiaba yo todos aquellos planes y empeños, aquella vida activa de hombres de letras! Gracias a mi madre, había podido criarme con una autonomía inimaginable para cualquier moza de mi condición, había leído libros y actuado sobre un escenario; me había nutrido del espléndido semillero de tertulias del Liceo. Aun así, el futuro, que seguía siendo un borrón desdibujado ante mis ojos, me llenaba de temor y desconcierto. Mi prima Conchita ya hacía vida de casada con Ángel Aller, y las otras primas Hermida y Castro —a excepción de Laureana, esquiva y solitaria como un gato— comenzaban también a formar sus propias familias. Por aquella época, la tía María recibió una pequeña herencia de un familiar de su esposo fugitivo y los García-Lugín cerraron su casa de Santiago y pusieron rumbo a Madrid, donde esperaban encontrar mejores perspectivas. Lamenté mucho despedirme de Carmiña, que había sido mi cómplice y mi apoyo, pero al mismo tiempo envidié los nuevos horizontes que se abrían ante ella. Yo parecía condenada a permanecer en Compostela para siempre con mi madre y mi *madriña*, solas las tres, agazapadas en nuestra rutina de fidalgas pobres y dependiendo muchas veces de la caridad del tío José María.

En aquellos meses me volví más melancólica y huraña, me sentía incómoda en mi propio pellejo, como si mi cuerpo entero se hubiera convertido en una daga afilada. Regresaron los episodios de toses bruscas y secas, con un sonido de forro de gaita, y mi madre llegó a temerse que anduviese tísica, pero solo era aquella ansiedad mía apresándome el pecho y cortándome el aliento. El buen doctor Varela solía decir que los pulmones son como dos pequeñas alas de paloma, blandas y húmedas, esponjándose y contrayéndose entre los misteriosos humores de nuestro cuerpo. Y mis alitas palpitaban frenéticas, ansiosas por crecer y alzar el vuelo… y no podían. ¿Qué buscaba yo? «Yo no sé lo que busco eternamente / en la tierra, en el aire y en el cielo; / yo no sé lo que busco; pero es algo / que perdí no sé cuándo y que no encuentro».

¿Qué buscaba yo? Libertad, eso era lo que yo ansiaba, esa palabra que se me antojaba inconcebible, colosal, inmensa.

Y la libertad, después de tanto anhelarla, se presentó ante mí, desnuda y orgullosa, en Conxo.

6

¿Habrán ido a Conjo...? ¡Increíble felicidad!

ROSALÍA DE CASTRO, *El primer loco*

Conxo... ¡Qué espléndidos recuerdos! Ya bien entrado aquel año de 1856, Galicia seguía siendo ese *«forno sin pan, lar sin leña»* al que dediqué mis versos más quejumbrosos; un apartado rincón del mundo que ni siquiera conocía aún los portentos del ferrocarril. En el Liceo, los mismos que habían brindado por la revolución dos años atrás protestaban ahora en susurros furiosos. En las postrimerías de aquel invierno, a falta de unos meses para que se cumplieran diez años de los fusilamientos de Carral, Aurelio y Pondal dejaron de lado los versos y comenzaron a pasarse horas deambulando por los pasillos del antiguo convento junto con el común amigo Luis Rodríguez Seoane, cortés, formal y agudo como un fuso. Los tres confabulaban con gesto adusto y las cabezas muy juntas, reunidos en torno a un gran plano dispuesto sobre una mesa y con el aire solemne de reyes medievales diseñando una ofensiva para la batalla. Y, en cierto modo, era una batalla lo que planeaban, aunque por suerte sería el vino y no la sangre el que acabaría empapando la tierra.

—Vamos a organizar un banquete. Un banquete fraterno entre obreros y estudiantes —explicaba Aurelio a todo el que le preguntaba, con ese brillo casi lunático en la mirada que se le ponía cuando entregaba su alma a alguna causa.

Habían tomado la idea de la Campagne des Banquetes celebrada en Francia años atrás, aquella incontenible sucesión de ágapes regados con *vin primeur* y aderezados con rabia que había sacudido durante meses ciudades y villorrios mientras hombres exaltados comían, bebían y brindaban por la reforma electoral, por el fin de la corrupción, por la «*liberté, egalité, fraternité*» e incluso en algún caso por el sufragio universal (masculino, eso sí). En Francia, aquellas pequeñas fogatas acabaron convirtiéndose en una inmensa hoguera de cuyas cenizas surgió una república. El banquete de Galicia, mucho más modesto, buscaba convertirse en un símbolo.

El lugar escogido fue la carballeda de Conxo, cerca de la casa que me había visto nacer, aquel «paraje severo como todo lo grande y plácido como todo lo agreste y hermoso» que yo misma describí años más tarde: una fraga frondosa, quieta y añosa que evocaba lobos, cativos extraviados y meigas de rostros marchitos. El día señalado para el banquete, el 2 de marzo, amaneció fresco y húmedo, envuelto en una neblina transparente que parecía brotar de la tierra en bruscas bocanadas. En apariencia era un día como cualquier otro, uno más de aquel invierno que ya se despedía con un amplio bostezo para dar paso a la tierna primavera gallega. Pero allí, en la carballeda de Conxo, entre las largas mesas de madera bruñida que los organizadores habían dispuesto con pompa teatral de Última Cena, reinaba una tensión contenida, como si la fraga entera estuviese conteniendo el aliento. Más tarde supimos que, a pesar de que tuvieron cuidado en no dejarse ver, había miembros de la milicia armados y dispuestos en forma de arco en las lindes del bosque, pues la noticia de la organización del banquete había corrido como la pólvora por Santiago y los periódicos más conservadores habían armado mucho revuelto tachándolo de «inmunda bacanal» y vaticinando desmadre y desórdenes de todo tipo.

Los invitados empezaron a llegar al mediodía, cogidos del brazo para dejar bien claro el carácter fraterno del acontecimiento. Los estudiantes de la universidad, con sus manos finas y sus estómagos llenos, vestían fracs negrísimos con botones forrados y camisas de piqué; y los obreros y artesanos, que no tenían tiempo ni ganas para esos melindres, iban ataviados cada uno con las ropas propias de su oficio o bien con calzas de lino, fajín de lana a la cintura y la *pucha* desgastada entre las manos. Todo tenía un aire solemne, casi severo, y fue necesario que varias jarras de clarete pasasen de mano en mano y se vaciasen las fuentes de carne y empanada para que las conversaciones y las risas comenzasen a fluir y aquello se pareciese menos a una representación teatral y más a un festín de compañeros. Mientras ellos comían y bebían, el enorme cartelón que varios socios del Liceo habían decorado días atrás, con las palabras ORDEN y FRATERNIDAD bien visibles, ondeaba como la vela de un barco sobre las cabezas de los hombres.

Y digo hombres, sí; porque no había mujeres sentadas en torno a aquellas mesas que eran casi como un arca de Noé, ya que habían invitado a un patrón y dos obreros de cada gremio de la ciudad. Pero… ¿dónde estaban las *lavandeiras*, las modistas, las criadas, las parteras, las amas de *leite*, las abaceras, todas aquellas que por necesidad o coraje eran el sustento de sus hogares? Nadie se había preocupado de incluirlas en el banquete, pero algunas, quizá madres, hermanas o esposas de los convidados, se habían acercado hasta la carballeda y, aunque no comían ni brindaban, se mantenían atentas tras la línea de árboles, contemplando el ágape con idéntica curiosidad a la que esgrimíamos las pocas socias del Liceo que también estábamos allí como espectadoras. Las observé con el rabillo del ojo: mujeres de ojos tristes y zocas gastadas, nacidas para el trabajo y el sacrificio. «La miseria de este país nuestro obliga a la niña a hacer la labor de una mujer y a la mujer las labores del hombre», pensé, y la idea caló con tanta fuerza en mi interior que años después la plasmé en una de mis novelas, precisamente la única de todas que transcurre entre los claustros de Conxo.*

Los brindis, el verdadero objetivo del banquete, comenzaron cuando ya los platos se habían vaciado de viandas, la grasa resbalaba por las barbillas y se veían por todas partes narices coloradas y rostros satisfechos. El primero en levantar su copa fue Pondal, muy elegante en su frac de ala de cuervo y con los cabellos repeinados con tanta agua de colonia que me pareció que los efluvios llegaban hasta nosotras.

> *Levantad a los cielos la cabeza.*
> *Decid: ¿quién hizo al hombre diferente*
> *de su hermano? ¿Quién dio mayor nobleza*
> *al corazón de un déspota tirano*
> *que al honrado sudor del artesano?…*

* La novela *El primer loco*.

Hice caso a Pondal y levanté la cabeza al mismo tiempo que ellos alzaban sus vasos llenos. Oí el entrechocar de la madera, las voces elevándose en el aire como si fuesen una sola. A mi lado, las mujeres aplaudieron y vitorearon, pues también hasta nuestros oídos llegaban los ecos de su entusiasmo, aquellos cantos de coraje y libertad. *Libertad... ¿y qué parte de ella estaba reservada para nosotras?*, me pregunté. ¿Qué ganábamos las mujeres con la libertad de los hombres? La brava Carolina Coronado ya había contestado a esa pregunta a través de unos versos que yo siempre leía estremecida: «¿Qué ganamos, qué tendremos? / ¿un encierro por tribuna / y una aguja por derecho?».

«No», pensé. Yo no quería una aguja por arma y un dedal por escudo, no quería vivir entre cuatro paredes con el mundo como un lienzo desdibujado tras la ventana, no quería que mi cuerpo fuese como el de mi madre: un santuario de dolor y de vergüenza. Yo deseaba más, me dije. Y aquellas mujeres que me acompañaban, aquellas mozas de ojos sabios, cuerpos como casas y pies como raíces también deseaban más.

En un impulso saqué la cajita de madera bruñida que había sido un regalo del tío Pepe por mi último cumpleaños y que contenía recado de escribir: plumilla, tintero y secante. Mientras pensaba, dejé vagar la mirada por las vetas del fondo, oscuras y sinuosas como lombrices de tierra. ¿Qué era la libertad para nosotras? ¿A qué aspirábamos? Un hogar o una jaula. Un yugo o un timón. Mientras los hombres seguían bebiendo, brindando y gritando, yo comencé a escribirle a *nuestra* libertad:

Solo cantos de independencia y libertad han balbucido mis labios, aunque alrededor hubiese sentido, desde la cuna ya, el ruido de las cadenas que debían aprisionarme para siempre, porque el patrimonio de la mujer son los grillos de la esclavitud...

Me detuve y asentí para mí misma, satisfecha con el resultado. En ese momento se levantó Aurelio desde su puesto en la cabecera de la mesa: brazo en alto, barbilla erguida, la copa de vino apuntando al cielo. Ni siquiera tuvo que abrir la boca para provocar un estallido de aplausos y vítores, su sola presencia bastaba; él mismo era un símbolo, un estandarte. Se aclaró la garganta y los versos de su brindis echaron a volar sobre nosotros.

> *Jornalero, levántate y despierta.*
> *Abandona un momento los talleres,*
> *que tu sueño al baldón abre la puerta.*
> *Vela por tus derechos, si no quieres*
> *ver de tus hijos la deshonra cierta...*
> *Si no quieres mirar a tus mujeres*
> *arrastrando por ti, las infelices,*
> *el epíteto vil de meretrices...*

Los hombres aullaron y se despellejaron las manos en un aplauso común, todos ellos transformados por un instante en un monstruo rugiente. Nosotras nos balanceábamos al ritmo de los cánticos, cogidas del brazo del modo en que suelen las mujeres, formando una larga cadena de camaradería y amparo. Pensé en tantas que arrastraban con ellas el «epíteto vil», como decía Aurelio; pensé en mi madre y su vergüenza; en

Concha Murguía y su soledad; en mi tía María, que cargaba sobre los hombros los pecados del esposo; en Segunda y Laureana, separadas por honor y orgullo; en la Paquita, incapaz de confiar en ningún hombre. Tomé de nuevo la plumilla y escribí:

> Yo soy libre. Nada puede proteger la marcha de mis pensamientos, y ellos son la ley que rige mi destino. ¡Oh, mujer!... ¿Por qué los hombres derraman sobre ti la inmundicia de sus excesos, despreciando y aborreciendo después en tu moribundo cansancio lo horrible de sus mismos desórdenes y de sus calenturientos delirios?

Y como si se dispusiese a darme una respuesta a mi desesperada pregunta, Luis Rodríguez Seoane se puso en pie, elegante y pulido, con una rosa ya mustia en el ojal, y leyó su brindis con voz de trueno:

> *Y ante el honor marchito de Lucrecia*
> *indignada su faz el pueblo asoma.*
> *¡Vedla sufrir! Prepara el fanatismo*
> *ya de triunfo muestras placenteras...*

Y yo, con la pluma desangrándose sobre el papel en regueros oscuros:

> Yo, sin embargo, soy libre, libre como los pájaros, como las brisas; como los árabes en el desierto y el pirata en la mar. Libre es mi corazón, libre mi alma, y libre mi pensamiento, que se alza hasta el cielo y desciende hasta la tierra...

«Libre es mi corazón», repetí en voz baja. Sí, lo era. Ahí residía nuestra libertad, en nuestro interior, tras la hilera de costillas que podían ser su jaula o su escudo. «Libre es mi corazón», y subrayé la frase tres veces, mientras a mi alrededor aumentaba el estrépito, las arengas adquirían ecos de coro griego, los carballos danzaban al son de los gritos y regatos de vino empapaban la tierra.

Así, en ese espléndido día, Conxo se convirtió para todos nosotros en símbolo de libertad.

Pero al igual que la libertad, que cuando se la llama jamás se presenta apacible y mansa, la celebración del banquete trajo consecuencias. A pesar de que con la caída de la tarde, los militares se retiraron sin un solo tiro al aire, esponjando las narices ante el olor de la carne y el pan recién horneado, los versos exaltados de los brindis acabaron levantando ampollas y ultrajando orgullos. La prensa puso el grito en el cielo, asegurando que los organizadores eran unos descastados que lo único que pretendían con aquel ágape era destruir los fundamentos del orden social, y también el arzobispo de Santiago alzó su voz airada desde el púlpito, tachando a Aurelio Aguirre de ateo empedernido y jurando que ardería en el infierno sin remedio. El fiscal de la Audiencia Territorial de A Coruña, contagiado de la ira episcopal, se dispuso a abrirle un proceso a Aguirre y de paso también a Pondal, cuyos efusivos versos se le habían atragantado como broa mal cocida. Solo se libraron ambos de acabar presos o deportados a las colonias de ultramar gracias a la intervención de amigos importantes, como el diputado Ruiz Pons, gran admirador de Aurelio, o el párroco de Ponteceso, que intercedió a favor de Pondal asegurando que el pobre no sabía lo que hacía y tenía el entendimiento estragado de tanto leer.

·Fueron semanas agitadas, en las que Compostela despertó de su letargo de piedra y musgo y se convirtió en una ciudad furiosa que clamaba pidiendo un castigo ejemplar. Yo me iba enterando de todos los detalles gracias a las noticias que corrían raudas por el Liceo y a mis lecturas del periódico *La Oliva*, el único rotativo que asumió la defensa del banquete. En esos días apareció entre sus páginas un artículo firmado por Murguía recordando el aniversario de los fusilamientos de Carral, de modo que ambos acontecimientos quedaron entrelazados para siempre en la memoria de todos. Y fue justo entonces, en aquellos momentos caóticos, cuando mi madre recibió una carta que cambiaría para siempre el curso de nuestras vidas. La tía María de Castro, bien aclimatada ya a la vida en la Corte y viuda en los últimos meses del prófugo Tomás García-Lugín, nos abría las puertas de su casa madrileña y nos ofrecía pasar con ella una temporada. Mi madre y yo intercambiamos una mirada y no necesitamos decirnos nada para tener clara nuestra decisión: aquel trozo de papel avainillado atravesado por las letras gordas e irregulares de la tía era nuestro pasaje a la libertad, nuestra vía de salida de aquella Compostela solemne y desdeñosa, de aquella ciudad de piedra que nunca, ni siquiera en los tiempos más brillantes del Liceo, había sido del todo nuestra. Y ante nosotras, el futuro: una promesa, una incógnita, un lugar nuevo y desconocido que quizá podríamos recorrer con la planta entera en lugar de transitarlo con las puntas de los pies.

En las semanas que siguieron, con la ilusión de las decisiones bien tomadas, comenzamos el proceso de cerrar la casa de la rúa Bautizados, devolver a Arretén los muebles de los que mi madre no quería desprenderse y despedirnos de la familia. La tía Maripepa, pálida y delicada como una reina en sus dominios de Lestrove, nos dio muchos abrazos y una pata de lacón para que se la llevásemos a Pepito Hermida, que también estaba en la Corte por aquella época; y el tío José María, tan apegado a la tierra que para él Madrid era el fin del mundo, nos otorgó su bendición a regañadientes y con el ceño fruncido. También les dije adiós a los compañeros de la sección de Declamación, a la querida Angustias Luces y a Pondal, que me miró de reojo con sus ojos de galgo abatido. «Querían deportarnos a nosotros a las colonias y resulta que eres tú la que te marchas», murmuró, todavía agraviado por el escándalo tras el banquete. También Aurelio me visitó para despedirse en las estancias alquiladas del viejo convento, que ya habían dejado de pertenecernos y eran un batiburrillo de papeles viejos, libretos de teatro y objetos variopintos que habían servido de atrezo para las representaciones, entre ellos un gran cisne disecado con el pecho henchido y las alas desplegadas. No habíamos vuelto a vernos desde el día del banquete y lo encontré más flaco y lobuno que nunca, con los ojos brillándole en el rostro magro como dos fuegos azules. Al principio nos limitamos a intercambiar cortesías y buenos deseos para el viaje, pero después de un rato, con el cisne observándonos desde lo alto del armario con sus ojos punzantes, nos abrazamos con fuerza, apretando los párpados para no llorar. «Haces bien en marchar —me susurró al oído—. Esta es una ciudad muerta». Antes de irse me entregó una carta cerrada con instrucciones de que no la leyese hasta abandonar Santiago. Lo vi alejarse a grandes zancadas por los corredores sombríos, afilado y erguido, con la esclavina azul ondeando a su espalda. Él también, al igual que el cisne, parecía querer precipitarse al vacío.

Y así es como recuerdo a Aurelio Aguirre, esa es la imagen que guardo en la memoria, a la que siempre recurro en la soledad de mis horas: la de un ave colosal de plumas empenachadas, orgullosa y frágil, inmóvil en su intento de alzar el vuelo.

LA FLOR DE TINTA Y PAPEL

1856-1860

1

Madrid cuajado de palacios, sembrado de jardines, lleno de lujosas damas y rebosando alegría se presentó de repente a sus ojos semejante
a una nube de fuego.

ROSALÍA DE CASTRO, *El caballero de las botas azules*

Mi madre y yo partimos camino de Madrid en abril de 1856,
ataviadas con nuestros vestidos de viaje de recio paño castellano y cargadas con un gran baúl con cantoneras de *fierro*
que ya había acompañado a mi abuelo a la campaña de Francia, tan maltrecho y baqueteado como si hubiera entrado con
él en el campo de batalla. Conseguimos dos billetes a buen
precio en una compañía de postas que tenía fama de contar
con coches cómodos, conductores sobrios y buenas bestias
de tiro, de esas que no se ofuscan ni encabritan ante un raposo que se les cruce en el camino. En este primer viaje largo no
íbamos solas, ya que compartimos trayecto y diligencia con
amistades de la familia, de los tiempos en los que el apellido

Castro todavía tenía lustre: el teniente José Gasset, catalán afincado en Galicia, y su hija Eugenia, una muchacha de rostro aniñado y modales gráciles, que justo por aquellas fechas también se desplazaban a Madrid.

La Paquita se despidió de nosotras frotándose los ojos llorosos con una punta del mandil y sujetando con la otra mano su propio hatillo de viaje, pues también ella dejaba Santiago para irse una temporada con José María y Segunda, cuya paciencia estaba siendo testada por la reata de nietos que ya empezaban a corretear por los fríos pasillos de Arretén. Mi *madriña* no veía con buenos ojos nuestra decisión de marchar a la Corte, que ella suponía un antro de perdición plagado de rateros, golfos, tunantes y malos bichos en general.

—A quién se le ocurre, Teresa. Oí que las pulgas son allí tan gordas como las ratas nuestras. Dice tu sobrino Pepito que están todas las calles con las piedras levantadas como postillas y que hay casas quemadas hasta los cimientos, tan negras como si hubiera pasado por allí el mismísimo diablo.

—No exageres. Eso de las casas quemadas sería cuando las revueltas. Y no te preocupes, que no será por mucho tiempo. Yo me he de morir en mi tierra, no en Madrid, con pulgas o sin ellas.

—Bueno… a ver si al menos hay suerte y la *neniña* vuelve bien casada… —se resignó la Paquita sin saber que tanto sus palabras como las de mi madre resultarían premonitorias.

El viaje se nos hizo eterno. Durante ocho largos días luchamos contra el mareo hacinadas entre los demás viajeros en un cubículo mínimo que olía a sudor y a bostas de caballo. El paisaje fue cambiando y aplanándose según nos alejábamos del norte; las tupidas fragas y los estrechos caminos aderezados de zarzas y tojos dejaron paso a amplias veredas polvorientas y a océanos de espigas afiladas como flechas que parecían vibrar bajo el sol. Así fue como vi por primera vez los campos de Castilla, los mismos que tanto agravié después en mis versos: áureos e infinitos, bañados por una luz como de llamarada, con el chirrido pedregoso de las cigarras como música de fondo.

Al final de cada jornada, la diligencia nos escupía malhumorados y hambrientos en alguna de las muchas fondas del camino, casonas rústicas y no demasiado limpias cuyos platos de cocina popular —judiones duros como piedras, magras aceitosas, abadejos de ojos tristes cocinados al ajoarriero— nos hacían doblarnos en dos con el estómago hecho trizas. En una de estas fondas aproveché para abrir el sobre de Aurelio. No era una carta de despedida, sino un poema de su puño y letra titulado «Improvisación», con la dedicatoria «A la poetisa doña Rosalía Castro» garabateada debajo con trazo enérgico.

La mujer en el mundo no es dichosa,
por más que con falaz hipocresía,
adulando su joven fantasía
la mire el mundo y la proclame hermosa.
Lo será si modesta y virtuosa
al templo del saber sus pasos guía,
y ceñida la sien ostenta un día
con la diadema de laurel honrosa.
La hermosura no es más que una quimera.
¡Página en blanco de la humana historia!
Sigue con fe del arte la lumbrera,
que es muy grato dejar memoria
que acredite a la gente venidera,
intachable virtud, mérito y gloria.

—Es bonito —apreció Eugenia cuando se lo enseñé, mientras se pasaba un peine por los sedosos bucles que ni siquiera los avatares del camino habían conseguido deslucir—. Y está bien rimado. Aunque a mí sí me gustaría que el mundo me proclamase hermosa. ¿Qué mujer no lo desearía?

No respondí y guardé el poema entre las páginas del cuaderno que usaba por aquel entonces para escribir mis versos. Todavía conservo el pliego, tantos años después, con sus verdades de tinta detenidas en el papel amarillento. «La hermosura no es más que una quimera». Para las mujeres, que caminamos por el mundo espiando nuestro reflejo en los vidrios y en los charcos, la falta de hermosura pesa como una piedra que nos hayamos echado al bolsillo. A lo largo de mi vida fueron muchas las veces que me sentí rara, torpe, impropia, demasiado huraña y sombría... y también fea. «Sigue con fe del arte la lumbrera, que es muy grato dejar memoria», me aconsejó entonces Aurelio, mi querido poeta, que tan bien conocía ese pozo de aguas removidas que es un alma de mujer. Aquellos versos fueron el mejor regalo de despedida que pudo haberme dado, el mejor consejo, la mejor ofrenda. Con ellos, la fealdad dejó de ser una piedra en el bolsillo para convertirse en los cimientos de algo parecido a un refugio.

Al recordar estos versos de Aurelio me ha venido a la mente una anécdota que no quiero dejar de mencionar en esta desordenada crónica mía. Hace unos cuatro o cinco años, un joven autor de pluma viperina que ya se había carteado en el pasado con Manolo para solicitarle que le divulgase unas odas suyas en *La Ilustración Gallega y Asturiana* publicó un librito que tuve la ocasión de hojear y en el que afirmaba que «la poetisa fea, cuando no llega a poeta, no suele ser más que una fea que se hace el amor en verso a sí misma». ¡Qué atrevidas y necias palabras! Durante años me he preguntado cuál de los dos términos consideraba más ofensivo ese joven autor, de nombre Leopoldo Alas, si mal no recuerdo, que por algún motivo gusta de ser apelado como Clarín: si el de poetisa o el de fea.

Llegamos a Madrid a principios de mayo y, a pesar del cansancio y la mugre del viaje, fuimos incapaces de contener el asombro ante la ciudad enérgica que nos aguardaba agazapada tras la Puerta de San Vicente. Mientras la diligencia traqueteaba hasta la fonda Peninsulares, su última parada, a mi madre y a mí se nos desorbitaban los ojos frente a aquella urdimbre de calles bulliciosas en las que diligencias, colleras y carretas sorteaban por igual a damas empingorotadas, elegantes caballeros con chaqué, mocosos desharrapados, menestrales vocingleros, cigarreras desgreñadas y ropavejeros con sus fardos a cuestas. En la fonda nos esperaban los primos Pepito Hermida, Tomás y Carmiña García-Lugín y la tía María de Castro, a quien la viudez —y, sobre todo, la tranquilidad de no tener que preocuparse de los dislates del marido fugitivo— le habían aportado un aire de plácida dignidad. A los Gasset los recibió Eduardo, el hijo mayor del teniente y hermano de Eugenia; un hombre cortés de rostro alargado y profundas entradas que me saludó con cordialidad sin que ninguno de los dos llegase a sospechar el papel que él jugaría más tarde en mi vida de literata, pues fue precisamente en su periódico *El Imparcial* donde publiqué las «Costumbres gallegas» que tantas contrariedades y quebraderos de cabeza me causaron varios años después.*

La tía María había arreglado para nosotras una de las habitaciones de su casa, situada en el número 13 de la calle Ballesta, en la misma hilera de edificaciones estrechas, con balcones forjados, que le había servido de refugio clandestino a Leopoldo O'Donnell dos años atrás, justo antes de la revuelta de Vicálvaro. «Ahí mismo estuvo escondido, un par de casas más arriba. Dicen que salía vestido de menesteroso para que nadie lo reconociese, cubierto de harapos y lleno de mugre», nos explicó muerta de risa Carmiña mientras nos ayudaba a deshacer los bultos. Mi primera impresión de Madrid fue que era una ciudad caótica en la que jamás reinaba el silencio; hospitalaria o sombría según como se la mirase, y siempre desconcertante, como si *El jardín de las delicias* del Bosco hubiese cobrado vida de repente.

Durante aquellas primeras semanas de primavera radiante, mi madre y yo nos sumergimos con gusto en todo aquel bullicio que nos alejaba de la pétrea contención de Compostela. En compañía de los primos recorríamos las largas avenidas y los paseos, aturdidas por el griterío de los vendedores ambulantes, cruzándonos con grupos de aguadores con sus cántaros al hombro y sus bandejas de panales para hacer refresco, o apartándonos para dejarle paso a algún tílburi ocupado por una dama o caballero de altos vuelos, de esos que habitaban palacetes de elegantes fachadas y recorrían el paseo del Prado vestidos con sus mejores galas. A veces, para rememorar mis días de actriz aficionada, nos acercábamos

---

* Eduardo Gasset se convertiría con el tiempo en el abuelo de José Ortega y Gasset. El teniente José Gasset y Eugenia, que acompañaron a Rosalía en su primer viaje a Madrid, serían bisabuelo y tía abuela del filósofo, respectivamente.

hasta las puertas del Teatro Príncipe, en el que por aquel entonces triunfaban las hermanas Lamadrid, Joaquín Arjona y Julián Romea en obras de mucho éxito como *El sí de las niñas* de Moratín o *Dos amos para un criado*, arreglada, para mi gran sorpresa y contento, por una mujer, Joaquina Vera.

Mi prima Carmiña se convirtió de nuevo en mi fiel confidente y compañera, como si no hubieran pasado los años desde que éramos adolescentes confusas recién llegadas a Compostela, las dos perdidas en el laberinto de sigilos y vergüenzas de nuestra familia. Pero ya no éramos las mismas, habíamos crecido y cambiado. Ambas habíamos heredado la buena estatura y el pelo encrespado de los Castro; pero mientras yo conservaba mis hechuras ruines de rapaza enfermiza y la mala postura de andar siempre inclinada sobre los libros, ella era hermosa como una moneda y sabía sacarle partido a su larga melena negra y a sus ojos de sombra. Buena parte de su esplendor de aquella primavera se debía a que nada más llegar a Madrid había conocido al amor de su vida: Antonio Pérez Serrano, un cordobés de piel aceitunada y ademanes galantes que se presentaba a visitarla con un cucurucho de rosquillas y una violeta en el ojal.*

Si bien al primer vistazo Madrid no nos pareció el antro de peligros y desdichas que había pronosticado la Paquita, pronto tuvimos que admitir que había algo de cierto en sus sombríos augurios de meiga, ya que, menos de tres meses después de nuestra llegada, las barricadas volvieron a alzarse y las balas silbaron como gaviotas furiosas en la canícula del verano. Y es que dos años después del cambio de gobierno, el país entero era más polvorín que nunca. Según nos contaba

---

* Años más tarde, Carmiña y Antonio Pérez se convertirían en los padres del escritor y cineasta Alejandro Pérez Lugín.

Pepito Hermida, siempre al tanto de las noticias, la tensión entre el Ejército y la Milicia Nacional podía cortarse con un cuchillo, en Cataluña se sucedían las huelgas y las protestas obreras, Castilla se retorcía bajo los motines del pan, y la máscara de la concordia entre Espartero y O'Donnell pendía de un frágil hilo. En uno de esos cambios de parecer que tan propios le eran, aquel mes de julio la reina Isabel nombró a O'Donnell nuevo presidente del Gobierno, un gesto que llegó acompañado de la declaración del estado de guerra en toda España.

Nosotras seguíamos los acontecimientos con nerviosismo desde la casa de la calle Ballesta. El mayor miedo de mi madre, siempre temerosa de la maldad humana, era que estallase el caos y se produjesen desórdenes y escaramuzas en las calles.

—¿Qué va a ocurrir ahora? —le preguntaba cada día a Pepito retorciéndose las manos.

Él se encogía de hombros en un ademán nada tranquilizador.

—Todo depende de la reacción de Espartero.

Pero Espartero, consciente de que sus años de gloria ya habían pasado, reaccionó abandonando Madrid camino de Logroño, con intención de no regresar jamás a aquella Corte de arenas movedizas. Mientras tanto, los diputados progresistas que se oponían al nuevo gobierno se encerraron a cal y canto en el Congreso y los peores augurios acabaron por cumplirse: los días 14 y 15 de julio hubo reyertas y altercados, el Ejército tomó las calles con todo el peso de la artillería y el lance terminó con el Congreso bombardeado y la cabeza de uno de los leones hecha trizas. Mi primo Tomás García-Lugín, tomándose muy en serio sus funciones de cabeza de familia, nos ordenó atrancar las ventanas y recluirnos en casa hasta que pasase el peligro. Por ello, lo que sucedió al día siguiente solo puede achacarse a mi imprudencia y a esa funesta curiosidad mía que tantos disgustos me ha causado en la vida.

Así es como lo recuerdo tantos años después, con las imágenes danzando en mi mente en un remolino de colores demasiado brillantes: era el día 16 de julio, fiesta del Carmen, a esa hora de la mañana en que los *mariñeiros* de nuestro Atlántico estarían engalanando de flores sus barcos para salir al mar en procesión. Hacía mucho calor, una canícula espesa que agostaba los geranios y les aplastaba las orejas a los gatos contra los tejados. Muerta de aburrimiento y desoyendo los consejos de Tomás, me asomé a la ventana de la sala en el instante preciso en que un hombre muy joven, casi un rapaz, vestido con guerrera azul y con el rostro brillante de sudor, se agazapaba muy pegado a los muros de las casas cercanas con el aire de alguien que daría todo lo que posee con tal de no ser visto ni oído. Llevaba al hombro un rifle de avancarga que brillaba como bronce viejo bajo el sol. «Quizá huye de algún enemigo —pensé mientras contemplaba fascinada su rostro tenso y sus ademanes furtivos—. Quizá es un desertor».

En ese momento, él levantó la cabeza y nuestros ojos se encontraron. Los suyos eran oscuros, orillados de púrpura y sin expresión alguna, como los de un perro o un buey. Al mismo tiempo, eran unos ojos que habían contemplado muchas más cosas de las que yo probablemente alcanzaría a ver en toda mi vida. Incapaz de moverme, me perdí en aquella mirada agreste y él, muy despacio, sin dejar de observarme a su vez, como un cazador frente a la más asustada de las liebres, levantó el arma, me apuntó a la cabeza y, antes de que mi mente pudiese procesar del todo lo que estaba sucediendo, disparó. Como a través de un velo, percibí el movimiento de su dedo apretando el gatillo, el brillo de la madera oscura bajo el sol, la tensión de los músculos de su antebrazo. Alcancé a apartarme de un salto en el momento exacto en que el proyectil cruzaba el aire e iba a estrellarse en la pared, justo al lado de la ventana, solo a unos centímetros de distancia del lugar donde había estado mi cabeza pocos segundos atrás. Caí al suelo de rodillas, sin aliento, y me pareció que había transcurrido un siglo antes de ser capaz de incorporarme de nuevo. Cuando me atreví a atisbar por la ventana, él ya se había marchado y la calle Ballesta estaba de nuevo desierta, dorada de polvo y de sol.

Durante mucho tiempo mantuve en secreto este incidente. Sé que no lo soñé, porque el agujero del proyectil permaneció en la pared durante muchos meses hasta que Antonio, el prometido de Carmiña, se encargó de cubrirlo con argamasa, rezongando entre dientes contra las revueltas, los amotinados y los tiros perdidos que podían causar una desgracia. Pero yo sabía que aquel no había sido un tiro perdido y siempre me he preguntado qué se le pasaría por la cabeza a aquel hombre antes de disparar, qué lo habría provocado, si quizá fue algún gesto mío, algo en mis ojos, la rabia ante mi situación de mujer privilegiada tras la ventana; o tal vez fue simplemente maldad pura, tal vez es cierto eso que decía la Paquita de que el mundo es un lugar oscuro y voraz y que hay bestias con botas de hombre caminando entre nosotros.

2

Todos escriben y de todo. Las musas se han desencadenado. [...] Semejantes a una plaga asoladora, críticos y escritores han invadido la tierra y la devoran como pueden.

Rosalía de Castro,
«Las literatas. Carta a Eduarda»

Más allá de este incidente que estuvo a punto de adelantar varios años mi cita con la Parca, me adapté a la vida en la Corte con la soltura del que ha dejado ya de considerarse viajero para creerse habitante. «Escribir en Madrid es llorar, es buscar voz sin encontrarla», había anunciado años atrás un Larra depresivo en sus «Horas de invierno». Pero yo, con los cantos de libertad de Conxo aún resonando en mis oídos, estaba dispuesta a encontrar la mía. ¡Y no era la única! Madrid era el destino soñado de muchos aspirantes a literatos que llegaban desde provincias llenos de ilusiones, hambrientos de reconocimiento y dispuestos a sobrevivir en lúgubres casas de vecindad y a batirse pluma en ristre para llamar la atención de un editor, un director literario o el propietario de un periódico. Yo tuve la oportunidad de conocer a algunos de ellos desde el momento mismo de mi llegada a la Corte, ya que la tía María, para complacer a Pepito Hermida, celebraba de vez en cuando en la casa de la Ballesta modestas tertulias en las que se servía café y *bica*,* se discutía de actualidad y política, se criticaba a los ausentes y se aporreaba por turnos el piano. Allí se presentaban puntuales los amigos de mi primo, tan idealistas y barbudos como él mismo, con los espíritus ávidos de poesía y los estómagos hambrientos de pan y carne, a juzgar por la voracidad con la que atacaban el lacón recién llegado de Lestrove. Casi todos tenían la mirada alucinada de quien persigue una quimera sin llegar a alcanzarla jamás, y la mayoría acabaron vagando sin fama ni fortuna por las callejuelas del Madrid más oscuro, como sombras fatigadas, batiéndose en duelo con los espectros burlones de Larra y Espronceda. He olvidado la mayoría de sus nombres y apenas recuerdo sus rostros, pero todos aquellos soñadores confluyeron años más tarde, remozados, en un único engendro: mi duque de la Gloria, el protagonista de mi novela *El caballero de las botas azules*; burlón y elegante, casi diabólico, ducho seductor y presencia sagaz en las tertulias de la Corte.

Uno de los habituales de las reuniones de la casa de la Ballesta era un joven poeta sevillano de andares lánguidos, cabello ensortijado y ojos de podenco, muy desaliñado y astroso en el vestir, defecto que se le perdonaba en cuanto abría la boca para declamar sus espléndidos versos. Se llamaba Gus-

---

* Bizcocho típico de Galicia.

tavo Adolfo Bécquer y había llegado a la ciudad dos años antes que yo, dispuesto a vadear las turbias aguas del Madrid de las letras con sus poesías como timón, su hambre de gloria por estandarte y el brillo anhelante de sus ojos como único faro. Era imposible no sentirse cautivada por él, por su voz elegante de eses exhaladas, por su perfil de gato flaco que a veces se crispaba hasta adquirir un aspecto de lince taimado. Casi siempre le rodeaba un olor oscuro y denso, como de flores descompuestas, que hacía fruncir la nariz con desagrado a mi prima Carmiña, pero a mí me parecía que ese tenía que ser el aroma de la poesía rezumando de él, como si su cuerpo enjuto fuese incapaz de contener todo aquel torrente de versos que hablaban de amor, liras y golondrinas, de campanillas y balcones, de gorriones y muerte.

Bécquer y yo compartíamos la admiración por Heine, el gran poeta alemán de la naturaleza y la muerte, que los dos conocimos casi a la vez gracias a unas traducciones de sus obras publicadas en *El Museo Universal*. Nos sentíamos subyugados por la maravillosa sonoridad de sus versos, densos y delicados a la vez: recitar a Heine era para nosotros como sostener un puñado de barro entre las manos. A menudo, mientras los demás debatían sobre política o jugaban a prendas, Gustavo y yo nos asomábamos al balcón de hierro forjado de la tía, cuyos ornamentos formaban un basto encaje de óxido, y hablábamos de poesía mientras la noche de Madrid se deshacía en hilachas frente a nosotros.

—La poesía lo es todo… ¡Todo! —aseguraba él, categórico—. Si el mundo desapareciese de repente… Si se produjese un gran cataclismo como el terremoto que destruyó Lisboa hace cien años y toda la humanidad pereciera bajo los escombros… ¡la poesía seguiría existiendo!

—Difícil lo veo, con todos los poetas enterrados en escombros… —objetaba yo.

—¡Bah! Los poetas no creamos la poesía, solo nos alimentamos de ella del mismo modo que esas polillas se alimentan de luz. —Señaló un oscuro enjambre que aleteaba bajo un farol encendido, uno de esos de gas con varias bocas de luz—. En realidad, somos seres oscuros y efímeros, como los pájaros otoñales, moriríamos sin nuestra ración mensual de versos y artificio. Y hablando de raciones… es una verdadera lástima que tengamos que perder el tiempo en asuntos tan vulgares como el comer —añadía mientras daba un gran bocado a un trozo de *bica* de la tía—. ¡Qué tragedia estar sometidos a la tiranía del estómago!

Y el estómago de Bécquer, tirano como era, le obligaba a aceptar empleos vulgares y tediosos, como uno de escribiente en la Dirección de Bienes Nacionales en el que apenas duró unos meses porque se dedicaba a esbozar caricaturas a carboncillo de los personajes de Shakespeare en lugar de copiar legajos. Gustavo compartía su talento para el dibujo de miniaturas con su hermano Valeriano, pintor de atmósferas y retratos, con el que ya había colaborado en algún álbum satírico. Según me explicó él mismo una de aquellas noches de *bica*, lacón y poesía, tras su fracaso como copista, Bécquer se había visto obligado a aceptar un proyecto que le traía muy atareado aquellos días: la redacción de una *Historia de los templos de España* que esperaba publicar por entregas y en la que pretendía describir todas las santas casas de nuestro país desde una perspectiva histórica y artística. Para sacarlo adelante, pensaba valerse de la colaboración de algunos de los mejores escritores y periodistas que pululaban aquellos días por la Corte, como el duque de Rivas o

Juan Eugenio Hartzenbusch, que había sido valedor de Carolina Coronado.

—Y también un paisano tuyo… un colaborador de *La Iberia* muy agudo y bien versado en historia… Quizá le conozcas, se llama Murguía.

Di un respingo ante la mención del nombre y Bécquer me miró con curiosidad bajo sus cejas caninas.

—¿No le conoces? Pensé que quizá erais amigos.

—No lo somos —respondí escueta.

Y no le mentía. Murguía y yo no éramos amigos, aunque tampoco sabía cómo definir aquella extraña relación nuestra que había empezado a gestarse ante las falsas Enarda y Galatea y que ahora, al parecer, pendía de frágiles hilos. ¿Sabía Murguía de mi traslado a Madrid? Debía conocerlo: mi primo Pepito y él tenían amigos comunes y, además, seguro que Pondal se había encargado de darle aviso en alguna de sus cartas. Y, aun así, yo no había tenido noticias suyas. «No me importa», me decía a mí misma con la boca pequeña, pero muchas veces me sorprendía atisbando por la ventana, anhelando ver las puntas temblonas de su levita verde avanzando por la calle de la Ballesta. No me atrevía a reconocerlo ante mí misma, pero estaba esperándolo.

Y mientras a mí se me tambaleaban los ánimos, otros se embriagaban de amor en aquel Madrid de letras y versos. Más o menos al mismo tiempo de mi llegada a la Corte, según me contó Bécquer con esa voz baja y fina que se le ponía cuando secreteaba, José Marco y Sanchís, un dramaturgo de luengas barbas y cráneo despejado que había dirigido *La España Artística y Literaria*, había contraído matrimonio a ciegas y por poderes con una rapaza aragonesa, Pilar Sinués, a la que solamente conocía a través de carta. Al parecer, Sanchís había quedado prendado después de que alguien leyese en voz alta, en una tertulia en la que el propio Bécquer estaba presente, unos versos firmados por ella que le habían parecido tan deliciosos, tan gráciles y etéreos, que no había parado hasta hacerse con el corazón de su autora. Por fortuna, tal como Bécquer admitía entre risas, los dos se habían gustado nada más conocerse, lo cual no dejaba de ser un gran alivio, teniendo en cuenta que para entonces ya estaban irremediablemente casados.

Anécdotas jugosas aparte, mis propios sueños de literata crecían y amenazaban con desbordarse. Diez años atrás, según se murmuraba en los cenáculos, en ese mismo Madrid que ahora recorrían mis pasos, Gertrudis Gómez de Avellaneda, Carolina Coronado y otras mujeres que respiraban palabras habían formado una hermandad de literatas, un círculo de soñadoras locas, para compartir poemas y cuentos, apoyarse entre sí y aconsejarse en aquel mundo de plumas airadas y tinteros oscuros que muchos hombres consideraban suyo, y solamente suyo. Pero yo, provinciana y recién llegada, no tenía más apoyo que el de mis dos pies ni más guía que mis propios anhelos y deseos. En el fondo del baúl del patriarca, envueltos en unas enaguas, habían viajado conmigo los pliegos de versos que había escrito en Santiago en los últimos años, rezumantes de lirismo y suspiros. Cada noche los sacaba de su escondite y repasaba con el dedo las hileras de letras prietas, un pequeño ejército de insectos de tinta que parecían luchar entre sí. Me preguntaba si serían capaces algún día de encontrar su camino hacia la luz. Emulando el ejemplo de los avispados tertulianos de la tía María, que entregaban sus escritos a pequeñas imprentas o los enviaban a gacetas y periódicos, decidí probar suerte también con los míos. Cuando sopesé en mis manos aquel cúmulo de papeles, me percaté de que el fajo era más grueso de lo que había creído en un principio: aquellos versos habían medrado y prosperado como una flor al inicio de la primavera.

«*La flor*», me dije en un arrebato mientras garabateaba el título en la primera página. Mi flor de papel y de tinta.

3

Yo escuchaba una voz llena de encanto,
melodía sin nombre,
que iba risueña a recoger mi llanto...
¡Era la voz de un hombre!

Rosalía de Castro, *La flor*

Conseguí publicar *La flor* en abril de 1857 gracias a una pequeña imprenta situada en la calle Silva, uno de esos lúgubres talleres de planchas voraces que inundaban aquellos años el centro
de Madrid. Desde entonces, más de una docena de volúmenes
con mi rúbrica han visto la luz, entre novelas, folletines, colecciones de versos y artículos de costumbres. Pero con ninguno de ellos he vuelto a sentir aquella sensación de infinito
orgullo, de puro contento, que me embargó con aquel librito,
el primero de todos, el que inauguró mi carrera de literata.

Las reacciones de mi entorno no tardaron en llegar. Pepito Hermida proclamó a los cuatro vientos su orgullo de tener
una prima literata, el tío José María me envió una larga carta

llena de sensatos consejos y discretos elogios, y Carmiña, que por aquellos días andaba aun inmersa en los dulces inicios de su propia historia de amor, se paseaba por los pasillos recitando en voz alta los versos más sentidos. Mi madre, fiel a su naturaleza reservada, no dijo mucho, pero cuando tuvo en sus manos el primer ejemplar la vi pasar las páginas con el ceño fruncido y expresión reconcentrada, y contuve el aliento cuando se detuvo por largo rato en «La rosa del campo santo», un poema crepuscular de amores traicioneros que había escrito con los confusos balbuceos de la Paquita sobre el cementerio de Adina y la rosa de can resonando en mi cabeza. «Contaban meses después, / que cierta joven hermosa, / habiendo puesto una rosa / que en un sepulcro nació, / presa en su negro cabello / para lucirse más bella, / la flor, prendiéndose en ella, / jamás su frente dejó. / Que allí marchita y ajada / se fue la rosa quedando, / y que la joven secando / sintió con la flor su sien».

Confieso que exhalé un suspiro de alivio cuando vi que Teresa asentía para sí y cerraba el libro con una leve sonrisa en los labios.

Pero la publicación de *La flor* me trajo otra sorpresa inesperada. La mañana del día 12 de mayo, con la casa de la calle Ballesta todavía desperezándose del sueño nocturno y las voces de los primeros gaceteros colándose ya por la ventana, mi primo Tomás entró a grandes zancadas en la cocina y me entregó el ejemplar del día de *La Iberia*.

—Aquí hablan de tus versos —comentó como de pasada antes de centrar toda su atención en la *pota* de leche que humeaba en los fogones.

Tomé el periódico con tanto cuidado como si se tratase de un recién nacido y me retiré con él a mi cuarto con el corazón brincándome en el pecho. ¿Sería posible que mis humildes poemas hubieran llamado la atención de alguno de aquellos avispados críticos que pululaban por la Corte, construyendo o desbaratando carreras literarias con trazos certeros de su pluma? Mientras pasaba las páginas buscando la sección de «Variedades» sentía la boca seca y las manos húmedas. Finalmente la encontré, encajada entre la información de provincias y la gacetilla taurina. La reseña, bastante larga, aseguraba que pretendía «decir al público, mejor dicho, a la autora de las hermosas poesías de que nos ocupamos, y a quien, sea dicho de paso, no conocemos: Trabajad y ocuparéis un hermoso puesto en nuestra literatura patria». Y añadía: «¿Qué diréis si no que quien de tal manera, sin pretensiones y tal vez sin estudio, habla el dulce lenguaje de la poesía, ha nacido para ser algo más que una mujer, tal vez para legar un nombre honroso a su patria? Ella es mujer en sus sentimientos, hombre en la franqueza con que los expresa; ¿por qué ha de cubrir con un velo de hipócrita silencio lo que puede decirse? ¿Acaso una mujer no puede amar y decirlo?».

La leí varias veces seguidas, maravillada, y los ojos se me abrieron de pasmo cuando descubrí el nombre del autor: Manuel Murguía. Me acerqué el periódico a la cara y aspiré el olor seco y crujiente del papel, me empapé de aquel aroma acerado a tinta nueva. «Ella es mujer en sus sentimientos, hombre en la franqueza con que los expresa». Nunca un puñado de palabras habían significado tanto. Tuve la inquietante sensación de que Murguía era capaz de leerme por dentro, de que descifraba con exactitud casi pavorosa mi deseo de desplegar las alas, mis anhelos de libertad, ese afán mío de despojarme de las ataduras de mi condición de mujer. «Escriba», había susurrado en mi oído el día que nos conocimos. «Trabajad y ocuparéis un hermoso puesto en nuestra literatura patria», afirmaba ahora con firmeza, con esa seguridad en sí mismo que colgaba de sus hombros como un manto y que lo hacía parecer un gigante. «Libre es mi corazón», había escrito yo pocos meses antes. Y libre era, pero al mismo tiempo deseaba enredarse en la negrura de aquellas palabras escritas por Manuel Murguía por mí y para mí.

Unos días después, Carmiña entró como un vendaval en mi cuarto, derrochando guiños y sonrisas, y me susurró al oído que acababa de presentarse un caballero preguntando por mí. Salí tal como estaba, con los pelos desmelenados y las sayas arrugadas y me encontré a Murguía en el centro de la sala, encaramado a sus botines de taco grueso, con una flor —esta sí, de las de verdad, rezumando todavía tierra del tallo recién cortado— en la mano, e intentando con todas sus fuerzas mantener firmes la espalda y la chistera bajo las miradas escrutadoras de mi madre y de mi tía. Lucía su expresión de siempre: arrogante y algo descarada, ese gesto de ardilla a punto de desenterrar una nuez, pero no podía evitar que los nervios se le asomasen a las pupilas. Nos quedamos un rato mirándonos con el rabillo del ojo, repasándonos sin disimulo, hasta que un carraspeo de mi madre me impulsó a volver en mí y a hacer las presentaciones. La tía María se apresuró a sacar la vajilla buena, un surtido dispar pero todavía elegante de la porcelana fina que había viajado desde Arretén, y durante una hora nos embarcamos en una conversación banal sobre nuestros conocidos comunes de Santiago y los rigores del clima mesetario en comparación con el norteño. Sé que a mi madre le causó buena impresión aquel joven cortés de piquito de oro, quien mencionó con habilidad sus estudios de Farmacia dejando a un lado el detalle de que a aquellas alturas ya casi los había abandonado por completo. Yo no aporté a la conversación más que un par de monosílabos, abrumada todavía por la sorpresa y aturdida por los codazos cómplices que mi prima, sentada a mi lado, me propinaba de vez en cuando entre las costillas.

Cuando se levantó para marcharse, le acompañé hasta el portal. La calle estaba dormida, casi desierta a excepción de un calesero aguardando clientes y un mozo de cordel que picaba tabaco de liar en una esquina, con expresión de aburrimiento. Ninguno de los dos nos prestó la menor atención.

—Gracias por la reseña —dije atropellándome con las palabras. Ni décadas sobre las tablas del Liceo metiéndome en la piel de damas seductoras y hábiles coquetas hubieran podido prepararme para aquel momento—. Me gustó, incluso las partes que no son ciertas.

—¿Ah, sí? —Me miró risueño, desde aquella majestuosa pequeñez suya—. ¿Qué partes no son ciertas?

—Bueno, afirmas que no conoces a la autora...

—¿Y acaso la conozco realmente?

No supe qué responder. Murguía avanzó un par de pasos en mi dirección y por un momento creí que iba a tenderme la mano para despedirse, pero ya entonces él hacía las cosas a su manera. Me sujetó por la cintura y con un movimiento veloz y elegante se puso de puntillas, salvó los más de veinte centímetros entre nuestras estaturas y me besó en la boca con la misma urgencia y audacia con que lo hacía todo, derribando barreras y conquistando territorios. Ni siquiera se me pasó por la cabeza apartarme o rechazarlo y me apreté contra él, notando la aspereza de su barba y el calor de sus manos, sorprendida por aquella sensación de intimidad tan nueva para mí. El calesero cerró su precio con un cliente y se alejó traqueteando; el mozo de cuerda terminó su cigarro y pasó por nuestro lado mirándonos de reojo; pero a nosotros nada de aquello nos importaba, absortos como estábamos en aquella pasión cruda y salvaje, recién descubierta. Creo que los dos supimos en aquel momento que aquel era un camino de no retorno, que estábamos destinados a recorrerlo juntos, como las aves enamoradas de mi poema «Dos palomas», el que yo había compuesto el día que hablamos por primera vez: «Juntáronse y volaron / unidas tiernamente / y un mundo nuevo a su placer buscaron».

Así fue como comenzó todo. Aquellos primeros meses en los que Murguía dejó de ser Murguía y se convirtió en Manolo nos dedicamos a apurar de la mano los días largos de la primavera madrileña, construyendo, ramita a ramita, el nido que sería refugio de nuestra vida en común. Me enamoré de aquel hombre brioso, arrogante, de labia prodigiosa, orgullo desmedido y genio vivo que no dudaba en estallar cuando algo le parecía ofensivo o injusto, como sucedió cuando, pocas semanas después de la publicación de *La flor*, Benito Vicetto, el director de *El Clamor*, le confió por carta que había encontrado en mis versos «defectos de novata» y «groseras formas» en más de una rima. «¡Qué sabrá este! —retrucó Manolo furioso—. Grosero él, como toda la raza de marineros genoveses de la que proviene». Y me tomó de la mano con fuerza, sus dedos en torno a los míos con ese ademán tan suyo entre protector y dominante.

Como una anilla de hierro cerrándose sobre los finos huesos de una pata de paloma.

Manolo me desarmaba, desbarataba todas mis defensas.

Muchas tardes venía a recogerme a casa de la tía y recorríamos del brazo las bulliciosas calles del centro, hasta la librería Bailly-Baillière, que ofrecía suscripciones a todos los periódicos importantes de Europa; o nos deteníamos a admirar la pulida fachada del Teatro de la Zarzuela, recién inaugurado. A menudo terminábamos la tarde en el café de San Luis, un establecimiento de la calle Montera de paredes espejadas y esbeltas mesas donde, según se decía, había tomado café Washington Irving a su paso por nuestro país. Según Manolo, siempre dispuesto a traer a colación el oprobio de Galicia, era muy probable que allí mismo hubiera esbozado el autor norteamericano esa frase de sus *Cuentos de la Alhambra*, que ambos habíamos leído en una ajada edición de Ferrer de Orga: «Los aguadores y mozos de cuerda son todos robustos hijos de Galicia. Nadie dice "Búscame un mozo", sino "Llama a un gallego"».

Pero Manolo y yo no solo nos dedicábamos a pasear y conversar; también estábamos consumidos de impaciencia y ebrios de deseo. No tardamos en dejar de lado el pudor y la cautela y nos encerrábamos cada vez que podíamos en la minúscula habitación que él tenía alquilada en una pensión de la calle Preciados, ignorando las sábanas húmedas y las miradas de censura de la patrona. Allí nos pasábamos las horas en un remolino de brazos y piernas, entre caricias, susurros y versos inventados solo para nosotros. Así floreció nuestro amor, el que había germinado frente a Enarda y Galatea y se había abonado ante la casa de su madre muerta; el que creció y cambió, prosperó y se retorció con el paso de los años a medida que lo hacíamos nosotros; el que más tarde fue asentándose en la costumbre, los sinsabores y la rutina, el que no morirá del todo hasta que yo misma descanse bajo tierra.

Mi madre y mi tía, que por supuesto nada sabían de estas actividades furtivas, acogieron con agrado nuestro noviazgo y hasta creo que se sintieron un poco aliviadas, ya que a ninguna de las dos se le escapaba el hecho de que una moza huraña y poco dócil como yo, torpe con las labores domésticas y empeñada en la poco femenina ocupación de las letras, era un partido más bien difícil. Pocos meses después, mi madre tuvo que tomar de nuevo la diligencia y regresar a Padrón, requerida por el tío Pepe, ya que Segunda volvía a estar sumida en una de sus rachas de melancolía y la Paquita había caído víctima de un ataque de riñón que la hacía andar jorobada y renegando por los rincones. Teresa viajó al norte al tiempo que lo hacían las cartas de Manolo anunciando nuestras relaciones a los amigos comunes de Santiago, y la primera respuesta que recibimos fue la de Aurelio: «Presumo que sabréis ser felices y lo seréis... Espero me hagáis padrino del primer varón: y si no puede ser ponle al menos el nombre de tu verdadero amigo Aurelio», nos decía con su caligrafía tortuosa. También él, tras tantos años de vagar por el mundo con el corazón exaltado, parecía haber encontrado por fin la calma en cuestión de amores, pues andaba en relaciones con una moza de Vigo hermosa y delicada como una figura de alabastro, según afirmaban todos los que la conocían.

En aquel primer año de descubrimientos y felicidad desbordante también logré que me publicasen en *El Álbum del Miño* el encendido alegato a favor de la libertad que había empezado a gestarse en mi mente durante el banquete de Conxo: lo más cabal, fiero y vehemente que he escrito en toda mi vida. Lo titulé «*Lieders*», en honor al *Buch der Lieder*, el *Libro de los cantares* de Heine que tanto admirábamos Bécquer y yo. Supongo que este texto le agradó a Benito Vicetto mucho más que los poemas de *La flor*, pues desde entonces me apodó «Lieders» y ya nunca dejó de enviarle saludos para mí a Manolo en todas las cartas que le escribió aquel verano. «¡Que cante Lieders nuestra santa Libertad!», clamaba pidiendo colaboraciones mías para la prensa, y al ver que no satisfacíamos su ruego se quejaba con retranca norteña, regañando a Manolo: «¿Qué diablos le haces a Lieders que no canta? ¿La has ahogado de placer?».

¡Cuánto nos reímos juntos Manolo y yo de aquel pícaro reproche de Vicetto! ¡Y qué pronto tardó en congelársenos la sonrisa en los labios! En los días y semanas que siguieron, muchas veces nos estremeceríamos de horror ante aquel «ahogado de placer», que dejó de ser una chanza inocente para convertirse en un infame presagio.

4

No hay goce, no, que duradero sea, ni placer
que no envuelva una mortaja.

ROSALÍA DE CASTRO, *La flor*

Sé que es muy posible que la próxima vez que abandone esta
cama ya no lo haga por mi propio pie, sino porteada entre varios y envuelta en una mortaja. Desde que caí enferma he
aprendido a convivir con la proximidad de la muerte, a sentir
su soplido en la nuca, a percibirla entre las sombras de la pared,
a soñarla y a esperarla con resignación de can apaleado. Quisiera que mi paso al otro lado fuese sosegado y apacible, un
rodar placentero, como un dejarse ir colina abajo sobre hierba
húmeda, con el olor de la tierra en la nariz y gotas de orballo
entre las pestañas, pero la experiencia me ha enseñado que la
muerte rara vez llega en son de paz; prefiere presentarse con los
colmillos afilados y presta para la batalla. Y qué delgado es el
velo que separa la rutina del espanto. El espanto nos aguarda
en cada esquina, el espanto es un lobo apostado en el camino.

Hay una historia que jamás he escrito, una que forma parte del trazado de cicatrices que han marcado mi vida. No es la peor herida, que esas llegaron más tarde, pero es sin duda una de las que más sangraron. Quizá ha llegado el momento de contarla, porque si no lo hago ahora... entonces ¿cuándo?

Así fue como sucedió o, al menos, así es como he escogido relatarlo.

Es una tarde apacible de verano y la ciudad de A Coruña reluce como el cristal. La Torre de Hércules se alza como un guerrero orgulloso, los cantiles cabalgan sobre el océano, el cielo es una cúpula azul punteada de hilachas blancas.

En el barrio de pescadores, de calles laberínticas, huele a escamas y a algas, a tripas de mújol y a tintura de redes. Sus habitantes, de ojos avispados y rostros curtidos, son los descendientes de las bravas mujeres que lucharon junto a María Pita contra las hordas del pirata Francis Drake. De vez en cuando un par de sombras raudas cruzan el cielo: son las gaviotas de patas amarillas que se llaman unas a otras con alaridos de plañideras. «Ten cuidado —parecen querer decir—. Ten mucho cuidado».

Abajo, sobre la tierra, indiferente a los sombríos augurios, un hombre camina con paso ligero. Es muy joven, apenas veinticinco años, y está lleno de vida, rebosante de ideas y proyectos. Está escribiendo su primera novela, que pretende titular *Risas y lágrimas*, y además los versos, esos versos magníficos capaces de mover multitudes, bullen en su cabeza con más fuerza que nunca, se derraman sobre el papel con la alegría de regatos en primavera. Quizá se deba a que está enamorado y su amada, de manos pequeñas como *xílgaros* y rostro de retablo renacentista, le inspira las mejores estrofas. «Ven a la playa —escribió para ella solo unos días antes—. Ven a la playa, que mi amor te busca».

Y a una playa es hacia donde se dirige él ahora, a la de San Amaro, recogida y al abrigo de vientos traicioneros, mucho más segura que la del Orzán, donde las olas se vuelven monstruos sobre los peñascos. Allí, de pie sobre las rocas, el hombre deja que su mirada resbale sobre la superficie encrespada de espumas, aguza el oído para escuchar el rumor misterioso de las corrientes, los arrullos y los siseos del agua viva. Le parece el sonido más hermoso del mundo. «El murmullo de las olas», se dice en voz baja, agitado de pronto por un lejano recuerdo. Y sonríe.

Se deshace de su ropa con movimientos ágiles, prenda a prenda, y le ofrece al sol de julio su cuerpo enjuto y blanco, el cuerpo inmaculado de sus veinticinco años. Después, sin detenerse a meditarlo, salta y se zambulle con un rugido de alegría. Se oye un ligero *plop*, un chasquido. Y luego nada; solo los lamentos de las gaviotas, más fuertes, más desesperados. El mar lo engulle, se cierra sobre él como la concha de un molusco, se lo traga. El agua está muy fría, nuestro Atlántico tiene garras de hielo que se le hincan en el pecho y él nota el agudo zarpazo justo a la altura de los pulmones. El mar le llena los ojos, azul contra azul. Se le viene a la mente otro poema que ha escrito hace muy poco y los versos fluyen de su boca en anillos de burbujas: «¡No sé qué playa al abordar me espera! / ¡Misterio ingrato a mis profanos ojos! / Mas, si náufrago llego a la ribera, / cuando el mundo recoja mis despojos».

De pronto, una ola colosal arremete contra él, lo envuelve, lo golpea y lo arrastra hasta el fondo. Su cuerpo gira y da vueltas, se arquea y se retuerce. De vez en cuando sus manos tocan algo y él trata de aferrarse, pero el cieno es una trampa y se le escurre entre los dedos. Tiene los ojos abiertos y distingue destellos de otros colores entre tanto azul: el nácar rosado de las conchas, el verde de las algas, el blanco quebrado de la espuma. Él bracea y bracea, frenético al principio y después cada vez más despacio, como un gran cisne precipitándose en el vacío. El murmullo de las olas se ha convertido en un fragor terrible, en un dolor constante, en una ausencia que lo llena de pánico. En el último momento, algo, quizá un pez piadoso, le acaricia la frente con un toque suave, como la mano de una doncella.

Muchas horas más tarde, de madrugada, una mujer que marisquea entre las rocas encuentra su cuerpo en el lugar exacto donde las olas lo han escupido, desnudo y blanco, engalanado de algas como un dios antiguo. «Qué joven —piensa mientras le cierra los ojos con una mano cuarteada de abrir mejillones—. Qué joven. —Mientras le dirige una mirada entre maternal y anhelante—. Qué pena».

Ese mismo día, ya con un sol arrogante haciendo guiños tras las almenas del castillo de San Antón, un médico coruñés de probado prestigio y sienes plateadas extiende un certificado en el que deja constancia de la defunción. «Muerte accidental», escribe, y la mano le vacila un poco porque, aunque todo el mundo sabe que esas costas son traicioneras, proclives a descuidos y desgracias, la víspera el mar estaba liso y calmo como aceite en un barril. Después de estampar su firma con muchas florituras se permite menear la cabeza un par de veces con pesar. «Qué joven. Qué pena».

La noticia sale de su despacho, se extiende como pólvora molida por toda A Coruña, se sirve del telégrafo para llegar a

Santiago de Compostela, recae en los oídos de los muchos amigos del muerto, que no se lo creen, todavía no pueden creérselo, y llega por último a conocimiento de su madre, que lanza un largo alarido de dolor y cae hecha un ovillo en el suelo.

El dolor aplasta a cuantos lo conocen, los arrolla como una estampida. Los que tienen cuartos y contactos se ponen de inmediato manos a la obra para ayudar en el penoso trance: hay que embalsamar el cuerpo; hay que trasladarlo a Santiago; hay que adquirir un nicho en el cementerio, al pie del convento de Bonaval, un lugar tranquilo y recogido entre verdes y ocres que seguro que él hubiera aprobado.

El funeral, cuando al fin se celebra, es silencioso y amargo, con un sentimiento de incredulidad flotando todavía en el ambiente. Asisten sus amigos cercanos, los más íntimos, los que compartían con él confidencias y tertulias, pero también muchos otros que solo conocían su nombre y su fama y han querido pagarle sus respetos. Allí están, mezclados, los ricos y los pobres, los poderosos y los desfavorecidos, abolidas por un día todas las barreras de clase, hermanados en el estupor y la tristeza, turnándose para sostener a la madre en su dolor. El mejor homenaje para un hombre como él, dicen algunos. No lo hubiera deseado de otro modo, coinciden otros.

Pero allí mismo, en el camposanto, entre las palabras de pésame y los abrazos de consuelo, flota una pregunta que ninguno de los asistentes formula, que es invisible. «Muerte accidental», aseveraba en su informe el médico coruñés de sienes plateadas con pulso más tembloroso de lo normal. «¿Muerte accidental, al fin y al cabo?», se preguntan ahora los que lo conocían. Nadie se atreve a pronunciar las palabras en voz alta, pero están ahí, entre todos ellos, detenidas en las miradas que se encuentran durante un instante y después se desvían hacia el suelo. Es una pregunta incómoda, como un insecto dañino que vuela de una cabeza a otra y mucho más tarde, cuando ya se han marchado todos, se queda zumbando entre las tumbas.

Y todavía sucede algo más, algo que merece ser contado. Cuando las primeras paladas de tierra empiezan a caer sobre el ataúd, una mujer delgada avanza abriéndose paso entre los nichos. Camina sola, encorvada y tambaleante, como si el simple acto de poner un pie detrás del otro le costase un mundo y precisase de un brazo que la sostuviera, un brazo que nadie le ofrece porque todos se han quedado mirándola llenos de asombro. Va enlutada, con el rostro cubierto por un velo espeso que oculta del todo sus facciones, y el viento juega con su mantón y lo despliega a sus costados como las alas de un cuervo. Se detiene ante el foso, ante aquella tierra oscura y removida, y lanza un aullido largo y agudo, un grito que espanta a los pájaros y les pone los pelos de punta a todos los presentes. Repite el nombre del muerto una y otra vez, y no deja de hacerlo hasta que dos mozos salen de entre la multitud, la sujetan por los codos y se la llevan.

Más tarde, en alguna de esas tertulias de humo y libros, que ahora que él falta ya nunca serán lo mismo, muchos se preguntarán quién era esa mujer. La mayoría coincidirá en que se trataba de su último amor, la novia viguesa, de nombre Felisa, la moza de rostro de mármol y ojos de cierva que inspiró sus últimos versos. Otros, los menos, susurrarán en voz baja que quizá, solo quizá, la mujer de negro era aquella otra, su primera musa, la rapaza sin nombre junto a la que había descubierto los misterios del amor. Y estos mismos seguirán afirmando, aun años después, que en los días revueltos del invierno compostelano se la puede ver todavía paseando entre las tumbas, encorvada y triste, murmurando su nombre muy bajito, como un suspiro, como un eco, apenas un tenue murmullo arrastrado por el viento.

Nos enteramos de la muerte de Aurelio Aguirre a través de la carta que nos envió Nicolás, el hermano de Manolo, una misiva breve y crispada en la que las palabras «accidente» y «suicidio» eran manchurrones de tinta casi superpuestos, interrogantes que jamás obtendrían respuesta. Así, de forma abrupta, aquel verano bochornoso de Madrid dejó de ser el escenario alegre de nuestros amores y se convirtió en un abismo oscuro en el que Manolo y yo nos precipitamos a la vez, braceando en el aire en busca de apoyo, pero sin atrevernos a buscarlo el uno en el otro, quizá porque temíamos no ser capaces de mirarnos a los ojos o tal vez porque intuíamos que nuestros dos dolores juntos engendrarían algo parecido a un monstruo. La sombra de Aurelio se quedó con nosotros y durante mucho tiempo fuimos tres. Nos daba la mano para recorrer las avenidas de la Corte, se sentaba a nuestro lado en la mesa, se interponía en nuestros abrazos y nos susurraba al oído los versos finales de «El murmullo de las olas», que ahora, después de su muerte, tenían el sesgo de un aterrador presagio: «... desata tus temporales / y estréllame en una roca, / o dime lo que me dicen / con su murmullo tus olas».

Y, como siempre, los versos dicen y los versos callan. Un año después de la tragedia, José Domínguez Izquierdo, un periodista compostelano que, como tantos, conocía y admiraba a Aurelio, organizó una *Corona fúnebre* en su honor, un librito de versos conmemorativos en el que participamos muchos de sus amigos. Yo aporté un escueto poema que expresaba quebranto y tristeza con palabras prudentes que no le hacían justicia a la magnitud de mi dolor:

Lágrima triste en mi dolor vertida,
perla del corazón que entre tormentas
fue en largas horas de pesar nacida,
en fúnebre memoria convertida
la flor será que a tu corona enlace;
las horas de la vida turbulentas
ajan las flores y el laurel marchitan;
pero lágrimas, ¡ay!, que el alma esconde,
llanto de duelo que el dolor fecunda,
si el triste hueco de una tumba anega
y sus húmedos hálitos inunda,
ni el sol de fuego que en Oriente nace
seco su manantial a dejar llega
ni en sutiles vapores le deshace,
¡y es manantial fecundo el llanto mío
para verter sobre un sepulcro amado
de mil recuerdos caudaloso río!

Los versos dicen, los versos callan. Mi verdadero homenaje a Aurelio Aguirre, mi tributo a través de las letras, llegó muchos años más tarde, cuando rescaté «El murmullo de las olas», los versos gestados en San Lourenzo que también eran un poco míos, los retorcí y los exprimí, los hice girar entre mis manos, los modelé como arcilla hasta crear una nueva criatura: «Negra sombra», uno de mis poemas más melancólicos y oscuros, más dolientes, que vio la luz a través de mi libro *Follas novas*.

Y ahí, en mi sombra, en ese monstruo de humo que me sigue a todas partes, que jamás me abandona, que es «el murmullo del río», «la noche» y «la aurora», mantuve para siempre el recuerdo de Aurelio.

Ahí es donde todavía vive.

Durante las semanas que siguieron a la muerte de Aurelio, mientras Manolo y yo nos ahogábamos en aquel mar de tristeza, volví a padecer una de esas rachas mías de indisposiciones y dolencias inexplicables, esa fastidiosa debilidad de la carne que me ha acompañado toda la vida y ha contribuido a darme fama de enfermiza. Vivía en un agotamiento constante, perdí el apetito, me brotaron cercos oscuros bajo los ojos y las mejillas se me afilaron tanto que, más que persona, parecía un pequeño ratón de pelos crespos y ojos atormentados. Tanto me consumí que la tía María, asustada, logró que me visitase un médico amigo de mi primo Tomás: un joven altivo de ademanes imperiosos que me tomó el pulso, escuchó los latidos de mi corazón, me examinó el cuello y el blanco de los ojos y, por último, me ordenó tumbarme boca arriba y me palpó el vientre con dedos fríos y duros.

—No tiene nada, señorita —dijo abarcándome con su oscura mirada de desaprobación—. La fatiga y el malestar son normales en su estado.

«Su estado». La tía María, que nos observaba desde la puerta, lanzó un grito de espanto y se cubrió el rostro con las manos. «Su estado». La historia se repetía: de nuevo una Castro con un hijo ilegítimo en el vientre.

—¡Desgraciada! ¿Y ahora qué vas a hacer? —chilló la tía asomando un ojo acusador entre dos dedos.

La respuesta me brotó de modo instintivo.

—Pues casarme, tía.

—¡Casarte! ¿Estás segura? ¿Y él querrá?

A pesar de mí misma, una pequeña sonrisa asomó a mis labios. El amor aparece en los momentos más inesperados, ilumina rincones lóbregos que ni siquiera sabíamos que existían, nos ciega con su luz. No podemos predecirlo, pero lo reconocemos al instante. Las manos de Manolo, más pequeñas que las mías, pero encajando contra mis dedos a la perfección. Nuestros pasos acompasados, el rasgueo parejo de nuestras plumas sobre el papel. Su capacidad prodigiosa de convertirse en gigante a voluntad, de ocupar más terreno del que le estaba destinado. Su voz persuasiva: «Escribe, escribe». Su voz arrastrando palabras de amor por Galicia y de amor por mí. Todos los momentos en los que yo era su amiga y su amante y también aquellos otros en los que, voluble y caprichoso como un niño, me hacía sentirme más como una madre. Esa era nuestra historia. Eso era amor. Yo, a diferencia de Teresa, jamás sentí dudas.

«Juntáronse y volaron / unidas tiernamente, / y un mundo nuevo a su placer buscaron».

—Sí que querrá, tía.

5

… mais casarei… pois no inverno
¡non ter quen lle a un quente os pés![*]

ROSALÍA DE CASTRO, *Follas novas*

Quiso. Manolo y yo nos casamos tres meses después, el 10 de octubre de 1858, en la iglesia de San Ildefonso, situada en el barrio de Maravillas, de muros rotundos y fachada sobria tan propia de algunos templos mesetarios. Era un día gélido; ese año el invierno había llegado temprano y Madrid se había convertido en una ciudad ventosa en la que las castañeras servían el género con las manos llenas de sabañones y a los aguadores se les congelaba el contenido de las cántaras. La escarcha temblaba entre las ramas de los árboles, se descolgaba de los alféizares y dibujaba filigranas en el suelo, sobre el manto de hojas podridas que había dejado aquel otoño tan breve.

---

[*] «… pero casaré… pues en invierno / ¡no tener quien le caliente a uno los pies!».

La misa se celebró a primera hora de la mañana y, aparte de los escasos convidados que nos acompañaron, había muy poca gente en la iglesia; solo las beatas de diario, encorvadas y tristes, envueltas en sus gruesas mantillas y tan inmóviles que parecían formar parte del entorno. Pero el aire olía a flores y a cirios y la luz que se colaba a través de las ventanas acariciaba los bancos, se reflejaba en el retablo del presbiterio y apuñalaba los botines nuevos de Manolo, pulidos hasta la saciedad, provistos de dos gruesas alzas para compensar el hecho de que en la iglesia no podía llevar su chistera. Y por una vez yo también me veía muy hermosa, ataviada con un sencillo vestido oscuro de dos piezas, con adornos de moaré en el talle y en las mangas y unos escarpines estrechos en los que se me congelaban los pies, pero que cumplían la función de mantener mis plantas a ras de suelo y mi rostro casi a la altura del de mi futuro esposo. Ahora creo que con aquel pequeño gesto inauguré la costumbre de hacerme pequeña para que él pudiera ser más grande.

Carmiña me había ayudado a arreglarme esa mañana y también se había encargado de ondularme los pelos con una mezcla de sal y agua caliente, intentando en vano que se estuviesen quietos en su sitio. «¡Ay, qué pena que mi tía Teresa no pueda verte ahora!», exclamó nostálgica repasándome de la cabeza a los pies. Yo tampoco dejaba de pensar en mi madre, que seguía en Padrón y no estaría a mi lado para verme dar el gran paso. De algún modo sentía su presencia conmigo, sujetando con mano firme el hilo invisible que nos había unido sin quebrarse desde que me recogió en la casa del sastre de Ortoño y cuyo extremo más frágil se enroscaba ahora entre los deditos de la criatura que nadaba en mi vientre. La tía María de Castro, Carmiña, su prometido Antonio y mis primos Pepito Hermida y Tomás García-Lugín fueron los únicos familiares presentes en la iglesia, ya que ni mi suegro ni mis cuñados quisieron desplazarse a Madrid; el uno por la inquina con que miraba cada decisión de su hijo más díscolo y los otros dos porque no se atrevieron a desoír las órdenes de su padre. Además, asistieron unos pocos amigos, compañeros de *La Iberia*, y nuestros dos testigos: Cándido Luanco, que era catedrático de la universidad y fiel amigo de Manolo, y Manuel Menéndez, un simpático asturiano que ocupaba las estancias contiguas a las suyas en la pensión de la calle Preciados.

Como «la voluntad» que le habíamos ofrecido al párroco era tirando a raquítica, este tampoco se esmeró mucho en la homilía, que fue breve y recitada de corrido con voz gangosa, interrumpida de vez en cuando por los estornudos de Menéndez, que andaba resfriado. Pero Manolo y yo no dejábamos de mirarnos y las sonrisas, todavía un poco tristes, se nos escurrían entre los dientes y nos asomaban a los ojos. Cuando todo terminó por fin y salimos a las calles heladas de Madrid, no solo llevaba mi mano en la suya y un anillo en el dedo —el mismo que legitimaba a mi hijo y me convertía a mí en una mujer respetable—, también llevaba conmigo la certeza de que ahora estábamos unidos para siempre.

Tengo muy pocos recuerdos de las horas que siguieron a la ceremonia. Sé que agasajamos a nuestros convidados con unos buñuelos que Manolo le compró a un muchacho que los pregonaba con agudos gritos, que paseamos por la calle cogidos del brazo, a pesar del frío, y que comimos en un pequeño mesón un espeso guiso de puchero que apenas pude tragar. Manolo no dejaba de hablar de lo felices que seríamos, de lo mucho que podríamos conseguir juntos los dos en aquella ciudad prodigiosa que se abriría ante nosotros como una flor en primavera. «A ti y a mí nadie nos callará —anunciaba entusiasmado—. Nunca».

Y tenía razón, nunca callamos. Las palabras siempre fueron nuestra mayor fortaleza y desde que comenzaron a fluir entre nosotros ya nunca dejaron de hacerlo, aunque muchas veces estuvieron a punto y en los peores tiempos de nuestra vida en común flaquearon y temblaron, se alzaron en gritos o se escudaron tras un silencio terco. Pero siempre, de un modo u otro, logramos recuperarlas.

Era ya casi de noche cuando regresamos a la pensión de la calle Preciados, donde la patrona, pequeña y lánguida, nos dio la enhorabuena con el tono desganado de quien ha dejado de creer en los finales felices. La habitación estaba envuelta en una penumbra de cueva y las sábanas, para variar, estaban húmedas, pero no nos importó; nos desnudamos sin sentir el frío y nos abrazamos con fuerza, consolándonos con el peso reconfortante del otro mientras, a través de la ventana, el cielo de Madrid se teñía de púrpura y asomaban las primeras estrellas.

De aquellos primeros tiempos de nuestra vida en común recuerdo la habitación minúscula, el tránsito continuo de huéspedes por los pasillos, el olor a aceite rancio que parecía rezumar de las paredes y avivaba el malestar propio de mi estado. La patrona se llamaba doña Soledad y contaba en el mundo con tan pocos afectos como su nombre indicaba. Pero era prudente, cocinaba bastante bien y no protestaba demasiado cuando se nos vertía algún tintero sobre las sábanas. Al principio me observaba con suspicacia, sin duda recordando mis visitas furtivas de los meses anteriores, pero cuando se convenció de que era ya la legítima y no una manceba de paso y comprobó que Manolo seguía pagando religiosamente los catorce reales diarios, fue mirándome con mejores ojos e incluso, cuando las náuseas constantes hicieron evidente mi estado, llegó a obsequiarme con alguna taza de consomé a cuenta de la casa para entonarme el estómago.

—No se queje usted, que todos estos padecimientos del vientre son para un buen fin. Suerte que ya está casada, que en esta vida siempre es mejor tener al lado a un hombre que no tener ninguno —zanjaba mirando de reojo al mío y callándose la coletilla que sus ojos burlones añadían: «por muy pequeñajo que sea».

Y yo, de la mano de mi hombre diminuto, debía ahora adentrarme en ese territorio aterrador y fascinante a la vez que es la convivencia entre marido y mujer. Fue una época de descubrimientos y primeras veces: la primera vez que yo desperté antes que Manolo y lo vi dormido y vulnerable, con expresión de niño satisfecho y un hilo de saliva deslizándose sobre la almohada; la primera vez que encontré molestos sus ronquidos; la primera vez que nos dormimos dándonos la espalda en lugar de abrazados; la primera vez que ambos notamos que la pasión iba cediendo para dar paso a la ternura.

Y también, cómo no, la primera vez que lo vi tomar la pluma y asistí al prodigio de la creación literaria ya no como protagonista, sino como espectadora. Manolo se sentaba a escribir con brío y entusiasmo, casi con furia, como un guerrero preparándose para la batalla. Todos los días, después del desayuno, inundaba nuestra única mesa con un despliegue de cuartillas y documentos, tinteros y plumillas ordenadas de más fina a más gruesa, siguiendo un ritual inapelable. Durante horas, las páginas lo llenaban todo, el tiempo se detenía y solo se oía el rasgueo de la pluma, sus gruñidos frustrados cuando se atascaba en algún párrafo y sus exclamaciones de júbilo cuando las frases fluían con ligereza. Mientras tanto, yo me hacía un ovillo en nuestra cama, helada de pronto tras la súbita ausencia de su cuerpo; me envolvía en mi chal y trataba de encontrar alguna palabra entre las brumas de aquella fatiga constante que me había traído el embarazo.

Durante toda nuestra vida en común, Manolo escribió de ese modo: expandiéndose, ocupando todo el aire de la estancia, desplegándose ante el mundo como un pavo real fachendoso; mientras que yo lo hice en silencio, en lugares y rincones imprevistos, volcándome hacia dentro, hacia mí misma, hacia mis miedos y mis sombras. En las muchas casas en las que vivimos a lo largo de los años, él exigió y obtuvo una estancia entera para sí mismo, unas puertas tras las que encerrarse; mientras que yo escribí recostada en camas, inclinada sobre taburetes, apartando pieles de manzana en la mesa de una cocina o tumbada boca abajo sobre la hierba de algún jardín, con las manchas de tierra y de tinta confundiéndose sobre el papel. «No nos callarán —me había dicho *meu home*—. Escribiremos juntos». Y lo hicimos, aunque nadie me avisó de que él lo haría de corrido y yo tendría que hacerlo a trompicones.

Otros dos que también escribían juntos y revueltos por aquella época, y además con buena fortuna, eran Pilar Sinués y su esposo, José Marco y Sanchís. Al parecer, aquel extraño matrimonio celebrado a ciegas y por poderes les funcionaba bien. Aquel mismo año, los reyes habían recibido a Pilar en audiencia privada para que les presentase su obra *La Ley de Dios*: una colección de leyendas inspiradas en los diez mandamientos que estaba teniendo mucho éxito. Manolo, que siempre se sentía aguijoneado por la suerte ajena, me sugirió que probase a escribir algo similar; alguna obrita moralizante o didáctica.

—No sé… —rebatía yo, horrorizada ante la idea de tomar la pluma para tales prédicas.

—Pues algo con tintes históricos o legendarios, entonces. Algo instructivo, en la línea de mis colaboraciones para el *Semanario Pintoresco Español* sobre el castillo de Baiona o las que hice sobre la ría de Vigo para *El Museo Universal*.

—¿Tú crees?

—Esas cosas tienen mucho éxito. El público las devora. Hasta Bécquer se ha metido a escribir leyendas y *La Crónica* le ha publicado una por entregas: «El caudillo de las manos rojas».

Medio convencida por sus alegatos, me sentaba a escribir entre ataque y ataque de náuseas. Pero las palabras que surgían de mi pluma no tenían nada de didáctico y el rigor histórico desaparecía entre los pliegues y recovecos del relato que iba tomando forma en mi cabeza. Mi imaginación me llevaba de nuevo a las salvajes costas de Muxía, a las olas encrespadas, al cielo desnudo, al brillo de los sargazos al amanecer. Las voces que parloteaban en mi mente me hablaban de pasiones prohibidas, de amor y de dolor, de niñas huérfanas, de abandono y venganza, de un océano implacable y de un hombre que todavía lo era más. Así, arrancándoles horas al sueño y a la debilidad, comencé a escribir las primeras páginas de mi primera novela, *La hija del mar*.

En contraste con las dudas que me embargaban a mí cada vez que me enfrentaba a la hoja en blanco, Manolo no conocía los titubeos, la timidez o la modestia. Estaba seguro de su talento, convencido de sus propios méritos. Vivía lleno de sueños de grandeza: acabaría consiguiendo la dirección de algún periódico, uno de los más importantes de Madrid; ganaría cuartos suficientes para dejar aquella pensión sórdida y mudarnos a una buena casa, en una de las calles más céntricas, con criadas, ama de *leite* para nuestro futuro hijo y todo lo que pudiéramos desear. Para lograrlo trabajaba sin cesar, intentando conseguir más colaboraciones en prensa, más crónicas, folletines, cuentos, reseñas, artículos, lo que fuera necesario para seguir pavimentando su innegable camino hacia la gloria. Solo necesitaba un empujón más, un golpe de suerte más, un amigo más.

—Aquí en la Corte son imprescindibles los apoyos y los buenos contactos —aseguraba—. Lo importante es encontrar a algún mecenas dispuesto a respaldar a un joven con talento.

Con esta idea en mente acudía a cuanto cenáculo le abría sus puertas, tertulias como las que el historiador Gregorio Cruzada Villaamil abría en su gran casona, mitad vivienda mitad sala de armas, donde además de hablar de libros, arte y política, se practicaba esgrima con espada española. Mi marido nunca me invitó a acompañarlo: las mujeres apenas participaban en aquellas reuniones de coñac espeso y cigarros pestilentes, en las que hombres importantes y ambiciosos alimentaban sus mentes, cerraban acuerdos y se apuñalaban por la espalda con idéntica soltura. Solo unas cuantas escogidas exhibían de vez en cuando su pálida presencia, como Blanca Espronceda, la hija del poeta, a quien todos consideraban una belleza, o Julia Espín, cuyo padre, el músico Joaquín Espín, celebraba también tertulias en su casa de la calle Justa. De esta rapaza enigmática, de rizos de seda y mirada pensativa, se enamoró perdidamente nuestro amigo Bécquer, que deambulaba aquellos días bajo su ventana con mirada de loco, acechando la presencia de Julia en las cornisas y en los balcones, dedicándole versos sobre azules campanillas y recurriendo a extraños trucos de seducción, como regalarle bocetos trazados por él mismo de esqueletos jugando al tenis con una calavera por pelota. Más provecho sacaba a sus habilidades artísticas su hermano Valeriano, que había rematado ya un retrato por encargo de Fernán Caballero en el que la escritora lucía seria y digna, algo bigotuda, como si bajo el pincel se hubiese trasmutado de repente en el brioso varón del que había tomado el nombre.

Por aquellos meses, aunque al principio ninguno de los dos supimos verlo, la buena estrella de mi marido comenzaba a palidecer, se apagaba. El proyecto de los templos de España de Bécquer se fue a pique por razones que nunca tuvimos claras y, a pesar de que seguían pidiéndole colaboraciones en *La Iberia*, *La Crónica* o *El Museo Universal*, sus ingresos apenas bastaban para mantenernos, y los suscriptores de sus folletines por entregas no eran suficientes para convertirlo en el autor renombrado que esperaba ser. Y es que, en el fondo, Manolo era su principal enemigo. Cuando tomaba la pluma, lleno de pasión y vehemencia, era como si se derramase en cuerpo y alma sobre el papel: todas sus virtudes y sus defectos, sus amores y sus odios, su rigidez y su arrogancia. No se guardaba nada, jamás se andaba con sutilezas. Carecía de la astucia necesaria para moverse con soltura en el mundillo periodístico y literario de Madrid, tan peligroso como una jungla, plagado de aguijones dispuestos a clavarse a la menor oportunidad. Y él, como un escorpión azuzado por el fuego, acababa muchas veces ensartándose en el vientre el suyo propio. Con sus aceradas críticas sobre obras ajenas se ganó muchos enemigos: como cuando criticó duramente un estudio histórico sobre Rodrigo el Campeador y se atrevió a poner en tela de juicio la figura del Cid; o en aquella ocasión que, con motivo de la Exposición Nacional de Pintura, atacó sin miramientos a los hermanos Madrazo, peces gordos del panorama artístico de la Corte, que se sintieron tan ofendidos que enviaron airadas cartas de protesta a la prensa.

Muchos de los que antes se habían mostrado benevolentes con aquel prometedor joven de provincias comenzaron a darle la espalda y a juzgarle con dureza. Con cada fiasco y cada negativa, él se sumía en la desilusión, parecían crecerle espinas sobre la piel, los ojos le brillaban de ira, y su talante alegre y vital se tornaba huraño y arisco. Yo no sabía qué decirle para consolarle y los dos nos sumíamos en un silencio tenso y frío, envueltos en el humo apestoso de sus cigarros y con los ojos fijos en aquellos papeles desplegados sobre la mesa, testigos de un sueño que se esfumaba.

Cuando Manolo se convenció por fin de que no obtendría en Madrid la gloria y el renombre que buscaba, volvió sus ojos de nuevo a Galicia. Recuperó el cartapacio a rebosar de misivas de intelectuales y periodistas gallegos que había ido recibiendo durante años, todas llenas de elogios y alabanzas. Desde A Coruña, Benito Vicetto no dejaba de repetirle lo necesaria que era su pluma para nuestra tierra y para su propio periódico: «Hay en Galicia una misma misión para los dos: los dos tenemos que realizarla. Ven pues a *El Clamor*, vigorízalo», le invitaba con ese tonillo persuasivo que le era tan propio. Incluso Luis Rodríguez Seoane le había rogado que aceptase ser corresponsal del noticiero que había fundado en Pontevedra, *El País*, cargo que él había rechazado en los tiempos de las vacas gordas, alegando estar ocupado con otros compromisos. Y en Vigo, el querido Juan Compañel, hastiado de la censura a la prensa progresista, se había visto obligado a cerrar *La Oliva*, pero su mente despierta y sus planchas voluntariosas no habían dejado de trabajar y ya habían producido un nuevo periódico, *El Miño*, con el lema «Todo por Galicia. Todo para Galicia» bien visible en la cubierta.

Manolo, que había dejado apartadas todas aquellas cartas mientras soñaba con una vida de prestigio en la Corte, las leía y releía ahora con avidez de principiante, dejándose arrullar por todos los cantos de sirena que eran como bálsamos para su vanidad apaleada.

Un día me mostró una misiva que le había escrito Aurelio mucho antes de la celebración del banquete de Conxo.

«Tú escribes en la Corte, yo en provincia —le recordaba Aurelio con su intrincada letra, que tantos recuerdos me traía—. ¡Tú con provecho y gloria; yo sin gloria y provecho!».

—¿Te das cuenta, Rosiña? —me preguntó Manolo dando una fuerte palmada sobre la mesa y con ese brillo en los ojos, como de bronce viejo, que se le ponía cuando algo le molestaba.

—¿De qué he de darme cuenta?

—El pobre Aurelio estaba equivocado. No es aquí en Madrid, entre chupatintas y arribistas, donde hemos de hallar el provecho y la gloria. ¡Escribir por y para Galicia, ese es nuestro destino!

A partir de entonces, Manolo recuperó con vigor su antiguo compromiso con nuestra tierra, dispuesto a erigirse, pluma en ristre, en el paladín que la liberase de su abatimiento. Desempolvó sus teorías sobre el antiguo reino celta, esa morada de fieros guerreros que, al igual que los cántabros y los astures, «enseñaron al mundo cómo pueden conquistar la libertad los que no saben ni quieren morir esclavos», según afirmaba con voz temblorosa de la emoción. Volvió a acariciar la idea de escribir una *Historia de Galicia*, desde los pueblos primitivos hasta la actualidad, y reanudó un exaltado intercambio de cartas con Pondal en las que ambos debatían conceptos tan extraños para mí como las similitudes étnicas entre los habitantes del cabo Ortegal y los de Cornualles.

Con la obstinación que lo caracterizaba cada vez que abordaba un nuevo proyecto, Manolo no quiso seguir perdiendo tiempo en la Corte. Escribimos unas líneas a nuestras familias para anunciar nuestra partida, zanjó sus últimos compromisos con los periódicos, liquidamos los pagos a doña Soledad y adquirimos dos billetes de diligencia a un precio más que razonable, pues eran pocos los viajeros que se aventuraban a cruzar la meseta en lo más crudo del invierno. Todo fue tan rápido que ni siquiera nos despedimos como es debido de nuestras amistades de Madrid; solo tuve tiempo para un adiós apresurado a mi prima Carmiña, que me obsequió con un mantón nuevo para que me abrigase durante el viaje y se quedó mirándome con cara de preocupación.

—¿Ya lo pensasteis bien? Mira que iros ahora por esos caminos, con la helada que cae…

Pero cuando a Manolo se le metía una idea en la cabeza, no había forma de disuadirlo. Una mañana helada de diciembre, apenas dos meses después de nuestra boda, con mi vientre preñado asomando apenas bajo las sayas y más muerta que viva por culpa de las náuseas, me vi de nuevo montada en una destartalada diligencia, dispuesta a desandar el camino que había hecho dos años y medio atrás. Fue un viaje infernal, atormentados por una ventisca helada que azotaba las lonas del carro y deteniéndonos más veces de las necesarias para hacer el cambio de mulas. Aun así, Manolo estaba de buen humor, entusiasmado ante el futuro, y se alegró todavía más cuando un tratante madrileño que conocimos en una posada de Olmedo le prestó un ejemplar atrasado de *La Crónica* y descubrió que habían incluido una noticia de nuestro enlace:

«El distinguido escritor gallego Sr. Martínez Murguía ha contraído matrimonio con su paisana la señorita doña Rosalía de Castro, inspirada poetisa que, no ha mucho, dio a luz una coleccioncita de hermosos cantos...», me leyó en voz alta, satisfecho ante los elogios. Yo lo escuchaba con desgana, masajeándome los riñones doloridos y rogando para que llegásemos sanos y salvos a Santiago y pudiese dar a luz de nuevo, no a otra colección de cantos —que en aquellos momentos bien poco me importaban— sino al hijo que llevaba en las entrañas.

Por suerte, tras ocho jornadas interminables entramos en Compostela, que nos recibió con su cara más húmeda y brumosa, su cara de los inviernos. Me sentí revivir al reencontrarme con los sonidos, los colores y los olores que formaban el mapa de mis recuerdos: el tañido de la Berenguela, el dulce acento de la lengua gallega y ese aliento inconfundible a tierra negra, piedras húmedas y humo de *lareira*. Encontré la ciudad solemne y quieta, muy diferente del hervidero indignado que había dejado dos años atrás, en pleno berrinche tras el banquete de Conxo. Y tampoco yo era la misma; regresaba cambiada, con un marido de la mano, un libro publicado y un hijo en el vientre. Pensé con tristeza en Aurelio, que había hecho de Compostela su reino y su campo de batalla. Él sí, él sí que sería ya para siempre el mismo, detenido en la brillante eternidad de sus veinticinco años, su voz magnífica confundida para siempre con el murmullo traicionero de nuestro Atlántico.

Manolo había reservado alojamiento para nosotros en una pensión de la rúa da Conga que ostentaba una vistosa concha de vieira esculpida en la fachada. Era un establecimiento grande, casi demasiado lujoso para lo que nos podíamos permitir, ocupado por estudiantes de buena familia, fidalgas ociosas que paraban en la ciudad durante las temporadas del Principal, militares llenos de galones y algunos abogados y médicos de prestigio, como un tal doctor José López de la Vega, con quien Manolo trabó gran amistad durante el tiempo que permanecimos allí. La patrona, doña Antonia, rebosaba vitalidad y simpatía en la misma medida que doña Soledad rezumaba tristezas, y ofrecía un magnífico servicio que incluía comidas, plancha y unas habitaciones limpias y luminosas o, al menos, todo lo luminosas que podía esperarse en mitad del invierno compostelano.

La familia de Manolo, a excepción de su hermano Nicolás, que se encontraba embarcado, vino a visitarnos y pude por fin conocer en persona a mi suegro y a mi cuñada Teresa. Había imaginado a Juan Martínez como una especie de ogro, el monstruo frío e implacable de las pesadillas de su hijo, pero me encontré con un hombre delgado de labios finos, muy pálido, con los hombros encorvados y un poso como de humedad en los ojos, quizá de tristeza o de culpa. Manolo y él se observaban con cautela, se movían el uno en torno al otro como lobos dispuestos a hincarse el diente, presos los dos en la red más intrincada del mundo: la de los rencores familiares. Además de su hija Teresa, una joven callada de ademanes tristes, Juan Martínez venía acompañado de otra mujer: una matrona regordeta con cara de pan que él nos presentó simplemente como Mariquiña. Ante la cara de estupefacción de Manolo, Teresa le sopló al oído que su padre andaba en relaciones amorosas con ella. Mariquiña me gustó al momento; tenía una expresión franca, ojos amables y parecía una de esas mujeres tiernas que han nacido para nutrir y cuidar a los demás, pero Manolo apenas si fue capaz de mirarla a los ojos y, cuando por fin se marcharon todos, estampó contra el suelo uno de los ceniceros de cristal tallado de doña Antonia, inaugurando nuestra estancia en la pensión de un modo muy poco prometedor.

Mucho más emocionante fue el reencuentro con mi madre y mi *madriña*. Encontré a la Paquita ya recuperada de su achaque, con los pelos más blancos, la chepa más gorda y ella misma más flaca y enjuta, pero todavía muy ágil de piernas y de lengua. Mi madre parecía haber envejecido más durante el año que llevábamos separadas; le fallaba la vista y se fatigaba al subir escaleras, pero no había perdido su temple y su fortaleza de carácter. Desde su regreso de Madrid había estado viviendo con José María y Segunda, practicando con los muchos nietos de su hermano los mimos que le daría al que a ella le venía en camino.

La necesidad de asegurarnos una fuente de ingresos seguía siendo el mayor de nuestros problemas. Las primeras semanas en Santiago las pasó Manolo escribiendo cartas a todos sus conocidos, en busca de alguna oportunidad que nos asegurase un sueldo. Un goloso puesto en la Universidad de Santiago y otro no menos apetecible en la Diputación de Ourense se perfilaron en el aire durante un par de días, pero acabaron esfumándose sin llegar a nada. Sus amigos parecían incapaces de ayudarle, incluso los más prestigiosos. Solo el fiel Juan Compañel salió en nuestro auxilio, llevando a la imprenta varias colaboraciones de Manolo que evitaron que cayésemos en la indigencia.

Él apenas dormía y escribía sin cesar, perfilando nuevas novelas y adentrándose en los temas didácticos con *La primera luz*, un manual escolar como el que tanto prestigio le había dado a la Sinués y en el que Manolo no se privó de dejar bien claras sus ideas, afirmando que la única guerra santa es aquella que se acomete «por defender la independencia de la patria o la preponderancia de la raza». Consiguió que Juan Compañel se lo editase y acabó dándole muchas satisfacciones, ya que más tarde sería declarado libro de texto oficial para uso de las escuelas de primeras letras.

Yo viví aquellos meses dividida entre la alegría del embarazo, que marchaba bien pese a mi mala salud, y la preocupación por la falta de cuartos y el estado de ánimo de Manolo. Mientras mi vientre crecía y se redondeaba, él se consumía cada vez más, como si una meiga le chupase los ánimos desde dentro. A veces respiraba de forma entrecortada, como si le faltase el aire; los párpados se le arrugaban como pergaminos y se quedaba durante horas mirando al vacío, con las palabras «fracaso», «pobreza» y «olvido» balanceándose sobre su cabeza como las cuerdas de una horca. Alternaba ese estado de abatimiento con estallidos de furia en los que daba voces, se mesaba los cabellos y acababa marchándose con un terrible portazo. La tristeza y el desencanto no lo abandonaban jamás.

Una noche me decidí a mostrarle las cuartillas de *La hija del mar*, en la que había ido trabajando desde que las náuseas me dieron tregua. A Manolo no le pareció gran cosa. No le gustaba el personaje de Alberto Ansot, déspota y duro, ni comprendía el carácter salvaje de los personajes femeninos:

Candora, Teresa y Esperanza, mujeres valientes y vulnerables a la vez. Se quejó con amargura de que la novela no tuviera nada de moralizador o didáctico, y le desagradó que el dolor fluyese libre por sus páginas y que ni siquiera se me hubiera ocurrido darle un final feliz. Tampoco le encontró virtudes al prólogo y enarcó las cejas ante la procesión de mujeres admirables que yo citaba en él: «... madame Roland, cuyo genio fomentó y dirigió la Revolución francesa en sus días de gloria; madame Staël, tan gran política como filósofa y poeta; Rosa Bonheur, la pintora de paisajes sin rival hasta ahora; Jorge Sand, la novelista profunda [...]; santa Teresa de Jesús, ese espíritu ardiente cuya mirada penetró en los más intrincados laberintos de la teología mística; Safo, Catalina de Rusia, Juana de Arco, María Teresa...».

Pero, a pesar de sus recelos, Manolo le envió las cuartillas a Juan Compañel, que accedió a editar la novela por fascículos y a poner anuncios en su periódico para conseguir suscriptores. Todo lo negociaron entre ellos, desde la corrección de las pruebas de imprenta hasta los plazos de entrega; lo único que yo hice fue firmar con mi nombre al pie del manuscrito y, aun así, en sus cartas a Manolo, Compañel solía referirse a la novela como «tu hija del mar», como si hubiese brotado de su pluma y no de la mía. Ya empezaba yo a comprender que en la vida de una mujer literata, incluso teniendo por marido a uno de ellos, existen murallas y techos imposibles de atravesar, «porque todavía no les es permitido a las mujeres escribir lo que sienten y lo que saben», como dejé dicho en el prólogo de la novela, pese al ceño fruncido de Manolo.

Esa fue una de las dos cosas que aprendí aquellos meses, la primera. La segunda fue que, a pesar de que a veces la oscuridad amenazaba con tragarnos, todavía era posible para mi marido y para mí encontrar momentos en los que las palabras fluían, nuestros labios se encontraban, reíamos juntos y todo volvía a ser como al principio, como en los días felices de Madrid. «A Manuel Murguía. A ti, que eres la persona a quien más amo, te dedico este libro, cariñoso recuerdo de algunos días de felicidad que, como yo, querrás recordar siempre», escribí en la dedicatoria de *La hija del mar*, para que él tampoco cometiese la imprudencia de olvidarlo.

Si mi madre advirtió alguna señal de nuestras tribulaciones, nada mencionó, aunque en ocasiones la sorprendía mirándome con fijeza. Tampoco hizo ningún comentario cuando fue leyendo las sucesivas entregas de *La hija del mar* y se encontró con una historia llena de furia y con un personaje que no solo llevaba su nombre, Teresa, sino que también, como ella misma, era una mujer abandonada y obligada a criar a una hija en soledad. Pero la Teresa de carne y hueso había ganado en templanza y sabiduría con el paso de los años y se adentraba en la vejez en tranquila convivencia con las penas de su pasado; había hecho las paces con sus fantasmas y los soportaba a su lado con resignación. Supongo que a veces aún la visitarían en sueños, como me acechan a mí los míos cada noche y como escoltarán a mis hijas los suyos propios cuando hayan vivido un poco más, porque si algo sé con seguridad es que nadie pasa por este mundo sin haber mirado a los ojos a sus propias sombras.

Gracias a su recién adquirido coraje, mi madre había ido ampliando su círculo de amistades. Seguía apoyándose en la Paquita, asentadas las dos en la cómoda domesticidad de las largas convivencias, pero ahora se relacionaba con libertad con otras mujeres; no fidalgas de recio linaje y crianza similar a la suya, sino las vecinas de oficios humildes que habían formado parte de su mundo en los últimos años: tintoreras como la esposa de Cardarelly, *leiteiras*, abaceras, modistas o planchadoras; algunas de ellas viudas o con los maridos embarcados, la mayoría con hijos a su cargo. Teresa, que jamás había conseguido encajar en las elegantes reuniones de Arretén de chocolate y rosquillas, parecía haber encontrado ahora a su propia tribu. Se reunían todas las semanas y hablaban de todo: de la vida y del paso del tiempo, de los maridos y de los hijos, de los vivos y de los difuntos, de los amores del pasado y las penurias del presente, de todos los momentos en los que la vida había sido buena y de aquellos otros en los que el mundo había temblado bajo sus pies. Acostumbradas a trabajar para salir adelante, jamás se las veía con las manos quietas; mientras hablaban, *debullaban* guisantes o pelaban patatas, tejían o remendaban, y siempre había quien llevaba para compartir una *pota* de migas con vino, unas torrijas rezumando aceite, una broa recién cocida. Había algo fascinante en aquellas reuniones de mujeres dispares, de manos áridas y rostros castigados por la vida, que secreteaban como adolescentes y reían como mozos de taberna, aunque fuera con las bocas vacías de dientes. La vida, para ellas, estaba hecha de soledad y abandono, manos llenas de sabañones, camas solitarias y frías, tumbas que visitar o mares a los que llorar. Todas llevaban cicatrices en el corazón —algunas también en el cuerpo—, pero habían logrado sobrevivir. Juntas formaban una hermandad insólita, que quizá no daría frutos para la posteridad como la de literatas de la Avellaneda y la Coronado; pero para ellas representaba calor y consuelo, compañía en los malos momentos, risas de las que hacen doler el estómago y llantos que limpian por dentro... y también historias, incontables historias, porque para que las palabras fluyan soberanas y libres, lo único que se necesita es una *lareira* encendida y un grupo de mujeres dispuestas a dar rienda suelta a sus pensamientos.

Entre las recién adquiridas amistades de mi madre, para gran sorpresa mía, estaba una de las tías *manexantas*: Teresa Martínez Viojo, que después de tantos años ya no era la mujer altiva con maneras de duquesa que había tomado las riendas de mi crianza. La vida le había mostrado su cara más amarga: su marido había emigrado a Montevideo en los años cuarenta y jamás había vuelto a saberse nada de él; ni una carta, ni una noticia ni siquiera uno de esos rumores casi siempre trágicos o escandalosos que resbalaban de vez en cuando de las bocas de los retornados. Galicia estaba llena de mujeres como ella: viudas de vivos, viudas de muertos, viudas de fantasmas que se habían esfumado como flecos de bruma sobre el océano. Viudas llenas de soledad y de saudade, palabras que suenan casi igual, pero muestran dos caras distintas de un mismo desamparo. «*O meu homiño perdeuse* —escribí yo en un arrebato cuando me contaron la historia de la tía—. *O meu homiño perdeuse, / ninguén sabe en onde vai... / Anduriña que pasaches / con el as ondas do mar; / anduriña, voa, voa, / ven e dime ond'está*».*

Desde el reencuentro, a la tía Teresa le gustaba pasar tiempo en mi compañía. Yo apenas hablaba, cohibida ante aquella mujer melancólica de ojos severos, pero ya lo hacía ella por

---

* «Mi pobre hombre se perdió, / nadie sabe dónde está... / Golondrina que has atravesado / con él las olas del mar; / golondrina, vuela, vuela, / ven y dime dónde está».

las dos. Le gustaba recordar el pasado, quizá como un modo de resarcirnos a las dos de sus dolores e injusticias. Así, sin necesidad de hacer preguntas, fui conociendo la historia de mi padre, recuperando los retazos de mi vida que hasta entonces habían permanecido ocultos bajo capas de vergüenza y silencio.

Un día, ya bien entrada la primavera, la tía Teresa me llevó a un aparte y bajó la mirada con timidez.

—Dice *él* que le gustaría verte. Se enteró de que volviste y… —Calló, azorada.

No hizo falta preguntar quién era él porque, a pesar de que jamás lo mencionábamos, su presencia flotaba continuamente sobre nosotras como una neblina pesada. Busqué los ojos de mi madre, que atendía a nuestra conversación mientras enrollaba masa para una empanada, pero me encontré con dos pozas insondables de aguas mansas. «*Vou?*», le pregunté sin palabras. Y sin palabras, solo con la mirada, me respondió: «*Vai*». Y con esa concesión, tras tantos años de recelos y silencios, fue como si de repente me hubiese soltado la mano.

—Iré —le dije a la tía.

—Ya no vive en Padrón —me informó ella apartando los ojos y, por un momento, la imagen del niño muerto, aquel cativo que podía ser o no mi hermano, me cruzó por la mente—. Ha vuelto a Iria Flavia, a las casas de canónigos.

Manolo, que tenía experiencia en rencores paternos y palabras no dichas, se ofreció a acompañarme. Nos pusimos en camino una mañana radiante, él guiando al mulo con torpeza y yo montada en la carreta con la enorme barriga bamboleándose ante mis ojos como un *ourizo* a punto de estallar. Hacía calor y los caminos estaban parcheados del verde de los tojos, las acederas, las zarzas y los jaramagos. Manolo hizo detenerse al mulo junto a las casas de los canónigos, una hilera de viviendas robustas al servicio de los clérigos de la colegiata, y se sentó a esperarme a la sombra mientras yo me encaminaba hacia la puerta con mis andares torpes y un nudo en la boca del estómago.

Me abrió una rapaza morena de moño apretado que, supuse, sería alguna de las sobrinas de José Martínez Viojo. «Mi prima». Busqué algún rasgo familiar en su rostro, una huella de parecido conmigo en sus pómulos altos o en sus labios rosados, y, por el modo en que ella me devolvió la mirada, supe que hacía lo mismo conmigo. Pero ninguna de las dos abrimos la boca más que para intercambiar un par de saludos corteses mientras me conducía por un pasillo oscuro hasta una sala pequeña y mal ventilada. El sacerdote estaba recostado en una butaca, con la cabeza inclinada hacia atrás, un rosario entre las manos y la mirada perdida entre las vetas de madera del techo. Me pareció que había envejecido mucho desde la última vez que lo había visto en casa de Felipe Eiriz: le había engordado la cara, el pelo le blanqueaba y los ojos se balanceaban en dos bolsas de carne oscura. Cuando me vio parada en el quicio de la puerta y se levantó para saludarme, me percaté de que ya arrastraba los pies. Mi padre, ese gran misterio, se había convertido en un hombre viejo.

Esbozó una sonrisa amarillenta, tan intrascendente como las que les dedicaba los domingos desde el púlpito a sus feligreses, y me invitó con un gesto de la mano a sentarme frente a él. Han pasado veintiséis años desde ese encuentro y quisiera poder decir que fue un momento de perdón y reconciliaciones, que hubo abrazos y lágrimas, que derribamos barreras y revelamos secretos, que las palabras «padre» e «hija» brotaron emocionadas de nuestras bocas. Pero mentiría si afirmase algo así. Ni siquiera recuerdo bien lo que nos dijimos, pero sé que fueron palabras vacías, que él habló de Dios y de los santos, que me felicitó por mi matrimonio y mi estado. No me preguntó por mi madre, ni siquiera mencionó su nombre. Más que sus palabras, recuerdo sus ojos huidizos, sus ademanes lánguidos, las puntas de sus zapatos asomando bajo la sotana, su infinita vulgaridad. Nunca llegué a saber por qué había insistido tanto en verme, qué esperaba obtener de aquel encuentro en el que los dos nos limitamos a girar en círculos, a rondarnos como perros cautelosos. Reconozco que me decepcionó. En aquel hombre de piel gruesa, labios resecos y ojos esquivos ya no quedaba ni rastro del joven apasionado dispuesto a traicionar sus votos, ni del amante que había acariciado a Teresa en las profundidades de Arretén ni del sacerdote asustado que había dado la espalda al amor, ni siquiera del hombre desolado que había mecido en sus brazos a un niño moribundo que quizá era —o quizá no— mi hermano. José Martínez Viojo se había convertido en humo, el paso del tiempo lo había desdibujado.

No es fácil deshacerse de un padre. Cuando nos despedimos en el quicio de la puerta, sin palabras vacías ni promesas de nuevas visitas, tuve la intuición, tan certera como una epifanía, de que no volvería a verlo nunca. Allí, en aquel instante, los regatos de sangre compartida se secaron por completo. Y sentí un cierto alivio, como si un cuervo negro y pesado hubiese alzado el vuelo desde mis hombros, pero a la vez sentí dolor. Quedaba una grieta que ya nunca se cerraría, una herida antigua que todavía sangra de cuando en cuando.

Los padres pueden ser muchas cosas para sus hijas: montañas que conquistar, fragas impenetrables, ríos con los que fluir. El mío, envuelto en su sotana de cuervo, con su mirada oscura, sus manos blancas y su olor a incienso, era para mí un muro infranqueable.

Mientras me alejaba de él y de mi pasado, alcé la vista hacia la colegiata de Santa María, vetusta y vigilante como un guerrero de otro tiempo, y por un momento fui de nuevo la niña temerosa que habían llevado al Corpo Santo, fui la adolescente sombría cargando sobre los hombros las vergüenzas y los pecados de su estirpe. Pero entonces, mis ojos recayeron sobre el tímpano taraceado, con la arrogante figura de la Virgen de la Leche rodeada de ángeles y magos, amamantando con alegría a su hijo, y sentí una punzada de orgullo en mis propios pechos, que pronto serían también fuente de alimento. Más allá de las casas de los canónigos, tras las tapias de Adina, las flores se desbocaban sobre las tumbas y la tierra nueva bullía, oscura y fragante. Y mi vientre hinchado bullía también, lleno de vida, con la promesa de un nuevo comienzo que me alejaba de mi pasado de sombras.

Mi hija Alejandra nació el 12 de mayo, apenas un mes después de ese encuentro. Los primeros dolores se presentaron al amanecer, me asaltaron por sorpresa y me dejaron sin aliento. Era un tipo de dolor nuevo, completamente distinto a cualquiera que hubiese sentido antes; un dolor que partía de mi vientre y se extendía en todas las direcciones, me rodeaba como una neblina y a la vez parecía querer desterrarme a lo más recóndito de mí misma. La habitación de la pensión de doña Antonia se llenó de gente: la propia patrona, mi madre, mi *madriña* y el doctor José López de la Vega, a quien Manolo se apresuró a sacar de la cama zarandeándolo sin miramientos. Más tarde supe que todos estaban muy asustados: mi naturaleza enfermiza y la flojera de pulmones que arrastraba desde que había contraído el tifus en Muxía les hacían temer que la criatura o yo —o, peor aún, ambas— no lográsemos superar el trance. A pesar de sus temores, fue un parto bastante rápido para una primeriza, aunque perdí tanta sangre que el doctor López de la Vega temió que el vientre se me hubiese quedado seco para siempre y esta primera hija fuese también la última, una lúgubre predicción que casi estuvo a punto de cumplirse. Nadie me había preparado para la oleada de amor que sentí cuando tomé en mis brazos a aquella miniatura pringosa, con una mata de pelo oscuro que reconocí como la seña de nuestra familia, y un rostro morado y lleno de pliegues. Mi hija y yo exhalamos juntas el aliento: ella, el primero de los suyos, el que anunciaba con un grito su llegada al mundo, y yo, el que había estado conteniendo sin darme cuenta porque hasta que oí su llanto no me percaté de lo mucho que había temido que no viviera, de que llegase a mi regazo fría y quieta, como tantos cativos que no llegan a cruzar el umbral entre este mundo y el otro.

La bautizamos dos días después con los nombres de Alejandra Teresa; el primero en honor al amigo del Liceo Alejandro Chao, a quien Manolo escogió como padrino, y el segundo por mi madre, que fue la madrina. Como Chao andaba en Cuba por aquellas fechas, fue mi primo Pepito Hermida, que había regresado también a Galicia, quien actuó como padrino *in absentia*, sosteniendo en brazos a la niña sobre la pila bautismal mientras le hacía cosquillas en la nariz con sus largas barbas.

La calma familiar tras su nacimiento duró muy poco. La niña aún no había cumplido un mes cuando volvimos a enredarnos en ese agotador peregrinar de casa en casa, de ciudad en ciudad y de empleo en empleo que sería el sino de nuestras vidas, corriendo tras la estela de los sueños de grandeza de Manolo. Siempre he creído que las personas, al igual que las plantas, necesitan de unas raíces fuertes para prosperar, una tierra fértil a la que aferrarse, un aire conocido que respirar cada día. Pero las únicas raíces que yo conocí en mi vida de vagabunda fueron las de la memoria y mi única ancla, la de los versos llenos de morriña: «*Miña casiña, meu lar, / ¡cantas onciñas / de ouro me vals!*».*

A finales de mes, a Manolo le ofrecieron por intermediación de Benito Vicetto la dirección del *Diario de La Coruña* y nos mudamos por un tiempo a aquella ciudad vibrante y abierta al mar, en cuyas calles todavía se recordaba en susurros asombrados la escandalosa revuelta que habían organizado solo dos años atrás las cigarreras de la Fábrica de Tabacos, rapazas desgreñadas de piernas flacas y dedos mínimos que se habían amotinado contra las máquinas de picar que amenazaban con quitarles el sustento, con tanto arrojo que solo la intervención de la infantería y la caballería pudo terminar con la algarada.

Cuando el *Diario de La Coruña* cerró en apenas tres meses por falta de tiradas, Juan Compañel le consiguió a Manolo un puesto temporal en su periódico y nos trasladamos a Vigo, a una casa de su propiedad en la rúa Real en cuyas paredes todavía se notaban las marcas oscuras de las prensas tipográficas, como enormes bocas llenas de dientes. Desde el puerto envuelto en la neblina veíamos partir los vapores destinados a la guerra del norte de África, grandes navíos de

* «Mi casa, mi hogar, / ¡cuántas onzas / de oro me vales!».

popa afilada y calderas rugientes que hacían pensar en caóticos infiernos acuáticos. Pero tampoco aquel nuevo empleo en *El Miño* le duró demasiado a *meu home* y regresamos pronto a Compostela, a un piso de la rúa Vilar cercano a la casa de mi suegro, a quien el nacimiento de Alejandra le había enternecido el corazón y suavizado el ánimo. Fue mi hija, con sus ojos sabios y su rostro de muñeca de porcelana, la que hizo fluir en aquel hombre malhumorado y amargo los caudales de amor reprimido que siempre le había negado a sus propios vástagos.

En Santiago tuve la oportunidad de retomar por unas horas una faceta de mi vida que ya creía perdida para siempre: el teatro. Con la guerra de África en pleno apogeo, el cuerpo escolar compostelano organizó una función en beneficio de los heridos y se me pidió colaboración como antigua socia del Liceo. De la noche a la mañana me encontré a mí misma metida de nuevo en una piel que no era la mía, ataviada con un traje de dama italiana y aclarándome la voz con agua de limón para interpretar a Diana, la única fémina del drama histórico *Antonio de Leiva*, escogido como plato principal de la función por sus ecos patrióticos, destinados a halagar el orgullo de los valientes soldados. Esa fue mi última representación, mi verdadero canto de cisne sobre las tablas. Todavía guardo entre mis papeles el ajado recorte de *La Joven Galicia* en el que un amable reportero que estaba entre el público y que quizá había disfrutado con la lectura de mi novela se hizo eco de mi participación en la obra: «La autora de *La hija del mar*, la notable escritora gallega, ha dado en la noche del martes una cumplida prueba de su talento artístico, que el público ha sabido apreciar con repetidos aplausos».

Repetidos sí, y también los últimos. Nunca más volví a

subir a un escenario, ni siquiera asistí de nuevo al teatro como espectadora. Tampoco volví a tratarme con la querida Angustias Luces, que también se casó poco después y renunció de ese modo, al igual que había hecho yo antes, a sus sueños de aplausos y triunfo. «Ser o no ser», decía Shakespeare, ese genio cuya vida transcurrió entre bambalinas, comedias y enredos. Y en lo que respecta a las tablas, yo no fui. Mi destino era otro.

EL RUISEÑOR DE GALICIA

1860-1876

1

> Yo me ahogo en las blancas paredes de tus habitaciones mudas y sin ruido.
>
> ROSALÍA DE CASTRO, *Flavio*

Y a pesar de todo... ¡qué rápido pasaron aquellos primeros años! Cuando los recuerdo, imagino una piel de naranja, rugosa y áspera por uno de sus lados, como pellejo cicatrizado, y suave y blanda por el opuesto, el más cercano a la pulpa. ¿Éramos felices? Si me lo hubieran preguntado entonces, atareada con mi reciente maternidad, abrumada por los achaques de salud y las continuas mudanzas, preocupada por el humor voluble de Manolo, hubiera contestado con un «bueno» cantarín y un encogimiento de hombros, esa respuesta tan de mi tierra que tanto puede significar sí como no o quizá. Y, sin embargo, años más tarde, cuando llegó la verdadera oscuridad y me tragó de un bocado, cuando sufrí desdichas de las que ninguna mujer puede salir ilesa, hubiera dado cualquier cosa por volver a aquellos tiempos en los que las heridas eran todavía rasguños, en los que no había ausencias, en los que aún estábamos enteros.

La falta de cuartos seguía siendo el mayor de nuestros problemas, hasta el punto de que muchos meses debíamos recurrir a la ayuda de mi madre —quien a su vez recurría a la del tío Pepe, en una constante y vergonzosa cadena de favores y débitos— o a la de mi suegro, que, a pesar de lo mucho que se había suavizado tras el nacimiento de Alejandra, seguía mostrándose implacable a la hora de juzgar a su hijo.

—¿De qué te vale tanta letra si no tienes ni gota de *sentidiño*? —gruñía Juan Martínez mirando a Manolo desde arriba, con ese infinito desprecio que siempre fue una barrera entre ambos—. Un hombre como es debido no se gana la vida con la lengua, sino con las manos —zanjaba moviendo las suyas con agilidad entre redomas y escanciadores, como un alquimista de tiempos pretéritos.

Manolo, a quien las palabras de su padre herían mucho más de lo que estaba dispuesto a admitir, se encerraba en su despacho y en sí mismo, se desintegraba cada día un poco más, se le achicaban los ojos y se le abatían los hombros, esos hombros arrogantes en los que él había esperado que brotasen las alas del triunfo. Y así andaba, girando en círculos como un can rabioso, cuando el destino volvió a sorprendernos con uno de sus vaivenes y le llegó una propuesta que parecía caída del cielo: Manuel Peña, un provincialista de los de la vieja guardia, que había colaborado en *El Recreo Compostelano* en los tiempos de Antolín Faraldo, le ofreció un puesto de corresponsal en su periódico, *La Crónica*, que se editaba en español desde Nueva York. A cambio de regresar a Madrid y escribir sobre política y libros, recibiría la balsámica suma de quinientos reales mensuales.

Con el alivio de un reo al que se le quita la soga del cuello en el último instante, Manolo se apresuró a llenar un baúl con sus muchos libros y su escasa ropa, dispuesto a regresar triunfante a la ciudad que lo había regurgitado sin piedad solo dos años atrás. Como le sucedía cada vez que en el horizonte se perfilaba un nuevo proyecto, pasó de la apatía a la excitación en cuestión de segundos y reconozco que yo también me dejé arrastrar por su entusiasmo porque ¿qué mayor gozo para dos jóvenes hechizados por la magia de las palabras que los triunfos del papel y la tinta? Decidimos que él partiría de inmediato y yo le seguiría unos meses más tarde, dejando a Alejandra, que acababa de pasar unas fiebres, a cargo de mi madre para ahorrarle a su corta edad las incomodidades del viaje. Así, cuando a finales de aquel verano de 1860 me dispuse a preparar el equipaje para trasladarme a Madrid por segunda vez en mi vida, junto a las sayas, los vestidos, los *refaixos* y los pañuelos metí también una buena dosis de saudade, no de esa ligera y suave como el orballo que sentimos cuando nos alejamos de nuestra tierra; sino una mucho más dolorosa, espesa como veneno, esa que solo conocen las madres cuando se separan por primera vez de sus hijos.

Y quizá por eso ya desde el principio aquel viaje estuvo acompañado de malos augurios. La diligencia era un monstruo destartalado que resollaba como un *boi* moribundo, el polvo seco de los caminos me irritaba la garganta y, al atravesar los campos de Castilla, nos cruzamos con varias cuadrillas de segadores gallegos que regresaban a casa tras la campaña veraniega, rapaces muy jóvenes con las espaldas encorvadas y las guadañas al hombro, tocados con sombreros portugueses bajo los que asomaban sus rostros de lobos flacos, las mejillas de barro resquebrajado y los ojos tan enrojecidos como heridas abiertas.

—¡Triste forma de ganarse el pan! —me dijo al oído una dama viuda que viajaba a la Corte para reunirse con su hija—. *Coitados!* ¡*Traballan* de sol a sol a cambio de cuatro reales y duermen en *palleiros*, que ni cama les prestan!

Los observé mientras los adelantábamos entre nubes de polvo y se me quedaron los ojos prendidos de sus andares arrastrados y sus nucas vencidas. «*Castellanos de Castilla, tratade ben aos galegos*», reclamé con furia dos años después en mis *Cantares gallegos*. ¡Ay! Me temo que ahí ya no fui la poeta tierna y lastimera de otras veces, no hubo dulzura ni fineza en mis palabras, solo una rabia cruda y precisa. ¿Contra los capataces, contra Castilla entera, contra aquellas soledades áridas? Ahora que han pasado tantos años y soy capaz de mirar al pasado con ojos más justos, puedo decir que al increpar a Castilla no solo me dolía de las asperezas de aquella tierra inclemente, también lo hacía de las pesadumbres de mi propio destino.

Ya en Madrid, mi estado de ánimo no mejoró demasiado. Manolo había cambiado las húmedas estrecheces de la pensión de doña Soledad por las estancias mucho más amplias y luminosas de la fonda Barcelona, situada al principio de la calle de los Negros,* con servicio aceptable y muy popular entre los funcionarios de los ministerios. Hallé a mi marido sumergido en una actividad frenética, entusiasmado con su trabajo en *La Crónica*, destripando con su aguda pluma cuanto acontecimiento social y político de relevancia acontecía en el mundo y, al mismo tiempo, produciendo sin parar

---

* Hoy desaparecida, forma parte de la actual calle Tetuán.

folletines y artículos para otros periódicos: *El Museo Universal* o *Crónica de Ambos Mundos*, sin olvidar jamás *El Miño* de Compañel, que ya consideraba como un poquito suyo. Me dijo que se alegraba de verme, pero su recibimiento fue más bien frío y su abrazo de bienvenida, mucho más breve de lo que yo hubiera deseado. Mientras me preguntaba por el viaje y se interesaba por mi salud y por la de la niña, los ojos se le desviaban veloces hacia las pilas de legajos y papeles a medio escribir que había desplegado en forma de abanico sobre la mesa, sobre la cama e incluso por el suelo. «Aquí hay que poner un orden, Manolo —le regañé, agotada del viaje—. O no voy a tener ni dónde meterme».

Estas palabras mías acabaron adquiriendo cariz de mal presagio, porque desde mi llegada a Madrid, y a pesar de nuestra recién adquirida bonanza económica, comenzó para nosotros una época ingrata, quizá una de las más extrañas de nuestro matrimonio, que se prolongó durante meses y nos arrebató la ilusión y la dulzura de los primeros tiempos. Mientras que las diminutas estancias de la pensión de la calle Preciados habían sido más que suficientes para expandir nuestro amor de recién casados, las de la fonda Barcelona, el doble de anchas y mucho más espaciosas, parecían estrecharse por momentos, se achicaban, se cernían sobre nosotros y amenazaban con asfixiarnos. Nos pasábamos los días chocando el uno contra el otro, discutiendo por las menores tonterías e invadiendo sin cesar nuestros respectivos espacios, en una danza torpe que ya no era tierna ni agradable como antes, sino resentida y fastidiosa. Manolo estaba irascible y ceñudo y vivía sumergido en su océano de legajos, pero cuando yo trataba de interesarme por su trabajo en *La Crónica*, por sus encendidos artículos sobre la unidad de Italia o la opresión de Hungría, él se escudaba tras las torres de papeles y contestaba con monosílabos malhumorados. Las letras, que siempre habían sido nuestro puente, eran ahora afilados sables dispuestos a herirnos. Durante aquella época estuvimos a punto de ser derrotados por el silencio.

Desconcertada y sin saber bien qué hacer con aquel marido malencarado y ceñudo, me encontré a mí misma buscando inspiración en los consejos para jóvenes esposas que Pilar Sinués había publicado con gran éxito de crítica y público: «Conquistad el corazón de vuestros esposos [...] Hacedles agradable su casa y amable vuestro trato. Sed sus amigas [...] Procurad que nada les falte [...] Velad por los intereses de la casa [...] Haceos, en fin, necesarias a su dicha y dejadlos libres, completamente libres...».

Tengo que admitir que siempre terminaba la lectura de estas recomendaciones mucho más trastornada de lo que la había empezado. «Que nada les falte». «Haceos necesarias, pero dejadlos libres», susurraba tentadora en mi cabeza la voz de la Sinués, que yo no había escuchado jamás, pero imaginaba meliflua y resabiada. «¿Libres? Libre es mi corazón, libre mi alma, y libre mi pensamiento», retrucaba entonces mi propia voz, recordando aquellas palabras de mi *«Lieders»* que tan lejanas me parecían ahora. Y así, aturdida y airada, más que aprestarme a aplicar los consejos de Pilar, me ponía a releer a la Avellaneda, que había tenido la osadía de comparar en su novela *Sab* las miserias de la esclavitud en Cuba con la opresión de los matrimonios infelices.

Y Manolo, como si él mismo hubiera estado leyendo los consejos de la Sinués y hubiese decidido «ser libre, completamente libre...», comenzó a salir cada vez más, a pasarse las veladas en el café de Levante, sumergiéndose en aquel Madrid nocturno y extraño que para mí siempre fue territorio inexplorado, un lugar de leyenda como las que escribía por entonces el bueno de Bécquer, un imperio de soñadores, buscavidas, señoritos ociosos y literatos en busca de una historia. No regresaba hasta la madrugada, con ojos de *moucho* y paso vacilante, mientras yo aguardaba acostada desde hacía horas, con la mirada clavada en las sombras del techo y el cuerpo tenso como las cuerdas de un arpa, atragantándome con las lágrimas. E inmóvil seguía mientras él se deslizaba a mi lado en la cama, de espaldas a mí, y solo entonces giraba la cabeza lo suficiente para contemplar los peldaños de sus vértebras, su coronilla espesa y rizada, el bulto de sus pies de cativo, que ya no se entrelazaban con los míos bajo las sábanas. En la oscuridad sofocante olisqueaba con cautela, empapándome de ese olor violento a espacios cerrados, a coñac, a humo y a marrasquino, temerosa de percibir entre aquellos efluvios el aroma de algún cuerpo que no fuese el mío. Los celos eran un animal taimado que habitaba en mi interior y se valía de mi corazón para afilarse las uñas, cada día un poco más, relamiéndose de gusto ante la carne hecha trizas. «*Ahí tes o meu corazón, / si o queres matar ben podes, / pero como estás ti dentro, / tamén si ti o matas, morres*».[*]

Fue en esa época, con las entrañas devoradas por un monstruo, cuando me dediqué a crear el mío propio: Flavio, el protagonista de mi segunda novela, un hombre oscuro y

---

[*] «Ahí tienes mi corazón, / si lo quieres matar bien puedes, / pero como tú estás dentro / si lo matas, también mueres».

egoísta, sujeto a un padre que esclavizaba su espíritu y enredado en un amor caprichoso con Mara, «la sin corazón», una moza fidalga que vive sola con su madre y escribe en secreto y llena de dudas. ¡Ay, qué poco me esforcé en ocultar nuestras verdades tras el velo de aquella ficción! ¡Y con qué rigor plasmé entre sus páginas todo mi enojo!: «Decid que queréis vernos esclavas y no compañeras vuestras, decid que de un ser que siente y piensa como vosotros queréis hacer unos juguetes vanos». Escribí *Flavio* casi en estado de trance, durante aquellas madrugadas de luz plomiza, mientras Manolo dormitaba a mi lado, agotado de sus correrías nocturnas, y el silencio a nuestro alrededor era tan denso que casi podía perforarlo con los dedos. Y, mientras escribía, una frase resonaba insistente en mis oídos: «Yo me ahogo en las blancas paredes de tus habitaciones mudas y sin ruido».

Flavio se publicó por entregas a lo largo de aquel 1861, en la revista *Crónica de Ambos Mundos*. Ese mismo año, fructífero a pesar de mis tribulaciones, también vio la luz *«¡Adios qu' eu voume!»* en *El Museo Universal*, una de mis primeras composiciones en gallego, y en el *Almanaque Literario* del mismo periódico, el poema «Eva», en el que, airada por mis frustrados anhelos de libertad, obligaba a la madre del pecado original a descender desde los cielos para liberar el corazón cautivo de las mujeres. En este *Almanaque* coincidieron mis versos con una rima algo lúgubre sobre fiebres y moribundos firmada por Bécquer, a quien no había visto en persona todavía desde mi regreso a Madrid. Al parecer, también a él le había mostrado el amor su rostro más cruel y despiadado. Manolo, con ese tono artificioso que empleaba cuando omitía las desgracias propias para enjuiciar las de los demás, me contó un día que la bella Julia Espín, el objeto de sus amores, se había mostrado tan inquebrantable como una roca frente a su impetuoso cortejo, haciendo oídos sordos a sus versos encendidos, retirándose airada cada vez que lo encontraba merodeando bajo su balcón y arrugando la nariz frente a los bocetos de los esqueletos deportistas. Finalmente, ella había optado por alzar el vuelo, como una de esas oscuras golondrinas que tanto fascinaban al poeta, y había preferido —¿y quién podría culparla?— una carrera de cantante de ópera en La Scala de Milán a la vocación de musa huidiza de un vate atormentado.

Triste y deprimido —y dolorido por una venérea que había contraído en algún lecho ajeno al de la Espín—, Bécquer halló consuelo en la hija del médico que le trató la dolencia, una moza cabal que tampoco mostraba demasiada inclinación a convertirse en musa, pero tenía a cambio unos preciosos ojos pardos y una sonrisa encantadora que desplegó entre rubores cuando Gustavo le mostró las rimas que había compuesto para ella con la esperanza de olvidar a Julia: «Tú prestas nueva vida y esperanza / a un corazón para el amor ya muerto / tú creces de mi vida en el desierto / como crece en un páramo la flor». Su nombre era Casta Esteban y se casaron ese mismo año.

También a mí me hubiera gustado que a Manolo y a mí nos «creciesen flores» en el erial en que se había convertido nuestro matrimonio. En aquellos días, incluso nuestros ojos se evitaban, como si el acto de encontrarse les resultase insoportable. El resentimiento era un fino cristal entre nosotros, agudo y preparado para hacerse añicos.

Una noche, Manolo no regresó a la fonda. Lo esperé como siempre, pendiente de cada ruido que llegaba a mis oídos: los maullidos de amor de los gatos, los silbidos de los serenos, al cabo de un rato las voces de las lecheras y los gaceteros y, mucho más tarde aún, los cantos de los recaderos contratados por las abacerías vecinas. Permanecí tumbada, preguntándome si volvería, si estaría vivo o aplastado bajo las ruedas de una calesa; y en caso de que volviera, qué excusa me daría, en brazos de qué tipo de mujer habría pasado la noche. Finalmente, cerca del mediodía, regresó tambaleándose del brazo de una mujerona de rostro digno y amplias sayas que reconocí como la patrona de la agencia de colocación de sirvientes del otro extremo de la calle. Cuando les salí al encuentro, desencajada, ella me lo lanzó directamente a los brazos como quien se deshace de un fardo molesto y se apresuró a marcharse dirigiéndome una mirada entre la indignación y la lástima. Él se derrumbó sin fuerzas sobre la cama y yo perdí la paciencia: lo zarandeé y le grité, le reclamé mil maldades reales y otras tantas imaginadas, le lancé a la cara todos los reproches que me había estado guardando durante semanas. Me escuchó con la cabeza gacha y las manos entrelazadas en torno a las rodillas, en la misma postura en que lo había encontrado en aquel portal compostelano tras la muerte de su madre. Cuando paré para tomar aliento, y tal como había hecho aquel día, se sacó del fondo del bolsillo un papel arrugado y me lo tendió. Era una carta abierta y timbrada con el emblema de una compañía naviera, que debía haber llegado ese mismo día, pero estaba tan manida y arrugada que parecía un pergamino antiguo.

—Murió mi hermano —dijo con un hilo de voz.

Leí la misiva, aturdida. Nicolás Martínez, el rapaz formal y serio que había participado con voz tímida en las tertulias del Liceo, el brillante estudiante de Medicina que se había licenciado con honores, el hijo que había honrado con creces las implacables exigencias del padre, el querido y admirado hermano menor, había sucumbido a unas fiebres al otro lado del mundo, a bordo del barco en el que viajaba como médico naval. Me estremecí; Manolo me miraba desde abajo con ojos de cordero, vulnerable como un cativo, más diminuto que nunca. Después de haber rehuido durante meses todo contacto físico con él, sentí de pronto el impulso de rodearlo con mis brazos. Él recostó la cabeza contra mi pecho, del mismo modo abandonado que acostumbraba mi hija y más tarde lo harían todos mis niños, y sucumbió a un llanto frenético de pena acumulada, de dolor, de vergüenza y de miserias. Lo estreché con fuerza, sintiendo sus manos diminutas en las mías, y me pareció que frente a aquella desgracia repentina palidecían todos los recelos, los reproches, los silencios y los secretos. Pasamos el resto de la tarde abrazados, mientras él recordaba en voz alta episodios de la vida de Nicolás, desde su infancia de niño sensible hasta su juventud irreprochable de médico honrado. Mientras lo escuchaba, yo recorría con los ojos su rostro afilado, ya con las primeras arrugas en torno a los ojos; sus cabellos ásperos, los labios que tantas veces habían besado los míos. Ya no lo veía como el hombre imbatible y certero del que me había enamorado; me había asomado ya a su lado menos complaciente, pero seguía siendo él, Manuel Murguía, el que me había dicho «Escriba», el que miraba mis letras como si fuesen alhajas, el único que había alimentado mis sueños.

Durante aquellas horas de reconciliaciones y lágrimas aprendí que el amor no redime, que no es el sentimiento sublime de los poemas de Espronceda, que para Manolo y para mí era más bien un tronco de vid; pesado, oscuro, retorcido e imprevisible, a veces generoso y otras veces mezquino...

Y supe también, a pesar de mí misma y de los cantos emancipados de mi «*Lieders*», que siempre seguiríamos buscándonos el uno al otro, siempre nos necesitaríamos, incluso en los días ingratos de dientes apretados y manos vacías, que jamás nos daríamos por vencidos.

2

Mas la dulce madre mía,
sintió el corazón enfermo,
que de ternura y dolores,
¡ay!, derritióse en su pecho.

ROSALÍA DE CASTRO, *A mi madre*

Ese año, el año de nuestras primeras desavenencias, terminó
con otra mudanza, un nuevo exilio, más incertidumbre perfilándose en el horizonte. Manolo llevaba meses temiéndolo,
advirtiendo las señales en el aire: los encargos para *La Cróni-*
ca comenzaban a flaquear y las noticias que llegaban desde
Estados Unidos sobre la guerra de Secesión, que podía afec-
tar a la tirada del periódico, eran descorazonadoras. Parecía
que nuestra estancia en Madrid llegaba de nuevo a su fin; otra
vez aquella ciudad despiadada se nos mostraba tal y como
siempre fue para nosotros: inconquistable.

Acordamos regresar a Galicia y, de nuevo, decidimos hacerlo por separado. Esta vez yo iría delante, para buscar y

poner casa en Compostela, y Manolo me seguiría una vez ajustadas las cuentas con los editores. ¡Qué delicia volver a nuestra tierra, recrear la vista en el verde de sus paisajes, aspirar el aire saturado de bruma y sentir la caricia afilada del orballo en las mejillas! ¡Qué alegría reencontrarme al fin con mi querida Alejandra! Mi hija ya hablaba sin parar con su media lengua y correteaba con piernas *gordechas* por las calles de Santiago, hecha un primor con los vestidos que le confeccionaban entre mi madre y Mariquiña. Sentía predilección por su abuelo, y mi suegro, que se había convertido en un espantajo pálido tras la muerte de Nicolás y vivía envuelto en el luto riguroso que mantendría hasta el final de sus días, solo hallaba consuelo en las gracias de aquella primera nieta que siempre fue su favorita.

Mi madre y yo encontramos acomodo en una vivienda nueva de la rúa do Vilar, una casa angosta de paredes altas y gran mirilla cuadrada en el suelo que se abría hacia la techumbre de los soportales y en la que la Paquita se pasaba asomada todo el tiempo que podía, comadreando las idas y venidas del vecindario. Apenas llevábamos unas semanas instaladas cuando recibí carta de Manolo anunciándome su llegada, e informándome de paso de que sus peores temores se habían cumplido y Manuel Peña le había confirmado la quiebra definitiva de *La Crónica*. Mi marido llegó a Santiago con el ánimo revuelto y retomó de inmediato su nervioso pulular en busca de favores y oportunidades, tratando de conseguir alguna subvención oficial que le permitiese seguir redactando su *Historia de Galicia*. Ese año, el invierno llegó pronto y húmedo, cargado de goteras tercas y vientos destemplados, y yo, visto el panorama, me resigné a pasar otra temporada desapacible. Pero no podía imaginar aún hasta qué punto.

Los primeros fríos fueron despiadados con la salud de mi madre. Perdió su vitalidad, se agotaba cada pocos pasos, y los huesos y los dientes le crujían con chirridos de grillo achacoso. Abandonó todo interés por la cocina y la costura, y comenzó a inventar excusas para eludir las reuniones de mujeres cómplices que habían sido su orgullo en los últimos años. Absorta en sus muchos dolores, alternaba su fe en el cuerno de alicornio con las visitas al doctor Varela de Montes, que poco podía hacer por ella, pero le recetaba tisanas y cocciones para subirle el ánimo.

Ni siquiera la llegada de la primavera, con sus días tibios y su desparrame de verdes, contribuyó a mejorar su estado. Dormía cada vez menos horas y a veces nos encontrábamos las dos de madrugada al pie de la *lareira*, descalzas y despeluchadas, cada una ensimismada en sus propios desvelos. Con una *cunca* de caldo recalentado en las manos, veíamos el sol asomarse lentamente tras las torres de la catedral, como en un incendio, un tapiz tan rojo y brillante que casi podíamos oír el chisporroteo sobre las piedras.

—Las mujeres somos carballos —me espetó un día sin venir a cuento.

—Eso, tú —retruqué, en broma—. Yo soy una flor, que por algo me llamo Rosa.

Ella desvió la mirada y suspiró, recordando quizá aquella rosa canina que me había dado nombre y que no era una flor, no, sino un áspero tallo engarzado de espinas.

—No lo eres —respondió con impaciencia—. Ninguna lo somos. Las flores son frágiles, se marchitan con rapidez y hasta la brisa más leve es capaz de arrancarlas. Pero los carballos… los carballos resisten vientos y borrascas, aguantan erguidos, incluso cuando llega el invierno y las hojas se les caen y las ramas se les quedan flacas como patas de gallo viejo. —Movió la cabeza de un lado a otro y me pareció que su rostro sí se asemejaba a un tronco de carballo, grueso y surcado de vetas oscuras—. Pues las mujeres, lo mismo. La vida pasa, los hombres pasan, los hijos pasan… Y nosotras perseveramos. Siempre seguimos, aunque nos lo hayan quitado todo.

Me quedé rumiando sus palabras durante largo rato. Pensé en aquellas mujeres espectadoras del banquete de Conxo, cogidas del brazo, formando su propio bosque rumoroso. Pensé en las viudas de los vivos, las que se habían quedado sin nada, con los brazos como ramas desnudas siempre orientados hacia la puerta. Pensé en mi *madriña*, en mi madre, en mí misma.

—Puede que tengas razón.

—La tengo —dijo ella, sonriendo. Le faltaban ya varios dientes—. Sí que la tengo.

Al día siguiente despertó sin aliento, quejándose de una opresión en el pecho. La acompañé a casa del doctor Varela de Montes, que en consideración a nuestra vieja amistad la recibía sin cobrarle los precios desorbitados con los que distinguía a su clientela más selecta. Aguardé en la calle mientras él la reconocía; los vestigios de su antigua crianza fidalga la obligaban aún a su edad a mostrar un pudor exagerado por las cosas del cuerpo. Había llovido mucho por la noche y las calles de Santiago estaban lustrosas; recuerdo que pensé en aquellos momentos que en Padrón el Sar se habría puesto gordo como una trucha en primavera y el olor del limo y de los juncos lo impregnaría todo. Al cabo de media hora oí los pasos lentos de mi madre bajando las escaleras, altas y empinadas como las de muchas casas santiaguesas. Giré la cabeza y alcancé a ver el dobladillo de sus sayas, sus tobillos hinchados del color de las ciruelas. Algo desde la calle, quizá un ladrido o el llanto de un cativo, distrajo mi atención y desvié la mirada por un instante. En ese momento oí el golpe, un sonido brusco y ajeno, como entre algodones, como si me llegase desde un lugar lejano o desde el fondo de mí misma. Cuando me di la vuelta, la vi desmadejada en el suelo, boca abajo, con los pies todavía en posición de descenso y la mejilla aplastada contra el último peldaño. Y ahí lo supe. «Soy huérfana», pensé. El destino que había logrado esquivar veinticinco años atrás a las puertas de la Inclusa había logrado por fin darme alcance.

Varela, que también había oído el estrépito, bajó corriendo y se inclinó sobre ella. Le palpó el cuello, las sienes, le tomó el pulso con esa expresión de concentración ausente que se les pone a los médicos cuando espían latidos, ponderan pulmones o atienden a los misteriosos rumores del flujo de la sangre. Cuando terminó, negó tristemente con la cabeza. La caída podría haber sido fatal, pero ya estaba muerta al llegar al suelo. «Lesión orgánica del corazón», murmuró; la misma dolencia que había segado la vida de mi abuelo casi cuarenta años atrás. Varela ordenó a su aprendiz que se hiciese cargo del cuerpo —dijo «el cuerpo» y no «doña Teresa», como si el perder la vida marcase el momento exacto en que también empezamos a despojarnos de nuestro nombre—, y llamó a su propio cochero para que me acompañase a casa, donde me derrumbé en brazos de Manolo mientras a la Paquita, inmóvil a nuestro lado, se le encorvaban las espaldas y los ojos se le iban achicando y poniendo oscuros y redondos como tocones de árbol, a medida que comprendía lo que acababa de suceder y se adentraba en un duelo insondable del que ya no se libraría jamás.

Esa noche, mientras la noticia viajaba de boca en boca y llegaba a parientes y conocidos, la Paquita y yo velamos a mi madre tal como ella hubiera querido: en nuestra casa, sobre la gran cama de carballo que había sido suya ya en los tiempos de Arretén y la había acompañado toda la vida. La vestimos con la ropa que ella misma había escogido para el trance muchos años atrás: un sencillo hábito de mercedaria de sayal blanco; y le ocultamos los cabellos bajo una sencilla cofia de hilo bordado. Le deslicé un escapulario entre las manos y, en el último instante, no pude evitar colarle entre las cintas el hueso de alicornio que tanta paz le había traído en los últimos tiempos. Manolo, a cargo de la niña, nos dejó en paz y se lo agradecí; aquel era un momento para estar solo nosotras: mi madre, mi *madriña* y yo, juntas las tres, igual que al principio. La velamos toda la noche; yo sentada y la Paquita, que se negó a que le trajesen una silla, de pie a mi lado, desdibujándose por momentos hasta el punto de que varias horas después ya no parecía una persona sino un triste borrón renegrido. Ya de madrugada, cuando me pareció que a mi madre se le empezaban a afilar los labios y los nudillos se le volvían azules, le di un beso en la frente y me alejé. Mi *madriña* se quedó con ella para cerrarle los ojos, como era lo justo, pues con ella había estado desde los comienzos, fiel e imbatible, desde aquel lejano día en que le sujetó por primera vez la trenza por encima del hombro para que pudiera vomitar en paz. Antes de cerrar la puerta a mis espaldas, miré hacia atrás y vi que se inclinaba sobre ella y sus sombras se confundían en una.

El funeral fue sencillo y privado, con una misa corta oficiada por un sacerdote con acento portugués mucho más joven que aquel padre Coutinho de la colegiata, pero cuya homilía sibilante hizo sonreír de lado a la Paquita, como se sonríe ante esos recuerdos que son dulces y amargos a la vez. Asistieron al sepelio las amigas cómplices de los últimos tiempos, los tíos Castro y los Hermida y todos los primos que se enteraron a tiempo y se encontraban a distancia de carreta. Mi prima Laureana, que siempre fue su sobrina favorita, me ayudó a escoger las flores para engalanar la sencilla lápida en el Cementerio General: milenrama, margaritas, anémonas de campo, cardos e hinojo; ramilletes de colores brillantes que formaron sobre la piedra un tapiz irregular y un tanto desgreñado que, estoy segura, hubiera merecido la aprobación de mi madre.

Si la vida de Teresa hubiera seguido el rumbo que sus padres habían trazado para ella y, en lugar de retozar con un cura cobarde, se hubiera desposado con un gran señor de la tierra, quizá su funeral habría sido muy distinto y mucho más ostentoso, con una larga fila de deudos moqueando tras el ataúd, un viudo compungido y lujosas coronas de crisantemos y lirios. En cambio, fueron mis primos mozos los que portearon la caja, las flores silvestres las que adornaron su tumba y, aunque no contratamos plañideras, las mujeres que habían contado con su amistad en los últimos años derramaron muchas lágrimas sinceras en recuerdo suyo. A pesar de la sencillez de su despedida, hubo en ella una paz y una belleza que jamás podría igualar la pompa de un funeral fidalgo. Al final, todos los presentes tomamos un puñado de tierra húmeda y, uno a uno, los fuimos dejando caer sobre el féretro, despidiéndonos en silencio. Me percaté de que la Paquita se guardaba un poco en el bolsillo, como si con ese gesto pudiese retener consigo una parte de Teresa.

Después del entierro, mi *madriña* me anunció que abandonaba Santiago. «Aquí ya hice todo lo que tenía que hacer», dijo enigmática, con el rostro impasible y los ojos más secos que nunca. Intenté en vano convencerla de que se quedase conmigo, y también Segunda y José María le ofrecieron irse con ellos a Arretén, pero, cabezona como era, se negó en rotundo. Su insólito vínculo con la familia Castro, junto a la que había comenzado siendo criada para acabar convirtiéndose en mucho más que familia, se rompió para ella con la pérdida de Teresa. El tío Pepe la ayudó a adquirir una casita en Iria Flavia, entre los verdes de las *veigas* y bordeada de árboles. Así, vencida y flaca, con su atadillo de bártulos al hombro, vi marchar a aquella mujer que había sido tan importante en mi vida. Pasarían varios años antes de que volviésemos a encontrarnos.

Con la muerte de mi madre se quebró el pilar más importante de mi vida, volaron en pedazos los cimientos que me habían mantenido anclada a la tierra. Quedé a la deriva, privada de su firme presencia, del sustento de sus brazos a prueba de tempestades. Los meses siguientes los pasé en un estado de turbación constante, deambulando sin rumbo por las habitaciones, aspirando en sus ropas rastros de su presencia, sosteniendo en las manos los últimos objetos que ella había utilizado y que habían osado sobrevivirla: su *cunca* del caldo, el bordado que había dejado a medias, las horquillas de carey con las que se sujetaba el moño y que todavía tenían cabellos suyos enredados. La pena me atacaba de golpe, insoportable, como miles de agujas clavándose a la vez. Por las noches me sumía en un sueño agitado y me parecía que su espíritu me visitaba, desapacible y malhumorado, tan distinto a como había sido ella en vida: «Y aunque era mi madre aquella, / que en sueños a ver tornaba, / ni yo amante la buscaba, / ni me acariciaba ella. / Allí estaba sola y triste, / con su enlutado vestido / diciendo con manso ruido: te he perdido y me perdiste...».

Como siempre que las emociones amenazaban con desbordarme, recurrí a los versos y me dispuse a escribir un libro en su honor, un pequeño poemario que me permitiese reconciliarme con su fantasma airado. Así nació *A mi madre*, que editó Juan Compañel, y aunque aquellas letras no aliviaron la inmensidad de mi pena, sí contribuyeron a aligerar la carga, convirtiendo aquella honda pesadumbre en una tristeza serena que ha sido mi fiel compañera desde entonces y que no me abandonará hasta que yo misma me reencuentre con la tierra.

3

Daquelas que cantan as pombas i as frores
todos din que teñen alma de muller.
Pois eu que n'as canto, Virxe da Paloma,
¡ai!, ¿de qué a teréi?*

ROSALÍA DE CASTRO, *Follas novas*

Después de la muerte de mi madre dejamos la vivienda de la
rúa do Vilar y nos trasladamos a una mucho más pequeña y
menos céntrica, pero en la que no corríamos el riesgo de encontrarnos con alguna pertenencia suya por los rincones.
Para ayudarme con la tarea, para mí hercúlea, de sacar adelante una casa contratamos a la hija de una conocida, Piedad,
una rapaza de mente despierta y sonrisa afilada que no desfa-
llecía jamás. En aquellos días, Manolo pasaba muchas horas
encerrado en su despacho, perdido en los entresijos de su

---

* «De aquellas que cantan a las palomas y a las flores / todos dicen que
tienen alma de mujer; / pues yo que no les canto, Virgen de la Paloma, / ¡ay!, ¿de
qué la tendré?».

Historia de Galicia y en un *Diccionario de escritores gallegos* en el que pretendía reseñar a los principales vates y literatos que había dado nuestra tierra. Para ir tirando, aceptaba de vez en cuando algún trabajo que jamás lo mantenía demasiado alejado de los libros, aunque a veces sí de nuestra casa, como la tarea de ayudante en la biblioteca del Instituto de Pontevedra.

Ese verano pasamos unos días en el balneario de Caldas de Reis, cuyas aguas termales, según el doctor Varela, serían beneficiosas para el reuma muscular de Manolo y para mis toses y problemas digestivos. Allí coincidimos con Pondal, que también buscaba en los baños y friegas remedio para sus males, que en su caso eran más del alma que del cuerpo. Encontré a nuestro amigo más flaco que nunca, un poco apático, reescribiendo por enésima vez fragmentos de sus *Eoas* y poco ilusionado con su trabajo como médico de la Armada en la ciudad de Ferrol. La poesía seguía siendo su vía de escape, y Manolo y yo, para animarlo, alabamos mucho su poema «A campana de Anllóns», incluido en el *Álbum de la Caridad* que se había editado ese mismo año y en el que yo también había participado con algunos versos en honor a mi madre.

Como sucedía cada vez que se reunían, Manolo y él volvieron a enzarzarse en sus largos debates sobre la opresión y el oprobio de Galicia, no solo económico sino también intelectual. A pesar de la indudable vocación de la raza celta para la poesía, razonaba Manolo, a nuestra patria le faltaban poetas. Según él, la mayoría de los literatos le daban la espalda a Galicia; no eran capaces de captar con su pluma la esencia del pueblo, los ritmos de la tierra, el alma de sus gentes. Así pues, tendrían que ser ellos, Pondal y Murguía, el Bardo y el Héroe de nuestras letras, los que acometiesen tan formidable tarea. Pondal pretendía hacerlo a través de la épica, las grandes gestas, el clamor del cuerno y las trompas. Manolo se inclinaba más hacia las dulces melodías de las cantigas populares. «En Galicia se ha delegado en mujeres y curas el cultivo del arte de la poesía —se desgañitaba *meu home* salpicando agua sulfurosa por todas partes y espantando a las damas respetables que buscaban remedio contra el dolor de huesos—. ¡Es así, Eduardo! Son las mujeres las que inventan la letra y la música de los cantares populares... ¿Tú qué dices, Rosiña?».

Yo no decía nada, pero el brillo en sus ojos me advertía de que le bullía en la mente uno de esos planes brillantes que se le ocurrían de vez en cuando y a los que se aferraba con obstinación. Días después me confió su idea: lo que Galicia necesitaba era un libro de versos escritos en el idioma de sus gentes, el del mar y de la tierra, ese que llevaba tantos siglos condenado a la oscuridad, porque para los gallegos, la humillación y la deshonra no solo radicaba en la falta de pan, sino en el desarraigo de la propia lengua. Manolo pretendía recopilar los poemas en gallego que yo había ido escribiendo y guardando todos esos años: los versos llenos de saudade pensados en Madrid, el airado poema en defensa de los segadores que penaban en Castilla, los recuerdos de la romería de Muxía...

—Y habrá que añadir más, muchos más. Compañel se avendrá a editarlos de buena gana, estoy seguro. ¡Y nadie mejor que tú para mostrárselo al mundo!

—¿Mostrar el qué, Manolo?

—Lo que es Galicia.

—¿Y qué es, según tú?

Ahí estaba la cuestión. Para Manolo, Galicia era una tierra mítica envuelta en brumas, las raíces del bosque de Libredón, el hogar de Breogán, el símbolo del martirio de Carral, la orgullosa hermana de la Bretaña, Auvernia y Cisalpina. *Meu home*, sabio y exaltado, desmenuzaba la historia de nuestra tierra con tanto ahínco que acababa convirtiéndola en un concepto abstracto, la reducía a leyendas, a volutas de humo.

Pero, para mí, Galicia siempre fue otra cosa:

Galicia eran las mujeres, las mozas y las viejas, las que se enrollaban un trapo en la cabeza y en él cargaban el mundo: bateas de ropa, cántaras de leche, *feixes* de hierba y de grelos. Mujeres silenciosas que apenas hablaban, pero sus cuerpos lo hacían por ellas: el rugido de sus estómagos, los estallidos de sus huesos. Mujeres que solo lloraban cuando se les moría algún hijo y aun entonces lo hacían con el rostro escondido en el delantal. A una mujer, solía decir la Paquita, se le sabe cuántos muertos tiene por los brillos del *refaixo*, la tela desgastada por las lágrimas. Cuando mirabas sus ojos veías una fraga, mirabas sus manos y eran arados, sus piernas dos pilares que soportaban el mundo.

Galicia eran rapaces y hombres hechos de tierra, la que pisaban, la que se les metía en la garganta y en las narices, la que les forraba las uñas y les irritaba los ojos. Vivían en ella, soñaban con ella, luchaban con ella a brazo partido, doblegándola con la *reixa* del arado como única arma hasta que los ojos se les ponían lánguidos, iguales a los de los bueyes de la yunta.

Galicia eran las largas noches de lluvia, las brasas de *lareira* en las que ardían hojas de olivo para espantar a los truenos. Eran cuentos de lobos, de trasgos y de meigas susurrados en voz baja. Era el miedo atávico a las campanas: a las que repicaban por los difuntos y a las diminutas esquilas que chirriaban al paso de la Santa Compaña.

Galicia era vivir siguiendo el ritmo de las estaciones: *mallar* en verano, golpear las gavillas con un sol inclemente achicharrando las eras. Vendimiar a principios de otoño, pisar las uvas de barrica y asar las castañas. En invierno podar las parras y recoger los grelos; en primavera sembrar lino, patatas, calabazas y fabas y recoger los tojos y las ginestas para lecho del ganado.

Galicia era también la alegría compartida: las fiestas de la matanza, con el aire helado vibrando de carne y sangre, los atadillos de laurel, el hígado con cebolla, la satisfacción de los bandullos llenos al menos por un día. Las foliadas al ritmo de *gaiteiros* y acordeonistas, las largas *muiñadas** y los bailes en los que las mozas y los mozos acababan *loitando*** en el suelo.

Y así nació *Cantares gallegos*. A pesar de que la idea fue de Manolo y él contribuyó con un glosario, yo escribí el libro según mis términos: por y para el pueblo porque, como decía mi amigo Bécquer, el pueblo siempre será el gran poeta de todas las naciones. Por sus páginas desfilan *gaiteiros* y mozas resabiadas, viudas y menesterosos, *mariñeiros*, cativos y *labregos*. Hay montañas, fragas y sotos, iglesias y camposantos, océanos y *veigas*. A sus versos se asoma la Santa Compaña, avisan los *mouchos* y ladran los perros, hay cánticos y lágrimas, suspiros y pesares, alegría y tristeza.

La elaboración del libro fue un periodo caótico, durante el que yo producía versos sin parar y, con la misma presteza,

---

* Fiestas populares que se celebran en los molinos.
** En Galicia, las *loitas* entre mozos y mozas después de una fiesta o reunión consistían en una especie de lucha cuerpo a cuerpo tras la que uno de los dos era «vencido». Se trata de una tradición de orígenes celtas que formaba parte del cortejo entre los jóvenes en el medio rural.

Manolo se los iba pasando a Juan Compañel, muchas veces sin avisarme y sin darme tiempo a corregirlos. «La lengua, como la raza, es la base del espíritu del pueblo, del *Volksgeist*», se extasiaba él mientras contemplaba como las estrofas se vertían del tintero al papel. Descubrí que me resultaba muy sencillo escribir en gallego: era como empapar la pluma en orballo, untarla de tierra, impregnarla del humo espeso de una *lareira*. Las palabras eran similares a las del castellano, pero las imágenes no. Las imágenes eran más vívidas, más elocuentes, como si estuviesen hechas de carne palpitante.

Mis *Cantares* vieron la luz el 17 de mayo de 1863, día del treinta cumpleaños de Manolo. Él, en su afán de buscar estrategias para dar a conocer el libro más allá de las fronteras de Galicia, me sugirió que se lo dedicase a algún vate importante de nuestro país y tras mucho pensarlo decidí brindárselo a Fernán Caballero, a quien nunca había conocido en persona, pero que, al igual que yo, era mujer y de provincias, y se había atrevido a tomar la pluma a solas, alejada de apoyos, cenáculos o hermandades. Meses más tarde, ella contestó a mi dedicatoria con una amable carta en la que agradecía mi homenaje, alababa mis versos y me dedicaba el prometedor apelativo de «el ruiseñor de Galicia».

Manolo esperaba mucho de *Cantares gallegos*. Para él, aquellos versos míos eran mucho más que un libro: eran un símbolo, un arma, eran el espíritu de Antolín Faraldo reencarnado en papel y tinta. Durante las semanas que siguieron a su publicación espiaba a diario la prensa con ojos atentos, buscando menciones, loas, reseñas y panegíricos. Al no encontrar lo que anhelaba, se me quedaba mirando muy serio, mesándose el mentón con una mano y los ojos echando chispas bajo las cejas arqueadas. No era una mirada de esposo, aquellos eran los ojos de un alfarero evaluando su vasija más preciada en busca de grietas; creo que así mismo hubiera mirado Mary Shelley a su monstruo de haberlo tenido delante. «Cualquier día de estos, el libro despegará —aseguraba después, cerrando el periódico con un aspaviento—. Y, cuando lo haga, volará muy alto».

No lo hizo. A pesar de su optimismo, la acogida del público fue más bien tibia. No se alzó un coro de voces exaltadas alabando las maravillas de mis versos; no se encendieron hogueras de ardor patriótico; no me compararon con Sándor Petőfi, el poeta de Hungría, cuyos poemas habían azuzado a la libertad del pueblo y a quien Manolo tanto admiraba. Aquel «ruiseñor de Galicia» que me brindó Fernán Caballero fue el elogio más generoso de cuantos me dedicaron y, más allá de las felicitaciones de amigos y conocidos, *Cantares gallegos* fue recibido con un silencio solo roto por algunas menciones sueltas en la prensa madrileña: en *La Iberia*, donde Manolo todavía tenía contactos, o *El Museo Universal*.

Cuando por fin se vio obligado a asumir la realidad, Manolo tuvo otro de sus sonoros berrinches. Tampoco a él le iban bien las cosas: su *Historia de Galicia* avanzaba lenta y las primeras entregas del *Diccionario de escritores gallegos* fueron un fracaso, apenas lograron un puñado de suscriptores y Compañel nos confesó que había perdido dinero con el proyecto. Manolo se desesperaba; se rebelaba contra aquella fortuna caprichosa que nos llenaba de rastrojos el camino hacia la gloria; según él, éramos como Giordano Bruno, visionarios incomprendidos, mártires de la verdad. Yo también vivía llena de incertidumbre y las dudas acerca de mi propio talento jamás me abandonaban. Escribir siempre fue para mí como tejer un intrincado encaje donde cada hilo era un verso o una idea; pero ahora, mientras contemplaba aquel extraño tapiz que había brotado de mis manos, no podía evitar percibir nudos y descosidos, puntadas falsas que a mis ojos hubieran merecido muchas enmiendas. Examinaba mis *Cantares* con la mezcla de exasperación y afecto con que se mira a un hijo bienintencionado pero torpe y proclive a los tropiezos. Y si yo misma veía con tanta claridad todas sus fallas, ¿qué no haría el resto del mundo? Había publicado ya cuatro libros, cinco si se contaban los poemas de *A mi madre*, y acababa de enviar al periódico *El Avisador* un breve relato costumbrista: «*Contos da miña terra*», que habían acogido con agrado. La palabra «literata», ese apelativo reservado a unos pocos escogidos, parecía estar cada vez más al alcance de mi mano. ¡Qué palabra tan magnífica y, a la vez, qué temible! Bajo su peso yo me encogía de miedo, espantada ante la idea de que el mundo y sus críticos me juzgasen, me censurasen, me vareasen como a un olivo de tronco retorcido.

Y lo hicieron. ¡Vaya si lo hicieron! Pero fueron piedras, no palos, las que golpearon mis letras. Las que intentaron hacerlas añicos.

Entre los muchos amigos de Manolo de aquella época se contaba Manuel Soto Freire, un impresor lugués de poblados bigotes y sonrisa amable que había fundado varios periódicos y editado algunos almanaques orientados a los gallegos de ultramar, siempre ávidos de noticias de nuestra tierra. Pocos meses después de la publicación de *Cantares gallegos*, Soto Freire me propuso que colaborase en uno de sus proyectos, una revista anual que recibía el campanudo nombre de *Almanaque de Galicia para uso de la juventud elegante y de buen tono dedicado a todas las bellas hijas del país*, y que recogía entre sus páginas cuentos, efemérides, poemas, artículos de costumbres y semblanzas de personajes ilustres. Acepté de buena gana y en un par de jornadas escribí un breve relato satírico cuyo personaje principal era un mozo aldeano, basto y algo alelado, que decidía tomar los hábitos no por fe o vocación, sino para escapar de la rudeza de la tierra, la servidumbre del arado y la incomodidad del bandullo vacío. Lo titulé «El Codio», pues de *codios* o cortezas de broa se alimentaba el infeliz protagonista antes de conseguir, a base de teología, llenar la *pota* de mejores viandas. ¿De dónde me vino la inspiración para ese pequeño cuento? ¿De mi padre, con su sotana oscura y su plácida cobardía? ¿Del recuerdo de los rollizos canónigos de la colegiata de Santa María que se recostaban sobre los muretes de Adina con los rostros vueltos al sol mientras los *labregos* se encorvaban sobre la tierra en las huertas cercanas? No lo recuerdo, pero lo cierto es que en aquel entonces me pareció que aquel texto encajaría bien entre las páginas del *Almanaque*. Era breve y costumbrista, pensé. Era irónico. Era inofensivo. ¡Ay, qué ingenuidad la mía!

Unas semanas antes de la publicación, Soto Freire hizo público un índice de contenidos en el que se incluía mi relato. «El Codio, por doña Rosalía Castro de Murguía», anunciaba el prospecto con esas grandes letras de estilo gótico a las que tan aficionado era el impresor. Al día siguiente se presentó en la imprenta un hombre joven de nariz aguileña y ojos de cobre, de aspecto tan ladino que, de no ser por la oscura sotana que se deslizaba como aceite por su cuerpo enjuto, habría sido un buen modelo para el retrato de algún envenenador florentino al servicio de los Medici. Este sí que debe comer solo *codios*, pensó con retranca Soto Freire antes de saludarlo y preguntarle qué se le ofrecía.

—Parece ser que esta casa pretende dar pábulo a una pieza satírica sobre los seminaristas firmada por cierta señora —dijo el hombre, pronunciando «señora» con el mismo tono que uno emplearía para referirse a un insecto repulsivo—. Le aconsejamos por su bien que anule la publicación, o deberá atenerse a las consecuencias.

Soto Freire, que no se arredraba con facilidad, sacó pecho.

—¿Quién aconseja tal cosa?

En lugar de responder, el otro meneó un dedo admonitorio en su dirección y se alejó sorteando rodillos y prensas, con sus aires de pájaro agorero. El impresor tasó de un breve vistazo la endeblez de su aspecto, lo consideró un loco inofensivo e hizo caso omiso de su extraña petición, ocupado como estaba ultimando los preparativos del *Almanaque* y deseoso de terminar la jornada para retirarse a la tranquilidad de su casa. Horas más tarde, antes de cerrar la imprenta, alzó los ojos hacia el cielo cargado de nubes tormentosas y pensó que a la ciudad de Lugo le esperaba una noche de lobos.

Y noche de lobos fue. Pasaban ya de las once, según la torre del reloj de la catedral, cuando el hombre que podría haber sido un esbirro de los Medici hizo su segunda visita del día al negocio de Soto Freire. Esta vez no iba solo, lo acompañaban más de un centenar de compinches de sotana negra, todos ellos discípulos del seminario de Lugo. Armados con pulidos cantos de río, grandes guijarros estriados y hasta trozos de adoquín, arremetieron contra los cristales de la imprenta con precisión y saña, en un silencio solo roto, según le contó a Soto al día siguiente una asustada vecina, por el chasquido de los cristales al quebrarse. Fue un ataque organizado, metódico y colérico a la vez, tan demoledor como los famosos motines de los muelles de Boston del pasado siglo, durante los que las aguas del Atlántico se volvieron tisana por culpa de las hojas de té arrojadas por los colonos. Y en Lugo, fue el empedrado de las rúas el que se convirtió en fracturado espejo por culpa de mis letras.

Soto Freire reaccionó del modo que habría hecho cualquier hombre común ante una amenaza tan rotunda y retiró mi colaboración de su *Almanaque*. «El Codio» jamás llegó a ver la luz.

—¡Es una vergüenza que justo en esta ciudad, entre cuyas murallas resonaron los gritos heroicos de Miguel Solís, ocurran cosas como esta! —se desgañitó Manolo, furioso—. ¡Este es el modo en que el mundo premia a los que tratan de honrar la patria con sus letras!

—No, Manolo. Es el modo en que el mundo mira a las mujeres que nos atrevemos a tomar la pluma —repuse yo con tristeza.

¿Cómo era posible que una pieza tan insignificante e inofensiva como mi «Codio»* fuese capaz de despertar tanta furia? Solo unos años antes, los autores de aquellas xilografías tan populares, *Los españoles pintados por sí mismos*, no se habían privado de ilustrar con sorna y retranca a clérigos y tonsurados. Y nada les había sucedido ni nadie había alzado piedras contra ellos. ¿Hasta qué punto mi condición de mujer, de «señora» Castro de Murguía, como decía el prospecto, había contribuido a excitar el afán de venganza de aquellas fieras con sotana? Bien sabía yo, por mucho que Manolo di-

* «El Codio», un relato o artículo satírico de Rosalía de Castro, no llegó a publicarse jamás y se perdió para siempre. De él solo se conservan las referencias previas a su publicación en el *Almanaque*.

simulase para no disgustarme, que en ciertos cenáculos de Compostela se rumoreaba que él y solo él era el verdadero artífice de mis *Cantares gallegos*, que yo solo ponía la firma pero que suyo era el talento... Bien sabía yo que de nosotras se esperaba que fuésemos lánguidas musas, ángeles del hogar como los que tanto alababa Pilar Sinués en su librito del mismo nombre; y si acaso nos atrevíamos a desviarnos de nuestra senda y osábamos escribir, debíamos cantarle a las palomas y a las flores, debíamos producir versos suaves y serenos, delicados y mimosos, ser piedrecillas de río allí donde ellos, los hombres, podían permitirse ser rotundas avalanchas.

«Más ganaréis, escritorcillas, en sellar vuestra boca y no pronunciar ridiculeces tantas: dedicaos al huso y a la rueca, al escobeo y al fregado, al cosido y al planchado», había dictaminado en el periódico *Las Novedades* uno de sus reporteros solo unos años atrás. Y si palabras tan infames tenían cabida en un diario que se decía progresista... ¡qué alborotadas turbas de sapos y culebras saldrían de las bocas de tantos otros!

El incidente de Lugo me dolió como una puñalada, no voy a negarlo. «Cuando los señores de la tierra me amenazan con una mirada, o quieren marcar mi frente con una mancha de oprobio, yo me río como ellos se ríen», había pronosticado yo muy ufana en mi «*Lieders*»; pero, a la hora de la verdad, bien poco me reí cuando me tocó enfrentarme en persona al escarnio. Sentí la humillación y la mofa como una mancha de viruela sobre mi cuerpo, oscura y pegajosa, y durante un tiempo llegué incluso a plantearme abandonar las letras y conformarme con la vida hogareña que era el destino de tantas mujeres. «Se pierde muy poco con que yo no escriba. Francamente, no tengo ninguna fe en la gloria», le escribí abatida en esa época a Pondal, que trataba de animarme alabando los méritos de mis versos. También Manolo hacía lo posible por despejar mis dudas, recordándome las muchas satisfacciones que me traía la literatura, el encanto de hilar versos redondos que encajasen como huevos en un nido, la alegría de dar con la palabra precisa, con la idea adecuada, el incomparable gozo de enfrentarse a la hoja en blanco. Fue su apoyo, tengo que admitirlo, el que me ayudó a encontrar el coraje para seguir adelante. Él creía en mis letras y, a través de sus ojos, también yo era capaz de verme dignificada.

Así, una vez tomada la decisión de seguir escribiendo contra viento y marea, me empeñé en ello con todas mis fuerzas, y los años que siguieron fueron fructíferos. Publiqué la más rebelde de mis obras: «Las literatas. Carta a Eduarda» que había empezado a gestarse tras la muerte de mi querida amiga y que acabé de perfilar después del chasco de Lugo. En ella di rienda suelta a mi frustración y a mi enojo, me despaché bien a gusto contra los que menosprecian a las literatas, esos que «no dejan pasar nunca la ocasión de decirte que las mujeres deben dejar la pluma y repasar los calcetines de su marido, si lo tienen, y si no, aunque sea los del criado». Soto Freire accedió a publicarla en su *Almanaque de Galicia*, quizá para redimirse por haber cedido a las exigencias de los seminaristas; un detalle que tuvo para mí el dulce sabor de una buena revancha. Fue también el bueno de Soto el encargado de editar mi relato satírico «El cadiceño» y la novela *El caballero de las botas azules*, y por las mismas fechas, *El Museo Universal* se avino a publicar por entregas la novela *Ruinas*, en la que retrato a uno de mis personajes más entrañables, doña Isabel, esa «rama caída de una casa ilustre» que esbocé tomando como modelo a mi madre, a mi tía María, a Segunda y a Josefa Laureana, a tantas queridas mujeres que lograron sobrevivir con dignidad después de perder su alcurnia.

También para Manolo fueron tiempos de provecho, durante los que le alcanzaron los días para terminar y publicar los dos primeros tomos de su *Historia de Galicia*; y, a pesar de que seguía sin lograr agenciarse una plaza de archivero o bibliotecario, tal como era su deseo, sí logró que le nombrasen miembro de la Academia de la Historia gracias al mérito de sus investigaciones. ¡Cuántas noches en vela pasamos juntos, inclinados sobre el papel, con los ojos como higos y las manos manchadas de tinta! Fueron meses agotadores pero gratos, o así al menos quiero recordarlos ahora, en los que escribíamos codo con codo, por fin en afectuosa complicidad, bregando para que «nadie nos callase», tal como Manolo había pronosticado el día de nuestra boda.

También fue aquella la época de un reencuentro que me trajo mucha alegría. Manolo, en su afán por rastrear nuevas estrategias para darnos a conocer, pensó que sería buena idea acudir a alguno de los nuevos estudios fotográficos que menudeaban en Santiago y encargarme unos retratos para incluirlos junto a mis libros dedicados, una serie de aquellos *portraits de visite* que estaban de moda en Francia y habían llegado a nuestro país con tanta fuerza que incluso la reina Isabel se había hecho varias colecciones.

Escogimos un modesto estudio en la rúa Hórreo que desde el exterior parecía un lugar sobrio y algo tosco, pero una vez traspasado el umbral se convertía en una especie de cuarto de las maravillas sumido en una penumbra dorada, con las cámaras de latón cuidadosamente colocadas sobre sus trípodes y un caótico despliegue de objetos de atrezo —encajes, sombreros, bastones y abanicos—, que contribuían a darle un aspecto teatral al lugar. Pero la mayor sorpresa me la llevé cuando se abrió la pesada cortina que separaba la trastienda y, en lugar del fotógrafo que había esperado encontrar, me salió al paso una rapaza menuda, casi una niña, ataviada con un sencillo vestido negro de mangas abultadas. Me dirigió una breve mirada, frunció un poco el ceño como si tratase de recordar algo, se inclinó para revisar los engranajes de una cámara y por fin se incorporó con el rostro iluminado por una sonrisa.

—¡Rosalía de Castro! ¿No me recuerdas?

La estudié con más atención, fijándome en su rostro en forma de corazón, sus ojos oscuros y avispados, el pelo castaño peinado en ondas espesas sobre la frente. Dicen que la memoria tiene olfato y debe ser cierto, porque más que su aspecto físico fueron los efluvios a productos químicos que se colaban desde la trastienda los que desataron en mí una ráfaga de recuerdos: la casa de la rúa Bautizados, los duros meses del cólera, mis primeros versos, mi madre fregando de rodillas hasta dejar los suelos relucientes, la Paquita con el ceño fruncido ante un pellejo de cabra colgado de una pared...

—¡María Cardarelly! Pero... ¡no me digas que eres fotógrafa!

Se echó a reír, asintiendo con la cabeza. María Cecilia Cardarelly, la hija de los tintoreros, aquella cativa seria y callada que tenía un modo único de mirar el mundo, como si quisiese capturarlo entero entre sus párpados, había crecido hasta convertirse en una moza avispada que se movía como pez en el agua en aquel cuarto de los prodigios. Mientras me conducía a la parte trasera de la estancia, forrada de pesados cortinajes que hacían las veces de fondo para los retratados, María me explicó que había deseado ser fotógrafa desde que con apenas ocho años viera una cámara por primera vez en manos de uno de sus parientes franceses. Jamás se había librado de la fascinación que le produjo aquel cíclope prodigioso que parecía respirar por sí mismo a través del fuelle de cuero y que era capaz de obrar el mayor milagro de todos: detener el tiempo. Me fue mostrando con cuidado los entresijos del monstruo: su esqueleto de caoba finamente tallada, las delicadas placas de vidrio cubiertas de colodión húmedo, el obturador con su complejo sistema de cortinillas, el objetivo como un enorme ojo capaz de atrapar la luz.

—Y aquí, ante este telón, es donde se hacen los retratos. Nos llevará un buen rato, de modo que relájate, quédate quieta y mira al frente—me instruyó colocándose detrás de la cámara.

—Este lugar es increíble —le dije después de acomodarme en un estrecho taburete de madera.

Al rato, un destello de luz invadió la habitación y yo contuve el aliento. Tiempo después, cuando tuve en mis manos aquella primera serie de retratos, comprobé que la lente había captado a la perfección la tensión reconcentrada de mi rostro, ese asombro de ojos fijos y boca severa.

—No fue nada fácil sacar este estudio adelante —confesó María mientras ajustaba el objetivo y el fuelle—. No *es* nada fácil —rectificó—. A veces pasan semanas enteras sin que ningún cliente se aventure a cruzar esa puerta, todos prefieren los estudios suntuosos de la rúa Nova y algunos se sienten confusos cuando se dan cuenta de que el fotógrafo es una mujer. Creen que la fotografía es cosa de hombres.

—Lo mismo dicen muchos de la literatura...

—Tú tenías mi edad cuando publicaste tu primer libro de versos. Mi madre me lo dijo. —María sonrió con cansancio—. Doña Teresa siempre la mantenía al tanto de todas tus publicaciones, estaba muy orgullosa de ti...

Atesoré esas palabras con un cosquilleo de alegría, con esa satisfacción tibia que se siente al recibir un regalo inesperado. En un impulso, quizá movida por el manso recuerdo de mi madre o quizá por la ternura que me inspiraba aquella rapaza valiente, me puse en pie y la abracé. Ella correspondió al gesto sin mostrar sorpresa; más que un abrazo fue una liberación, un consuelo, la expresión física de aquella lucha que ambas teníamos en común. Allí estábamos las dos, yo a mis veintisiete años y ella a sus diecinueve, todavía con el aspecto infantil y menudo de la cativa que había sido, unidas por nuestro afán de perseguir sueños en un mundo que no nos lo ponía fácil. Las dos hurgábamos entre los pliegues de nuestras vidas rutinarias, tratando de encontrar y atrapar la belleza; ella a través de su lente prodigiosa y yo mediante el esforzado proceso de desmenuzar y reordenar palabras. Para ella, la cámara era una prolongación de sus ojos, del mismo modo que para mí la pluma lo era de mi brazo.

Cuando nos separamos, le deslicé algo en la mano y le apreté los dedos.

—Para que tengas un recuerdo mío, por si tardamos en volver a vernos.

María me miró, entre contenta y sorprendida, y asintió despacio. Después carraspeó, como tratando de espantar alguna lágrima inoportuna, y se inclinó de nuevo sobre la cámara para ajustar el objetivo y el fuelle.

—Te haré una nueva serie antes de que te marches.

Una hora después me reuní con Manolo, que me esperaba en la calle leyendo el periódico con expresión de aburrimiento.

—Mucho tardaste. ¿Cómo te fue?

—Bien.

—Te noto… diferente. —Entornó los ojos, mirándome con el ceño fruncido—. Aunque no sabría decir por qué. ¿Cambiaste de peinado?

Negué con la cabeza, reacia a darle más explicaciones. Semanas más tarde, María me entregó los *portraits de visite*, dos secuencias de retratos en suave papel albuminado, cuidadosamente envueltos en un lienzo. Todavía los conservo, están guardados en un cajón y a mis hijas les gusta sacarlos de vez en cuando y contemplarlos mientras intentan reconocer sus propios rasgos en mi rostro de juventud. María hizo dos series diferentes aquel día: una de perfil y otra de frente; en ambas aparezco con la misma expresión seria, casi huraña, desde luego mucho más inocente que hoy en día, con mi mantón de tafetán sobre los hombros y el pelo recogido con redecilla en uno de esos *chignons* que tan de moda estaban en aquellos años. La única diferencia entre las dos series de retratos, el detalle que Manolo fue incapaz de percibir aquel día, es la ausencia de mis pendientes en una de ellas: el par de perlas nacaradas en forma de lágrima que le entregué a María como recuerdo.

Jamás volví a ver a la pequeña María Cardarelly. Un año después de aquella sesión fotográfica nos enteramos de que el estudio había cerrado por falta de clientes y la familia se había trasladado a Ferrol. A partir de ahí le perdí la pista. Siempre me he preguntado si María logró cumplir su sueño, si persistió en su afán de detener el tiempo y atrapar la belleza, o si su espíritu fiero acabó sucumbiendo a las ingratitudes de este mundo. Nunca llegué a saberlo, pero me gusta imaginarla en un estudio inundado de luz, rodeada de cámaras y lentes, capturando con su mirada prodigiosa la esencia de todas las cosas.*

* María Cardarelly fue la primera fotógrafa que tuvo estudio propio en Galicia, con solo diecinueve años. Realizó una serie de retratos de Rosalía de Castro en los que, efectivamente, llama la atención la ausencia de pendientes entre una y otra secuencia de fotografías.

4

E non parei de chorar
nunca, hastra que de Castela
ouvéronme de levar.*

Rosalía de Castro, *Follas novas*

En 1868, el año en que el destino volvió a barajar nuestras cartas con su mano veleidosa, mi hija Alejandra ya había cumplido nueve años y estaba dejando atrás la primera infancia. Era una niña seria y lánguida, muy callada, con los ojos avispados de Manolo y el porte orgulloso heredado de su abuela Teresa. Acostumbrada desde la cuna a nuestra vida nómada, se adaptaba pronto a cualquier lugar y circunstancia, no se quejaba ni protestaba nunca y caminaba por la vida de puntillas y en silencio, tan hermosa y melancólica como una figura de retablo medieval. Recuerdo que un día, a mediados de ese año, la sorprendí en la cocina con la trenza oscura

---

* «Y nunca paré de llorar / hasta que de Castilla / me tuvieron que llevar».

recogida en la nuca y la graciosa curva de la espalda inclinada sobre la *lareira* y la confundí con Piedad, nuestra criada. Entonces me di cuenta de que la *cativiña* que había habitado mis brazos estaba desapareciendo para siempre.

Se acercaba nuestro décimo aniversario de boda y las sombrías predicciones de aquel doctor López de la Vega sobre la aridez de mi vientre se estaban cumpliendo con precisión de augurio. Pasados ya los treinta, esa edad en la que casi todas las mujeres de mi entorno, incluso las más pobres —especialmente las más pobres—, andaban rodeadas de muchos hijos, yo me iba resignando de mala gana a quedarme solo con una. Veía el desaliento en los ojos de Manolo, que deseaba una casa llena de cativos para resarcirse de los silencios de su infancia, y aunque jamás hablábamos de ello, la amargura pesaba entre nosotros, crecía y se afilaba como una espina, se iba convirtiendo en una de esas trampas funestas que hilvanan la vida matrimonial y que es necesario sortear dando cuidadosos rodeos. A veces, nuestros encuentros nocturnos eran como batallas; más que tiernos amantes parecíamos dos enemigos enfrentados en la oscuridad, batiéndonos en duelo hasta que ambos quedábamos exhaustos y vacíos.

El doctor Varela, ya anciano, adentrándose él mismo en el tramo final de su existencia, no encontraba explicación científica para el problema y me prescribía un sinfín de remedios tan dispares como ineficaces: mantener el ánimo sereno, evitar que los pies se me quedasen fríos, comer huevos de codorniz o aplicarme unas extrañas e incómodas lavativas que incluían vinagre y agua tibia. Al comprobar mes tras mes que nada funcionaba, Varela dejaba a un lado su papel de médico y adoptaba el de amigo:

—No debes perder la esperanza, que con estos asuntos

nunca se sabe. Mira el caso de Isabel la Católica, que estuvo muchos años sin concebir después de haber alumbrado a su primogénita y más tarde tuvo otros hijos en rápida sucesión... ¡Y piensa que más falta le hacía a ella que a vosotros, que estaba obligada a engendrar un heredero al trono!

Mucho más terrenales que los de Varela eran los consejos de Piedad, a cuyos ojos sagaces no se le escapaba ni una sola de mis tribulaciones.

—Dice *miña nai* que para estos casos lo mejor es tomar cada mes, con la luna *chea*, un cocimiento de trébol, hinojo y anís estrellado. Usted me perdonará, señora, que el doctor sabrá mucho de recomponer huesos y de arrancar muelas podres, pero de las cosas del vientre... ¿qué va a saber él, si es un hombre?

—¿Hablas en serio, Piedad? ¿Una infusión de anís en luna llena?

—Pues a *miña nai* siempre le funcionó bien... Se lo enseñó la meiga del pueblo.

Recordé a la madre de Piedad, una mujer voluminosa cuyas amplias sayas eran como un velero agitado por el viento bajo el que se resguardaban hordas de cativos. Decidí probar el brebaje sin mucho convencimiento, y bien sea porque la meiga que lo había recomendado era de las juiciosas o bien porque mi sino era seguirle los pasos a la reina católica, lo cierto es que quedé encinta de nuevo, diez años después de nuestra boda y cuando ya casi habíamos perdido toda esperanza. Manolo y yo acogimos la noticia con asombro, agradecidos ante aquel regalo inesperado que nos parecía casi un milagro.

Pero si de prodigios hablábamos, el que se gestaba en mi vientre no era el único con el que nuestra familia se iba a encontrar en los meses siguientes. En aquella época, Manolo enviaba y recibía mucha más correspondencia de la habitual; cada semana llovía sobre nuestra casa un alud de cartas que a mí me traía perpleja y a Piedad contenta, ya que, según ella, el papel de los sobres de correo, tan fino y raso, era el que mejores fuegos hacía en la *lareira*. Manolo ya no solo se carteaba con Pondal, Compañel, Soto Freire y los Chao, ahora también lo hacía con otros hombres doctos de ideas liberales parejas a las suyas, como Juan Manuel Paz Novoa, que era catedrático de Economía Política en Ourense, o Ramón Rúa Figueroa, ingeniero de minas y miembro del Instituto Geográfico, con el que intercambiaba extrañas misivas en las que hablaban sobre rocas, pedruscos y prospecciones mineras como si de pronto a *meu home* le hubiese entrado interés por los misterios del vientre de la tierra. Tardé varias semanas en darme cuenta de que aquello eran mensajes en clave y lo que debatían no era algo ilegal o escandaloso, sino los prolegómenos de una nueva revolución, la enésima, quizá la más notable de las que nos ha tocado presenciar en estos tiempos de azares y arrebatos.

Cuando todo estalló, mi barriga había alcanzado ya el tamaño de una calabaza madura y yo me arrastraba por el mundo con torpeza de ganso, prestando atención a duras penas a la inquietud de Manolo, que se pasaba el día con la nariz metida en los pocos periódicos críticos que habían escapado de la censura, como aquel *Gil Blas* prolijo en viñetas y caricaturas en las que a veces nos parecía atisbar el trazo conocido de Valeriano Bécquer. Los males que asolaban a nuestro país eran los de siempre: el hambre, las malas cosechas, la subida de los precios del grano, las corruptelas de la Corte y, como primicia de los tiempos modernos, la crisis de las empresas ferroviarias, que habían proliferado en los últimos años con promesas de opulencia para los incautos que se aventurasen a invertir en el prodigio de los trenes. Esto confirma mi creencia de que, por mucho que los hombres doctos se empeñen en atribuir las revoluciones a motivos honorables como la paz, la justicia o la esperanza, la verdadera raíz siempre reside en los males del cuerpo: el hambre, la desesperación y los bolsillos ligeros.

Aun así, cuando el almirante Topete inició la sublevación en Cádiz y el general Prim solventó toda la costa mediterránea, muchos de nosotros pensamos que aquello iba a ser un levantamiento más, que traería un periodo de caos y desorden y acabaría concretándose en uno de esos cambios de gobierno que han convertido este siglo nuestro en un balancín de locos. Pero pronto nos dimos cuenta de que se trataba de algo mucho más grande. Una tarde de septiembre, Manolo llegó a casa muy emocionado, en compañía de Bernardo, un avispado aspirante a periodista de solo dieciocho años que admiraba sus trabajos históricos y a quien él le había tomado afecto.

—¡Por fin llega el progreso a este país de oligarcas! —clamó Manolo dando un puñetazo sobre la mesa.

—¿Qué dices?

—¡La Revolución ha triunfado! ¡Cayó para siempre la raza de los Borbones!

Fue así como me enteré de que la reina, consciente de que la corona ya no solo se tambaleaba sobre su testa, sino que se precipitaba sin remedio al vacío, acababa de abandonar el país y se dirigía a Francia en busca de asilo. Dejaba tras de sí un país estremecido que se vistió de fiesta al conocerse la noticia: durante muchos días, las campanas repicaron de gozo, se quemaron decenas de reales retratos y se pasaron de mano en mano burlonas caricaturas de los reyes y su Corte, incluidas unas muy soeces que, según las malas lenguas, habían salido de la pluma de los hermanos Bécquer. Así de dramática fue la caída de aquella reina por cuya salvación y buen juicio se habían batido dos ejércitos en Cacheiras, la monarca que jamás había sabido ganarse las simpatías de su pueblo y que gobernaba según los caprichos de su favorito de turno, la extraña soberana que el querido Aurelio se había atrevido a censurar en sus poemas.

«Mi querido amigo: nuestros pronósticos se cumplieron: ¡respiramos el aura de la libertad!», le escribió a Manolo un feliz y aliviado Rúa Figueroa, dejando ya de lado el lenguaje en clave. Y Paz Novoa, en una carta que llegó poco después, clamaba con no menos entusiasmo: *Le jour de gloire est arrivé!*».

Y sí, Paz Novoa tenía razón, con aquella revolución que denominaron Gloriosa, también llegó la Gloria para nosotros.

Al menos, eso fue lo que nos pareció al principio.

Con tantos amigos y conocidos de su misma ideología ocupando puestos importantes en el nuevo gobierno, Manolo esperaba que en el reparto de los frutos del triunfo le tocase también a él una porción suculenta. Y así fue: durante un tiempo desempeñó el cargo de secretario de la Junta Revolucionaria recién creada en Santiago e incluso acarició ambiciones políticas, pero justo entonces le llegó la oportunidad con la que había estado soñando toda su vida, el culmen de sus ambiciones: un nombramiento como director del Archivo

General de Simancas «por sus méritos literarios, y muy especialmente, por los contraídos en su obra de la *Historia de Galicia*», según rezaba la orden emitida gracias a Manuel Ruiz Zorrilla, recién nombrado ministro de Fomento y a quien Manolo conocía de sus tiempos de parrandas en Madrid. Para él, además del prestigio y el nada desdeñable sueldo de veinte mil reales, la mayor recompensa estaba en el libre acceso al tesoro de sabiduría que se ocultaba tras los muros del castillo de Simancas: documentos de los tiempos de los Reyes Católicos, antiquísimos planos del Reino de Granada, correspondencia diplomática, procesos y sentencias de la Inquisición, mapas y planisferios de todo tipo y un sinfín de legajos capaces de hacer las delicias de un apasionado de la Historia.

Manolo apenas podía contener su alegría. Parecía que el destino, que durante tanto tiempo lo había conducido por un camino de desengaños, lo guiaba ahora hacia un futuro radiante en el que todos sus sueños estaban al alcance de la mano. Solo mi suegro ensombreció un poco su felicidad cuando se enteró de la noticia.

—Los cargos regalados a dedo, a dedo se quitan —sentenció sin mover ni un solo músculo de su rostro agrio.

A Manolo le sentó muy mal la impertinencia de su padre y se marchó dando un portazo. Pero quizá Juan Martínez habló así porque, en el fondo, conocía muy bien los entresijos del corazón de aquel hijo con el que no conseguía entenderse. Quizá él, con sus ojos de padre, tuvo un atisbo de lo que iba a suceder.

Sin dejarse amilanar por los negros presagios, Manolo partió hacia Castilla a principios de diciembre, más orgulloso que un pavo y dispuesto a tomar posesión del cargo. Con él marchó el joven Bernardo, igual de fascinado por la magia de los legajos antiguos y en calidad de ayudante suyo. Yo, a punto de dar a luz, me quedé con Alejandra en Santiago, con la promesa de escribir con noticias en cuanto naciese la criatura.

Nuestra segunda hija vino al mundo el 7 de diciembre de 1868, solo unos días después de la marcha de su padre. Su nacimiento fue muy distinto al de su hermana mayor: con Piedad y una partera como único soporte, las ráfagas de dolor me acometieron con fuerza de ventisca, mis huesos rugieron y mi cuerpo dejó de pertenecerme mientras aquella criatura enérgica y resbaladiza pugnaba por salir de mis entrañas como si tuviera muchas prisas por llegar a este mundo, cosa que, teniendo en cuenta el ímpetu de carácter que mostró toda su vida, no deja de tener cierto sentido. La bautizamos al día siguiente con los nombres de Aura María Luz; Aura, para honrar la memoria de Aurelio, que jamás tuvo la oportunidad de apadrinar a ninguno de mis hijos; María, por imposición del párroco que nos tocó en suerte, y Luz, porque irrumpió en nuestras vidas con el fulgor de un relámpago.

Tenía la pequeña apenas cuatro meses de vida cuando el tío José María envió recado de que la Paquita estaba muy enferma. No había vuelto a verla desde su marcha tras la muerte de mi madre, aunque pensaba en ella casi a diario: cuando me llegaba el olor a huerta amarga de los grelos recién cocidos, con el tacto áspero y apelmazado de un mantón de lana vieja o con la visión de las brasas de la *lareira*. En esos momentos me acordaba de sus ojos sabios y agudos, de su espalda encorvada, del repique blando de sus pies ligeros, y sentía un agudo pinchazo de saudade por todo lo irrecuperable.

Aproveché que el administrador de Arretén estaba en Compostela cumpliendo unos encargos y me serví de su carro de cesto para acudir a Iria Flavia a visitarla. Dejé a Alejandra con mi suegro y Mariquiña, pero me llevé a Aura conmigo porque algo me decía que no habría más oportunidades para mi *madriña* de conocer a mi segunda hija.

Era un día frío y triste. Faltaba poco para que llegase la primavera, pero los caminos estaban aún resbaladizos de escarcha, los árboles eran frágiles osamentas y las pocas flores que brotaron temprano habían muerto congeladas, dejando las acequias llenas de pétalos mustios. La Paquita se había retirado a vivir a una de las casas de pobres que bordeaban el pueblo, más allá del horno comunal y de los huertos de fabas, una choza deforme con el techo velludo de musgo y el humo fugándose de la chimenea como un bigote mal peinado. Cuando me asomé a la puerta sin anunciarme, me encontré con un interior tan desapacible como debió haber sido el alma de su moradora en los últimos años. Olía a rancio, a oscuro, a tristeza; no quedaba ni rastro de aquella fragancia a plantas florecidas que antes siempre rodeaba a mi *madriña*.

Ella estaba recostada en una cama estrecha, con los pocos pelos que le quedaban asomando bajo una pañoleta oscura y las manos cruzadas sobre el vientre como si hubiese adoptado ya una postura de velatorio. Tenía la nariz más afilada que nunca, los labios convertidos en dos filamentos resecos. Estaba claro que se estaba muriendo, porque tenía los ojos velados por la misma pátina espesa y amarilla que yo ya había visto en los de Eduarda Pondal en los últimos días de su vida, y la cama parecía estar rodeada por una especie de halo lechoso, como un delicado encaje antiguo, que supongo también caerá sobre mí en los próximos días o semanas, si es que no lo ha hecho ya. Así es como una distingue el aliento de la muerte.

Al percibir el sonido de mis pasos movió los ojos en mi dirección y sus labios se plegaron en un mohín dulce.

—Nena… ¿vienes a despedirte?

—No digas eso, *madriña*… ¿Te vio el médico?

Ella arrugó el morro con esfuerzo, apenas un esbozo de su antigua mueca resabiada. Cuando habló, le salió la voz ronca, de urraca deslucida, pero muy en el fondo todavía despuntaba la Paquita de siempre, irónica y cascarrabias.

—*Teu* tío me manda todas las semanas un matasanos con cara de *moucho* que no hace más que mangonear por todos lados y si me descuido me despacha antes de tiempo… Quiso darme unos polvos que olían a meados de can, pero los tiré en cuanto salió por esa puerta.

—¡Pero, bueno, qué cosas se te ocurren! —Meneé la cabeza, dividida entre la risa y el llanto.

Ella soltó una carcajada que sonó como el chasquido de una rama partiéndose en dos.

—Mira, *neniña*, cuando la muerte decide que es hora de venir a por uno, ya nada puede hacerse. A mí ya me llegó la hora, y no me quejo, que bastante tardó en presentarse la muy gandula. En este mundo ya no me queda nada por hacer, mejor marchar para el otro a ver si allí hay cosas más interesantes…

Movió la cabeza y sus ojos erráticos recayeron sobre Aura, que dormía en mis brazos, y por un momento se quedó muy quieta, con el rostro congelado en un gesto de espanto. Un grueso ceño de preocupación le dividía la frente en dos mitades iguales.

—Ese cativo tuyo… Tienes que tener cuidado con él, mucho cuidado. No debes perderlo nunca de vista, los niños son muy delicados… El tuyo es como un *vidriño*…

—Sí, *madriña*, pero es niña. Es Aura, mi hija pequeña. Se está criando muy bien, la traje para presentártela. —Aparté la toquilla de lana para que pudiera verle mejor el rostro redondo y saludable.

—De modo que niña, ¿eh? —Se le aclaró la mirada—. Sí, las Castro solo parís hembras. Y, mejor así, que los niños casi siempre marchan antes. Ten mucho cuidado con el tuyo o no vivirá demasiado...

Desvariaba de nuevo, perdida en esa neblina de contornos difusos en la que entraba y salía a ráfagas, como un pájaro deshaciendo un nido. «Las Castro solo parís hembras...». Abrí la boca para recordarle toda la recua de primos varones, los Hermida y los García-Lugín que ella tan bien conocía; pero volví a cerrarla de nuevo, pensando que sería más piadoso dejarla vagar a sus anchas por el embrollado laberinto de su memoria, lleno de trampas y delirios... Porque eran delirios, me dije a mí misma, tenían que serlo. «Los niños casi siempre marchan antes...». Se apareció en mi mente el rostro del cativo moribundo de los Eiriz, aquel niño flaco y moreno que quizá —o quizá no— había sido mi hermano. Busqué los ojos de la Paquita y ella me devolvió la mirada; por un breve instante me pareció distinguir de nuevo el brillo sagaz de sus mejores tiempos.

—Oye, *madriña*, ¿tú te acuerdas de...?

No llegué a terminar la frase porque le sobrevino un ataque de tos que la dobló en dos y la hizo retorcerse de dolor. Después, agotada, se sumió en un sopor incómodo del que iba despertando a ratos, balbuceando incoherencias y llamando a su madre y a la mía. Me quedé a su lado, acariciándole las manos ásperas, recordando en voz alta para ella los tiempos en los que habíamos sido las tres frente al mundo y rezando para que su agonía fuese lo más rápida posible y pudiera reunirse pronto con su querida Teresa.

Mi *madriña* dejó de sufrir aquella misma noche. Al final consiguió despedirse del mundo lentamente, sin lucha, en un tránsito de respiraciones lentas que fueron haciéndose más tenues hasta extinguirse por completo. El tío Pepe, honorable como siempre, se encargó de organizarle un entierro de los que ella gozaba en vida, con misa corta y pocas letanías, pero con coro de plañideras de las que se daban golpes de pecho, bien de orujo para los asistentes, muchas flores y el ataúd con más aderezos que pudo pagar, para que pudiera irse al otro mundo, como ella decía, en una carroza como Dios manda.

Y así la tierra, que nada perdona, se tragó con codicia los últimos vestigios de mi infancia.

Mi hija Aura hacía honor a su nombre flamígero y desde el primer momento fue una niña fuerte, toda vitalidad y nervio en la misma medida que Alejandra era languidez y dulzura; con una inagotable curiosidad por el mundo que empezó a manifestarse desde bien pronto en sus ojos redondos y negros como dos potes. Tan robusta era que habría podido aguantar el viaje a Simancas con solo unos meses de vida, pero cada vez que en alguna de mis cartas le exponía esta posibilidad a Manolo, recibía una rotunda negativa suya recordándome que el camino era árido y lento y el pueblo inhóspito, e insistiéndome en que era más prudente esperar a que la niña fuese algo mayor y a que yo misma estuviese del todo recuperada de los quebrantos del parto.

—Pues por una vez en su vida, *meu fillo* tiene razón —opinó mi suegro, que presentía el momento de tener que separarse de sus adoradas nietas—. A las *neniñas* no se les perdió nada por esos secarrales.

Pero yo releía las cartas, repasaba aquella retahíla de argumentos juiciosos, tan de padre amantísimo, de esposo irreprochable, y un pensamiento cruzaba veloz por mi mente, como un pájaro oscuro: «No quiere que vayamos». Y después, dos palabras, afiladas como cuchillos: «¿Por qué?».

Fueron pasando los meses y, cuando al fin empecé a organizar el traslado, estaba ya muy avanzado el año 1869. Como Manolo me había advertido que los estíos en Simancas eran terribles, decidí pasarlo en Lestrove con los Hermida y, a mediados de septiembre, me puse en marcha con Piedad y las dos niñas. Yo ya había tenido un primer atisbo de las llanuras de Castilla en mis idas y vueltas a Madrid, pero esa vez, en las postrimerías del verano, me sumergí por primera vez en cuerpo y alma en aquellas vastedades de campos achicharrados y cielos desprotegidos, dominados por una soledad que no parecía de este mundo. «Pinares quemados, tierras abrasadas, *cómaros** desolados», escribí en mi cuaderno en mitad del camino y encontré tan exacta esa primera impresión que más tarde recurrí a ella para describir Castilla en mi libro *Follas novas*.

Al primer vistazo, Simancas me pareció un villorrio recio y replegado en sí mismo, envuelto en una calima espesa con su firme castillo; tumba de comuneros y obispos y ahora sede del Archivo General, bien erguido contra el horizonte. Las calles eran estrechas, las casas bajas y de paredes rojizas, y reinaba una quietud solo interrumpida por los rezongos de los perros que nos gruñían desde la sombra de los aleros. Aura lo miraba todo con los ojos como platos, Alejandra ca-

* Terreno árido que bordea una vega.

llaba y Piedad ponía la misma cara que si nos encontrásemos ante las puertas del infierno.

—Jesús, señora. Vinimos a parar a donde Cristo perdió las zocas...

—Calma, lo primero es encontrar la casa...

—¿Qué casa buscan ustedes?

La voz, áspera e inesperada, me sobresaltó. Un grupo de cuatro o cinco hombres nos observaban con las espaldas apoyadas en las paredes de una especie de chamizo de adobe que, a juzgar por los efluvios de vinazo que se colaban por la puerta entreabierta, era la taberna del pueblo. Me fijé en el que había hablado: un hombre fornido, de una elegancia extrañamente zafia, con indolentes bigotes de gato, sonrisa impertinente y ojos oscuros que brincaban entre Piedad y yo sin asomo de timidez. Pensé que debíamos tener un aspecto lamentable, con las niñas, los bultos y los baúles, y rebozadas de la cabeza a los pies en el polvo del camino.

Como yo tardaba en responder, Piedad lo hizo por mí.

—Buscamos la vivienda del señor Murguía, el director del Archivo.

Un bisbiseo recorrió el grupo, como un ronco chirrido de grillos. El que aparentaba mayor edad, un sujeto corpulento de rostro sudoroso, se inclinó hacia delante y escupió en el suelo. Los demás centraron las miradas en el hombre de los bigotes agrestes, como si la inocente pregunta de Piedad le afectase a él de un modo personal. Él se relamió los labios, lo que le confirió aún más aspecto de felino. Como ninguno se molestó en respondernos, Piedad optó por cruzarse de brazos con el mismo gesto de irritación que ponía cuando se le quemaba el caldo.

—Oigan...

En ese momento se abrió la puerta de una de las viviendas al otro lado de la calle, una casona amplia con herrajes en las ventanas, y salió Manolo corriendo, en mangas de camisa y sin afeitar. Con una mirada colérica en dirección al grupo de hombres, se hizo cargo de los bultos y petates y nos azuzó hacia la entrada como quien espolea un rebaño de ovejas. Ya dentro, cerró la puerta ajustando bien la tranca y dejando el zaguán envuelto en la penumbra. Después me abrazó por fin, con fuerza, con ese modo casi infantil que tenía de aferrarse, como buscando consuelo, cuando algo le agobiaba o preocupaba. Lo noté muy desmejorado, con grandes ojeras amoratadas, los párpados hinchados y un aire de crispación que parecía mantenerlo en constante movimiento. Solo se le suavizó el gesto mientras conocía y saludaba a su nueva hija, en cuya mirada enérgica vio quizá un reflejo de la suya.

Esa misma noche, cuando ya estuvimos instaladas, Manolo compartió al fin conmigo su larga lista de tribulaciones y quejas. Su vida como director del Archivo de Simancas, que él había imaginado gloriosa y próspera, se había convertido durante el año escaso que llevaba en el pueblo en un insufrible calvario. El Archivo era un lugar caótico y polvoriento, lleno de desorden, donde nadie mostraba el menor respeto por los valiosos legajos de tiempos antiguos. Sus compañeros eran una panda de inútiles y, a excepción del fiel Bernardo, todos le ninguneaban y se habían puesto de acuerdo para hacerle la vida imposible. El segundo oficial era también alcalde del pueblo, con la confusión y conflictos de intereses que eso provocaba; y el antiguo director, jubilado ya —que para mayor fárrago era tío del segundo oficial—, parecía no entender que su momento había pasado ya y deambulaba por el Archivo como un rey despótico, dando órdenes a diestro y siniestro y provocando las iras de Manolo, que envidiaba el modo en que los empleados lo obedecían sin rechistar mientras que a él seguían mirándolo, figurada y literalmente, por encima del hombro. Pero el peor de todos ellos era el primer oficial, de apellido Díaz, ladino como un raposo, según aseguraba Manolo, que había adoptado las funciones de jefe interino hasta su llegada y no estaba dispuesto a tolerar que lo relegasen del cargo.

—Es el *caracán* que estaba ahí fuera, el de los bigotes largos —explicó bajando la voz como si pudiera oírnos—. Es muy peligroso, sería capaz de cualquier cosa con tal de verme caer.

—Por Dios, Manolo, no será para tanto.

Él enarcó las cejas y yo no pude evitar un estremecimiento.

Así inauguramos nuestra vida común en Simancas, ese periodo oscuro que aún hoy recuerdo con desaliento: una sucesión de días yermos en los que la aridez de los paisajes castellanos —las sofocantes planicies, los cielos tensos, aquella austeridad implacable— nos consumió por completo. No tardé en darme cuenta de que Manolo no se había equivocado al afirmar que allí no éramos bienvenidos. El primer oficial era uno de esos hombres hábiles de los que siempre suele haber uno o dos ejemplares en todos los pueblos; individuos capaces de irradiar confianza y autoridad al mismo tiempo, diestros a la hora de hacerse oír sin necesidad de alzar la voz. Influenciados por él, los lugareños miraban a Manolo con desagrado y recelo, con la palabra «intruso» siempre perfilada en los labios. Si mi marido hubiera sido más hábil o más sagaz, si hubiese tenido la astucia y la destreza necesarias para acariciar egos y conquistar voluntades, si hubiese sabido moverse entre las angosturas de aquel pueblo anclado en una inmovilidad de siglos, quizá habría podido ganarse algunos amigos y un par de aliados; pero como es hombre de genio vivo y orgullo desorbitado, incapaz de perdonar agravios y muy dispuesto a responder a cualquier insulto con otro el doble de ponzoñoso, las gentes de Simancas jamás dejaron de considerarlo un advenedizo que había llegado para alterar sus plácidas costumbres. El resto de la familia también sufrimos las consecuencias de su desprestigio: a mí me torcían la cabeza en el mercado y en la plaza, y a Alejandra los niños le tiraban piedras y se reían de su acento. Solo Piedad parecía prosperar en aquel lugar maldito: se levantaba cada mañana con una sonrisa en los labios, indiferente a los ojos inquisidores y las lenguas viperinas, cocinaba, limpiaba y bregaba con aquella enorme casona sin dejar de canturrear por los rincones, más lozana y vivaracha que nunca, como una de esas recias plantas chumberas capaces de prosperar en los terrenos más baldíos.

Y si el pueblo nos desagradaba, tampoco sentíamos predilección por la casa, aquella casona enorme y destemplada a la que nunca logramos acostumbrarnos y que más que un refugio fue para nosotros una cárcel. ¡Cómo detestaba yo la casa de Simancas, con sus pasillos largos, su mueblería fea y aquel patio desarreglado en el que vegetaban un perro cansado y varias gallinas flacas! Durante el verano, las paredes parecían sudar y el aire estaba quieto y tupido, con una espesura fastidiosa de motas de polvo; pero cuando llegó el invierno a los campos de Castilla, con sus noches afiladas y sus días gélidos, se convirtió en una fría caverna proclive a las goteras y a las corrientes imprevistas. Los únicos lugares alegres eran la cocina, en la que borbotaban las *potas* de Piedad, y la amplia sala con balcón de hierro forjado que Manolo se había apropiado como despacho y había llenado de libros, documentos y un gran baúl colmado de legajos plantado en el centro, como un barco a la deriva.

Para gran irritación nuestra, aquella casa no callaba nunca: los suelos murmuraban, las paredes crepitaban, el viento silbaba entre puertas y grietas y, por las noches, vigas y cimientos crujían y carraspeaban con estertores de tísico en sus horas finales. El amanecer nos encontraba a todos reunidos en torno a la mesa del desayuno, ojerosos y malhumorados después de tanto barullo, mirándonos de reojo mientras la maldita casa descansaba por fin, como un trasgo agotado de tanto hacer el mal.

—Aquí no llega la Santa Compaña, ¿verdad? —preguntó Alejandra acobardada tras una noche especialmente sonora—. ¿No habrá fantasmas?

—¡Claro que no! Todas las casas viejas hacen ruido.

Pero cuando miré a Piedad me di cuenta de que las mejillas se le habían puesto blancas y me pareció que le temblaban un poco las manos mientras servía la leche en las tazas. Una casa deja de ser un hogar cuando uno ya no encuentra consuelo entre sus muros y, aunque la de Simancas jamás lo había sido para nosotros, a partir de entonces lo fue mucho menos. Empecé a vivir con desconfianza, a caminar de puntillas, a sobresaltarme si el faldón de una cortina me rozaba el brazo, a atisbar por encima del hombro antes de doblar las esquinas, como si así pudiese evitar los miles de ojos burlones que imaginaba espiándome desde las paredes, aunque los únicos que en realidad veía eran los míos, grandes y espantados, cada vez que pasaba ante un espejo. Por aquellos días, Manolo se vio envuelto en uno de los peores conflictos desde su llegada al pueblo: descubrió por casualidad que varios subalternos empleaban sus horas de trabajo en realizar copias de documentos históricos para don Pascual de Gayangos, un historiador que nada tenía que ver con el Archivo, pero al parecer llevaba años aprovechando los ojos y las manos de los trabajadores para sus propias investigaciones. Como siempre que se enfrentaba a alguna injusticia o atropello, Manolo montó en cólera, voceó y se dio golpes de pecho, se encaró con el antiguo director y con el primer y el segundo oficiales y amenazó con denunciar a todo el mundo y con abrir expedientes a diestro y siniestro. Ellos, lejos de amilanarse, le recordaron que allí no era bienvenido y le acusaron a su vez de guardarse para su uso personal buena parte de los valiosos mapas y documentos que en teoría no debían abandonar las salas del Archivo. Si ya antes se había sentido contrariado, a partir de entonces, Manolo comenzó a vivir en un estado de crispación constante, siempre alerta, como si caminase sobre un suelo de vidrios afilados. Perdió mucho peso, el rostro se le volvió de pergamino, su arrogante barbita se despojó de su lustre y quedó convertida en una triste perilla de chivo. Comenzó a quedarse despierto hasta altas horas de la madrugada, murmurando entre dientes y hurgando en su caótico cofre de papeles, y cuando por fin se metía en la cama, la llave del baúl brillaba en su mano como un puñal desafiante.

A mí esa llave me atormentaba. Era larga y afilada, llena de dientes aserrados que parecían esbozar una sonrisa torcida. ¡Y con qué esmero se cuidaba él de que no se extraviase! ¡Con qué celo se aseguraba de tenerla siempre consigo, en el bolsillo del gabán o bien guardada en una gaveta! *Meu home*, que estaba obsesionado con llegar a la cima, que anhelaba el respeto y la veneración de los demás por encima de todas las cosas. *Meu home*, tan aficionado a guardar secretos que a veces no medía las consecuencias de sus actos, que podía ser impulsivo como un cativo. *Meu home*, que tanto amaba la historia, a quien se le había hecho la boca agua ante el tesoro de sapiencia del Archivo y para quien quizá, solo quizá... apropiarse aquí y allá de algún legajo o documento insólito para verlo más de cerca podría haber sido una tentación irresistible.

Las obsesiones nos intoxican, nos destruyen, se nos enroscan en el hombro como gatos taimados y vierten su hiel emponzoñada en nuestro oído, tanto más dañina cuanto más nos hace dudar de aquellos a quienes amamos. ¿Qué contenía aquel baúl? Tal vez solo libros y papeles inocentes, aquellos volúmenes de Orosio, Macaulay o las crónicas medievales y godas que Manolo leía y releía como fuentes para su *Historia de Galicia*. O tal vez había legajos más importantes, más peligrosos... legajos capaces de meterlo en un buen apuro si caían en manos inadecuadas, como las de aquel primer oficial de rostro de gato.

Una noche, ya entrado el invierno, me desperté con un sobresalto en mitad de la penumbra. Manolo dormía profundamente a mi lado, emitiendo agudos ronquidos que sonaban como pies sobre ramas secas y la casa roncaba con él, inmersa en su monótona sinfonía de crujidos y golpes. Intenté regresar al sueño, hundirme de nuevo en esa oscuridad pastosa que espanta todo pensamiento, pero tenía los hombros tensos y las piernas me palpitaban con esa necesidad de movimiento que ya había experimentado otras veces en mi vida, ese afán incontrolable de indagar, averiguar, saber. Me incorporé y abrí el cajón de la mesita de noche: la llave asomaba su perfil plateado entre la blancura de las calzas y los pañuelos de algodón. La tomé, me puse un chal sobre los hombros y salí al pasillo. Debía pasar ya de la medianoche y la luna era apenas una fina cuchillada en un cielo oscuro como fondo de sartén. Me asomé a la habitación de las niñas: Alejandra dormía profundamente con la cara aplastada contra la almohada y Aura se había hecho un ovillo en su cuna, con el pulgar metido en la boca. ¡Qué paz desprendían! Por un momento sentí la tentación de regresar a la cama, pero el perro, aquel can pulgoso y desganado, ladró tres veces desde el patio y se desencadenó una nueva letanía de chirridos, un suave tintineo metálico, como de esquilas, y no pude evitar recordar los miedos de Alejandra sobre la Santa Compaña. «Pero no hay espectros aquí, ni almiñas —me advirtió una voz en el interior de mi cabeza, sorprendentemente similar a la de la Paquita—. Solo una casa vieja, un despacho atestado de libros y baúl que puede (o no) contener legajos capaces de comprometer a tu marido». Sin pensármelo más, apenas sintiendo el frío de los adoquines en mis plantas descalzas, avancé hacia el fondo del pasillo y abrí la puerta del despacho.

Una ráfaga helada me golpeó en pleno rostro. El balcón estaba abierto de par en par y dos figuras se recortaban contra la negrura de la calle: alta y fornida la que había trepado por el enrejado y ahora se balanceaba en precario equilibrio sujetándose a los fierros, y mucho más esbelta y menuda la que lo encaraba desde el interior de la casa. Las reconocí de inmediato: eran nuestra criada Piedad y Bernardo, el ayudante de Manolo que se había trasladado con él desde Santiago. Los dos estaban tan ensimismados el uno en el otro que no se percataron de mi presencia; pero había algo en aquella escena, algo de tierno, de cotidiano y de puro, que me indicó que no era la primera vez que conversaban así, rostro contra rostro en mitad de la noche, con el aire castellano curtiéndoles las mejillas y solo separados por las barandas de hierro del balcón. Lo percibí en la cercanía de sus posturas, en el roce de sus meñiques sobre el enrejado, en el modo en que se miraban el uno al otro, como si no existiera nada más valioso en el mundo; en el temblor de sus manos, no tanto de frío como de la ansiedad que nace del amor. Las piezas encajaron de golpe: los fastidiosos ruidos y crujidos, el resplandor de Piedad en aquel pueblo tan yerto, su expresión de alarma cuando Alejandra había aludido a los fantasmas nocturnos. Me quedé mirándolos, sintiéndome casi como una intrusa, conmovida por aquel amor recién nacido y todavía esperanzado. Me recordaron a los enamorados de uno de mis poemas de *Cantares gallegos*, esos mozos ilusionados que pasan juntos la noche, ocultándose del mundo, y se separan al amanecer sin haberse besado aún, pero saciados con su sola presencia.

—Pero... ¿qué...?

El grito, ronco y furioso, nos sobresaltó a los tres: a mí, que pegué un respingo; a Piedad, que al percatarse de que ya no estaban solos se cubrió el rostro con las manos, y al pobre Bernardo, que del susto estuvo a punto de soltarse de la barandilla y precipitarse de cabeza a la calle. Manolo acababa de aparecer en el quicio de la puerta, despeinado y en camisa de dormir, con los puños apretados y esas venas como culebras que le brotan en la frente cuando tiene uno de sus arranques de mal genio. Abarcó a la pareja con la mirada, haciéndose cargo de lo que estaba ocurriendo, y después sus ojos se desviaron hacia mí, hacia la llave que sostenía en las manos y de nuevo a mi rostro, y las venas de su frente se hincharon un poco más.

—¡Mal *raio* te parta! ¡En mi propia casa!

En un primer instante de confusión y asombro creí que me lo decía a mí, que la visión de la llave en mi mano suponía para él una afrenta, un ultraje intolerable; pero en realidad su furia se enfocaba a su ayudante, como también lo hacían sus pasos, pues aún no había terminado de pronunciar las palabras cuando ya se encaminaba hacia él con actitud de toro embravecido. En mi poema de *Cantares gallegos*, el mozo enamorado se despide con calma de su amada y se marcha tranquilamente con la primera luz del día, pero en el caso de Bernardo no fue así. Juzgando preferible la eventualidad de un hueso roto a un encontronazo con su jefe, tuvo los reflejos suficientes para deslizarse raudo por la barandilla y oímos sus pasos veloces huyendo calle abajo, mientras Manolo blasfemaba con medio cuerpo fuera del balcón, el perro ladraba desenfrenado y Piedad aprovechaba la confusión del momento para escabullirse por el pasillo.

Y así, fuera ya de escena aquella pareja de amantes que podría haber pertenecido a mis *Cantares*, quedamos solos Manolo y yo, mucho menos inocentes que ellos, con un rosario de temores y silencios pendiendo entre nosotros. Intento evocarnos a los dos aquel día, vistos desde fuera, tal como podría habernos imaginado un literato en busca de dos personajes, no para aderezar con ellos un poema de amor, sino para emplearlos en un oscuro relato como los de Goethe o una novela punzante al estilo de la Sand. Y así es como nos vería a ambos: a mí, de pie en el centro de la estancia, con actitud expectante, casi contrita. A Manolo cerrando de golpe las puertas del balcón, sumiendo el despacho de nuevo en la penumbra, retrocediendo hasta plantarse ante mí, mirando de nuevo la llave en mi mano, escrutando mi rostro con ojos como rendijas, dirigiendo después un rápido vistazo al baúl, de nuevo la llave, de nuevo mis ojos, de nuevo el baúl; extendiendo por último el brazo con gesto imperioso y yo depositando la llave en su palma, en silencio, como una ofrenda de paz. Sí, eso vería un hipotético literato con buenas dotes de observación y probablemente también notaría los labios rígidos, los ceños fruncidos, adivinaría tensión y palabras no dichas. Pero... ¿sería capaz de atisbar el torbellino de congojas que bullía bajo la superficie? Los ojos de Manolo estrechándose y oscureciéndose a medida que leía en mi rostro mis recelos, mis sospechas de él («¿has cogido papeles que no debías?»), absorbiendo toda esa información, guardándosela para sí, almacenándola en las alacenas de agravios que amueblan los rincones más oscuros de un matrimonio. Su pregunta vibrando en el aire, una pregunta no formulada en voz alta pero evidente como un grito: «Y de haberlos cogido... ¿tú qué habrías hecho?». Y mi rostro mudo, petrificado. ¿Qué habría hecho de haber abierto el cofre y haber encontrado papeles que no debieran haber estado allí? Guardar silencio, por supuesto, proteger a mi familia, ponerme del lado de Manolo, estaba segura de ello...

¿Estaba segura?

¿Lo estaba?

Él lo vio. Lo supo.

Su mano rauda hizo desaparecer la llave en el bolsillo y, con ese gesto, aquel asunto quedó para siempre enterrado entre nosotros. Jamás hablamos en voz alta de mis sospechas ni hicimos alusión alguna —ni siquiera ahora, en estos momentos cercanos a la muerte tan propicios para confesiones— al interior de aquel baúl, que solo podía contener, así lo creo ahora, libros y papeles inocentes, del todo insignificantes. Sí, así debe haber sido... ¿Cómo imaginar ahora, justo ahora, que pudiera haber sido de otro modo?*

En todo matrimonio hay pequeñas piezas sueltas que se quedan ahí a lo largo de los años, incómodas y punzantes, como guijarros dentro de un zapato, clavándose con cada roce, ahondando en la herida.

En todo amor hay sombras.

Al día siguiente, Bernardo presentó su renuncia en el Archivo General y Piedad, después de dejar dispuesta la mesa del desayuno con tanto esmero como si fuese un día cualquiera, hizo un hatillo con sus ropas y se despidió con la mirada baja y sin prestar atención a mis protestas. Con su marcha quedamos más solos que nunca, cada uno construyendo en el aire su propio palacio de desdichas. Para redimirme, yo recurrí de nuevo a las letras; había llegado al pueblo con la intención de escribir un poemario similar a *Cantares gallegos*, con la Galicia de las *muiñeiras*, los camposantos y las *lareiras* goteando de sus versos; pero me salieron unos poemas mucho más oscuros, más desalentados, con más pobreza y más melancolía que nunca. Los guardé durante más de diez años en un cajón, sin atreverme a desempolvar con ellos los malos recuerdos, hasta que hace un lustro los saqué de su escondite y vieron por fin la luz bajo el título de *Follas novas*. Porque «*non follas novas; ramallo / de toxos e silvas sós: / irta, como as miñas penas; / feras como a miña dor*».**

Mientras tanto, la casa, el Archivo, Simancas entera nos

---

* Los rumores en torno a la apropiación indebida de documentos públicos por parte de Manuel Murguía, que afloraron en la época y que salpicaron su carrera en la Administración, jamás pudieron ser probados.

** «no hojas nuevas; manojo / de tojos y zarzas sois / yertas como mis penas / fieras como mi dolor».

pesaban tanto sobre los hombros que yo rezaba cada día para que hubiera un modo de sacudírnoslos de encima. Y mis plegarias obtuvieron respuesta, aunque no del modo que yo habría esperado. Unos meses más tarde, Manolo y el primer oficial se pelearon a golpes en medio del Archivo, como mozos de cordel a la salida de una taberna; sin duda, un lamentable espectáculo entre aquellas paredes que habían sido testigos de juras reales, intrigas comuneras y ejecuciones de enemigos. Se necesitó de la asistencia de varios hombres para separarlos y las consecuencias de aquella trifulca fueron inmediatas: se abrió un expediente en el que se solicitó el testimonio de empleados, del antiguo director y hasta del párroco de Simancas, y todos estuvieron de acuerdo en afirmar que Manolo tenía la culpa de todo y su adversario era un dechado de virtudes. Ante la gravedad de los hechos se dictó una orden de traslado inmediato al Archivo del Reino de Galicia, en A Coruña. Yo acogí la decisión con alivio y Manolo con furia, porque a pesar de que ahora era libre de marcharse de aquel pueblo maldito, la orden de traslado representaba, él bien lo sabía, un castigo para él y una victoria para sus enemigos. Combativo como siempre, se negó a ir directamente a Galicia; en lugar de eso quiso hacer un alto en el camino y pasar unos meses en Madrid, donde esperaba que los amigos poderosos que aún le cubrían las espaldas pudieran hacer algo, como él decía, para reparar tamaña injusticia.

Así pues, nuestra tercera estadía en Madrid, la última de mi vida, fue breve y desapacible, tan fría como aquel invierno mesetario que nos recibió con sus días lúgubres, sus noches infinitas y sus jirones de niebla sucia enroscándose en las chimeneas. La pequeña Aura inauguró su entrada en la Corte llorando a lágrima viva, asustada de aquel tumulto de gentes ruidosas y calles atestadas, tan diferente a la quietud de trigales en la que habíamos pasado los últimos meses. ¡Cómo extrañé yo entonces la dulce disposición de Piedad, capaz de calmarla con cualquier juego o arrumaco! Alejandra, sin embargo, abría los ojos como platos para no perderse detalle de las suntuosas fachadas, las empedradas calles, el caótico ir y venir de cabriolés y berlinas. En su mirada reconocí la misma ilusión que había brillado en la mía catorce años atrás, cuando la ciudad viva y nueva se presentaba ante mí como un lienzo en blanco capaz de albergar cualquier sueño.

Sueños… ¡Ay! Si de sueños hablábamos, los que no tenían pinta de ir a cumplirse eran los de Manolo. La orden de traslado al norte era tajante, y sus tercos intentos de revertirla o cambiarla por un destino más apetecible se toparon con puertas cerradas, ceños fruncidos y manos que se negaban a alargarse para estrechar la suya. Él, como siempre, vivía en un berrinche continuo, desgañitándose contra las injusticias del mundo y los puñales por la espalda, negándose a admitir su parte de culpa. En aquellos días también andaba por Madrid uno de sus antiguos compañeros de la Sociedad Económica de Santiago, José Pardo, diputado en Cortes y miembro de una familia fidalga que, a diferencia de los Castro, sí había sabido mantener la honra y el prestigio. En su afán por conquistar el favor de cuantos amigos poderosos pudiera reunir para su causa, Manolo lo invitó una tarde con su familia a merendar al café de Fornos, inaugurado ese mismo año en la calle Alcalá y que, además de servir los mejores chocolates y confites de Madrid, era un lugar elegantísimo, con tapices y espejos en las paredes, zócalos ornamentados y cubertería de plata que haría palidecer a la de Arretén en sus mejores tiempos. José Pardo se presentó con su esposa, una dama oronda de ademanes plácidos; su yerno, José Quiroga, un joven delgado de orejas prominentes y bigotes engomados, y su hija Emilia, una rapaza alegre y corpulenta de mentón afilado y ojos chispeantes que bizqueaban un poco cuando sonreía. Alejandra no dejaba de mirarla, impresionada ante su desparpajo, su seguridad en sí misma y la desenvoltura de sus ademanes. Emilia Pardo Bazán, a pesar de su crianza fidalga y el renombre de su estirpe, no era ese modelo de candor y delicadeza que predicaba como santo propósito la matriarca de los Castro; al contrario: era recia y enérgica, de rostro ancho y voz potente, y aunque llevaba la cintura comprimida por un ajustado corsé a la moda de aquellos años, sin duda su lengua no lo estaba, a juzgar por la destreza y buen juicio con que participaba en la conversación, ante la mirada complacida de su padre y los ojos asombrados de su esposo. Aunque solo tenía ocho años más que mi hija mayor, parecía haber vivido mucho y muy intensamente: nos habló con deleite de sus recientes viajes familiares por Europa y expresó sin rodeos su entusiasmo cuando alguien mencionó en la conversación el Ateneo Artístico y Literario de Señoras, recién abierto en la Corte para impulsar la instrucción de las mujeres.

—Está muy bien que por una vez dejemos de ser musas y nos convirtamos en dueñas de nuestras propias palabras —dijo muy seria—. Las mujeres debemos educarnos en artes, letras y oficios, ¡claro que sí!, para poder valernos por nosotras mismas si algún día nos encontramos sin apoyo.

Y, acto seguido, cambiando de tema con ese ardor y vivacidad que eran el único rasgo de su carácter en el que se notaban sus pocos años, nos recitó entre risas unos versos que había compuesto para su joven esposo durante los meses del noviazgo: «Soy morena y tengo el pelo / del color de anochecido / y más fuego allá en el alma / que un horno bien encendido».

A Manolo, la joven Emilia le resultó muy antipática, y así me lo hizo saber con su habitual falta de delicadeza cuando nos despedimos de la familia Pardo.

—«Más fuego allá en el alma»… ¡A saber dónde tendrá el fuego esa! Una deslenguada, eso es lo que es. ¡Qué manera de hablar y hablar sin saber de nada!…

—Sabe lo que quiere en esta vida y lo persigue —rebatí yo—. ¡No hay nada de malo en eso!

Pero Manolo soltó un bufido, cruzándose de brazos y negándose a transigir. ¡Ay, qué fácil me resultaba ya leer en su interior a esas alturas! *Meu home* y sus contradicciones, esa dicotomía suya que lo convertía en un jeroglífico a ojos de muchos, incluso a veces ante sí mismo. Él, que me había apoyado siempre en mis aspiraciones literarias y decía estar orgulloso de mis letras, trataba de mostrárselas al mundo a través del tamiz de sus propias creencias. Quería modelarme como un trozo de arcilla, ararme como tierra fecunda, deseaba deshacerme y reconstruirme de nuevo hasta convertirme en la delicada cantora de Galicia, en la voz quejumbrosa de nuestra tierra oprimida. Y en el fondo se sentía intimidado por una mujer como Emilia, aquel huracán de anchas faldas y voz estridente que no sentía el menor deseo de doblegarse ante nadie.

A pesar de su insistencia, ni José Pardo ni ninguno de sus otros amigos y conocidos lograron ayudar a Manolo en sus afanes de conseguir un puesto en el Archivo Histórico Nacional o en algún ministerio, y el regreso a Galicia comenzó a perfilarse en nuestro horizonte como una realidad inevitable. Pero después de aquel encuentro con Emilia, siempre me he preguntado, con un aguijonazo de culpa, cuán distinta hubiera sido la vida de Alejandra si nos hubiésemos quedado en la Corte. A sus once años, mi hija comenzaba ya a desplegar ese talento para la pintura que más tarde sería su ancla y su refugio. Alejandra mezclaba óleos, aceites y témperas con habilidad muy superior a sus años, trazaba rostros de contornos perfectos, paisajes encantadores, bodegones misteriosos. Pero era —y aún es ahora— en el dibujo al carboncillo donde brilla su verdadero talento. Con un par de líneas es capaz de captar la esencia de personas y objetos, de extraer la belleza del mundo que la rodea. ¿Cómo hubiera tratado Madrid a mi hija de habernos quedado allí? Quizá habría podido asistir al Ateneo de Señoras, recibir lecciones, formar su propia hermandad de artistas del mismo modo que la Avellaneda y la Coronado habían constituido en su día una de literatas... ¡Cuántas oportunidades perdidas! ¡Cuántas preguntas que ya no tendrán respuesta! Pero ya nada puede hacerse. El destino de Alejandra, el de todas mis hijas, corre paralelo al mío y es como un regato estrecho entre peñascos, lleno de saltos y emboscadas, condenado a deslizarse en soledad.

Otro que también estaba muy solo aquellos días era Bécquer. Por una de esas extrañas casualidades con las que al destino le gusta a veces sorprendernos, la casa que Manolo y yo habíamos alquilado por unos meses en la calle Claudio Coello estaba a solo unos metros de distancia de la suya, ambas muy parejas en aquella calzada de fachadas recias y ventanas enrejadas, bulliciosa a cualquier hora del día o de la noche, con un desorden de lecherías, talleres y tiendas de abarrotes en casi todos los bajos. Por amigos comunes nos enteramos de que Valeriano, con su ojo prodigioso para captar los colores del mundo, aquellas manos inquietas y su pecho enjuto de eterno enfermo, había fallecido tres meses atrás; y Gustavo, separado de su esposa y convertido en un desconocido para sus propios hijos, pasaba los días en soledad, sin comer y sin dormir apenas, sumido en un solitario delirio de versos y tristezas.

Quise comprobar por mí misma tanta desdicha y fui a visitarlo una mañana fría en la que el viento era un puñal malencarado y el suelo de escarcha sucia se quebraba bajo mis pies. Casi igual de ventosa y desaseada que la calle era su casa, con aquellas paredes húmedas, aquellas ventanas mal ajustadas y el aire general de abandono de quien ha dejado de preocuparse por las comodidades del mundo. A él me lo encontré recostado en una butaca, reducido a un encaje de articulaciones flacas que asomaban en nudos y bultos bajo una manta raída, como si uno de aquellos esqueletos aviesos de sus bocetos de juventud hubiera huido del papel para apoderarse de su cuerpo. Me di cuenta de que estaba muy enfermo: tenía los ojos hundidos y su antiguo porte sureño, ese que evocaba tardes lentas de olivos y naranjos, había desaparecido por completo.

Me reconoció a duras penas, pero pareció alegrarse de poder conversar sobre lo único que todavía lo mantenía unido al mundo en finas hilachas: la poesía. Aquel mismo año, poco antes del fallecimiento del pobre Valeriano, había comenzado a dirigir *La Ilustración de Madrid*, un periódico fundado, en otra de esas raras vueltas del azar, por Eduardo Gasset, el hermano de Eugenia, mi compañera de diligencia en el primer viaje a la capital. Gustavo me preguntó si me interesaría colaborar con algún cuento o poema y acepté; con Manolo fuera de Simancas, cualquier ingreso adicional era muy bienvenido.

—Házmelo llegar cuando lo tengas —me dijo al despedirnos con aquella nueva voz de *xílgaro* afligido—. No hay prisa —añadió con una mueca irónica que desmentía sus palabras.

Allí lo dejé, con su soledad, su melancolía y sus recuerdos. Mientras la puerta se cerraba a mis espaldas no pude evitar recordar aquellos versos suyos que habían compartido papel con los míos en *El Museo Universal*, casi diez años atrás: «Al ver mis horas de fiebre / e insomnio lentas pasar, / a la orilla de mi lecho, / ¿quién se sentará?».

Pero a la orilla de su lecho no se sentó nadie. Unas semanas después, cuando envié a Alejandra con la colaboración para el periódico, se encontró con la casa vacía y un silencio de sepulcro tras las ventanas. Bécquer había muerto. Madrid, aquella ciudad ingrata, lo había devorado.

«¿Quién en fin al otro día, / cuando el sol vuelva a brillar, / de que pasé por el mundo, / quién se acordará?».

Me hubiera gustado poder decirle que fueron muchos los que se acordaron. Después de su muerte, sus amigos y conocidos reunieron fondos para costear la publicación de su obra y de ese modo, a través de la caridad de los que lo habían conocido y amado, perduraron sus rimas rebosantes de amor, de madreselvas tupidas, de pupilas azules y arpas olvidadas. Así combatió el olvido el gran poeta; así, a través de sus versos, se mantuvo con vida.

Y si de vidas hablábamos, una nueva, la tercera, palpitaba

ya bien aferrada a mis entrañas. Manolo, por fin, se dio por vencido y asumió el traslado. Había llegado la hora para nosotros de dejar atrás aquel Madrid «sucio, negro, feo como un esqueleto descarnado», como decía el pobre Bécquer, y regresar de nuevo a Galicia.

5

Y Galicia nos acogió una vez más, mansa y sufrida, como una madre resignada a recibir al hijo pródigo que regresa de dar tumbos por el mundo. ¡Qué fría y desabrida nos pareció A Coruña aquel invierno! Nos encontramos una ciudad de sal y niebla, sombría como un paisaje de Hoffman, con sus calles bañadas en una luz difusa y el océano reflejándose como un monstruo hecho añicos en las galerías de cristal recién diseñadas por Vittini.

Y también nosotros llegábamos rotos, listos para recoger del suelo nuestros pedazos. Alquilamos un piso amplio y lleno de humedades en el número 3 de la calle Padilla y, mientras

Aura dejaba atrás su etapa de bebé y Alejandra reanudaba su caótica instrucción en una cercana escuela de niñas, Manolo se incorporó de mala gana a su cargo en el nuevo Archivo, que tenía su sede en el regio caserón del Palacio de la Real Audiencia, pero era, según aseguraba él, igual de inhóspito que el de Simancas, desorganizado y con los valiosos legajos medievales medio devorados por las termitas. El recibimiento por parte de sus compañeros fue frío y desabrido: Manolo perjuraba que lo miraban mal, que murmuraban a su paso y que se mostraban tan groseros y descorteses como los castellanos. Me hubiera gustado decirle que eran imaginaciones suyas, que su sensibilidad exagerada para percibir agravios le jugaba de nuevo una mala pasada, pero sus protestas tenían una base real: el recuento de sus desmanes en Simancas había viajado por los enrevesados canales de información de la Administración Pública y todos estaban prevenidos contra él y reacios a mostrarle clemencia. Simancas era, y lo sería ya para siempre, la sombra más oscura de mi marido.

Para sacudirme las mías propias, con la preocupación añadida de la nueva vida creciendo en mi vientre, me acostumbré a dar largas caminatas a diario, acercándome a veces hasta los muelles para que la brisa marina me acariciase el rostro, y el océano, el mismo que había devorado a Aurelio, me murmurase al oído sus historias de naufragios. Aquella sinfonía inalterable, aquel murmullo de las olas... ¿También el mar te hablaba a ti, Aurelio?, me preguntaba con la vista fija en la línea temblorosa del horizonte. Y si lo hacía... ¿qué te decía?, ¿qué secretos te revelaba? Porque a mí me habla de dolor y de sombras, de muerte y de hastío, de una promesa de consuelo en sus aguas heladas. «*Neste meu leito misterioso e frio / —dime— ven brandamente a descansar».**

Otros días, los menos desapacibles, mudaba mi rumbo y tomaba el sendero entre matorrales que conduce al jardín de San Carlos, que incluso vestido de invierno me parecía un oasis de verdor y sosiego. Allí, en su lecho vegetal, rodeado según la estación de jaramagos, zarzas, camelias o aligustre, se encuentra el sarcófago de piedra blanca de sir John Moore, el héroe británico que murió en nuestras costas después de enfrentarse con valentía a las tropas de Napoleón. Yo conocía su historia gracias a un relato que Manolo había publicado diez años antes en *El Museo Universal*, titulado precisamente «El sepulcro de Moore», un cuento romántico y triste sobre una hermosa mujer vestida de luto que visitaba cada año la tumba del general en el aniversario de su muerte y derramaba amargas lágrimas recordando su amor perdido. Y como el mundo real y las cosas que imaginamos a menudo se entrelazan de un modo que llega a sorprendernos, aquel invierno el fantasma de la enamorada de Moore salió de las páginas de Manolo y se las arregló para traer a mi vida una nueva amiga.

Así fue como sucedió: era un día plomizo, uno de esos en los que el cielo amanece entoldado y dispuesto a tragarse el mundo. Yo me disponía a regresar a casa después de haber hecho mi recorrido habitual entre las hileras de olmos, que ya extendían y ahuecaban sus ramas preparándose para la próxima floración. Con el rabillo del ojo, perfilándose apenas entre la niebla, divisé una figura oscura frente al sepulcro de Moore, inclinada sobre la piedra con expresión medi-

---

* «En este lecho mío misterioso y frío / —me dice— ven blandamente a descansar».

tabunda. Era una mujer alta y muy delgada, envuelta en un pesado vestido de terciopelo lleno de encajes y bordados, muy diferente de los atuendos invernales de sarga y batista que solían lucir las damas coruñesas. Había algo extraño en su apariencia, algo etéreo, parecía una de esas frágiles heroínas de Poe de las que uno no puede decir si son espectros o mujeres vivas hasta que finaliza el relato.

«Es ella, es la enamorada de Moore —pensé con un estremecimiento—. Es el fantasma del cuento de Manolo». La idea fue tan inesperada, tan desconcertante, que perdí el equilibrio y estuve a punto de caer al suelo si no hubiera sido porque la extraña mujer, en un movimiento ágil y brioso que nada tenía de espectral, se adelantó hacia mí y me sujetó del brazo. Cuando la tuve delante, además de comprobar que era de carne y hueso, pude distinguir bien su rostro pálido y lleno de pecas, los cabellos rubios que asomaban en frondosos rizos bajo el tocado y un par de grandes ojos azules que me observaban con curiosidad. Me quedé mirándola con el ceño fruncido y la boca abierta hasta que ella carraspeó, sin duda desconcertada ante tal despliegue de aturdimiento.

—Perdone, yo… Me asusté… Como la vi ahí, tan quieta ante el sepulcro…

Soltó una carcajada rápida que sonó como un ruido de campanillas.

—No me diga que me ha confundido usted con la pobre Hester —dijo burlona, con un marcado acento extranjero.

—¿Quién?

—Lady Hester Stanhope, el gran amor del general. —Señaló la tumba con un dedo de uña nacarada—. Muchos creen que su fantasma todavía le visita y le llora con desconsuelo, pero yo opino que es imposible, a no ser que haya conseguido encontrar el camino desde Oriente, porque ella murió en Damasco hace más de treinta años... Dicen que era un poco excéntrica, pero... ¿qué inglés no lo es, al fin y al cabo? Yo soy galesa, por si mi acento no le ha dado alguna pista.

Así fue como me enteré de que Manolo había inspirado su fantasma en un personaje real, lady Hester Stanhope, la valiente y estrafalaria mujer que amó al general hasta su muerte. Y así fue también como conocí a Mary Margareth Jones, o María Bertorini, como se hacía llamar desde su matrimonio con Camilo Bertorini, un italiano que trabajaba como gerente en la concesión que había iniciado las obras para introducir, con años de retraso, como es habitual en nuestra tierra, el ferrocarril en Galicia. Mary Margareth era una dama formidable, de porte elegante y carácter discreto, que había recibido una educación rigurosa en artes y letras y hablaba varios idiomas con fluidez. Me recordaba un poco a mi antigua maestra, Lucía Gifford, con su rostro severo, sus cabellos pálidos y su apariencia algo fría que era solo fachada para ocultar una naturaleza vehemente. Como galesa, conocía bien las tribulaciones de las lenguas vulnerables que se ven obligadas a sobrevivir en susurros; por eso se mostró entusiasmada cuando se enteró de que yo escribía en idioma gallego.

Nos hicimos amigas enseguida, unidas por nuestra afinidad de pensamiento y la condición de mujeres diferentes: ella por extranjera y yo por literata poco delicada. Nuestras conversaciones sobre los asuntos del mundo —las dos nos congratulábamos de la fundación en Cambridge dos años antes de un *college*, como ella decía, solo para mujeres— y sobre literatura —yo le recomendaba a George Sand y ella me hablaba maravillas de otra George que también escribía oculta bajo un nombre masculino, George Eliot— fueron un bálsamo para mí durante aquellas semanas invernales. Más tarde, la vida y nuestras continuas mudanzas provocaron que nos perdiéramos la pista, pero, en recuerdo del día que nos conocimos, le dediqué «Na tomba do xeneral inglés Sir John Moore», un poema que escribí en honor al héroe valeroso que cruzó las fronteras del tiempo y de la muerte para traer a mi vida a una nueva amiga.*

Mi tercer embarazo había comenzado de un modo muy similar a los dos anteriores, con mareos, fatiga y las molestias propias del estado, pero conforme pasaban los meses, en lugar de remitir el malestar y adentrarme en ese estado de calma lustrosa que precede al momento del alumbramiento, iba encontrándome cada vez peor, más exhausta y dolorida, como si al nuevo niño no le bastase el sustento de mi vientre y me chupase también todo el vigor y las fuerzas. A pesar de que me había puesto más voluminosa que nunca, mi rostro era todo piel y huesos y apenas me alcanzaban las fuerzas para dar un par de pasos antes de sentarme con la respiración entrecortada y el corazón a punto de estallar. Como el nacimiento estaba previsto a mediados de verano, aprovechamos el periodo vacacional de Manolo para trasladarnos a Torres de Lestrove, confiando en que el clima suave de las *veigas* del Ulla y la compañía de Pepito Hermida me devolviesen el vigor y las fuerzas. ¡Qué hermoso estaba el pazo aquel verano! El jardín era un confuso despliegue vegetal; el gran madroño,

* Este poema se encuentra grabado en una de las placas conmemorativas en el jardín de San Carlos, en A Coruña, donde está el mausoleo de sir John Moore. También incluido en *Follas novas*, fue dedicado por Rosalía a su amiga galesa Mary Margareth Jones (María Bertorini). Esta mujer se convertiría con el tiempo en la bisabuela del premio Nobel Camilo José Cela.

a la espera de sus frutos otoñales, extendía su sombra sobre la tierra, y los helechos susurraban como colegiales díscolos, más crecidos que nunca porque mi primo, desde que había heredado el pazo, se negaba a cortarlos para darle al arboreto un aspecto más pulido.

Aun así, tampoco allí fui capaz de recobrar la anhelada paz; en parte porque las molestias y la incomodidad aumentaban con cada semana que pasaba, y en parte porque Manolo y Pepito, que jamás habían sido uña y carne, escogieron justo aquel momento para dar rienda suelta a su mutua animadversión y se pasaban los días mirándose de reojo y gruñéndose el uno al otro como perros airados; Manolo juzgando a ceja alzada las prácticas nudistas y la dieta espartana de mi primo, y este respondiéndole con comentarios cargados de retranca acerca de lo curioso que era que un hombre que se jactaba de ser el mayor defensor de Galicia apenas hubiese escrito un par de páginas en gallego durante toda su carrera de historiador y literato. Solo las niñas disfrutaron realmente aquel verano, una llenando con avidez sus lienzos con los ocres y los verdes del paisaje y la otra rebozando en tierra y en hierba toda la inocencia de sus casi tres años.

Entretanto, yo me iba dando cuenta de que aquel parto sería muy distinto a los anteriores. Lo notaba en el aire, en mis propios huesos, de ese modo impreciso en que se intuyen algunos acontecimientos fundamentales. «Ten cuidado», me decía a mí misma cada dos por tres, sin saber muy bien qué temía. «Ten cuidado», mientras deambulaba a pesados trancos por el jardín, con las abejas zumbando a mi alrededor como si esperasen encontrar en mi coronilla una flor suculenta. «Ten cuidado», cuando me desplomaba sobre la cama por las noches, el enorme vientre apuntando hacia arriba como una fruta madura. Cada preñez entraña peligros, cada nacimiento es una lucha a brazo partido con la muerte, que gusta de acechar a las madres y a veces se cobra su vida, la del cativo o la de ambos como tributo; eso yo lo sabía bien. Pero, por primera vez, la ilusión de conocer a un nuevo hijo estaba empañada por un miedo atroz, un miedo sin explicación que partía del centro mismo de mis entrañas. Aquellos días, sin saber por qué, me acordé mucho de la Paquita, que había huido de hombres y embarazos como de la peste y que también había caminado por el mundo bajo el peso de un miedo inapelable.

El 2 de julio noté los primeros aguijonazos que me avisaron de que la hora estaba próxima. Le pedí a una criada del pazo que se llevase a las niñas y mandé a Manolo a buscar al médico porque algo me decía que en aquel trance necesitaba de más sostén que el que podía proporcionar una simple partera. Cuando regresó con él, una hora después, me encontraron aferrada a los barrotes de la cama, con los ojos en blanco y las piernas temblando como varas de mimbre, abrumada por un dolor que amenazaba con desgajarme. El doctor, un joven pálido y relamido que daba la impresión de tener la tinta del diploma de la facultad de Medicina aún a medio secar, tuvo la suficiente presencia de ánimo para anticipar lo que se le venía encima y ordenó salir a todo el mundo excepto a una doncella, mientras se remangaba con el aire de un general listo para entrar en batalla.

Días más tarde, Manolo, que se pasó las seis o siete horas que duró el trance paseándose arriba y abajo por los pasillos en compañía de Pepito, olvidados por un momento sus disputas y desencuentros, me confesó que había notado la crispación en el aire, como el aleteo de un pájaro oscuro. Mis recuerdos están envueltos en bruma y solo soy capaz de rememorar el dolor terrible, el olor de la sangre, las órdenes secas del médico y el brutal y último esfuerzo a través del cual la criatura se desgajó por fin de mi cuerpo: grande, escurridiza, crispada y berreando. Recuerdo también el tono monótono del doctor afirmando «Vive, y es una niña», y sus dedos ágiles cortando y anudando el cordón antes de dejarla en brazos de la doncella, como un fardo, sin dedicarle un segundo pensamiento. Así entró mi tercera hija en el mundo: relegada, sin recibir casi atención, como una sombra discreta. Yo levanté con esfuerzo la cabeza de la almohada, extrañada de que nadie la depositase en mis brazos.

—La niña... —pedí.

El doctor sacudió la cabeza en señal de negación.

—Después. Viene otra.

En un primer momento no entendí a qué se refería. ¿Otra qué? ¿Otra oleada de dolor? ¿Otra hora de sufrimientos? «Otra criatura, *tontiña* —regañó la voz de la Paquita en mi mente, clara como el cristal e igual de cortante—. Traes dos, como aquella vaca de los establos de Arretén que siempre paría a pares y las crías le salían tan raquíticas que más que becerros parecían cabritos... ¿No te acuerdas?».

«Calla ya, *madriña*». Espanté su voz con esfuerzo y me concentré en la del doctor, que me ordenaba empujar con el tono imperioso de un general de infantería. Al segundo bebé le costó mucho más que al primero abrirse camino hacia el mundo y el médico tuvo que valerse de sus propias manos para extraer aquel paquete inerme, mucho más pequeño que su hermana, pálido allí donde ella era encarnada y mudo y exangüe en comparación con los agudos berridos de ella. «Este es un niño», anunció con rostro inexpresivo, sin mostrar el menor alivio porque el trance hubiera finalizado.

Un niño... ¡Mi primer hijo varón! «Sí, pero los niños son muy delicados... El tuyo es como un *vidriño*», insinuó de nuevo, fastidiosa y agorera, la voz de mi *madriña*. Y era cierto que era débil, la cosa más frágil que había visto en mi vida: diminuto, lleno de ángulos y pliegues, con un rostro de cáscara de nuez y la piel casi transparente sobre un encaje de venas azules.

«Es como un *vidriño*...».

Las semanas siguientes, mientras a su hermana se le abrían los ojos, se le ensanchaban los pulmones y se le aclaraba la piel, mi hijo se balanceó entre la vida y la muerte, mudo y enroscado en sí mismo, con el aspecto etéreo de una criatura que aún no ha decidido si pertenece a este mundo o al otro.

«Los niños casi siempre marchan antes. Ten mucho cuidado con el tuyo o no vivirá demasiado...».

Mantenerlo con vida se convirtió en nuestra prioridad, en el único sentido de nuestra existencia, y Manolo y yo nos empleamos en ello a fondo, unidos los dos en una sola misión como pocas veces lo hemos estado a lo largo de nuestra vida. Con cada una de sus vacilantes respiraciones exhalábamos el aire con él, suspiramos con alivio el día que aprendió a succionar y pudimos dejar de alimentarlo con un algodón empapado en leche, y cuando por fin abrió los ojos y estalló en un llanto espantado, nosotros lloramos también. Cada nuevo amanecer era un motivo de celebración para nosotros porque significaba que la muerte, que tanto lo rondaba, se iba acobardando y alejando de él.

Y al final se dio por vencida y se retiró por completo. El niño vivió. Bautizamos a los gemelos tres semanas después de su nacimiento, y para él escogimos los nombres de Ovidio Emanuel, el segundo por su padre y el primero por Publio Ovidio Nasón, el autor del *Ars Amandi*, ese texto delicado y elocuente sobre las formas del buen amor conyugal; esto no dejó de ser una elección muy acertada, porque su azarosa llegada al mundo nos acercó a Manolo y a mí, hilvanó de nuevo las hebras del afecto que se habían ido deshilachando con el paso del tiempo y los desengaños.

A la niña, que había entrado en el mundo a la sombra de su hermano, callada y paciente, con aquel par de grandes ojos oscuros que no se separaban de él, la llamamos Gala Blanca Eleonora, nombres de mujeres fuertes y poderosas; de emperatrices romanas y reinas navarras y aquitanas; quizá para redimirnos, quizá para compensar la atención que no le habíamos prestado en sus primeras semanas de vida.

6

Hay canas en mi cabeza; hay en los prados
escarcha;
mas yo prosigo soñando, pobre, incurable
sonámbula.

ROSALÍA DE CASTRO, *En las orillas del Sar*

¿Cuánto tiempo habrá pasado ya desde que empecé a escribir estas memorias mías, este cúmulo de recuerdos deslavazados? ¿Semanas? ¿Un mes ya? El tiempo se mide de un modo diferente desde que estoy confinada en esta cama: las horas y los minutos se precipitan unos sobre otros, desenfrenados, como piedras lanzadas por un cativo a la corriente de un río; y, sin embargo, los días pasan lentos y remolones, dejando tras de sí una viscosa estela de saudade. La vida —la poca que me quede ya— ha dejado de ser un asunto ordenado y estable y se ha convertido en un extraño juego de espejos en los que lo único que se refleja es mi rostro asombrado.

Sí, estos días pienso mucho en mi cercano fallecimiento,

quizá porque acabo de escribir sobre la llegada al mundo de mis hijos y, al fin y al cabo, el nacimiento y la muerte no son más que dos puertas enfrentadas en una misma estancia, dos puertas que yo imagino solemnes y ornamentadas como las de Arretén, y que acotan los errores, los amores, los odios, las ternuras y los aciertos que forman el encaje de nuestras vidas. Y qué rápido atravesamos ese velo, qué rápido corremos de la una a la otra, casi sin darnos cuenta.

Mi Ovidio, como ya dije antes, vivió. Con cada hito cumplido, con cada mes y cada año superado, mis propios miedos y el recuerdo de los funestos augurios de la Paquita se iban desvaneciendo, engullidos por esa falsa sensación de seguridad a la que todos tendemos a aferrarnos cuando está en juego lo que más amamos. «¿Lo ves, *madriña*? —decía yo, triunfante, cuando lo veía coger peso, dar sus primeros pasos, balbucear su primera palabra—. ¿Lo ves? Estabas equivocada. El niño vive».

¡Ay, cómo le gusta al destino burlarse de nosotros!

De ser un bebé endeble, con aspecto de saltamontes chamuscado, Ovidio pasó a convertirse en un cativo igualmente enclenque, de huesos largos y frágiles, rodillas como tocones de árbol y ojos melancólicos en un rostro que daba la impresión de ser demasiado estrecho para contenerlos. Gala, a su lado, parecía una giganta: alta y morena, con sus ojos ribeteados de oscuro siempre pegados a la nuca de su hermano, pues ya desde la cuna se proclamó a sí misma como su protectora y su guardiana. De todos mis hijos, siempre ha sido la que más se parece a mí físicamente: Gala, gemela de Ovidio y, a la vez, gemela mía.

Como la vida y la muerte son eslabones entrelazados en una misma cadena, el mismo año que la Parca pasó de largo ante Ovidio decidió, a cambio, llevarse a José Martínez Viojo, el padre que jamás lo fue para mí, y también a José María de Castro, el tío que sí supo actuar como padre. El fallecimiento del primero, además de un tenue latido en el vientre, como el pálpito de una cicatriz antigua, me dejó como único legado las cenizas del pasado: la carta que Teresa le había escrito para citarlo en Adina cuando se enteró de su estado y el tallo agostado de rosa canina, con los frutos ya reducidos a órbitas mustias que se convirtieron en un polvillo rojizo en cuanto los rocé con la punta del dedo. El resto de sus bienes terrenales, todo lo que atesoró durante su anodina existencia, fue a parar a la sobrina que lo cuidó en los últimos años, una de las hijas de Teresa Martínez Viojo. Con la muerte del tío Pepe, la familia Castro perdió a su último patriarca y Arretén, que para entonces ya solo era una carcasa del esplendor del pasado, recayó en las manos de Josefa Laureana, que lo mantuvo como pudo durante unos años hasta que las deudas y los gravámenes la obligaron a venderlo y el destino de la Casa Grande se desgajó para siempre del de nuestra familia.

Entre muerte y muerte, para los que seguíamos vivos los días eran delicados tapices que había que manejar con sumo cuidado para evitar desgarrarlos. Regresamos a A Coruña tras el nacimiento de Gala y Ovidio y, ante mi incapacidad de alimentar a ambos, contratamos a dos amas de *leite*, Rosa y Manuela, dos aldeanas recias y silenciosas, extrañamente similares entre sí a pesar de no estar emparentadas, con largas trenzas cobrizas a la espalda, ojos bovinos prestos a desviarse hacia el suelo, muslos como baluartes y pecheras inmensas a las que mis hijos se aferraron con avidez. Apenas hablaban, y cuando lo hacían, era sobre todo entre ellas y con monosílabos, como si hubieran perfeccionado un extraño código secreto, pero eran limpias y saludables, no cobraban demasiado y parecían formales y de confianza.

Parecían.

Después del nacimiento de los niños, Manolo y yo nos habíamos ido acercando de nuevo el uno al otro, despacio y a tientas, con mucho cuidado de no herirnos, de no dar un paso en falso que pudiera romper el hilo que nos mantenía unidos, tan quebradizo. Aun así, la mayoría de los días teníamos la impresión de caminar descalzos sobre un campo de espinas. A Manolo se le había apagado el fuego de sus mejores años, ese entusiasmo alimentado de orgullo que siempre había sido su mayor impulso. Seguía sintiéndose a disgusto en el Archivo del Reino de Galicia, conminado a un trabajo que consideraba tedioso y gris y donde ni siquiera contaba con el apoyo de sus compañeros, él, que siempre había anhelado el respeto y la veneración de los demás por encima de todo. Le faltaba poco para cumplir cuarenta años y mientras muchos de sus viejos amigos prosperaban —a Benito Vicetto, de quien se había distanciado, le llamaban «el Walter Scott de Galicia»; Alejandro Chao había fundado una casa editorial en La Habana y su hermano Eduardo hacía carrera política—, él no había podido cumplir ni la mitad de sus gloriosos anhelos de juventud. Los sueños de triunfo se le escabullían como arena entre los dedos.

Por aquellos tiempos volvimos a tener problemas de cuartos, a pesar de su sueldo de archivero. Unos años antes, la Diputación Provincial de Pontevedra le había fiado a Manolo seis mil reales para financiar la redacción del tercer tomo de su *Historia de Galicia*, un proyecto que él había postergado tanto que era ya imposible que lograse cumplir los plazos. Como consecuencia del retraso en la entrega, le embargaron parte de su sueldo y, entre las muchas bocas que teníamos para alimentar y su hábito de dilapidar sin medir las consecuencias, nos vimos de nuevo con el agua al cuello, igual que cuando éramos dos jóvenes recién casados y él arañaba colaboraciones en periódicos y gacetas para poder sobrevivir. Pronto nos encontramos debiendo dinero en casas de sastres, abacerías y tiendas, y Manolo tuvo que humillarse y recurrir de nuevo a su padre, que montó en cólera y se dio golpes de pecho al confirmarse de una vez por todas su creencia de que su hijo mayor era un tarambana sin remedio. «Afirman que coméis oro [...] Yo te digo que con 20.000 reales sobra la mitad para vivir una familia que tenga orden [...] Buen porvenir esperan de ti tus hijos cuando no tratas de ahorrar algo para ellos», se desquitó mi suegro con justa ira en una serie de airadas cartas que nos envió por aquellos años.

Y ya fuera porque las regañinas de Juan Martínez tuvieron la virtud de aguijonar su malparado orgullo, o bien porque también él temía por el futuro de nuestros hijos, lo cierto es que Manolo trató de enmendarse y durante un tiempo casi volvió a ser el mismo de antes: se sacudió de encima la autocompasión y la desidia, y pasó de nuevo largas horas inclinado sobre la mesa de su despacho, trabajando en una *Memoria relativa al Archivo General de Galicia*, un manifiesto en el que desgranaba con gran sentido común la gran importancia de la Historia para la sociedad. Por las mismas fechas vio la luz la segunda edición de mis *Cantares gallegos* y esta reencarnación logró lo que no había conseguido en su primera vida: cruzar el océano y conquistar a los emigrantes, que acogieron bien aquellos versos pensados y escritos por y para ellos. Como si se hubiera completado un círculo prodigioso, los gallegos de América fueron el mejor público para mis

Cantares: los comprendieron y los hicieron suyos, los gritaron desde los vapores anclados en el puerto, los susurraron entre cañaverales, los recitaron en los llanos abrasados por el sol y en los campos de tabaco y los leyeron en voz alta en las calles de La Habana Vieja. Me nombraron socia honorífica de varias agrupaciones de emigrantes y Manolo, olisqueando en el aire nuevas oportunidades para «la cantora de Galicia», me apremió a compilar nuevos versos en la línea de los de los *Cantares*. Sin embargo, este plan suyo tuvo que postergarse: ahora teníamos la casa llena de cativos que requerían atención y aquellas predicciones de Varela de Montes sobre la fertilidad aleatoria de Isabel la Católica parecían cumplirse también en mí, pues aún no habían llegado Gala y Ovidio al año y medio de vida cuando ya otra criatura comenzaba a agitarse inquieta en mis entrañas.

Después del azaroso embarazo de los gemelos, la nueva preñez transcurrió apacible, tan suavemente como una brisa de verano. Ahora apenas encontraba tiempo para escribir y, cuando lo hacía, era más a través de mis pensamientos que con las manos, en fragmentos y versos que murmuraba para mí misma y rara vez alcanzaban a hacer el recorrido hasta el papel. En la maternidad y en todo lo que ella implicaba —los días impredecibles, las fiebres y sarpullidos, los dolores del crecimiento, los llantos y los primeros balbuceos— se asentaban ahora mis dominios, del mismo modo que antes habían estado en las tablas del Liceo de San Agustín y en las páginas en blanco, la plumilla y el tintero. Mis cativos, tantos y tan pequeños, tan seguidos, ocupaban ahora todo mi tiempo, pero las letras jamás se marcharon del todo. Me esperaban con paciencia, como un amante solícito, aguardando el momento propicio para reencontrarnos.

Nuestra quinta hija nació el 17 de julio de 1873, en un parto tan fácil y armonioso como lo había sido el embarazo, y entró al mundo gorda y lustrosa, con la ya conocida mata de cabello crespo sobre la coronilla y una mirada diáfana y mística que todavía conserva hoy, como si en el periplo entre mis entrañas y este mundo hubiera presenciado cosas extraordinarias. En esta ocasión nos costó mucho escoger un nombre para ella. Manolo, que desde los desmanes de Simancas iba por el mundo con aires de caballero andante, anteponiendo la dignidad y el honor por encima de cualquier otra cualidad, se empeñó en darle el exuberante nombre de Honorata; mientras que yo prefería Amara, como la playa que había sido el último lecho de Aurelio y cuyo oleaje profuso me había acompañado durante los nueve meses que creció en mi interior. Al final la llamamos Amara Honorata del Carmen, este último añadido de última hora porque la niña había nacido solo un día después de las festividades de la Virgen.

Tenía Amara solo unos meses de vida cuando falleció mi suegro de repente, de uno de esos embates al corazón similares a los que habían segado la vida de Concha Murguía y de mi propia madre. Al conocer la noticia, Manolo, que se había pasado años batallando con su padre, los dos atrapados en una intrincada maraña de rencores, silencios y heridas sin cicatrizar, se encerró durante horas en su despacho y cuando salió parecía más diminuto que nunca, iba envuelto en un aura sombría y traía todo el aire de un hombre con asuntos pendientes que sabe que ya jamás tendrá la oportunidad de zanjarlos. Con tantos corazones débiles en nuestra familia llegamos a la conclusión de que algún día también fallarían de golpe los nuestros, que ese sería el modo escogido por la Parca para darnos caza a los dos. ¡Cuánto nos equivocamos! No sé qué le tendrá a él reservado, que a pesar de sus excesos y su mal carácter es hombre sano y vigoroso como un carballo, pero a mí la daga me la lanzó con puntería de arquero al vientre, no al corazón. Y es que la muerte tiene paciencia para tejer los hilos con los que habrá de enredarnos y concibe un tapiz de colores diferentes para cada uno de nosotros. Yo siempre he pensado que se mostró piadosa al llevarse a mi suegro justo en el momento en que lo hizo, porque así le ahorró la visión de lo que estaba por venir. Solo unos meses después de su fallecimiento, con Amara todavía en pañales, las intrigas y ardides que siempre han abundado en este país nuestro provocaron que las estructuras del poder virasen de nuevo y, seis años después de la huida de la reina, su hijo Alfonso, joven, cenceño, tuberculoso, mucho más querido por el pueblo que su madre, ocupó el trono con sus tres flores de lis, invalidando así las voces de los que habían clamado durante la Revolución que la estirpe de los Borbones se había marchado para siempre.

Y como si el fantasma de mi suegro hubiese regresado a nosotros para recordarnos que «los cargos regalados a dedo, a dedo se quitan», solo dos meses después de la proclamación del nuevo rey, Manolo recibió una orden de cese en el Archivo del Reino de Galicia, por «no reunir las condiciones recomendadas por la legislación del ramo», que era una forma fina y elegante de decir que los apoyos y amparos que lo habían mantenido hasta entonces se habían desintegrado en el aire. Y por uno de esos caprichos que tiene el destino —uno que quizá hubiera hecho a mi suegro bufar y regañarnos desde su tumba— fue la herencia de Juan Martínez, que a diferencia de nosotros había sido frugal toda su vida, la que logró que nos mantuviésemos a flote durante aquellos tiempos de incertidumbre.

Con las recias puertas del Archivo ya bloqueadas para Manolo, nada nos ataba a A Coruña, así que pusimos rumbo a Santiago en una enésima mudanza que, de nuevo, más parecía un destierro y una huida. Acostumbrados ya a nuestra vida de nómadas sin arraigo, sabíamos cómo viajar ligeros de equipaje, pero uno nunca sale con las manos vacías de los lugares que habita. De A Coruña, Manolo salió con las espaldas vencidas y dejó atrás varias deudas, algunos enemigos y un rosario de malos recuerdos. De mí quedaron mis pisadas sobre las sendas del jardín de San Carlos, mi sombra zambulléndose entre las olas de San Amaro y mi amiga Mary Margareth, a quien no recordaré severa y de oscuro como el día que nos conocimos, sino ataviada con el lujoso vestido blanco de encajes y rasos que lució, del brazo de su marido, en el acto de inauguración de las vías ferroviarias, aquel mes de septiembre de 1873. ¿Y qué me llevé? El mar en los ojos, el murmullo de las olas en mis oídos, mis versos dedicados a John Moore en la maleta, a la pequeña Amara en mis brazos y además, fruto de esa nueva y desatada fertilidad mía, un nuevo hijo, el sexto, gestándose en mi vientre. Aun no lo sabía, pero jamás volvería a pisar la ciudad de A Coruña.

En Santiago alquilamos una vivienda en la rúa da Senra, una casa amplia de techos altísimos con habitaciones suficientes para todos los niños, la criada, las dos amas, Rosa y Manuela, que se habían quedado para ayudar con tanto cativo, y nosotros mismos. Nunca llegué a saber quiénes habían sido los anteriores inquilinos, pero las huellas de su gusto refinado estaban presentes en todos los rincones: en las paredes revestidas de madera oscura, en las bonitas baldosas de cerámica floreada, en los butacones de terciopelo y damasco y, sobre todo, en la larga mesa de caoba del comedor, rodeada de sillas tapizadas en verde, sobre la que pendía una gran araña de cristal que reflejaba un arcoíris de destellos sobre el techo.

Al principio me encantaba esa lámpara. Más tarde la odié con todas mis fuerzas.

Solo un mes después de nuestra llegada, en la gran cama con cabezales tallados con escenas de caza, nació nuestro sexto hijo y el segundo varón, grande y lustroso, con la boca abierta y las manos apretadas en obstinados puños, con diferencia el más chillón y robusto de todos mis hijos. Al igual que la de Amara, su llegada al mundo fue rápida y fácil, como si con el paso de los años los conductos de mi cuerpo se hubiesen refinado y pulido para ahorrarme horas de tormento. El recién llegado se parecía mucho a Ovidio, con su frente alta y la curiosidad con que observaba el mundo que lo rodeaba, pero con el paso de los meses nos dimos cuenta de que mostraba una intrepidez y un arrojo de carácter de los que su hermano carecía. Entusiasmado con este nuevo hijo, Manolo escogió para él un nombre de emperador romano: Adriano, al que quiso añadirle Honorato por los mismos motivos que se lo había endosado a Amara, y también Alejandro en tributo a su hermana mayor, que desde el principio adoró con locura a aquel rollizo muñeco de carne y hueso. Así llegó al mundo Adriano Honorato Alejandro, con fuerza y compartiendo nombre con dos de sus hermanas, y esta vez no me martirizaron las dudas respecto a su supervivencia como en el caso de Ovidio ni me acordé de los negros augurios de la Paquita. El cativo era tan recio, tan vigoroso y saludable, que estaba claro que viviría.

Ante la necesidad de buscar nuevas fuentes de ingresos, Manolo se empleó de inmediato en el método que siempre había sido su remedio de socorro y que tan buenos resultados le había dado a veces: recurrir al favor de amigos y conocidos. Con el orgullo hecho trizas tras el despido fulminante, pero más combativo que nunca, rebuscaba cada día en su larga lista de relaciones, escribía cartas, hacía visitas y esbozaba en su cuaderno el organigrama de los nuevos mandos del gobierno, tratando de encontrar conocidos, antiguos compañeros, amigos de amigos, cualquier eslabón favorable a su causa. Sus esfuerzos acabaron dando fruto y fue nuestro antiguo compañero del Liceo, Saturnino Álvarez Bugallal, que prosperaba en política y era gran amigo de Cánovas del Castillo, quien logró la restitución de Manolo en la función pública, con un cargo en la Biblioteca de la Universidad de Valencia. Nos pareció una perspectiva agradable aquel destino en la tierra del gran poeta Ausiàs March, en una ciudad vibrante y enérgica en contraposición a la venerable quietud de Compostela, y durante unas semanas nos permitimos soñar en voz alta y emocionarnos ante la nueva vida que nos esperaba, con nuestros hijos tostándose bajo el sol del Mediterráneo y nosotros caminando hacia la vejez con la calma y el sosiego que tanto merecíamos. Como la familia había crecido tanto, decidimos que él partiría primero y los demás le seguiríamos unos meses después, cuando ya estuviese asentado, tal como habíamos hecho años atrás durante la época de la mudanza a Simancas.

Simancas… la seca, la tristísima, la desolada Simancas… Me pregunto si acaso fue entonces, al recordar los días devastados de Castilla, cuando tuve el pálpito de que esta vez las cosas tampoco saldrían bien para nosotros. O quizá lo sospeché más tarde, al verlo embalar su equipaje, eufórico y alegre, tan ufano, con esa despreocupada actitud suya que recordaba a un niño o a un fauno; ese tenaz optimismo ante las dádivas que nos ofrecía la vida y que tanto contrastaba con su terrible incapacidad para aprovecharlas. El caso es que supe que nos encaminábamos hacia otro fracaso, lo intuí con desgarradora lucidez y, aunque lo despedí con una sonrisa en los labios, me pasé las semanas siguientes en vilo, sumida en una tristeza desalentada.

Y, aun así, cuando a finales de junio me llegó por fin una carta suya, nada me había preparado para aquella extraña noticia. Yo había esperado reclamos y lamentos sobre la Biblioteca, trifulcas con compañeros y empleados, quejas sobre el clima de Valencia, el relato minucioso de las tropelías, rivalidades o pequeños desacuerdos que eran la sal de sus días. Pero lo que Manolo me comunicaba con su letra recta y digna, esa letra suya de escribano, era ni más ni menos que otro cese, un nuevo y vergonzoso despido sin haber tenido tiempo siquiera a ocupar el cargo. ¿Los motivos? Solo uno, sencillo y a la vez incomprensible: se había retrasado más de una semana en tomar posesión del cargo y, por lo tanto, se había revocado su nombramiento. «Pero ¿por qué? —me pregunté a mí misma, resistiendo la tentación de hacer trizas aquella carta, de arrugarla y tragármela, del mismo modo que me tragaba muchas veces las quejas y los reproches—. ¿Por qué, en nombre de todo lo valioso que hay en el mundo, haces este tipo de cosas?». En los párrafos siguientes encontré la poco satisfactoria respuesta; adornada, tal como era su estilo, de mil excusas y razones. Según él, alguien le había preparado una encerrona: se le había concedido una prórroga que él aprovechó para buscar casa e instalarse, pero como se trataba de una prórroga verbal, sin documento que la justificase, les había servido en bandeja a sus enemigos la excusa perfecta para deshacerse de él. De este modo tan absurdo y disparatado, Manuel Martínez Murguía quedó separado para siempre de la Administración Pública.

Y yo, dividida entre la resignación y el enojo, me enfrenté a aquel nuevo revés. Manolo no regresó de inmediato de Valencia, como yo habría deseado, sino que se quedó allí tres meses más, embarcado en la absurda quimera de revertir a su favor aquella resolución tan tajante. O al menos, eso fue lo que me dijo... ¿Quién sabe y qué importa a estas alturas qué sucedió en realidad? Han pasado ya muchos años, y otras penas y congojas se han encargado de borrar las de aquellos tiempos... ¿Qué gano con removerlas ahora? Basta con decir que callé y acepté su decisión, que no protesté cuando sus cartas comenzaron a llegar espaciadas y aliñadas de nimiedades, y que nada dije cuando al fin regresó él en carne y hueso, pulido como un fuso, con los labios cenicientos y los ojos como dos heridas. Cuando me abrazó, correspondí a su abrazo y repliqué con un asentimiento cuando me preguntó si todo estaba bien. «Lo que no se llora no existe», decía mi prima Carmiña con la sagacidad de sus trece o catorce años. Así que no lloré ni una sola vez durante la espera y tampoco lo hice cuando, unas semanas después de su regreso, registré en un arrebato de curiosidad su maletín de las cartas y hallé una de su amigo Ventura García Rivera, periodista en el *Diario de Avisos* de A Coruña, en la que, entre la habitual verborrea literaria, aludía a su vida en Valencia, «ese paraíso», y le pedía con cinismo que le mandase también a él «alguna Eva, que ya procuraré no tragar la fatal manzana».

Palabras, solo palabras... Palabras capaces de morder y

confundir, palabras que quizá —o quizá no— serán para siempre las guardianas de algún secreto.

¿Quién sabe, a estas alturas, qué sucedió en realidad? ¿Y qué importa ya?

«Libre es mi corazón» había escrito yo dieciocho años atrás en mi «*Lieders*», briosa y serena, cándida también, convencida de la certeza de mis afirmaciones. «Libre es mi corazón»... ¿Lo era? Todavía ansiaba serlo, pero cuando un corazón se convierte en piedra... ¡qué difícil le resulta alzar el vuelo!

De las mujeres se espera templanza, discreción, silencio. «Y si os ofenden, sed templadas y generosas —aconsejaba Pilar Sinués en aquellos apercibimientos suyos para "ángeles del hogar" que tan buen renombre le habían dado—. No les preguntéis adónde han ido, que ellos mismos os lo dirán». ¡Ilusa, Pilar! El que también se fue sin decir adónde y dejándola atrás fue por aquellos años su propio esposo, José Marco y Sanchís, según me comadreaba en sus cartas mi prima Carmiña, que gustaba de mantenerme al tanto de los líos y enredos en la Corte. Y como consecuencia, a la Sinués, que tantas páginas había escrito glosando las virtudes de madres abnegadas y esposas eficientes, comenzaron a hacerle desaires, a negarle saludos, a cerrarle puertas de publicaciones y cenáculos.

De las mujeres se espera prudencia, acato, mesura. «Es un milagro que sigamos escribiendo, ¿verdad, Pilar? —decía yo en voz alta al aire, hermanada con la Sinués por primera vez en mi vida—. Es un milagro que no nos marchitemos, con tantas botas recias que nos pisan, con tantas voces broncas que se alzan para reducir las nuestras al silencio. Es un milagro que sigamos oscilando hacia ellos, como girasoles famélicos buscando la luz. Y más milagro es que, a pesar de todo, sigamos conservando nuestros sueños».

Y después, a pluma alzada sobre aquella mesa tan oscura
y pulida, pensada más para banquetes que para versos:

Hay canas en mi cabeza, hay en los prados escarcha,
mas yo prosigo soñando, pobre, incurable sonámbula,
con la eterna primavera de la vida que se apaga
y la perenne frescura de los campos y las almas,
aunque los unos se agostan y aunque las otras se abrasan.

7

Era apacible el día
y templado el ambiente,
y llovía, llovía
callada y mansamente

ROSALÍA DE CASTRO,
En las orillas del Sar

La memoria de lo que hemos sido se preserva en los objetos más variopintos, en los más vulgares y cotidianos: la infancia tiene la habilidad de condensarse en un pedazo esponjoso de pan de trigo, el amor quizá se ahogue en las profundidades de un tintero, el miedo a la oscuridad puede resonar en el eco de una campana. Así, dejan de ser objetos y se convierten en dioses o en monstruos, en guardianes de nuestros recuerdos.

Pero, para un literato, ese poder reside sobre todo en las palabras, que son capaces de acariciar o morder, embaucar o pinchar, de ser alas y raíces a la vez. Mi vida y mi felicidad terminaron un día de noviembre que yo, en mi infinita ignorancia, había calificado sobre un trozo de papel como «apacible». Y, desde entonces, la palabra «apacible» tiene para mí el mismo significado que «horrible».

Aquel apacible y horrible día, el tercero de noviembre de 1876, amaneció con una lluvia afilada y constante que convertía el suelo en un espejo. El agua resbalaba calle abajo y arrastraba como un mal presagio las flores mustias que se habían desprendido de las coronas fúnebres dos días antes, durante las procesiones de Difuntos. Recuerdo que, asomada a la ventana, vi pasar a una mujer con su hijo pequeño de la mano, casi corriendo para protegerse de la lluvia: ella con amplias faldas que parecían flotar y él siguiéndole el ritmo a duras penas, con abrigo de paño y gorra de *mariñeiro*. Días más tarde, entre las oleadas de terrible dolor que me anegaron, me acordaría de ellos sin saber por qué y sentiría una rabia sorda, inexplicable e injusta contra aquella mujer que había pasado de largo ante la desgracia.

Del mismo modo que recuerdo perfectamente los rostros y los atavíos de aquella madre y aquel hijo, también soy capaz de evocar con precisión dónde estaban y qué hacían los míos en aquel momento, en aquel antes que precedió al horror. Sé que Aura, Gala, Ovidio y Amara jugaban juntos en alguno de los cuartos traseros, en una algarabía de voces infantiles. Sé que Adriano, demasiado pequeño aún para atender a los juegos de sus hermanos, demasiado curioso y enérgico para estarse quieto por mucho tiempo, emprendía frecuentes conatos de fuga, recorriendo toda la casa con su torpe galope de bebé grande; asomándose de vez en cuando a la cocina, que era territorio prohibido con sus *potas* hirvientes; a las habitaciones o al amplio comedor, donde yo me había instalado junto a la ventana para intentar componer unos versos. «Junto a la ventana». No ante la enorme mesa de caoba del centro, como quizá hubiera sido lo normal, sino junto a la ventana, porque el sonido de la lluvia contra los cristales me resultaba inspirador. A veces, las decisiones más fortuitas son el germen de nuestras mayores desgracias.

Sé también, o al menos así quiero recordarlo, que Manolo había salido aquella mañana para reunirse con un historiador del arte amigo suyo; andaba por aquellos días muy interesado en el estilo manuelino, que había descubierto en un reciente viaje a Portugal, y quería escribir un artículo sobre el tema. Alejandra, siempre ansiosa de agradar a su padre, siempre dispuesta a todo lo que tuviese que ver con grabados y ornamentos, le había acompañado. Desde su regreso de Valencia, la vida había recobrado su mansedumbre, su rutinaria calma, con los reproches y los agravios alineados en algún lugar oscuro como barricas en una bodega, encerradas a cal y canto para evitar que les diese la luz. Los hijos seguían llegando; el séptimo se gestaba en mi vientre aquel otoño. Y nosotros habíamos recuperado las palabras, ese puente, esa manera nuestra de estar juntos en el mundo. «Escribe, escribe».

Así pues, aquella mañana apacible y horrible, yo escribía junto a la ventana y Compostela, tras los cristales, era una gárgola dormida y humeante. Los versos me salían con esfuerzo, lentos y acompasados:

> *Era apacible el día*
> *y templado el ambiente,*
> *y llovía, llovía*
> *callada y mansamente;*
> *y mientras silenciosa...*

«Y mientras silenciosa...». Me detuve, cavilando. ¿Silenciosa quién, qué? ¿La calle? ¿La ciudad? ¿La vida? «¡Silencio es lo que yo necesitaría ahora mismo!», recuerdo que pensé mientras trataba de aislarme de la algazara de los niños, del ruidoso trote de Adriano, que volaba entre una estancia y otra acompañando sus correrías con risitas como campanas. Y quizá no solo lo pensé, quizá también lo dije en voz alta, porque de inmediato escuché el *chist* imperioso de Manuela (o de Rosa, eso no lo recuerdo) y después, por fin silencio, un silencio espeso y de color blanco, un silencio solo interrumpido por el repique de la lluvia tras los cristales, esa música del agua.

—Agua, ¡agua!

La voz de mi hijo, esa vocecita de *xílgaro* todavía inestable, me sobresaltó y me hizo perder de nuevo el hilo de los versos. Cuando me di la vuelta, lo vi de pie sobre la gran mesa de caoba, a mis espaldas, el rostro entero convertido en sonrisa y señalando algo sobre su cabeza mientras repetía «agua, agua» con entusiasmo creciente. En un primer momento pensé que se refería a la lluvia, pero al seguir la dirección de su dedo me di cuenta de que señalaba las lágrimas de la lámpara de araña, frías y brillantes como gotas perfectas. Aquella lámpara le fascinaba, podía pasarse horas analizando con la boca abierta y las mejillas arreboladas la coreografía de reflejos sobre las paredes y el techo; y a menudo las amas le permitían encaramarse a la mesa para lograr vestirlo, porque la contemplación de aquella tracería luminosa que variaba cada día parecía ser el único modo de que se dejase ataviar de buena gana, de evitar los llantos a la hora de pasarle un paño húmedo por la cara, las rodillas y las manos, y atusarle con un peine las guedejas negras y recias, más frondosas que las de todos sus hermanos juntos.

Pero aquel día, ni Rosa ni Manuela estaban al alcance de mi vista y, peor aún, tampoco estaban al alcance del cuerpo revoltoso de Adriano; y recuerdo que la idea me vibró en el cerebro, dejándome una sensación incómoda, como la picadura de un mosquito. «Habrán ido a buscar algo: su ropa, el peine, la palangana —pensé—. Pero la mesa es alta, sus patas son largas e inestables como las de una yegua joven». Y después, la voz imperiosa y ronca de la Paquita entrelazándose con la mía: «Ese cativo tuyo... Tienes que tener cuidado con él, mucho cuidado... Es como un *vidriño*...». «No, *madriña*, estás equivocada, el *vidriño* era Ovidio, frágil y quebradizo; Adriano es fuerte, ¿no lo ves? Está muy sano, es robusto, está fuera de peligro», le respondió mi mente con ingenuidad mientras mi cuerpo, más lúcido, más avispado, se ponía ya en movimiento, con las manos extendidas hacia mi hijo.

Más tarde, en los días, los meses y los años oscuros que estaban por venir pensé muchas veces que si mis reflejos hubieran sido más rápidos, mis movimientos más vivos, si mi vientre relleno no hubiese pesado tanto, si hubiese tenido la cabeza menos aturdida y enfocada en los versos, quizá las cosas habrían sucedido de otro modo, quizá la palabra «apacible» todavía conservaría su significado original, y mi hijo y yo habríamos sido como la mujer y el niño que pasaron bajo la ventana, caminando juntos y de la mano, libres de todo mal.

Pero no llegué. Los diez o veinte segundos que tardó mi cuerpo en salvar la distancia entre la ventana y la mesa fueron suficientes para que él se pusiese de puntillas, el rostro emocionado vuelto hacia la lámpara, el dedo índice agitándose en el aire: «Agua, agua». Sí, bastaron esos pocos segundos para que diese un paso en falso, con la torpeza de un cativo al que todavía le pesa más la cabeza que el cuerpo, para que perdiese el equilibrio, se balancease y cayese, los brazos como muñones de alas, una expresión de asombro en los ojos, mi mano rozando su manga sin alcanzar a sujetarla, mi alarido de terror mezclándose con el suyo, y ese vuelo en el aire, ese sonido seco y tenso al llegar al suelo, el ruido de algo duro al quebrarse, el crujido espeluznante de algo muy valioso que se parte en dos. Un cristal roto. *Vidriño.*

Cuando ocurre algo horrible, algo trágico y completamente inesperado, nuestra mente tarda un tiempo en asimilarlo y durante unos instantes nos permite flotar en el limbo, desconcertados y perplejos, hasta que la realidad tira de nosotros con dedos afilados y no nos queda más remedio que enfrentarnos a ella: al niño desmadejado en el suelo con los ojos abiertos y todavía asombrados, una tirantez poco natural en brazos y piernas y los labios que canturreaban con alegría «agua, agua» detenidos en una mueca tensa. Pero lo peor de todo era la horrible tumefacción en mitad de la frente, un bulto oscuro y curvado, grande como un huevo de ganso, que palpitaba, se agrandaba, se amorataba y adquiría forma de estrella ante mis ojos. Lo que pocos minutos antes era el rostro de mi hijo, alegre y carnoso, se había convertido en una máscara de sombras y huecos y bultos congestionados.

No recuerdo mis gritos, pero debieron de ser de los que hielan la sangre, porque al momento la estancia estaba llena de gente: los otros niños, mudos y apiñados como ovejas temerosas; Rosa y Manuela, con las bocas y los ojos muy abiertos, santiguándose al unísono, comprendiendo mucho antes que yo la magnitud de lo ocurrido, diciendo que había que sacar de allí a los cativos, avisar al médico, llamar enseguida al señor Murguía. Ruido de pasos agitados, golpes de puertas abriéndose y cerrándose y, después, de nuevo la calma y Adriano y yo a solas, rodeados de silencio, tal como habíamos estado justo después de su nacimiento, la primera vez que lo tomé entre mis brazos.

Apoyé mi mejilla contra la suya, suave y caliente; rocé con mis labios aquella frente rota. Mi regazo se plegaba con la memoria de su cuerpo, el de mi último hijo, mi *neniño*; mis manos todavía conservaban su olor. Pero ahora no se abrían para recibirlo en el mundo, se agitaban para despedirse de él. «Porque esto es una despedida. Esta es la última vez que tendrás a tu hijo en brazos». La idea brotó en mi mente, se inflamó como una llamarada, penetró en mi corazón y lo arrasó, allí mismo lo redujo a cenizas.

Un temblor, apenas un par de espasmos, los ojos abiertos y perdidos en el infinito, fijos por última vez en las lágrimas de la lámpara. Y después nada, silencio. La quietud tras un estallido de cristales rotos.

Vidriño.

Hoy, mi hijo Adriano tendría nueve años.

Y mis versos, los que comencé a escribir aquella mañana horrible y apacible, tuvieron un final distinto:

> *Era apacible el día*
> *y templado el ambiente,*
> *y llovía, llovía*
> *callada y mansamente;*
> *y mientras silenciosa*
> *lloraba y yo gemía,*
> *mi niño, tierna rosa,*
> *durmiendo se moría.*

Al huir de este mundo, ¡qué sosiego en su frente!
Al verle yo alejarse, ¡qué borrasca en la mía!

También hubo borrasca el día de su entierro: un viento que arrastraba plantos de *almiña*, un cielo como un hematoma, un frío de dientes negros y afilados. Pero nosotros, su familia, aguantamos de pie todo lo que pudimos ante su pequeña tumba, muy cercana a la de mi madre y adornada con pequeños capullos en flor. Aguantamos hasta que las rodillas nos temblaron de frío y las uñas se nos pusieron negras, hasta que las lágrimas se nos cristalizaron sobre las mejillas y nos brotaron ramilletes de escarcha de las pestañas. Todos, incluso los niños, sabíamos que en el momento en que uno de nosotros diera un paso atrás, en el instante en que nos alejásemos del cementerio dejando allí a uno de los nuestros, la familia quedaría rota para siempre y ya no habría vuelta atrás, nuestro mundo ya nunca volvería a ser el mismo.

Mi niño dejó pocos vestigios de su breve paso por el mundo: apenas unas prendas de ropa, algunos juguetes, unos mechones de pelo sobre la almohada. Pero por muy livianas que fuesen sus huellas sobre la tierra... ¡qué descomunal fue el peso fue su ausencia! Perder a un hijo es caer en las fauces de un lobo viejo y astuto, quedar hecha trizas, reducida a una pulpa sangrante y, aun así, en virtud de algún cruel prodigio, seguir respirando.

Y lo peor de todo es que el lobo nunca se marcha. Ahí sigue, año tras año, gruñendo en voz baja y vigilando mis pasos. A veces se queda quieto y en silencio, se finge dormido, pero siempre encuentra el momento de atacar de nuevo: al ver por la calle el rostro de algún cativo que se le parece, cuando cae una lluvia de alfileres similar a la de aquel día o en el estruendo de una pieza de loza que se rompe contra el suelo. Sobre todo, en las preguntas que han quedado para siempre sin respuesta: de qué modo se asentarían los rasgos de su cara al crecer, si sería alto y espigado como Gala y Amara o compacto y pequeño como su padre, cómo sería el timbre de su voz, qué tipo de cosas le gustarían y cuáles serían sus anhelos y sus mayores inquinas, si tendría aptitudes artísticas como Ovidio y Alejandra, o las dotes de mando de su bisabuelo el general, la alegría de vivir de su tío abuelo Pepe, mi amor por las palabras, o la agudeza y la impaciencia de su padre. Y, en esos momentos, el dolor es tan terrible como el primer día, los dientes del lobo igual de afilados.

No puede haber, no lo hay, un dolor peor que ese.

Nunca más, me prometí a mí misma cuando por fin reunimos los redaños necesarios para dejar atrás el cementerio, aquella triste procesión de vivos derrumbados. Nunca más seré testigo del último aliento de uno de mis hijos, nunca más volveré a acariciar un rostro de mármol, nunca más veré la tierra negra derramándose sobre ellos. Nunca más...

Fue una promesa en vano. Solo tres meses después de la muerte de Adriano, mis entrañas se abrieron de nuevo en un parto largo, sangriento y esforzado y la criatura cuyo corazón había sentido latir a la par que el mío nació inerme, grande y blanca, perfecta a excepción de aquella quietud de miembros laxos y mejillas de piedra. Muerta. Llegó al mundo un 14 de febrero y por eso la llamamos Valentina.

Sobre tumbas de niños muertos empezó mi historia: mis padres se encontraron, se dieron la mano, sellaron un pacto.

Sobre tumbas de niños muertos, los míos, mis hijos queridos, termina mi vida.

NEGRA SOMBRA

1876-1885

1

En todo estás e ti es todo,
pra min i en min mesma moras,
nin me abandonarás nunca,
*sombra que sempre me asombras.**

Rosalía de Castro, *Follas novas*

Ayer, mientras evocaba a mis dos hijos muertos, se presentó
la Parca a buscarme, armada hasta los dientes y dispuesta
para la lucha. Cuando traté de incorporarme para coger un
vaso de agua me fallaron las fuerzas y un espasmo de dolor
me brotó del vientre y se extendió por todo mi cuerpo como
fuego de *lareira*, se me nubló la vista con un velo rosado y los
enseres del cuarto se derritieron ante mis ojos. «Sí, así es
como llegas —pensé mientras luchaba por respirar, con ese
instinto de supervivencia que nunca nos abandona—. No en

---

* «En todo estás y tú eres todo, / para mí y en mí misma moras / ni me
abandonarás nunca, / sombra que siempre me asombras».

silencio y de puntillas, sino llena de furia y de ruido. Ya te conozco».

Pero a la postre yo gané este primer combate, o quizá fue ella la que decidió retirarse, sigilosa como raposo, para acecharme desde alguna esquina del cuarto y esperar el momento propicio. No se ha ido demasiado lejos, eso lo sé. Está tan cerca que, mientras duermo, sueño con el brillo malicioso de sus ojos y puedo oler su aliento de hojas muertas.

Pasado el susto, Alejandra hizo venir a Roque Membiela, el doctor que me atiende desde que nos mudamos a esta casa, que me recetó más leche de burra y un tratamiento de quina para controlar las fiebres. Después los vi a los dos susurrando juntos, ella con la mirada baja y él meneando la cabeza con ese aire de pesadumbre que no augura nada bueno. No fui capaz de comprender lo que decían, pero no fue necesario. Me noto menguada, casi espectral, y aunque mi mente sigue activa, el cuerpo me responde cada vez menos, pugna por elevarse, por desprenderse de los huesos. Hay momentos en los que me siento casi etérea, creo que podría alzar el vuelo y salir por esa ventana directa al sol brillante, a las eras achicharradas, dejar atrás la cama con su olor acre a padecimientos, abandonar este cuaderno en el que llevo semanas escribiendo mi vida y que ya tiene las páginas pegajosas y húmedas, no sé si de tinta, de sudor o de lágrimas.

Si ayer la Parca me hubiese dado alcance, esta crónica habría terminado con la narración de la muerte de mis hijos, y tal vez eso hubiera sido lo más justo. Pero quizá se retiró por un motivo. Quizá quiso otorgarme una tregua para que pudiese terminar mi historia.

¿Cómo sobreviví a mi pérdida? No lo hice, ninguna madre podría. Seguí respirando por inercia, moviéndome por inercia, un latido tras otro, un pie detrás del otro, intentando no clavarme en las plantas las aristas de mi familia hecha trizas. «Los niños son muy delicados... como un *vidriño*». «¡Qué razón tenías, *madriña*!». Y después, vidrio roto fuimos todos.

El dolor es el más ducho de los titiriteros: nos domeña, nos mueve a su antojo, nos hace bailar según sus ritmos. A Manolo lo aceleró y lo alejó de nosotros. Después de la muerte de los niños aumentó la frecuencia de sus salidas y viajes, ese incansable andar de acá para allá sin un rumbo fijo, siempre en movimiento, evitando por todos los medios quedarse atrapado en el oscuro pozo de ausencias en el que los demás chapoteábamos como ranas dolientes. Solo puedo imaginar el alivio que debió sentir cuando Alejandro Chao, su gran amigo, le ofreció dirigir una nueva revista literaria, *La Ilustración Gallega y Asturiana*, pensada para los lectores del norte y los emigrantes, y le dio así una excusa para trasladarse a Madrid, donde reanudó, supongo, su vida de cafés y coloquios, marrasquinos y teatros. Él se marchó y yo me quedé, con la espalda vencida y los pies bien clavados en un suelo que se había convertido en tierra calcinada. Mi madre tenía razón: nosotras, las mujeres, somos carballos.

Desde entonces, apenas volvimos a convivir como un matrimonio. Digo apenas, porque sí hubo, todavía los hay, algunos periodos: días, semanas y meses en los que dormimos en el mismo lecho, escribimos sobre la misma madera y nos movimos entre las mismas cuatro paredes. Pero en su mayor parte transitamos por caminos paralelos, cada uno perdido en su particular senda oscura. A veces, nuestros pasos nos llevan a una encrucijada y nos encontramos frente a frente, como peregrinos agotados, y entonces nos contemplamos con asombrada ternura, nuestras manos se rozan y nuestros labios vuelven a unirse como antes, anudadas nuestras respectivas pesadumbres solo por un instante, antes de desligarnos de nuevo.

¿Quién conoce las distintas versiones del amor? ¿Y quién se atrevería a juzgarnos?

Me acostumbré pronto a los días largos y a las noches solitarias, pero, aun así, siempre me alegro cuando regresa. En los cajones de mi cómoda, junto a los versos y las novelas sin terminar, y ya listas para arder con ellos después de mi muerte, guardo también las muchas cartas que nos hemos escrito a lo largo de los años, miles de palabras entreveradas de anhelos y confidencias, deseos y reproches; un espejo de este extraño amor nuestro —tierno, fructífero, retorcido y oscuro—: «Mi querido Manolo [...] estando lejos de ti vuelvo a recobrar fácilmente la aspereza de mi carácter, que tú templas admirablemente, y eso que a veces me haces rabiar, como sucede cuando te da por estar fuera de casa desde que amanece hasta que te vas a la cama [...] te quiero mucho y te perdono todo fácilmente, hasta que me digas que te gustan otras mujeres, lo cual es mucho hacer [...] Adiós, querido de mi corazón, y haz cuanto te sea posible porque esta separación no dure mucho...».

Así podríamos haber envejecido los dos si la enfermedad no me hubiera trazado una cruz en las entrañas. Los síntomas llegaron despacio, en un lento goteo, camuflados entre mis habituales achaques y dolencias. Mi vientre se hinchaba, se retorcía y palpitaba, pero había albergado siete hijos, entre vivos y muertos, y por eso no me extrañé demasiado cuando poco después de la muerte de Valentina empecé a perder sangre y a encontrarme agotada y débil. Solo meses después, cuando el rostro se me afinó como una espiga y los huesos empezaron a sobresalirme por todas partes a pesar de mi abdomen pesado y rebosante, decidí consultar con un médico. Fue el doctor Maximino Teijeiro, que había sido discípulo de Varela de Montes y compañero de Manolo en la Junta Revolucionaria de Santiago tras la Gloriosa, el que me confirmó que el mal estaba en el útero y que se trataba de un *carcino*, esa bestia bulbosa de afilados dientes que se adhiere a nuestra carne y no cesa hasta devorarla por completo.

—Existen algunos precedentes de cirugía uterina, con poco éxito, todo hay que decirlo... Pero, en tu caso, con toda esa tumescencia y los ganglios inflamados... —murmuró el doctor meneando la cabeza con un ligero tono de disculpa.

Yo me limité a asentir, sin mirar ni una sola vez a Manolo, que observaba la escena desde los pies de la cama con el aire de un trasgo desvalido. Y no pude evitar acordarme de mi querido Varela, que solía decir que la palabra «histeria» la inventaron los griegos para referirse a los males de las entrañas, de ese útero al que ellos llamaban *hístero*. El cuerpo tiene mil formas de llorar. Después de haber albergado durante meses a los dos hijos que no fuimos capaces de mantener vivos, mis entrañas se desangraban, se deshacían en llanto por el bien perdido. Yo estoy ya yerma, seca y vacía, pero mi vientre llora. La idea es cruel y perturbadora, pero a la vez extrañamente reconfortante.

La enfermedad, además de dolores, sufrimiento y la noción de mi propia muerte, me trajo al menos algo positivo: una casa a la que por fin puedo llamar hogar; esta casona recia y noble, rodeada de eras y verde, muy cercana a Iria Flavia y al Padrón de mis amores, anclada en un aldeorrio de huertas fecundas y casas bajas al que se conoce —en otra de esas arteras burlas del destino— como lugar de A Matanza. A Manolo y a mí nos conquistó desde la primera vez que la vimos: a mí, por sus paredes robustas de casa *labrega*, sus estancias amplias, su huerto de millos y su jardín desbocado de camelias y ortigas; a Manolo, aunque no lo dijo en voz alta, le gustó su cercanía a las vías del tren, lo que supone un auxilio para sus constantes idas y venidas.

Me pesa morir justo ahora, cuando he encontrado por fin mis raíces después de años dando tumbos por el mundo. Los olores y los sonidos de esta casa, a diferencia de los de la casa de Simancas, no son inquietantes ni ominosos, sino agradables y balsámicos. Aquí el aire es húmedo y limpio, huele a tierra removida y a flores nuevas. Ahora, en verano, las piedras están tensas y calientes, y la brisa es apenas un leve suspiro que arrastra trinos de pájaros, tañidos de campanas y esquilas de ganado. En el huerto, las barbas del maíz flotan libres y espesas como cabellos de mujer, las camelias se abren y el gran laurel que alguien plantó antes de nuestra llegada desprende una fragancia acerada y punzante, a puro verde, que me trae recuerdos de mi *madriña*.

Justo frente a este laurel nos tomamos un retrato de familia el año pasado: Manolo, los niños y yo; un encargo hecho al afamado estudio de los Palmeiro, en la rúa Nova, que enviaron un fotógrafo expresamente desde Compostela porque yo ya estaba demasiado débil para trotes y viajes. Lo recuerdo muy bien: era un día radiante de primavera, el sol nos acariciaba la piel y las flores de la rosaleda que crece en un rincón del jardín —rosas de verdad, no de can, lo cual quizá sea un buen augurio— todavía no se habían abierto del todo y eran frágiles capullos con forma de nido invertido. Todos nos colocamos siguiendo las órdenes del fotógrafo: Manolo y

Ovidio de pie en el centro, la mano del padre rodeando con afecto los hombros del hijo, los dos orgullosos y únicos portadores del apellido Murguía. A su lado, Alejandra, la primogénita, el ojo derecho de su padre, muy elegante con su vestido de tafeta y un abanico cerrado en la mano, recostada contra el tronco retorcido con la misma postura indolente de una dama flamenca posando para un retratista cortesano. El resto de las mujeres de la casa, mis hijas menores y yo, nos dispusimos en hilera sobre un estrecho banco de madera que queda oculto bajo nuestras faldas. Amara, a la izquierda, pálida y deslucida, con esa expresión tan suya de dulce recogimiento. Aura, a su lado, con su mueca retadora, más fuerza de la naturaleza que nunca en contraste con la languidez de su hermana. A continuación, yo, ataviada con mi vestido de crespón negro y en perfecta línea vertical con Manolo, con un capullo de rosa en la mano y uno de los perros de la casa buscando el calor de mi regazo. Y, por último, Gala, a mi izquierda, seria y reconcentrada, con la incipiente elegancia de sus trece años revelándose en los botones perfectamente abrochados y en el abanico, idéntico al de Alejandra, colgando de su mano.

Cualquier observador inocente que se encontrase por casualidad con esta fotografía vería a una familia feliz, fructífera y respetable, todos vestidos con sus mejores galas para rememorar frente a las lentes un momento especial: quizá un aniversario o el compromiso de la hija mayor, quizá algún logro importante de ese padre con aspecto de erudito. Solo alguien que nos conociese muy bien o un espectador muy avispado sería capaz de advertir las pequeñas aristas y discordancias, como notas erradas en una partitura. Manolo encaramado a un tocón de árbol para aparentar más altura. Su sombra diminuta y crispada abarcándonos a todos. La tensión en el gesto de Ovidio, su mano aferrando la de su padre no se sabe bien si para retenerla o para repudiarla; porque el amor paterno puede ser benévolo o asfixiante y es muy sutil la línea entre ambos. El gesto derrotado de Alejandra, su cabeza vencida, agotada de llevar el peso de la familia sobre los hombros. La lejanía de Amara, perdida cada vez más en ese mundo propio en el que quizá no logremos darle alcance. El fuego de Aura, que lucha por no extinguirse entre los rescoldos de sus hermanas. La oscuridad tras los ojos de Gala. Mi rostro demacrado, mi pobre cuerpo dolorido apoyado en mis hijas, mi vientre inflamado, monstruoso, a punto de reventar las costuras del vestido. Los abanicos, que no se incluyeron como aditamento coqueto para la fotografía, sino como instrumentos de los que se sirvieron mis hijas para darme aire cuando el dolor se hacía insoportable y me faltaba el aliento.

Y los lugares vacíos en la imagen, los que corresponden a Adriano y Valentina.

Yo veo todo eso y los veo a ellos, mis hijos vivos, que son mi legado en esta tierra.

Alejandra es ya una mujer. Le falta poco para la treintena y apenas ha saboreado el almíbar de la juventud. Al igual que yo, ha caminado toda la vida tras la estela exigente de su padre, pero además ella se hizo cargo de sus hermanos cuando a mí me fallaron las fuerzas y mi muerte la convertirá sin remedio en una madre de reemplazo. Mi hija no lo sabe, pero yo guardo como un tesoro sus primeros dibujos a carboncillo, de líneas delicadas y elegantes, y sus esbozos iniciales para la *Tejedora de Lestrove*, esa lámina que hace seis años fue elegida para la portada de *La Ilustración Gallega y Astu-*

riana. Mucho me temo que se perderá para el mundo esa manera suya de captar las formas y los colores, esa capacidad para plasmar con un par de trazos mares agitados, montañas quietas, miradas tristes y labios serenos. Es en Ovidio, que también muestra talento para la pintura, en quien su padre ha depositado todos sus anhelos, es a él a quien guía y a quien asfixia muchas veces con su abrumadora exigencia. Pero lo que Manolo, que sueña para nuestro hijo un futuro de mecenas, exposiciones y halagos, parece haber olvidado es que el don de Ovidio floreció bajo la instrucción firme y paciente de Alejandra, que le enseñó casi desde la cuna a mezclar óleos, sujetar los pinceles y respetar la regla de los tercios en retratos y paisajes.

A diferencia de Alejandra, que guarda su corazón bajo llave y apenas permite que nadie entrevea sus pensamientos, Aura es brava e indomable como la corriente de un río, tiene una mente despierta y una lengua ágil sobre la que se deslizan sin pudor todos y cada uno de sus pensamientos. A sus dieciséis años, con su rostro ancho y sus ademanes firmes, carece de la belleza de Alejandra, la gracia de Amara o la elegancia de Gala, pero tiene la fortaleza de una amazona. Al igual que su padre, es rápida de reflejos, impaciente e implacable, y si su condición de mujer no acaba imponiéndole un grillete en el tobillo, recorrerá ciudades y caminos al igual que él, porque también ha heredado su espíritu de nómada incansable.

Ovidio, que fue mi *vidriño* antes de que su hermano se rompiese en pedazos, es el que más sufrirá con mi ausencia. Es tímido y apegado a mis faldas, para gran disgusto de su padre, que se empeñó desde el principio en modelarlo a su imagen, hacerlo fuerte y vigoroso y descargar en sus delgados hombros sus propios anhelos de grandeza. Manolo repite sin darse cuenta los mismos errores de Juan Martínez: lo vigila y lo acecha, es mezquino a la hora de alabar sus aciertos y pródigo en castigar sus errores; se empeña en orientarlo a la pintura de paisajes y bodegones porque cree que se venderían mejor, a pesar de que el talento de nuestro hijo está en los retratos. Manolo, el alfarero, intenta modelar a su hijo del mismo modo que trató de hacerlo con mis afanes literarios. En mi caso lo logró a medias, guardo la esperanza de que mis letras, al menos algunas de ellas, vuelen libres de su ronzal. Pero Ovidio... temo que al final mi hijo acabe a pesar de todo convirtiéndose en vidrio y que estalle en pedazos bajo la fuerza implacable de su padre.

Y si Ovidio es un espejo de cristal, Gala es sin duda el marco de sólida madera que lo contiene. Y es un marco elegante, caro, ornamentado, uno de esos caprichos de ébano o palisandro que uno espera ver en el dormitorio de una gran dama. Es compuesta y refinada por naturaleza, como si se hubieran condensado en ella los últimos vestigios señoriales de la estirpe de los Castro. Pero eso es solo la superficie, lo que muestra al mundo, porque en su interior guarda un ardor muy poco fidalgo, una oscuridad espesa y bordeada de espinas. Es la guardiana de su hermano y lo ama con una fiereza que a veces asusta: cuenta los pasos que da, las veces que tose, los sorbos de agua que bebe. Nunca está lejos de su alcance, como si su cercanía fuese imprescindible para la supervivencia de ambos.

¿Y Amara? Con doce años apenas está dejando atrás la infancia... ¡Qué edad tan terrible para quedarse sin su madre! A menudo me recuerda a la Paquita en su extraña afinidad con los árboles y las plantas, las piedras, el musgo y las raíces que crecen en lo más profundo de los sotos. Pero ella es mucho menos terrenal que mi *madriña*; es un soplo de aire, un suspiro, a veces parece tener la capacidad de hacerse invisible a voluntad, como si los umbrales entre este mundo y el otro se abriesen solo para ella. Habita su propio territorio y en el fondo es una desconocida para todos nosotros, un enigma que se desliza como arena entre nuestros dedos.

¿Serán capaces mis cinco hijos de volar lejos del nido cuando yo falte? Temo que el numen de mi hijo se extinga bajo la mirada implacable de su padre y que mis hijas se conviertan en mujeres mansas, de esas que caminan con los ojos bajos, el corazón entre las manos y la lengua hecha trizas de tanto mordérsela. «Plantad con fuerza los pies en la tierra —me gustaría decirles—. Hacedlo, pues el mundo siempre acaba cobrándose sus deudas, ya sea en lágrimas o en sangre».

¿Me escucharían si les dijese eso ahora? ¿Atesorarían mis palabras en su memoria? Tal vez. Lo más probable es que no. Ellos son jóvenes y yo solo soy una madre. Una madre que se muere.

Dicen que los recuerdos son como pollitos recién salidos del cascarón, solo sobreviven los más vigorosos o los que pían bien fuerte para ser salvados. Así, si mis letras resisten el paso del tiempo, mis hijos siempre podrán acudir a mis libros para recordarme. Después de trece años de silencio, en 1880 retomé mi carrera de literata y me enfrasqué en una nueva serie de publicaciones que me trajeron algunas alegrías y más de un disgusto. *Follas novas*, el recopilatorio de los versos oscuros escritos en Simancas, vio la luz gracias a la editorial cubana de Alejandro Chao, La Propaganda Literaria, y solo un año después, se publicó *El primer loco*, ambientada en la prodigiosa carballeda en la que habían resonado los brindis del banquete veinticinco años atrás: una novela sombría de locura y obsesiones que transcurre de principio a fin en el claustro del monasterio de Conxo. Y qué poco imaginaba yo cuando envié el manuscrito a la imprenta madrileña de Moya y Plaza que solo cuatro años después de su publicación se iniciarían las gestiones para convertir *precisamente* el antiguo monasterio de Conxo en un hospital para recoger a los dementes que vagan sin rumbo por esos caminos de nuestra tierra. De nuevo realidad y ficción confundiéndose y mezclándose, de nuevo el destino haciéndome guiños. Conxo siempre fue para mí sinónimo de libertad... y bien cierto es que pocos hay en el mundo que puedan considerarse más libres que un loco.

Los que no somos libres, por mucho que lo pretendamos lanzando palabras al viento, somos los literatos. Lo comprobé de una vez por todas hace cuatro años, cuando me convertí una vez más en objeto de escarnio por causa de mis letras. Y en esta ocasión, al igual que había sucedido con los seminaristas de Lugo, el culpable fue un texto costumbrista. Azuzada por Manolo, había escrito una serie de artículos sobre estereotipos populares y estampas locales que estaban teniendo buena acogida. Como apéndice a la novela *El primer loco*, incluí «El domingo de Ramos», un texto de vívidas descripciones sobre las procesiones de la Semana Santa, y *La Ilustración Gallega y Asturiana* me publicó «Padrón y las inundaciones», en el que rememoraba las profusas crecidas del río Sar. Pero fue una pieza titulada «Costumbres gallegas» y publicada en el periódico *El Imparcial* la que desató la polémica y el escándalo. En este breve artículo narraba yo aquella hospitalidad de la carne de la que había tenido conocimiento más de dos décadas atrás en Muxía a través de las historias de la Adosinda. ¡Qué audacia la mía! No tardó en armarse una escandalera de morales ofendidas y decoros agraviados, y más de media docena de periódicos gallegos —algunos de los cuales me habían alabado antes, cuando eran versos sobre *labregos* y romerías los que salían de mi pluma— pusieron el grito en el cielo, me tacharon de extraviada y de lunática, me acusaron de haber perdido el juicio y la decencia y de pretender mancillar el buen nombre de Galicia con el relato de tales barbaridades. Llegaron incluso a exigirme una disculpa pública como medio para rehabilitarme.

«¿Rehabilitarme de qué? —le escribí yo a Manolo, que por entonces estaba en Madrid, con la mano temblándome de furia—. ¿De haber hecho todo lo que me cupo por su engrandecimiento? […] Ni por tres, ni por seis, ni por nueve mil reales volveré a escribir nada en nuestro dialecto, ni acaso tampoco a ocuparme de nada que a nuestro país concierna. Con lo cual no perderá nada, pero yo perderé mucho menos todavía».

Y eso hice; nunca más volví a escribir una palabra en gallego. Manolo rabió y protestó: a pesar de que compartía mi sentimiento de agravio, no consideraba oportuno que su «ruiseñor de Galicia» renunciara definitivamente a la lengua de la tierra por un estallido de ira. «¡Pues Emilia Pardo Bazán escribe solo en castellano!», le repliqué yo para fastidiarle, un comentario que me reportó un airado bufido de gato por su parte. Por aquellas fechas, el nombre de Emilia se escuchaba a menudo en nuestra casa, y no precisamente para dedicarle halagos. Desde nuestro último encuentro en el café de Fornos, más de diez años atrás, ella no había perdido el tiempo: había publicado varios cuentos, novelas y ensayos, y al parecer se las arreglaba para avivar la indignación de Manolo en cuanta tertulia y evento coincidían, con su lengua suelta y su actitud de gran dama. Y por si esto no bastase, hace solo un año fue escogida como presidenta de la Sociedad del Folklore Gallego; un cruel tajo en el orgullo de Manolo, una ofensa imperdonable para un hombre convencido de que la rehabilitación de Galicia, el impulso del *Volksgeist* y la defensa de la raza y de la tierra son blasones que solo deberían brillar en su propio pecho.

Pero a mí, que me estoy muriendo, ya en nada me afectan sus envidias y trifulcas, esas mundanas pendencias. Como ya he dicho, cumplí mi palabra y no volví a escribir en nuestra lengua, aunque a mi pluma aún le dio tiempo a producir algunos versos más, los postreros y los mejores: los poemas desalentados y oscuros de *En las orillas del Sar*, que escribí con la enfermedad ya royéndome las carnes y la muerte haciendo aspavientos tras la ventana:

> *Sintiéndose acabar con el estío*
> *la desahuciada enferma,*
> *—¡Moriré en el otoño!*
> *—pensó entre melancólica y contenta—,*
> *y sentiré rodar sobre mi tumba*
> *las hojas también muertas.*
> *Mas... ni aun la muerte complacerla quiso,*
> *cruel también con ella;*
> *perdonóle la vida en el invierno*
> *y cuando todo renacía en la tierra*
> *la mató lentamente, entre los himnos*
> *alegres de la hermosa primavera.*

Casi acerté en mis premoniciones, casi... porque no será la tibieza de la primavera, sino la luz implacable del verano la que me sirva de mortaja. Después ya no habrá más versos ni habrá más palabras. «La mujer debe ser sin hechos y sin biografía», insiste la voz de Manolo en mi cabeza, pero yo ya he llegado al final de este cuaderno, ya he contado mi historia y ahora estas páginas que están destinadas a la hoguera me encierran y me contienen, son a la vez una cárcel y mi último refugio.

Y aparte de las palabras... ¿qué más dejo en el mundo? Mis hijos, mi marido, mis plantas en el jardín, mi sombra alargada deslizándose como aceite sobre la pared, la huella de mi cabeza sobre esta almohada. Si tuviera que escoger un epitafio para grabarlo sobre mi tumba... ¿Cuál sería? ¿Y quién soy yo en realidad? La niña oscura espiando a su padre con sotana, la rapaza rutilante sobre las tablas del Liceo, la que quiso seguir los pasos de Enarda y Galatea, la moza enamorada, la de la flor de tinta, el ruiseñor de Galicia, el secreto de Aurelio, la señora de Murguía. La fiera y la mansa. La que desdeñó los barrotes de su jaula, pero a veces no le quedó más remedio que aferrarlos. La de las sombras asombradas y el murmullo de las olas. La que proclamó a gritos que su corazón era libre, libre como los pájaros y las brisas, pero en ocasiones le ató una piedra y le permitió ser pesado. La del linaje de los Castro. La hija del capellán. La madre de los brazos llenos y los brazos vacíos.

La eterna enferma, la santa, la oscura, la rosa canina, la bastarda, la triste, la loca.

Así ha sido mi vida: con sus triunfos y sus miserias, sus errores y sus conquistas, los secretos que he revelado y las verdades que, quizá... solo quizá, he decidido callarme para siempre.

Soy Rosalía de Castro y esta, tal como la he contado, es mi historia.

2

Oxe ou mañan, ¿quen pode decir cando?
Pero quisais moy logo,
viranme á despertar, y en vez d' un vivo,
atoparán un morto. *

ROSALÍA DE CASTRO, *Follas novas*

Padrón, 15 de julio de 1885

Hoy, por primera vez en semanas, el amanecer me sorprendió despierta. A través de la ventana, el cielo parecía un lienzo arrugado y vi un sol del color del oro viejo asomándose tras las hileras de fresnos nuevos que crecen al otro lado del jardín, tan tiesos y frondosos como los pinceles de Ovidio. La tierra respiraba tranquila, con una neblina como espuma blanca elevándose en bocanadas, y un animal que no pude

---

* «Hoy o mañana, ¿quién puede decir cuándo? / Pero quizá muy pronto, / vengan a despertarme, y en vez de a un vivo / encontrarán a un muerto».

identificar, quizá un tejón, un raposo o un perro sin dueño, atravesó la huerta a la carrera con la testuz inclinada, su lomo como un reflejo moteado entre hilachas de plata. ¿Quizá él también olisqueaba la muerte?

Me mantuve inmóvil en mi refugio de lino y sombras, agradecida por esos breves momentos en los que la belleza fue más fuerte que el dolor. Contemplar el mundo desde una cama es casi como hacerlo desde un barco: se pierde la noción del tiempo, los objetos se perciben desde ángulos distintos y las paredes flamean y se vuelven líquidas... Ojalá pudiese ver el mar una vez más: las olas encrespadas de Muxía, el centelleo de los sargazos, aquellos monstruos de cristal de San Amaro, con sus crestas de niebla y sus dentelladas de hielo.

Hielo... La palabra rebota en mi mente y un frío helador es lo que siento yo ahora, la piel erizada por una escarcha que no sé de dónde viene. Afuera, el sol brilla como nunca, es como un gato amarillo y gordo que juega a estrellar sus zarpas contra la ventana. ¿Cómo es posible, entonces, que yo tenga tanto frío? Las piernas ya no me responden, el aire a mi alrededor es un carámbano y las puntas de los dedos se me han pintado del color de las cerezas.

Sin embargo, me siento más liviana que nunca. Mis latidos son apenas un murmullo, mi carne dolorida un borrón bajo la manta. Soy una hilacha, ya casi solo humo, estoy lista para el viaje. Y no estoy sola: puedo ver que las sombras que llevan días acechándome desde los rincones se acercan lentamente a mi cama, me rodean y me envuelven en un corro de terciopelo. Cuanto más las miro, más grandes se hacen, más confiadas; incluso puedo apreciar algunos rostros familiares aquí y allá y oigo risas y voces que me transportan a mi pasado. Por ahí revolotea mi Adriano, tan inquieto como siempre, con la frente intacta y en su boca una risa de campanas. La cativa que lo coge de la mano tiene que ser Valentina: reconozco los ojos de Manolo y el pelo de monte de todas las Castro. Detrás de ellos, cubriéndolos con su amorosa mirada de abuela, está Teresa, luciendo con orgullo la trenza montuna de sus mejores años; y siempre a su lado la Paquita, con los ojos claros y los pies más diligentes que nunca. Veo al tío Pepe, joven y apuesto en su uniforme de las monterías, flanqueado por dos siluetas de aspecto patricio, mis abuelos. Una sombra muy oscura atraviesa el cuarto como una exhalación; parece que se avergüenza de mostrarme el rostro, pero me llega su olor a incienso y reconozco el aleteo de su sotana. ¿Y esa oscuridad que flota a su lado es una efigie infantil de rostro flaco y rizos oscuros, es tal vez aquel cativo de la casa de los Eiriz? Quizá... o quizá solo sea una ilusión, una jugarreta de mi mente agotada. A los que sí reconozco sin problemas son a Eduarda, bella y plateada, y a Aurelio, garboso y sonriente, con sus ojos de agua y una mano firme extendida hacia mí, igual que en San Lourenzo, hace ya tantos años...

La sombra de Aurelio gesticula hacia la ventana y yo advierto que el jardín ha desaparecido, se han desvanecido los fresnos y las eras achicharradas y ahora solo hay azul, un azul bordeado de espuma, un azul líquido y ondulante...

—Abre esa ventana...

¿Ha sido él, el Aurelio marítimo, el que ha pronunciado esas palabras? ¿O he sido yo misma? De pronto el cuarto se ha llenado de gente: los vivos, quizá alertados por la algazara de sombras, se han unido al círculo que rodea mi cama. Alejandra, Aura, Gala, Ovidio, Amara: todos con la cabeza gacha y los ojos huérfanos, esa mirada húmeda de las despedidas. Y no están solos: con ellos entra Manolo, más diminuto y desvalido que nunca. Ha venido, ha llegado a tiempo. Me toma la mano y nuestro amor grande e imperfecto, ese que a pesar de todo ha resistido, se nos desliza como agua entre los dedos. *Meus fillos, meu home*: ellos son el oro que dejo en este mundo, lo último que me ata a la tierra. Quisiera arrancarles esa tristeza de los ojos y recordarles mis últimos encargos: quemad mis papeles, enterradme en Adina, bajo los olivos y cerca de las tumbas de los niños muertos, allí donde comenzó mi historia. Pero ahora yo misma soy ya más sombra que carne y las palabras se me atraviesan en la boca, son como piedras, ruedan y yerran, se confunden.

—Abre esa ventana…

Mi voz surge ronca, apenas un susurro. Alguien que ya no es Manolo, quizá sea Aurelio, me tira con fuerza de la mano y siento que me elevo, que ya soy viento, me deshago en hebras y las palabras de mi «*Lieders*» se hacen soberanas: «Libre es mi corazón, libre mi alma, y libre mi pensamiento». Encaramada sobre los hombros de mis sombras amigas tomo impulso, sigo ascendiendo hacia ese azul infinito, hacia la vastedad de espuma y plata, mecida por ese sordo murmullo de olas que suena como el corazón del mundo, libre, libre, libre al fin…

—Abre esa ventana, que quiero ver el mar.

3

Rosalía de Castro en la agonía

«La inspirada y popular cantora de nuestra patria, el ruiseñor gallego, el numen de nuestra poesía regional, se hallaba desde ayer agonizando... Su rostro se descomponía, sus ojos se vidriaban. El médico de cabecera que no la abandonó nunca, el doctor Roque Membiela, aconsejó que le pusiesen la Sagrada Extremaunción.

»La gran poetisa en su delirio dice a su hija: ¡Abre esa ventana, que quiero ver el mar!

»¡Gallegos de corazón... una lágrima por el ruiseñor... ¡que vuela al cielo!».*

* Extractos de la nota aparecida en *La Gaceta de Galicia*, el 16 de julio de 1885.

Notas de la autora:

Realidad y ficción

«Siempre se dirá de la mujer que, como la violeta, tanto más escondida vive, tanto es mejor el perfume que exhala. La mujer debe ser sin hechos y sin biografía, pues siempre hay en ella algo que no debe tocarse...».

Me topé con este párrafo, tan rotundo y revelador, justo en los inicios de mi investigación para este proyecto. Su autor es el historiador Manuel Murguía, el esposo de Rosalía de Castro —viudo ya en el momento en que lo escribió— y está incluido en su libro *Los Precursores*, publicado en 1886, justo un año después de la muerte de la escritora. Esta afirmación tan tajante, tan acorde con el carácter rotundo de Murguía, no dejó de resonar en mi mente durante todo el proceso de escritura.

«Sin hechos... sin biografía...». A pesar de que Rosalía de Castro es la escritora gallega más universal, pionera en la restauración de una lengua desairada, figura clave en la literatura del siglo XIX y una de las escasas mujeres en prestar su imagen a un billete de curso legal, los hechos de su vida siguen siendo un misterio del que apenas se conocen un par de esbozos, un puñado de rumores y algunas anécdotas cuidadosamente preservadas y depuradas por su esposo, que la sobrevivió casi cuarenta años y se aplicó con esmero a la tarea de acrisolar su imagen para ajustarla al mito de la dulce cantora de Galicia, la mujer frágil, la voz suave y lacrimógena de los emigrantes y los desamparados.

Es cierto que Rosalía llevó una vida resguardada, existió y escribió desde el margen, ofreciendo al mundo una imagen mucho más comedida que otras literatas de su siglo, como Gertrudis Gómez de Avellaneda, Carolina Coronado o la enérgica Emilia Pardo Bazán. Aun así, su existencia dista mucho de ser la de la «escondida violeta» cuyo tibio perfume adulaba Murguía. Rosalía fue también la poeta brava capaz de condenar con ira injusticias y oprobio; la que con apenas veinte años proclamó en su texto «*Lieders*» que su corazón, su alma y su pensamiento eran libres y soberanos; la adolescente que arrancó aplausos con su faceta de actriz en el Liceo de Santiago, la mujer que siguió incansable a su esposo en sus andanzas por toda España.

Sobre todo, Rosalía fue una gran defensora de la libertad. Fue la suya una libertad íntima, de intenciones y de pensamiento; una razón de ser que la convirtió, como literata, en la antítesis del arquetipo de «ángel del hogar» tan en boga en su tiempo. Ella misma admitía que no les escribía «a las palomas ni a las flores», y tenía razón. Más bien, de sus versos poderosos brotan gritos, espinas y clavos oxidados.

Rosalía admiraba a George Sand, pero su periplo vital fue muy distinto y mucho menos tumultuoso que el de la autora francesa, y más similar —por lo íntimo, lo discreto y lo recogido— al de otras escritoras decimonónicas, como las hermanas Brontë. Su historia de amor con Manuel Murguía, a juzgar por las pocas cartas que se conservan entre ambos, fue real, poderosa, llena de altibajos. Murguía, enérgico y a veces arrogante, se convirtió en un gran impulsor de las letras de su esposa y al mismo tiempo fue alfarero incansable en su intento de modelar ante el mundo su imagen de literata.

A la hora de abordar un personaje como Rosalía de Castro, tan complejo y desconocido, es preciso ir cribando uno a uno los delicados hilos que interconectan la realidad y la ficción. En estas páginas he tratado de plasmar con la mayor exactitud hechos, personajes, lugares y el entorno histórico que enmarcó sus años: ese siglo XIX convulso y lleno de contrastes. Me he servido de las pocas anécdotas concretas que se conocen de su vida —su paso por el Corpo Santo de la colegiata de Iria Flavia; su estancia en Muxía, donde contrajo el tifus; su encuentro con el niño Ignotus; los disparos que estuvieron a punto de acabar con su vida en Madrid— y, a la vez, he recurrido a la libertad que aporta la creación literaria para iluminar los recovecos más oscuros de su biografía, buceando entre los misterios y las medias verdades que han llegado hasta nosotros. Murguía, celoso de su vida privada y decidido a ocultar sus momentos más ingratos, era un maestro de la desinformación y los secretos. Baste como ejemplo con decir que cuando su hijo Adriano falleció tras caer de una mesa, se las arregló para que un médico amigo acreditase en el certificado de defunción la enfermedad de crup como causa de la muerte. Tan críptico era con sus propios asuntos que muchas de las cartas de juventud que intercambió con sus amistades abordando temas privados (como la misiva de Aurelio Aguirre que se recoge en la novela) son verdaderos jeroglíficos capaces de estimular la imaginación de cualquier novelista.

La naturaleza de la relación entre Rosalía de Castro y Aurelio Aguirre está poco clara y, como tantos otros detalles de su vida, ha sido objeto de rumores y especulaciones. Sí es palpable y evidente la influencia del malogrado poeta en sus letras: uno de los poemas más conocidos de Rosalía, «Negra sombra», bebe directamente del poema de Aguirre «El murmullo de las olas».

El carácter melancólico y a la vez fiero de Rosalía a la fuerza tuvo que estar determinado por sus oscuros orígenes de hija bastarda y descendiente de una orgullosa familia fidalga venida a menos. Los datos que se conocen sobre su primera infancia y juventud son escasos y a menudo contradictorios. A este respecto he recurrido a las exhaustivas investigaciones de la profesora Victoria Álvarez Ruiz de Ojeda sobre la vida temprana de la escritora, incluidos los orígenes de su familia y su etapa de actriz en el Liceo. También pertenece al terreno de las sombras y las divagaciones la relación de Rosalía con su madre, Teresa de Castro, y sobre todo con su padre, el capellán José Martínez Viojo. Está probado que, estando la escritora ya postrada en su lecho de muerte, ella y su hija Alejandra entablaron una relación epistolar con Luis Tobío, historiador y descendiente directo de la familia Martínez Viojo. Del puño y letra de Tobío se han conservado unas declaraciones recogidas por la investigadora Marga do Val y también por la biógrafa de Rosalía, María Xesús Lama, que especulan acerca de la existencia de un posible hermano de Rosalía, fallecido en la infancia. Esta premisa, de la que no se tienen más datos —no se sabe si dicho hermano era por parte de padre, de madre o de ambos—, es una hipótesis fascinante desde el punto de vista literario, sobre todo teniendo en cuenta que está demostrado que José Martínez Viojo tomó durante una etapa de su vida la extraña decisión de abandonar su alojamiento en las casas de clérigos de Iria Flavia para mudarse a la villa de Padrón, donde habitó en la casa de un comerciante viudo apellidado Eiriz, que compartía vivienda con sus hijos y una sobrina soltera. La existencia y el destino de ese hipotético hermano de la poeta, en caso de que existiese en realidad, continúa sin embargo siendo un misterio.

Quizá hubiera llegado hasta nosotros más información sobre este y otros aspectos de su vida de no haber quemado el esposo y las hijas de Rosalía sus últimos escritos tras su muerte: obras literarias inéditas, documentos y cartas que —presumiblemente— podrían arrojar luz sobre algunas partes oscuras de su vida. Fue esta una tarea cumplida con celo y a rajatabla, a diferencia del deseo de la escritora de que sus huesos descansasen para siempre en el cementerio de Adina, ya que sus restos fueron trasladados con gran pompa al Panteón de Gallegos Ilustres seis años después de su muerte.

A pesar de que cinco de sus siete hijos sobrevivieron a la infancia —los mismos que se retrataron junto a sus padres en el jardín de la casa de A Matanza, solo un año antes de la muerte de la escritora—, la estirpe de los Murguía-Castro se extinguió en sí misma, como un árbol demasiado raquítico para dar fruto. Tras la muerte de Rosalía, Alejandra se convirtió en la cuidadora de su padre y sus hermanos, renunciando a cualquier relación amorosa e incluso a la oferta de un puesto de retocadora en el Museo del Prado. Aura, casada a los veintinueve años, fue madre de dos gemelos que fallecieron con pocos meses y Amara, que permaneció soltera toda su vida, falleció de repente a los cuarenta y ocho años, a la misma edad que su madre. Ovidio, el único varón que sobrevivió a la infancia y depositario de las ambiciones de su padre, inició una prometedora carrera artística truncada por su temprana muerte, a causa de la tuberculosis, antes de cumplir los treinta años. Fue Gala, su hermana melliza, la única en alcanzar una edad muy avanzada, noventa y tres años, apenas cuatro más de los que alcanzó el propio Murguía cuando falleció en 1923, habiendo sobrevivido a su esposa y a cuatro de sus siete hijos. Casada con más de cincuenta años, Gala tampoco tuvo descendencia, de modo que con ella desapareció para siempre la estirpe de los Murguía-Castro. O, al menos, esa es la versión oficial, porque ha sobrevivido el rumor de que Ovidio Murguía pudo haber engendrado un hijo póstumo, fruto de sus amores con una joven madrileña que sus hermanas —sobre todo, Gala— desaprobaban hasta tal punto que le ocultaron sus cartas de amor en el lecho de muerte. Pero este rumor, como tantos otros, es uno de los muchos misterios que envuelven a la estirpe de los Castro.

He podido aproximarme a las voces reales de muchos de los protagonistas de esta novela gracias a las cartas que han sobrevivido al paso del tiempo, algunas de las cuales he transcrito de forma literal en estas páginas: las misivas que Rosalía y su esposo se intercambiaron durante las épocas que estuvieron separados —y que perviven recogidas en los fondos documentales de la web del Consello da Cultura Galega—, o parte de la nutrida correspondencia personal y literaria entre Manuel Murguía y sus amistades.

Además, para abordar el proceso de investigación de esta novela, recurrí a la lectura de innumerables libros, artículos, estudios y ensayos, entre los que destacan dos biografías, *Rosalía de Castro: cantos de independencia e liberdade*, de María Xesús Lamas, sobre la juventud de la protagonista, y *Murguía*, de Xosé Ramón Barreiro Fernández, ambas obras muy recomendables para quien quiera aproximarse a la vida de estos dos gigantes de las letras. Si algún lector desea explorar con más detalle la época y las vidas de los personajes que circulan por estas páginas o ahondar en la correspondencia antes mencionada, puede recurrir a las obras que se citan en la siguiente recopilación bibliográfica y que constituyen solo una parte de la documentación que me ha servido de faro y guía durante este viaje:

Abelleira, Sagrario y Miguel Anxo Seixas Seoane, *Rosalía e Murguía: datos, datas e documentos (1851-1858)*, Santiago de Compostela, Xunta de Galicia, 2021.

Aguirre, Aurelio, *Recuerdos de agosto. Obra poética 1850-1858*, Santiago de Compostela, Alvarellos, 2013.

Alonso Montero, Xesús, *Rosalía de Castro*, Madrid, Júcar, 1972.

Alvarellos, Henrique, *Os últimos carballos do banquete de Conxo*, Santiago de Compostela, Alvarellos, 2016.

Álvarez Ruiz de Ojeda, Victoria, *Un importante documento para a biografía de Rosalía de Castro*, Grial, n.º 136, 1997.

— *Sobre as orixes de Rosalía de Castro: a Inclusa de Santiago de Compostela e o caso de Josefa Laureana de Castro*, A Trabe de Ouro, n.º 39, 1999.

— *Rosalía de Castro, actriz: noticias e documentos*, Padrón, Revista de Estudios Rosalianos, n.º 1, 2000.

Barreiro Fernández, Xosé Ramón, *Murguía*, Vigo, Galaxia, 2012.

— y Xosé Luis Axeitos, *Cartas a Murguía, vol. I*, A Coruña, Fundación Pedro Barrié de la Maza, 2003.

— y Xosé Luis Axeitos, *Cartas a Murguía, vol. II*, A Coruña, Fundación Pedro Barrié de la Maza, 2005.

Beramendi, Justo, *Historia mínima de Galicia*, Madrid, Turner, 2016.

Bouza Brey, Fermín, *La joven Rosalía en Compostela (1852-1856)*, Cuadernos de Estudios Gallegos, X, n.º 31, 1955.

— *Apuntes para una bio-bibliografía documentada de Rosalía de Castro*, A Coruña, Memoria de Bolsa de la Fundación Barrié, 1970-1971.

Burdiel, Isabel, *Emilia Pardo Bazán*, Madrid, Taurus, 2019.

Caamaño Bournacell, José, *Rosalía de Castro, en el llanto de su estirpe*, Madrid, Biosca, 1968.

Carballo Calero, Ricardo, *Referencias a Rosalía en cartas de sus contemporáneos*, Cuadernos de Estudios Gallegos, XVIII, n.º 56, 1963.

Castelao, Carlos, *María Cardarelly, un lóstrego na fotografía galega*, Padrón, Fundación Rosalía de Castro, 2017.

Do Val, Marga, *Novos datos para a biografía de Rosalía de Castro*, Sermos Galiza, 16-IX-2014.

Durán, José Antonio, *Historia de José Hermida, aristócrata, aldeano y librepensador*, Tiempo de Historia, año I, n.º 10, 1975.

Estévez, Xosé, *A ascendencia vasca de Manuel M. Murguía*, Padrón, *Follas Novas: revista de estudos rosalianos*, n.º 7, 2022.

Estruch Tobella, Joan, *Bécquer. Vida y época*, Madrid, Cátedra, 2020.

Ferreiro, Manuel, *Amizade, conexión epistolar e redes socioliterarias: Rosalía, Pondal (e Murguía)*, Padrón, *Follas Novas: revista de estudos rosalianos*, n.º 2, 2017.

— *Eduardo Pondal, o cantor do eido noso*, Santiago de Compostela, Laiovento, 2017.

García Vega, Lucía, *Momentos estáticos y estéticos de Rosalía* de Castro en el espacio urbano de A Coruña, Madrid, Ángulo Recto, *Revista de estudios sobre la ciudad como espacio plural*, n.º 1, 2012.

— *Caminos de hierro y sal: un viaje por las ciudades de Rosalía de Castro entre 1859 y 1863*, Madrid, Ángulo Recto, *Revista de estudios sobre la ciudad como espacio plural*, n.º 5, 2013.

González Besada, Augusto, *Rosalía de Castro: notas biográficas*, Vigo, A Nosa Terra, 2004.

Kirkpactrick, Susan, *Las Románticas. Escritoras y subjetividad en España, 1835-1850*, Madrid, Cátedra, 1991.

Lamas, María Xesús, *Rosalía de Castro, cantos de independencia e liberdade*, Vigo, Galaxia, 2017.

López, Aurora y Andrés Pociña, *Rosalía de Castro. Estudios sobre a vida e a obra*, Santiago de Compostela, Laiovento, 2000.

Marrades, Isabel, *Feminismo, prensa y sociedad en España*, Papers, *Revista de sociología*, n.º 9, 1978.

Naya Pérez, Juan, *Inéditos de Rosalía*, Santiago de Compostela, Patronato Rosalía de Castro, 1953.

— *Estudios acerca de la familia Murguía-Castro*, A Coruña, Diputación Provincial de A Coruña, 1998.

Reguera, Andrea, *Patrón de estancias, Ramón Santamarina: una biografía de fortuna y poder en La Pampa*, Buenos Aires, Eudeba, 2006.

Torrente Ballester, Gonzalo, *Santiago de Rosalía de Castro*, Barcelona, Planeta, 1989.

Agradecimientos

Escribir una novela es como atravesar un bosque; a veces sereno y soleado, oscuro y asfixiante en algunos momentos. Es un viaje lleno de peligros, al final del cual el novelista emerge exhausto y tambaleante, a menudo desorientado. Tras un periplo así, siempre es un consuelo contar con personas dispuestas a tender una mano amiga, tan necesaria para mantener el equilibrio.

Durante los largos meses de documentación y escritura de esta novela he tenido el privilegio de contar a mi alrededor con muchas manos tendidas.

Gracias a mi familia, por su continuo apoyo y aliento. Por la confianza inquebrantable.

A la fantástica hermandad HDADM: Mónica, Pilar, Pepa, Raquel, Alejandra, Rosa, Carlos, Gonzalo, Manuel y Tomás. Con vosotros las penas se dividen y las alegrías se multiplican.

A Mónica Gómez, confidente desde el primer día, por tu constante respaldo, sabios consejos y conversaciones terapéuticas.

A Yasmine, aliada en esas charlas casi diarias sobre los temas más aleatorios que uno pueda imaginar.

A Jorge, el mejor compañero de viaje. Todo es mucho más fácil cuando alguien tiene tanta fe en ti como la que tú tienes en mí.

A Sabela y Lara, muy grandes a pesar de ser tan pequeñas, que han soportado con generosidad y paciencia este paréntesis en el tiempo lleno de momentos robados. Por vosotras, todo vale la pena.

A mis editoras de Penguin Random House, que lograron contagiarme su entusiasmo por este proyecto desde que no era más que una idea, por la confianza depositada en mí y por acompañarme con sensibilidad y cariño durante todos los meses de trabajo.

A Rosalía de Castro, a quien imaginé durante todos estos meses en cada gota de orballo y en el tañido de cada campana, rodeada de sombras y *mouchos* y libre, libre, libre. Me gusta pensar que esta visión de su vida hubiera merecido al menos un asentimiento benévolo por su parte.